Transgressões

Uzma Aslam Khan

Transgressões

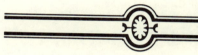

Tradução
Flávia Carneiro Anderson

Copyright © 2003, Uzma Aslam Khan
Título original: *Trespassing*

Capa: Silvana Mattievich
Foto de capa: Sot/GETTY Images

Editoração: DFL

2008
Impresso no Brasil
Printed in Brazil

CIP-Brasil. Catalogação na fonte
Sindicato Nacional dos Editores de Livros – RJ

K56t	Khan, Uzma Aslam
	Transgressões/Uzma Aslam Khan; tradução Flávia Carneiro Anderson. – Rio de Janeiro: Bertrand Brasil, 2008.
	490p.
	Tradução de: Trespassing
	ISBN 978-85-286-1309-4
	1. Paquistão – Usos e costumes – Ficção. 2. Romance paquistanês (Inglês). I. Anderson, Flávia Carneiro. II. Título.
	CDD – 828.9954913
08-0163	CDU – 821.111 (549.1)-3

Todos os direitos reservados pela:
EDITORA BERTRAND BRASIL LTDA.
Rua Argentina, 171 – 1ª andar – São Cristóvão
20921-380 – Rio de Janeiro – RJ
Tel.: (0xx21) 2585-2070 – Fax: (0xx21) 2585-2087

Não é permitida a reprodução total ou parcial desta obra, por quaisquer meios, sem a prévia autorização por escrito da Editora.

Atendemos pelo Reembolso Postal.

Sumário

Prólogo   *Morte*   13

Primeira Parte

Dia

1. *Desvio*   Maio de 1992   21

Daanish

1. *Para Karachi*   31
2. *Volume Enorme*   Outubro de 1989   40
3. *Opção*   Janeiro de 1990   47
4. *Ao Encontro de Anu*   Maio de 1992   52
5. *Repouso*   Abril de 1990   61
6. *Chegada*   Maio de 1992   64
7. *A Ordem das Coisas*   69

Anu

1. *Sonhos de* Guipure   75
2. *Argonauta*   81
3. *Moças*   Maio de 1992   95
4. *Comportamento Vergonhoso*   99

Dia

1. *Novos Pedidos de Desculpas*	107
2. *Números*	114
3. *A Vida na Fazenda*	119
4. *Escolha*	127

Salaamat

1. *Território Marinho* Março de 1984	139
2. *Olhe, Mas com Amor* De abril a junho de 1984	144
3. *O Ajnabi* De julho a dezembro de 1984	150
4. *Na Foto* Maio de 1985	156

Daanish

1. *Censura* Setembro de 1990	163
2. *Inspeção* Junho de 1992	169
3. *Lá, Claro!*	175
4. *A Cada Trinta Segundos* Janeiro de 1991	181
5. *O Conselho de Khurram* Junho de 1992	185
6. *O Desfile do Arco-íris*	198
7. *A Descoberta*	204

Dia

1. *A Metamorfose*	209
2. *Nem Um Pouco Claro*	218
3. *Sempre Inam Gul*	227
4. *A Prova de Recuperação*	231
5. *Agregação*	237

Segunda Parte

Salaamat

1. *Aqui* Julho de 1992	253
2. *O Ônibus* De junho de 1986 a fevereiro de 1987	260
3. *Azul* Março de 1987	266
4. *Incêndios*	274
5. *Cinzas*	276
6. *Irmão e Irmã* Abril de 1987	278
7. *Testemunha*	282

Anu

1. *O Médico Olha para Dentro* Julho de 1992	289
2. *A Pista*	296
3. *O Médico Olha para Fora*	299

Dia

1. *Caos e Êxtase*	307
2. *Chuva*	314
3. *Mescla de Costumes*	325
4. *Escuridão*	329

Daanish

1. *Notícias* Agosto de 1992	339
2. *Ascendência* De maio a outubro de 1991	343
3. *Quartos* Agosto de 1992	350
4. *Sede*	354
5. *As Autoridades*	361
6. *Sem Limites*	368

Salaamat

1. *Alunos* Maio de 1987	381
2. *Disciplina* Junho de 1987	393
3. *Destino*	400
4. *A Rodovia*	410
5. *Restos* Agosto de 1992	421
6. *A Lei de Fatah*	427
7. *Um visitante*	431

Riffat

1. *Um Dia Típico*	441
2. *Despertar* Abril e maio de 1968	446
3. *O Trabalho Dela, a Luta Dele* Junho de 1968	451
4. *Despedida* Julho de 1968 a julho de 1972	459
5. *O Que Sumbul Diz* Agosto de 1992	462

Dia

1. *A Quarta Vida*	471
Epílogo *Nascimento*	481
Agradecimentos	485
Glossário	486

para Dave

"Olhar é uma questão de escolha."

JOHN BERGER

PRÓLOGO
Morte

Os barcos de pesca atracam antes do pôr-do-sol e, enquanto isso, uma tartaruga cava seu ninho. Ela observa com um de seus olhos voltado para o mar e o outro para as inúmeras choupanas espalhadas pela orla. A choupana mais próxima está a apenas nove metros. A tartaruga escava com persistência, jogando chuvas de areia reveladoras, lembrando-se de como tudo era mais seguro na época em que o litoral pertencia aos pescadores nativos. Atualmente, as traineiras velejam como mariposas gigantes, e embora ela tenha certo interesse em descobrir o que pescaram, é em virtude dos visitantes da cidade, escondidos em suas choupanas, que sua fronte é enrugada demais para a sua idade.

A tartaruga está pronta. O primeiro ovo cai com suavidade no buraco abaixo de seu útero, e os demais saem em seguida, sem parar, agora. As redes de pesca brilham sob o luar, cheias de peixinhos. Quanto tempo ela ficará ali, antes de mergulhar de novo no mar?

Um rapaz de quinze anos incompletos acende um cigarro, recostando-se em uma ondulação da duna. Longos cachos lhe caem nos ombros e esvoaçam ao vento. Entre as baforadas, ele leva, satisfeito, o cigarro aos lábios. A tartaruga observa o jovem a fitá-la no momento em que está mais vulnerável. Mas ela, tal como todas as tartarugas, o conhece.

Seus ovos são macios e arredondados, como os ombros de uma mulher nua. O rapaz acaricia a própria face, desejando na verdade acariciar os ovos, desejando na verdade acariciar os ombros.

A brisa agita os cachos do cabelo do jovem, e ele fica repentinamente mal-humorado ao se lembrar do pai e dos tios, que não saíram naquela noite, afirmando que as traineiras estrangeiras lhes roubaram o mar, transgredindo as fronteiras. Os peixes, outrora abundantes próximo à orla, estão desaparecendo agora, até mesmo em alto-mar. E os barcos dos pescadores não podem ir tão longe em busca do pouco que resta. Bem que um tio daquele jovem tentou, mas acabou sendo devorado. A família lamentou o naufrágio do homem destemido e a decisão de seu pai de quebrar a tradição; agora, ia se mudar para a cidade. O rapaz iria primeiro, embora temesse, tanto quanto a tartaruga, os homens das choupanas.

Ele dá uma tragada e observa a tartaruga, que o fita com o mesmo olhar sábio, reconfortante e frágil de sua avó. Fecha os olhos e cochila.

De súbito, um burburinho o acorda. Lançando uma olhadela para o réptil, percebe que ainda está desovando. Mas há um quê de presságio naquele crepúsculo. A sombra de um homem bruxuleia na duna ao lado do rapaz, projetando-se adiante. O jovem se esconde. Dando uma espiadela na direção das choupanas, vê uma mulher, com as pernas à mostra abaixo dos joelhos, esperando. O intruso continua andando e já pode ser avistado; tropeça e peida. Não se dignará nem mesmo a roubar a tartaruga com delicadeza. O rapaz fica furioso e pondera que atitude deveria tomar. Decide-se rapidamente. Se o sujeito usurpar um ovo sequer, ele usurpará a mulher.

Um braço cabeludo se curva na direção do ninho e espera, com dedos a postos quase roçando no orifício do réptil, aguardando o presente.

Prólogo 15

O rapaz sai dali com ímpeto. A mulher grita. Indivíduos saem do interior da choupana. O intruso recua rapidamente. O ovo cai em segurança na areia, uma fração de segundo depois de o homem sair.

O primeiro chute desloca um joelho. Cabelos longos são um estorvo, pensa ele, enquanto agarram seus cabelos e o arrastam pelo amontoado de pedras que circunda a varanda da choupana. *Se eu escapar, nunca mais vou usá-los compridos.* Entra sal em sua boca. Sal e cascalho, sangue e dentes. Ele desfalece e, em vez de escutar os golpes, ouve o ruído de cascas quebrando. Os homens o estão bombardeando com os ovos.

Um gemido ecoa no fundo de sua virilha, indo até uma cavidade vazia abaixo de seu tórax, subindo mais e escapando por seu nariz, sua boca e seus ouvidos. Ele vomita albumina esbranquiçada e vitelo coagulado, placenta ensangüentada e algo verde. Fígado?

Apesar de estar cego de dor, só ele vê o vulto da tartaruga-mãe serpenteando com tranqüilidade de volta ao seu lar.

Primeira Parte

I

Desvio

MAIO DE 1992

Dia estava na mesma amoreira que tinha abrigado seu pai, na véspera de sua morte. Ele era um homem ágil, apesar de grande. Ficara acocorado sem a menor dificuldade. A multidão que se formara abaixo incluíra repórteres, vizinhos e policiais. Perguntaram se era verdade: estaria ele recebendo mesmo ameaças de morte?

O pai, com seus noventa quilos, acocorado como um símio dócil, arrastara-se em meio à folhagem, analisando sua audiência com olhinhos castanhos que reluziam como foguetes. De vez em quando, tomava coragem e sacudia alguns galhos. Quando as amoras atingiam um jornalista ou apresentador de televisão particularmente desagradável, ele dava tapas em um dos joelhos, satisfeito. Em seguida, porém, chorava sem pudor.

A árvore fora plantada quando Dia nascera. O pai dissera que a fruta vermelho-escura, saborosa e doce, lembrava a filha no momento em que ela resvalara aos berros para o mundo. Então, quando ele jogou amoras na multidão, Dia, que observava tudo do interior da casa, entendeu que a estava chamando. Mas a mãe não permitiu que ela saísse da residência.

— Seu pai enlouqueceu — sussurrou ela, agarrando Dia. — Eu não devia ter contado para ele.

Contado o quê?, perguntou-se Dia.

Hoje, no alto daquela amoreira, um livro de fábulas pesava no colo de Dia. Esse peso era, em parte, psicológico. Ela deveria estar estudando. Tirara péssima nota em uma prova e tinha de estar se preparando para a de recuperação. Em vez disso, folheava o livro, no qual havia diversos recortes sobre história e insetos. Encontrou uma página arrancada de um livro da Biblioteca Gymkhana e leu-a em voz alta:

"A seda foi descoberta na China há mais de quatro mil anos, por mero acaso. Durante meses o imperador Huang-ti notou que as folhas dos arbustos de amoreira de seu jardim exuberante caíam constantemente. Pediu que sua noiva, Hsi-Ling-Shih, investigasse o motivo. Ela observou pequenos insetos rastejando nos arbustos, e encontrou diversas bolinhas brancas. Levando uma delas ao palácio, por puro instinto, acabou colocando-a no melhor lugar possível: uma tigela de água fervendo. Quase de imediato, um emaranhado com um fio delicado e estranho se separou da bolinha macia. A imperatriz puxou com suavidade o fio. Media 800 metros. Ela teceu um manto real para o marido, o primeiro artigo de seda da história. Desde então, a sericicultura vem sendo realizada por mulheres, sobretudo por imperatrizes."

Dia guardou a página roubada em seu livro. Os melhores episódios da história eram os relacionados a descobertas. Ela gostava de parar o relógio no momento em que Hsi-Ling-Shih tinha a idéia de jogar o casulo na água, logo antes de se tornar pioneira. O que a teria impedido de simplesmente esmagar aquelas diminutas ameaças, tal como a maior parte das pessoas faz nos dias de hoje? Como sua mente devia estar relaxada e cheia de curiosidade, e como ela fora amplamente recompensada!

O cenário também aguçava a imaginação de Dia, que visualiza um arvoredo no topo de um outeiro, local muito ensolarado, com uma longa mesa de pedra, tigelas e criadas a postos, carregando toalhas e desinfetantes. Quando elas circundam a imperatriz, Dia volta a deixar o ponteiro dos minutos correr. A jovem chinesa, então, joga o casulo na água.

Ele se encolhe e dá seu último suspiro: um emaranhado de filamento, que a imperatriz enrola rapidamente em seu braço, como algodão-doce no palito. As criadas ficam boquiabertas. Sua senhora está suando. Há uma leve brisa no ar. O sol bate no fio, um prisma ofuscante crescendo no braço da imperatriz, como se ela estivesse entrelaçando luz solar. Ao pôr-do-sol, a jovem já havia cozinhado todos os casulos do jardim imperial. Quilômetros de fios formam rolos em seus dois braços. As criadas enxugam sua testa e a ajudam a descer do outeiro e regressar ao palácio. O imperador requisita sua presença durante toda a noite; no entanto, ela não pode dormir ao seu lado com os braços revestidos daquela forma. As criadas acendem as *diyas*, e ela permanece acordada, apenas olhando de vez em quando para a lua e as amoreiras, tecendo para o marido um manto, que, de manhã, refletiria os raios do sol e, de noite, o luar.

Dia sorriu satisfeita. Agora, brincaria de "o que teria acontecido se..." e recontaria a história.

Se, por exemplo, a imperatriz Hsi-Ling-Shih fizesse idéia de como sua descoberta moldaria o destino dos outros, será que ela teria jogado fora os fios, para nunca mais mencioná-los? Se soubesse que, mil anos depois, inúmeros persas perderiam a vida após tentar contrabandear bichos-da-seda da China, teria feito aquele manto? Se não o tivesse feito, talvez alguma das inúmeras filhas inocentes dos homens assassinados tivesse tido a oportunidade, um dia, de fazer alguma outra descoberta.

Será que a imperatriz teria esmagado as larvas se soubesse o que viria a acontecer dois mil e quinhentos anos após sua descoberta? Se o tivesse feito, os sicilianos, que estavam tentando produzir seda a partir de teias de aranha, não teriam seqüestrado e torturado seus vizinhos, os tecelões gregos, a fim de subtrair seu conhecimento. Caso isso não houvesse ocorrido, esses tecelões teriam envelhecido e um deles poderia ter tido um tataraneto capaz de solucionar... o mistério em torno da morte do pai de Dia?

E se a imperatriz tivesse sido capaz de prever um futuro ainda mais distante? Setecentos anos após a agonia enfrentada pelos gregos, a história se repetiu. Então foram os tecelões das regiões de Bengala e Varanasi que sofreram. Se ela soubesse como os britânicos cortariam os ágeis polegares capazes de produzir uma *resham* tão delicada que poderia passar por um furo na orelha, talvez a imperatriz houvesse pisoteado as larvas. Então o erário da nação subjugada não teria sido explorado com a importação da seda britânica de terceira categoria.

Se tudo isso não a tivesse impedido, será que a morte do pai de Dia teria?

Dia parou o relógio e reconstruiu a cena.

O corpo deformado de seu pai fora levado pela correnteza do rio Indo, passando por diversas aldeias costeiras. Os aldeões já haviam visto matanças demais para se preocupar com mais um cadáver. De pé, com os cajados metidos nas margens lamacentas do rio, fitavam em silêncio. Por fim, após quatro dias, a notícia chegou a um investigador. Os restos cravejados de balas do sr. Mansoor foram retirados do rio como uma fruta encharcada, e a xamã da vila jurou que, por quinhentas rupias, poderia *espremê-lo*, trazendo-o de volta à vida. Pediu uma unha de seu pé, uma gota de sua saliva, um pingo do líquido úmido que o cobria e uma gotícula de sua semente. A última requisição levou alguns observadores a rir de forma dissimulada. Dia reconheceu dois repórteres que haviam estado presentes na noite em que seu pai subira na árvore. Arremeteu contra eles, mas foi gentilmente tirada dali pelo cozinheiro Inam Gul. No entanto, chegou a ver a única parte do pai que estava descoberta: seus pés inchados, eles próprios um rio azul e ramificado. Inam Gul tentou tapar os ouvidos da jovem, mas ela ouviu os comentários: teriam aplicado choques elétricos nos rins de seu pai, os polegares teriam sido quebrados, os braços, mutilados, e ele ainda teria sido obrigado a caminhar sobre farpas e cacos de vidro. Por causa de seu peso, a cama de pregos teria atravessado seus ossos.

Se quatro mil anos atrás a imperatriz não houvesse descoberto a seda, onde estaria Dia agora?

Dia 🔾 25

Os mais velhos tentaram ensinar-lhe que o Destino podia ser adiado — às vezes por um ano ou séculos, em virtude da ação de seu irmão perverso, o Acaso — entretanto, ele não podia ser alterado. A forma como o destino dos indivíduos se desdobrava não podia ser vaticinada. Talvez suas histórias fossem mais longas, com participantes inesperados; não obstante, mais cedo ou mais tarde, elas seguiam os cursos que deviam tomar.

Mais cedo ou mais tarde. A escolha do momento era inoportuna. Quem conseguiria diferenciar o momento certo do adiado? Se todos os desvios conduzissem a um resultado predeterminado, não faria qualquer diferença se a pessoa estivesse adiantada ou atrasada, se um encontro fosse marcado hoje ou amanhã, se uma carta fosse enviada ou se os selos fossem guardados. As pessoas comentavam como o país encontrava-se em estado de transição. Logo a poeira iria assentar e, por milagre, a violência na província de Sind, que havia custado a vida de seu pai, entre outros, desapareceria. Porém, essas pessoas não sabiam dizer quando, como ou quem viabilizaria esse processo predeterminado. Na realidade — gostavam de acrescentar elas —, a poeira não havia assentado em parte alguma; até mesmo o Ocidente industrializado tinha problemas. A verdade era que ela *nunca* assentara. O que mais a história tinha mostrado? Que os rios sempre desembocavam no mar e que era irrelevante saber qual braço chegava primeiro. Assim sendo, as pessoas lhe aconselhavam a entregar o futuro às mãos de Deus.

Apenas sua mãe pensava de outra forma. Dizia que os mais velhos queriam saturar o mundo de indiferença e paralisá-lo, impedindo tudo que levasse o país adiante. Não passava de uma manobra para manter tudo funcionando de acordo com seus interesses. Era o que ocorria com o casamento, por exemplo. Queriam que continuasse a ser uma união adequada a eles, não ao casal. Ela disse a Dia que o pior que podia fazer era dar atenção a isso, e talvez fosse a única mãe do país a aconselhar a filha o tempo todo a só se casar por amor, jamais por obrigação.

Carregando o livro, Dia desceu rapidamente da árvore.

No jardim, ecoaram os gorjeios dos bulebules de crista e grasnidos dos mainás. Os jamelões e as figueiras-de-bengala haviam florescido. Ela passou pela pérgula a fim de chegar à clareira na qual a família tomava chá às tardinhas, exceto quando chovia. Com um de seus irmãos em Londres, e o outro apaixonado e trabalhando na área de informática, restavam apenas ela e a mãe para manter a tradição.

A idéia de visitar no dia seguinte a fazenda, na qual era realizada a criação de bichos-da-seda, deixou Dia mais animada. As lagartas haviam começado a tecer seus casulos. Embora se soubesse que elas gostavam de privacidade quando estavam desenvolvendo seu trabalho artístico, nos anos anteriores Dia aperfeiçoara sua própria arte: a da imobilidade. Conseguia ficar imóvel em um ambiente com umidade superior a setenta por cento, com o suor escorrendo pela testa e o binóculo embaçando com rapidez. Ela as observaria amanhã.

Então, Dia se lembrou da promessa que fizera a uma amiga. Ao abrir a porta da cozinha, parou a meio caminho e praguejou:

— Maldita Nini! Por que eu sou tão boazinha?

O cozinheiro fitou-a. Não havia coberto os *chapaatis* para mantê-los aquecidos. Dia fez cara feia, envolvendo ela mesma o pão, enquanto o cozinheiro fazia de conta que não era com ele.

— Por que eu sou tão boazinha? — repetiu ela, para que ele escutasse.

Inam Gul meneou a cabeça, concordando e acrescentando:

— *Mahshallah*, você é muito boa. — Ele era banguelo e benevolente, e perdoava em um piscar de olhos.

— Aquela tapada da Nissrine quer que eu vá com ela pra um *Quran Khwani*, amanhã. Só está indo lá pra ver o filho do morto. Pelo visto, ele é bonitinho e está estudando nos Estados Unidos. Acho que é muita cara-de-pau!

Ele se solidarizou:

— Você é boa demais. — Estava com um respingo de iogurte no queixo.

Dia 27

— É melhor limpar o seu queixo, ou Hassan vai ficar bravo. Primeiro você deixa os *chapaatis* dele esfriarem, depois toma todo o iogurte.

O cozinheiro lambeu a prova.

— Só peguei uma colherzinha. — Com seus dedos artríticos indicou, no ar, o tamanho da colher.

— Essa é a segunda lorota que você conta hoje. Já que uma foi por mim, vou contar uma por você também.

Com um largo sorriso, ele abriu a geladeira e pegou o resto do elixir. Dia prosseguiu:

— Vou ficar só uma hora lá. Se a Nini não quiser ir embora, vai ter que ficar lá sozinha. Não dá pra acreditar! Se ela não se dá ao respeito, podia pelo menos respeitar os mortos! O que está pretendendo fazer? Paquerar o rapaz enquanto o pai dele ainda nem esfriou no túmulo?

Quando a bolsa plástica de iogurte se esvaziou, o cozinheiro jogou-a no lixo, escondendo-a bem no fundo.

— Os mortos vão estar observando.

— Talvez fosse melhor você despachar a Nini quando ela vier me buscar. Sabe, dizer que eu estou desarranjada ou algo assim. Minha querida amiga não vai querer passar vergonha, comigo indo correndo para o banheiro o tempo todo. — O cozinheiro achou que era uma boa idéia. — Ou é melhor fazer a Nini passar vergonha mesmo? — O empregado gostou ainda mais dessa opção. Seus dedos acariciaram o ar quando tentou imaginá-la. Dia estava inspirada. — É, acho que é isso que eu devia fazer. Mas, como? Como levar isso adiante? Você tem que me ajudar a pensar em alguma coisa pra acabar com o plano dela.

O cozinheiro umedeceu os lábios e parou para pensar durante alguns momentos. Coçou os fios de cabelo branco que contornavam sua cabeça como uma penugem e hesitou, sussurrando de novo:

— Os mortos vão estar observando.

— Amanhã, juro que você vai ganhar muito mais iogurte — encorajou Dia.

Ele cochichou o plano em seu ouvido.

I

Para Karachi

No momento em que o cozinheiro tramava contra ele, Daanish acordou, a nove mil metros de altitude, acima do Atlântico. Depois que perdeu o sono, dedicou-se à atividade prévia, de refletir sobre o mesmo enigma de Dia: a passagem do tempo. Os dois jamais viriam a saber que filosofavam simultaneamente. Ele não a conhecia. Nem podia dizer que conhecia a si mesmo, tenso que estava sobre um enorme tapete de nuvens, o qual luzia em tons róseos e dourados, com o sol poente oscilando ao seu lado. Embaixo, longe do alcance de sua visão, agitava-se o oceano, que fora atravessado uma vez antes, na direção oposta. Isso ocorrera havia três anos.

Vinte e uma horas antes, Daanish entrara no ônibus da linha Peter Pan, que ia de Amherst à cidade de Nova York. Liam fora com ele à estação rodoviária. Dissera:

—Voltar pra casa já vai ser um inferno pra mim, e a minha só fica a algumas horas daqui.

Liam não costumava ficar desanimado, e Daanish desejou que ele tivesse se despedido com mais entusiasmo.

— Do jeito que está falando, parece até o anjo da morte, porra!

Conseguiu arrancar um largo sorriso.

— Sabe, voltar pra casa significa enfrentar o fato de que você mudou. Olhe só o que acabou de dizer. Você não falava palavrões antes de vir pra cá.

— Falava, sim. Você é que não entendia. — Daanish deu-lhe uma cutucada carinhosa e se despediu.

— Escreva se puder. Não aja como um estranho. — Liam deu um passo para trás, fitando o amigo enquanto ele subia no ônibus. — Sinto muito, cara.

No trajeto até a Autoridade Portuária, a recomendação de Liam perpassara pelos ramos de corniso que ladeavam a interestadual, pelos jardins quadrangulares dos subúrbios, com seus coelhos e anões de plástico, pelas lojas com nomes tais como Al Bum's e Pet Smart, e pela eficiência precisa do embarque e desembarque de passageiros. Não aja como um estranho, dissera o carregador descabelado, que serpenteara atrás dele até o caos da rua 42. Não aja como um estranho, exigira o olhar carrancudo do motorista do táxi que Daanish pegara a meio caminho da avenida Grand Central. Não aja como um estranho, ecoaram as tampas de bueiros, que trepidavam sob o peso dos carros mais rápidos que Daanish já vira: Mustang, Viper, BMW, Lexus. E quando ele, por fim, chegara ao terminal do aeroporto Kennedy, os passageiros zangados das filas viraram-se para ele e gesticularam: não aja como um estranho. O vôo está atrasado doze horas!

Khurram, o passageiro que se sentou ao lado de Daanish, voltou do banheiro. Exalava o odor forte e desagradável de colônia e outros brindes de bordo.

— Por sorte, não estão tão ruins assim — exclamou ele, sorrindo. Referia-se a sua conversa anterior, em que discutiram se, após sete horas de vôo, os banheiros estariam em condições aceitáveis. Normalmente, após uma hora, tornavam-se verdadeiras sarjetas a céu aberto. O vaso sanitário vomitava pedaços marrons, amarelos e vermelhos, com a descarga servindo apenas para despedaçá-los. Montes de papel higiênico ficavam do lado de fora do lixo e serpenteavam pelos armários como se o passageiro que se sentara na privada houvesse descoberto, de súbito, a pichação. A pia ficava repleta de fraldas usadas. Entretanto, os que enfrentavam aquela tortura podiam contar sempre com uma generosa provisão de colônia. — Acho que é Givenchy — prosseguiu Khurram, satisfeito, dando tapinhas no rosto para que a fragrância penetrasse ainda mais em suas bochechas rechonchudas.

Ele deve ter usado todo o frasco, pensou Daanish, sentindo o estômago contrair.

— Você quis dizer, na verdade, que *era* Givenchy.

No corredor, encontrava-se a mãe pequenina e retraída de Khurram, com os pés metidos de forma harmoniosa debaixo de sua *kurta*. O filho, que sem dúvida devia ser duas vezes mais gordo que ela, inclinou-se sobre Daanish a fim de apontar para o sol, que derramava um tom escarlate sobre o mundo.

— Tão lindo! — Ele meneou a cabeça em sinal de aprovação. — Sua vista é a melhor.

Seria uma indireta? Queria que ele lhe oferecesse o lugar? E virasse sanduíche entre um barrigudo e olhos femininos cortantes? Nem pensar! Ele contemplou o ocaso e disse: — Em algum lugar do mundo, o sol está nascendo.

Khurram inclinou-se ainda mais e ergueu a mão como quem diz "Ah, imagine só!"

Ocorreu a Daanish que algumas pessoas andavam de metrô o dia todo porque não tinham para onde ir. Ele estava começando a desfrutar de sua longa viagem, embora temesse o pouso.

Será que seu pai se sentira assim alguma vez, em uma de suas inúmeras viagens pelo mundo? Será que receava voltar para casa, para a mulher e o filho? Viajar tinha esse efeito? Daanish não tinha como saber. Sua primeira viagem ocorrera três anos atrás e, desde então, ele fincara raízes: aulas, estágio, trabalhos, namoradas. Agora, o jovem se movia de novo. Em onze horas, teria tudo que deixara para trás. Não, tudo, não. Não teria o pai.

Lá em Karachi, naquele momento, estava sendo realizado o *Qul.* Talvez o espírito do pai estivesse entre as nuvens de tons avermelhados, vindo a fluir quando aquela aeronave passasse. O sinal indicativo da trajetória do avião — dois centímetros no meio do Atlântico — flutuava na tela do monitor do satélite. Daanish estava lá dentro, também. Podia acenar para si mesmo. Foi o que fez.

Khurram o olhou e abriu um largo e vigoroso sorriso. Ele vinha se entretendo, exultante, com uma variedade de engenhocas sofisticadas, adquiridas no país que deixara para trás: um CD player e um Nintendo portáteis, um celular e uma calculadora com som de voz. Demonstrava, animado, as maravilhas de cada engenhoca. A calculadora era a que mais o entretinha; quando Daanish apertava os botões, uma voz profunda anunciava os números de forma ininterrupta para os estúpidos demais para raciocinar: mil-no-ve-cen-tos-e-no-ven-ta-e-dois me-nos mil-no-ve-cen-tos-e-oi-ten-ta-e-no-ve é-i-gual a três.

— Bom — sorriu Daanish —, ainda bem que alguém pode confirmar quanto tempo eu fiquei fora.

O companheiro de viagem lhe ofereceu o CD player e o álbum de CDs portátil. Quase todos eram de músicas *country*, mas havia alguns de pop e um de rap. Daanish imaginou, primeiro, Khurram vestido de caubói, depois rodopiando com Madonna e, em seguida, insultando os filhos-da-puta. Riu. *Não aja como um estranho.* Bem, Khurram a caráter não era mais estranho que os *yuppies* norte-americanos cantando Hare Krishna, ou batendo na cítara como se fosse um instrumento de percussão. Não era mais estranho que Becky convidá-lo para uma festa porque ele daria a ela um toque étnico. "Minhas amigas acham que já está na hora de um rostinho exótico entrar no nosso grupinho", explicara ela, despreocupadamente. Não era mais estranho que Heather e suas amigas dançando em torno de plantações de milho a fim de invocar os deuses, "como os índios norte-americanos faziam." Ela era atéia, equiparava a religião dele ao fanatismo e não sabia explicar as origens do nome de seu estado natal, Massachusetts, embora entendesse, de fato, aqueles nativos.

— Você que escolheu? — indagou Daanish a Khurram sobre o CD do *rapper* Ice-T.

— Não, não, sobrinha minha. Disse que era muito bom e que Khurram ia gostar. — Mudando de assunto, acrescentou: — Eu e mãe minha visitamos *bhai jaan* em *Amreeka*. Ele tem empresa lá. É muito bem-sucedido.

— Que empresa? — quis saber Daanish. No entanto, Khurram, entretido com seus brinquedos, não respondeu.

O monitor do satélite mostrava Daanish em uma vagem, planando sobre o Golfo de Biscaia. Ele olhou pela janela, mas como já estava muito escuro, sua versão crescida foi obrigada a confiar em sua versão miniatura.

Seu pai sobrevoara aquele litoral havia nove anos, para participar de um congresso de medicina em Nantes, na França. Passara sua última hora disponível lá fazendo o que sempre fazia em qualquer litoral: vasculhando a praia em busca de conchas para a coleção de Daanish. Não encontrara muita coisa: alguns caramujos e lapas, além de tampinhas pintadas. Os verdadeiros tesouros viriam mais tarde, em suas viagens ao Oceano Pacífico, cuja temperatura era mais morna. Algumas daquelas maravilhas estavam penduradas no pescoço de Daanish. Ele as girava com um gesto corriqueiro, que Nancy comparava ao de uma mulher brincando com os próprios cabelos. Havia deixado as conchas maiores em Karachi. Em cerca de dez horas iria revê-las. Isso o entusiasmava mais que a possibilidade de ter contato com qualquer outra coisa em casa, até mesmo Anu. E, então, sentiu pavor. Ele abrigara as conchas em uma casa que já não abrigava seu pai e que abrigaria sua mãe pela primeira vez desde que ela se tornara viúva. Temia que ela se aferrasse a ele.

Daanish brincou com o colar. A mãe de Khurram, com a face tão enrugada como um saco de papel usado, inclinou-se sobre o filho e comentou que as conchas produziam lindos sons. O jovem tirou o colar e permitiu que ela o examinasse. Os lábios finos e engelhados da idosa formavam beiços, enquanto ela deslizava os dedos pelas conchas como se fizessem parte de um terço.

Então, ela se deteve em uma semelhante a um colmilho, e Daanish lhe relatou o caso de um mergulhador que ficara paralisado em virtude da aguilhoada de um conídeo, conhecido na região como glória-do-mar, cujo formato era similar ao da concha alaranjada que ela estava tocando. O mergulhador permanecera imóvel na mais completa escuridão, cerca de vinte metros abaixo da superfície do mar, ciente de que seria impossível dar o impulso vital para subir à tona. Quando o corpo foi encontrado, o tanque de oxigênio estava totalmente vazio. Daanish tentou imaginar o pavor de ficar sem ar no oceano escuro e gelado. Como se eu estivesse me vendo encolher, pensou ele. Como se um moribundo pudesse, na verdade, ver seu destino: este diminuiria de tamanho, até caber na concha de cinco centímetros em suas mãos. Deu de ombros, perguntando-se o que o pai teria vislumbrado em seus últimos momentos.

A idosa anuía, com um movimento da cabeça. Seus dedos envolviam cada peça, os sulcos de sua pele buscando outros sulcos para tatear.

Daanish lhe disse os nomes.

— Esta, que parece estar rachada, meu pai encontrou no Japão. É uma concha com fenda. Essas duas delicadas, rosadas, são preciosos caracóis. Eram tão raras que os chineses fabricavam umas falsificadas, usando pasta de arroz, e as vendiam por uma fortuna. Só que agora as falsificadas são muito difíceis de encontrar. — Como Daanish ganhara tanto a verdadeira quanto a falsa, pediu à senhora que as distinguisse.

Ela sorriu, porém não topou o desafio. Os nomes e as histórias do rapaz não lhe importavam. Bastava que as conchas lhe dessem uma sensação agradável e produzissem um lindo som. Após sentir cada uma delas, a idosa devolveu o colar e perguntou, de modo abrupto:

— O que está fazendo na *Amreeka*?

— Estudando.

— Vai ser médico ou engenheiro?

— Hum. Não sei.

Os olhos sagazes da senhora perscrutaram rapidamente o seu rosto. Em seguida, ela se virou, voltando ao seu cantinho tranquilo. De vez em quando, observava seu entorno e examinava os demais de um jeito ousado, como se estivesse realizando uma investigação secreta.

Não faria a menor diferença se ele lhe tivesse dito que queria ser jornalista. Ela questionaria a rentabilidade dessa escolha. Ele mesmo vinha se fazendo a mesma pergunta. Tal como o Paquistão, os Estados Unidos não eram o lugar para estudar jornalismo feito de forma imparcial, com liberdade de imprensa. Naquele país, ele corria o risco de ter os ossos partidos; neste, o espírito.

O jornalismo o fascinava pelo motivo oposto de sua outra paixão, a coleção de conchas. Enquanto esta exigia dissonância, aquele o mantinha em sincronia com o que estava acontecendo; enquanto esta era linda externamente, aquele demandava que ele investigasse interiores venenosos, como um mergulhador. Ele tentara explicar isso ao pai, cujo descontentamento com a sua escolha era cada vez maior. Em uma de suas últimas discussões, Daanish retrucara que a profissão estava em seu sangue.

Seu avô introvertido, de fala mansa, fora o co-fundador de um dos primeiros jornais muçulmanos na Índia. O jornal exercera um papel importante na defesa da causa do Movimento Paquistanês e fora elogiado pelo próprio *Quaid-i-Azam*. Daanish aprendeu cedo que, na Índia britânica, quando se tratava da língua escrita, os muçulmanos estavam muito atrás dos hindus e de outras comunidades. Antes dos anos 1930, não tinham nem mesmo um jornal diário. Seu avô ajudara a consolidar o primeiro. Como máxima, citava um membro da Liga Muçulmana: *Enfrentar batalhas políticas sem um jornal é o mesmo que ir à guerra sem armas.* O jornal afiou suas armas. Os britânicos reagiram, banindo-o, prendendo o avô de Daanish e deixando o restante a cargo dos proprios muçulmanos: o co-fundador foi assassinado por um colega muçulmano da redação.

Após a criação do Paquistão, seu avô foi libertado, e a família se mudou para a nova pátria. No entanto, após dez anos foi preso de novo, por desaprovar o primeiro golpe militar do país.

Décadas depois, em sua última carta ao filho, o pai de Daanish escrevera: "Você quer desperdiçar a oportunidade de se educar no Ocidente voltando para a pobreza de minhas raízes? Vai passar a vida lutando contra os americanos, só para descobrir que também terá de lutar contra seu próprio povo. Não foi para isso que seu avô penou na cadeia. Certa vez, ele me avisou: 'Só os cegos reencenam a história.' Pense bem."

Daanish não lhe respondera. Não lhe explicara que, no que dizia respeito à imprensa, não era apenas a do subcontinente que estava empobrecida. Bastou investigar as reportagens sobre a Guerra do Golfo para saber que fora vencida com armas que explodiam não só na terra, como também nos papéis. Ainda assim, poucos contra-atacaram.

Ao seu lado, Khurram roncava. O Nintendo mostrava uma contagem de 312. O CD player estava desligado. Daanish pensou na possibilidade de pegá-lo emprestado e ouvir, talvez, Ice-T. *Liberdade de Expressão... Veja Lá o Que Fala.* Quando ouviu pela primeira vez essas palavras, sabia que elas deveriam chegar ao professor Wayne. Então ele as incluiu em um trabalho final do semestre. O professor riscou a citação com caneta vermelha e acrescentou: *não usar referências pop.* Daanish argumentou que a cobertura da guerra era no mínimo tão pop quanto uma canção de *rap.* Mais tarde, tolamente, escreveu sobre isso para o pai. O médico lhe aconselhou a pedir transferência para medicina ou enfrentar uma vida cheia de arrependimentos.

Eles estavam chegando à Alemanha, passando por um túnel de escuridão mutável, ora negro, ora marrom-escuro. Frankfurt, dali a vinte minutos. As senhoras e os senhores da vagem foram orientados a apertar os cintos e apagar os cigarros.

— Estamos aterrissando — informou radiante o companheiro de Daanish, ao acordar.

— Dormiu bem? — perguntou o rapaz.

— Ah, sim, sempre durmo bem.

A vagem inclinou-se para baixo. O estômago de Daanish embrulhou. As luzes de Frankfurt oscilavam do lado de fora de sua janela. As rodinhas arranharam a pista de aterrissagem. Motores liliputianos frearam e, em seguida, foi feito outro anúncio. Somente as senhoras e os senhores com passaportes norte-americanos, canadenses ou europeus poderiam desembarcar durante a escala. Como os demais, travessos, poderiam escapar, teriam de permanecer no avião.

Pela primeira vez durante o vôo, Khurram ficou desanimado. Ele não era travesso; será que não acreditariam nele? Não, explicou Daanish. A mãe de Khurram desviou o rosto. Não precisava de explicações.

E, então, a vagem fez algo peculiar. Virou para o lado do qual acabara de vir. Apontou o nariz para cima. Ganhou altitude. Atravessou de novo o Oceano Atlântico, tão rápido que os cabelos dos passageiros travessos esvoaçaram de um lado ao outro. O céu perdeu seu tom marrom-escuro e ficou dourado. O sol voltou a oscilar ao lado. Na chegada, os passageiros pentearam os cabelos assanhados, pegaram as malas e saíram esbarrando uns nos outros, indo até o campus ensolarado da universidade. Daanish olhou para o relógio: 4h35. Estava atrasado para o trabalho.

2

Volume Enorme

OUTUBRO DE 1989

— Você está atrasado — vociferou Kurt, gerente do Bela Gula. Sua cabeça tinha o formato de uma bola de futebol americano e seu corpo o de um boxeador, que ficara flácido, tal como Lee J. Cobb, de *Doze Homens e Uma Sentença*. Para ele, todo funcionário era uma Bela Mula.

— Poxa, Kurt — sussurrou Daanish —, eu tive um probleminha. — Passou rápido pelo chefe antes que ele começasse a reclamar.

— Probleminha? A gente tem um volume enorme de trabalho!

Daanish pendurou o casaco, pôs o avental, que ia até os joelhos, ajustou o boné e entrou na cozinha que cheirava a suor, água sanitária, salada estragada, molho de maionese misturado com vinagrete, queijo mesclado com suco de laranja. Wang, da China, e Nancy, de Porto Rico, saudaram-no quando ele foi ao seu lugar de sempre diante da pia; entretanto, ninguém mais se deu ao trabalho.

Com a mangueira, Daanish começou a enxaguar uma panela de cobre, que ia até metade de suas coxas. Partículas de ravióli espalharam-se em seus olhos e lábios. O cardápio, naquela noite, oferecia massas e almôndegas, torta de carne moída, purê de batata e molho, pizza de crosta grossa e o costumeiro bufê de saladas. Daanish aprendia os cardápios diários não para aguçar seu paladar, mas para treinar seus músculos e nervos olfativos. Maisena e molho eram difíceis pra caramba de limpar. Os restos daquela pizza grossa seriam um saco. Ele riu ao pensar na rapidez com que aprendera aquelas expressões, apesar de ter chegado há apenas dois meses. Fechando a mangueira, começou a raspar os restos pegajosos de purê de batata instantâneo da panela, com uma faca. O cheiro revolveu seu estômago. Não jantaria de novo.

Sua mente reencenou os eventos do dia: acordara às sete, depois de ter dormido mal (seu companheiro de quarto tinha chegado bêbado às três da manhã de novo e, como sempre, começou a vomitar assim que entrou); tomara o café-da-manhã (chá e bolinho) sozinho, como de costume; foi para a aula do Wayne às nove, biologia às onze, laboratório às duas. Depois do trabalho, iria nadar e daí passaria na casa de Becky. Sua família costumava ligar e indagar: "E então, como é a vida aí?" O que eles esperavam? O que ele esperava?

Nancy passou por trás dele com uma pilha enorme de pratos. Quase escorregou no piso molhado, mas conseguiu se equilibrar a tempo.

— *Carajo* — praguejou ela. E, em seguida, disse a Daanish: — Melhor usar as luvas de borracha, gatinho, ou tua mulher não vai te querer.

Ele lhe deu um sorriso malicioso.

—Vai, sim. — Ainda assim, o rapaz examinou brevemente as mãos expostas. O vapor e o alvejante as estavam escamando como carne de ganso. Nancy jogou as luvas ao lado dele e o rapaz acabou colocando-as.

Quando os estudantes terminavam suas refeições, empilhavam as bandejas em uma esteira rolante, que levava louça para a cozinha, até Wang e Youssef. Wang, de corpo quadrangular e pegajoso, jogava o conteúdo de cada prato em uma enorme lixeira, lançando cores abundantes ali dentro. Youssef, um senegalês elegante, esfregava os copos e talheres. Nancy empilhava os pratos e os levava até Amrita, do Nepal, que os ensaboava e enxaguava. Ron, um afro-americano, enchia os carrinhos. Vlade, romeno, também.

Daanish não contara a Anu que sua bolsa de estudos o obrigava a passar vinte e cinco horas por semana sob o comando de Kurt. Deixou-a pensar que ele não tinha nada mais a fazer além de se debruçar sobre os livros, para se tornar um homem letrado. Por que revelar que se debruçava sobre pias, esquadrinhando letras... de sopas? Em Karachi, ele só entrava na cozinha para ser servido. Becky caçoava dele, dizendo que sua mãe o tinha mimado. Ela gostava de conversar. Sentava-se do lado de fora do refeitório, preocupada em manter o peso enquanto o pai pagava as contas.

Certa vez, por telefone, Daanish contou ao pai que estava trabalhando. O médico não teve muito a dizer. Ele lhe dera conselhos em uma ocasião, e só naquela vez, a caminho do aeroporto de Karachi, no dia em que o filho partira. Com sua voz grossa de fumante, pedira ao filho que se lembrasse de suas palavras. Em seguida, acrescentou: "Mantenha a cabeça erguida. Você tem uma vida pela frente para construir. Um dia, vai olhar para trás e rir do espaguete nos cabelos."

Daanish continuava esfregando a assadeira de pizza. Embora estivesse de costas para os demais, ouviu Ron praguejar. Ao se virar, viu Youssef manuseando diversos copos cheios de molho de gorgonzola, respingos de calda de morango e pedaços de granola. Em um dos copos, um guardanapo em formato de hóstia trazia uma mensagem vinda do outro lado da esteira: *Me come.*

— Babacas doentes — exclamou Ron, fechando o saco de lixo e jogando-o no ombro.

Kurt foi circular perto de Amrita, sua presa favorita. Ela lavava devagar, sobretudo quando tentava não ser tão vagarosa, porém não deixava passar uma sujeira sequer. Kurt colocou os dedos nodosos na cintura e disparou:

— Como eu cheguei até aqui? *Trabalhando.* Você acha que todo mundo tem a oportunidade de trabalhar, Anna? Sabe quantas pessoas batem nesta porta implorando por isso? A gente tem um enorme volume de trabalho! Você tem sorte de contar com este emprego.

Ela mordeu os lábios e deixou cair um prato.

— Dá para acreditar nisso? — Ele ergueu as mãos. Amrita recolheu os pedaços quebrados; no entanto, em vez de jogá-los na lixeira separada para louça quebrada, meteu-os na de reciclagem. — Dá para acreditar nisso? — repetiu ele. — Causa alguma surpresa eles falarem de países em desenvolvimento? — Ele a acompanhou da lixeira errada para a certa, insistindo que a primeira não havia sido limpa de forma correta. Então, seguiu-a de volta à pia: — Um volume enorme de trabalho, Anita. Como acha que construímos este país, hein?

Ron parou de empurrar um carrinho com maionese e enrubesceu. O olhar que Nancy lançou para Daanish dizia: "Se matar o Kurt por mim, eu vou te idolatrar pro resto da vida." Todos os funcionários simplesmente continuaram a trabalhar. Como máquinas, pensou Daanish, desejando muito tocar em Nancy.

Kurt prosseguiu:

— Com certeza não construímos esta nação chupando o dedo. Não adianta pensar que vai faltar trabalho, como acontece lá na tua terra; aqui ele só vai *acumular*.

Quando o chefe, por fim, saiu da cozinha, Nancy disse a Amrita:

— Não esquenta, não, garota; ele não encontraria o próprio pinto nem se usasse as duas mãos e um mapa.

Daanish queria consolá-la, mas não sabia como. Em vez disso, quando Vlade passou com o carrinho, em silêncio, lembrou-se das carroças das ruas de Karachi. Um verso do cantor popular Masood Rana lhe veio à mente: *Tanga walla khair mang da*. O carroceiro busca o contentamento.

Às 9h45, Daanish tirou o avental do Bela Gula, pegou o casaco e sentiu o ar revigorante de meados de outubro. Devia ir para casa, tomar banho e fazer um trabalho para a universidade. Em vez disso, subiu a colina, até a casa de Becky Floe.

Os dois se haviam conhecido dois meses atrás, na academia. Ele estava saindo da piscina, prestes a pisar nas lajotas molhadas, quando viu o maiô verde-limão e os dedos enrugados a apenas alguns centímetros de seu tórax. As unhas estavam pintadas de rosa, combinando com sua pele sardenta. Tinha estrutura larga, seios grandes e cerca de um metro e setenta, e disse:

— Você é tão ágil, *Dei-nish*.

Os olhos cheios de cloro do rapaz pestanejaram. Ele nunca a vira antes, mas ela sabia até o seu nome. Perdoaria sua incapacidade de pronunciá-lo de forma correta. Pela primeira vez em sua vida, tinha sido abordado.

A jovem segurou sua mão quando foram caminhando até a casa dela. O tempo esquentara de repente; Becky disse que era o verão indiano. Os cabelos dourados e molhados da jovem pingavam em uma camiseta azul-clara, na qual se lia *Escolha*. Daanish perguntou-se se era o nome de uma banda.

Becky queria saber tudo a respeito de seu país. Era igual à Índia? Ele não entendeu bem por que precisava dessa referência, já que ela nunca havia estado lá também. Só havia estado fora dos Estados Unidos uma vez, no ano passado, ocasião em que passara um mês no México. Quando ele descreveu sua comida, ela disse que parecia "Igual à do México." Isso se repetiu com o clima, o tráfego e os mendigos; com as pessoas, a paixão, as questões políticas; com a música, a corrupção e o tráfico. Aquele mês, explicou ela, havia sido inesquecível. Levou-a a entender tudo que era autêntico.

— E aí, você cresceu, tipo assim, num palácio ou algo parecido?

— Não — ele riu. — Meu pai é médico.

Ela o fitou com perplexidade, como se não conseguisse acreditar que houvesse médicos no Terceiro Mundo. Esse olhar passou à incredulidade rapidamente quando a conversa chegou ao emprego dele no Bela Gula.

— Você é filho de um médico e precisa de ajuda financeira? — Sob a luz do sol, a cor das pernas não raspadas dela passou do esbranquiçado ao avermelhado.

— Na verdade, preciso, sim. — Dando-se conta de que ela não se convenceria até ele citar números, explicou: — No Paquistão, um médico ganha em média dez dólares por hora. Apesar de ser um valor bastante alto comparado com a média nacional, não é o bastante pra enviar um filho pros Estados Unidos, é? — Nos anos seguintes, ele repetiria esses números diversas vezes. Diria, muito mais exasperado que na primeira vez: "Nem todo mundo que tem a pele escura é pobretão ou ricaço. Existe o meio-termo."

A expressão de Becky continuou a aparentar descrença. Em seguida, ela lhe deu um beijo no rosto e o despachou para a colina.

Ele nunca esperou ser paquerado por uma mulher norte-americana. Ao caminhar de volta para o quarto, perguntou-se se isso realmente tinha acontecido, se poderia ter ocorrido, se aconteceria de novo ou se deveria simplesmente esquecer o fato.

Dois dias depois, ela o convidou para ir ao quarto dela. Estava cheio de livros do tipo: "A Guerreira", "Sexualidade e Literatura Norte-Americana", e "Relações Sexuais".

Enquanto ela falava, ele pensava consigo mesmo se aquilo era um encontro amoroso. Se fosse, o que ele deveria estar fazendo? Seus encontros anteriores com mulheres se resumiam a amassos apertados em Karachi, dentro de carros apertados, enquanto alguém exercia a função de vigia, ficando de olho para ver se vinha a polícia, que parecia ter um radar especial para casais de solteiros. Então suas interações com mulheres foram febris e atrapalhadas. Nunca havia falado com uma só jovem que tivesse beijado e mal vira o que tinha tocado.

Becky interrompeu sua fala, de súbito, dizendo:

— Sabe, você sonha demais. Tem mais é que controlar a sua vida e se aferrar a ela, deixando claro quem é que manda. Eles não aprenderam isso no México.

Ele não duvidava de que ela havia se aferrado à vida. E admitiu que, em seu país, sonhar acordado era um dos passatempos favoritos.

— Pode ser reconfortante. A vida toma seu curso e você se torna um espectador. Às vezes, não há outra escolha.

— *Sempre* há outra escolha. — Becky começou a caminhar pesadamente pelo quarto, e ele não sabia bem o que ela estava fazendo. Naquele dia, estava usando uma camiseta rosa, que dizia *Aja*. Seus cabelos estavam molhados de novo, pois tinha nadado. Pingaram na blusa, de modo que a parte de cima das letras estava mais escura, como se estivessem, de fato, agindo. Ela começou a secar os cabelos. — Você pode fazer escolhas a cada passo que dá e, se tiver dúvidas, sabe, tem que optar por fazer alguma coisa a respeito. — O secador ressoava à medida que ela o movia.

— Às vezes — gritou ele, para se fazer ouvir, apesar do ruído do secador — a pessoa se depara com obstáculos maiores que ela mesma. Quando falta luz e não se pode ligar a bomba d'água, e está fazendo um calor de quarenta e três graus, que escolha se tem além de esperar e agüentar o suor escorrendo?

O secador continuava emitindo seus ruídos peculiares. Pelo visto, ela não tinha ouvido. Em um piscar de olhos, ela acabou de secar os cabelos e se arrumar.

Em seus encontros seguintes, Daanish nunca viu Becky se aquietar. Até quando ia ao banheiro, ela enchia a mente com as inúmeras revistas de luxo sobre cabelos e maquiagem, que ficavam sob a pia. Ele achou a coleção estranha para uma universitária dedicada aos Estudos da Mulher, notando também que ela não ficava guardada junto com os livros sobre feminismo. Contudo, optou por manter essas observações para si mesmo. Em geral, deixava-a falar, aguardando com ansiedade o dia em que seus beijos avançariam mais. Ele tinha dezenove anos. Naqueles dias, no entanto, sua virgindade lhe dava a sensação de ter noventa.

Talvez isso acontecesse hoje.

Daanish bateu à porta. Ouviu o barulho de móveis se movendo. Ela gritou:

— Quem é?

O rapaz esforçou-se para inspirar desejo com uma só palavrinha:

— Eu!

Silêncio, durante vários segundos. E então, por fim:

— Dá pra você voltar depois?

3

Opção

JANEIRO DE 1990

"Depois" equivaleu a mais de dois meses após aquele dia, à festa de Ano-Novo na qual ela queria comparecer com alguém de um grupo étnico distinto. Porém, quando as aulas terminaram, Becky nunca mais abriu a porta. Então, duas semanas após o início do semestre seguinte, ele se meteu em outra.

Eram 4h30 da tarde, já no crepúsculo, quando ele subiu a colina de novo, desta vez para ir ao quarto de Penny. Tinha esfriado bastante, estava abaixo de zero. Daanish nunca lidara com tanto frio. Suas botas de inverno lhe haviam custado quase todas as economias do primeiro semestre, e ele estava ansioso. A cola secaria? A costura arrebentaria? O couro cederia? Em Karachi, os sapatos tinham fama de não durar muito. Aqui, parecia ocorrer o contrário. Isso o animou, embora não conseguisse parar de tremer, apesar de estar com a roupa interior térmica, o suéter de gola olímpica do pai, dos anos em que ele vivera em Londres, dois casacos de lã e uma jaqueta de penas de ganso. A jaqueta ele tinha comprado no dia anterior, usando o dinheiro de aniversário que os pais lhe haviam mandado. Fechou-a mais na altura do queixo e sentiu a presença dos dois.

Caminhava nos locais em que a neve estava mais sólida, não só para poupar as botas do lodo-infernal-consumidor-de-botas, como também para ouvir o som da neve sendo esmagada com suas passadas. Eram botas de boa qualidade, resistentes. Ao redor de Daanish, havia pedaços de gelo suspensos nos ramos, luzindo tons dourados e avermelhados ao pôr-do-sol. Dois cristais pareceram aumentar de volume repentinamente. A extremidade de um deles era belíssima. Ambos caíram em um grande corniso, que se esparramava em torno da academia na qual ele e Becky se conheceram, e começaram a zunir.

Foi o som agudo de um sibilo que fez com que Daanish se desse conta de que, na verdade, estivera olhando para um par de cardeais, e não para a movimentação de granizos enfeitiçados. Os pássaros o observaram, de peitos estufados, o macho com sua crista ereta, a fêmea cantando de novo. Daanish parou. Seu pai teria gostado disto: do gelo, do assobio do pássaro em meio ao frio. Lá, em sua casa, ele provavelmente estava no escritório, fumando cigarros Dunhill. Daanish se encolheu no suéter do pai. Sob todos aqueles casacos, um cordão de conchas pressionava sua pele.

Ele não almoçara de novo — era difícil para o rapaz comer no Bela Gula, mesmo nos dias de folga. Seu estômago roncou. Se tivesse uns cinco dólares sobrando, teria ido até a cidade e pedido um daqueles hambúrgueres com queijo derretido, que já vira o companheiro de quarto devorar.

Ao passar pela casa onde Becky morava, deu uma olhada em sua direção, esperando que ela o visse caminhar até o outro prédio. Fora em uma de suas muitas subidas até a casa dela que se deparara com Penny, no outono passado. Ela era, de acordo com suas próprias palavras, poeta, dançarina e educadora. Não tão elegante quanto Becky, mas, à sua maneira, tão dinâmica quanto ela. Embora também priorizasse a autenticidade, considerava-a menos importante que a ciclicidade. Aliás, explicara ela, a autenticidade era um subproduto da ciclicidade. Ou era o contrário? Não importava, já que tudo remetia ao Começo. Ela gostava tanto dessa sua explicação, que fez dela um poema. Na verdade, sempre *fora* um poema, a jovem era apenas um instrumento. Tal como Becky, Penny também acreditava em ações, porém, avisava ela, era preciso ouvir o que o corpo dizia antes.

Bom conselho, refletira Daanish muitas semanas antes, quando ela o levara para um bosque de vidoeiros e bordos, tirara a roupa da cintura para baixo e se jogara em uma pilha de folhas douradas. Por fim! Ele se despira, quase gritara em virtude do frio e a seguira, apressado. Os dois rolaram no colchão grosso de folhas soltas; Daanish tremia, extasiado. Porém, por que estava demorando tanto para encontrá-la?

— Você é virgem! — dissera ela, dando risadinhas, quando ele dera estocadas em sua barriga pela quinta vez. Ele fizera pressão em suas coxas longas e fortes, cutucara a fenda de seu traseiro e, completando o ciclo (tal como Penny sabia que costumava ocorrer) regressara à sua barriga. A jovem ficara ao mesmo tempo irritada e entretida e, por fim, dissera: — A gente tem que parar. Isso está começando a machucar.

Ele quase morrera de vergonha. Ela se sentara, acariciara o seu pênis até ele se enrijecer novamente, e encorajara-o a ouvir o próprio corpo.

— O que ele diz? — sussurrara ela.

Os olhos dele quase saltaram fora. *O que você acha que diz?*, quis gritar ele, as bochechas de um tom terrivelmente igual às folhas vermelho-sangue sob os dois. Estava mais rijo que as árvores, que sorriam afetadamente em seu entorno; começara a se desesperar. Iria gozar na mão dela.

— Relaxa — encorajara ela. — Não se segura, não. — Fizera menção de se deitar com ele de novo, porém fora tarde demais. O sêmen jorrou nos joelhos dela. O bosque agitara-se, feliz, deixando cair mais folhas ainda.

Daanish enrubesceu de novo enquanto subia a colina, lembrando-se daquele dia. O que mais lhe vinha à mente, de forma perturbadoramente vívida, era o ruído produzido por seus corpos no colchão de folhas. Não era igual ao de papel sendo amassado, nem de duas camisetas engomadas sendo esfregadas, tampouco ao de uma *dupatta* de *voile* arrastando na grama; talvez se assemelhasse mais a um chocalho de criança ou a lascas de ferro deslizando no fundo de uma lata. Era um ruído que levava Daanish às profundezas deprimentes da vergonha. Toda caminhada que fez naquele outono reforçou aquela lembrança, e quando uma tâmia ou um pássaro saltava sobre o manto de folhas que cobria os jardins da universidade, ele ouvia o coro das árvores escarnecedoras.

Por sorte, o *campus* estava coberto de neve agora. E Penny, muito benevolente, decidira minimizar a importância do que ocorrera — ainda bem que não fora Becky. Ele conseguiu levar a tarefa adiante, por fim, de manhãzinha, após sua primeira noite juntos. Talvez estivesse sonolento demais para entrar em pânico e tivesse ouvido, tal como aconselhara Penny, o próprio corpo.

Agora, ela estava esperando por ele, com uma saia macia, de tom pastel, e um suéter roxo grosso. Suas pernas grossas estavam envoltas em meias-calças violeta. Aqueceu os lábios dele com os seus. Seu quarto exalava a lilás e frutas assadas, efeito das velas acesas no peitoril da janela. Sobre a cama e o sofá estava um monte de almofadas. O teto fora pintado com um tom roxo-escuro, no qual ela desenhara sua galáxia: meias-luas e luas cheias, além de estrelas. Em um canto, havia um prato coberto. Daanish o olhou, faminto. Ela tirou o pano: torta de queijo com duas velinhas.

— Estou morrendo de fome — disse ele, salivando.

— Por quanto tempo você vai continuar a desprezar a comida do alojamento?

— Enquanto ela continuar me enjoando só de olhar.

— Então, você vai ter que pensar em alguma outra coisa, *Dei-nish*! Tadinho! Senão, você vai acabar ficando doente. — Deu um beijo em seu nariz e acendeu as velinhas. — Feliz Aniversário!

— Obrigado, Penny. — Soprou as velinhas e esperou a fatia de torta. Devorou-a em silêncio, subitamente deprimido. Ela era a única na universidade de três mil alunos que sabia que ele estava fazendo vinte anos naquele dia. A jovem assanhou o cabelo de Daanish enquanto ele comia. Era generosa, boa e, ainda assim, ele não conseguia pensar em nada para lhe dizer. O rapaz sentou-se na cama de Penny, sob a galáxia de Penny, à luz de vela de Penny. Se ela acabasse com tudo, aonde ele iria?

4

Ao Encontro de Anu

MAIO DE 1992

Daanish sentou-se de forma abrupta. Voltara a tempo para sua poltrona, assim que o sinal de Aperte o Cinto acendera. A água que ele pegara com uma simpática comissária de bordo, para ele e Khurram, acabou derramando em ambos. Porém, como sempre, seu companheiro não perdeu o bom humor. Com os olhos cintilando, disse:

— Agora, a gente está se divertindo.

Embora a água tivesse caído em sua mãe também, ela continuou a dormir profundamente na poltrona do corredor. O outro acrescentou:

— Você não fala muito, igual mãe minha. Já pai de Khurram não é assim. Falo muito, como ele. E quando pai meu começava a tagarelar, mãe agia exatamente assim. — O companheiro apontou para o montinho coberto. Só dava para ver um nariz enrugado e olhos fechados. Deu uma palmada nas coxas, encobertas pelo jeans, e riu efusivamente. — Agora quero que diga o que passa em mente brilhante. Sempre pensando. Nunca desfrutando de vida. Um dia você vai fazer enorme sucesso e, com a graça de Alá, sustentará seu alegre irmão mais novo!

Daanish riu.

— Eu não tenho irmãos.

— Ah! Essa é a primeira coisa que rapaz me diz. — Olhou para o relógio. — Demorou quatorze horas.

— Ainda bem que não sou o único a controlar o tempo meticulosamente.

Khurram esfregou as mãos.

— Nenhum irmão? Pobres pais. Irmãs?

— Não. Só primos. E demasiados.

Ele se virou para encarar melhor Daanish, a barriga estufando sob o cinto.

— Como pode dizer isso? Nunca são demasiados!

Daanish não teve coragem de lhe dizer que havia três dias não tinha pai também.

A turbulência passou, e o sinal de apertar o cinto foi desligado. Khurram voltou a jogar Nintendo. Após um tempo, disse:

— Vamos chegar em Lahore logo. E depois, em Karachi, finalmente! Quem vai pegar você?

Meu pai, pensou Daanish, sentindo o impacto de sua ausência.

Quatro horas depois, aterrissaram em Karachi.

— Chegamos! — Khurram desafivelou o cinto. A agitação começou: pulseiras ressoando, bebês chorando, os compartimentos de bagagem sobre os assentos sendo abertos e fechados, malas e sacolas empurrando traseiros. Os passageiros estavam se preparando para desembarcar antes mesmo de o avião parar. A voz seca de uma comissária lhes pedia para aguardar, porém ela e o rádio cheio de interferências desistiram.

Por fim, a porta foi aberta, e Daanish seguiu os demais na pista. Havia uma neblina cinza-clara, e o calor sufocante se fez sentir de imediato. Não se via uma só estrela. Ele ajustou o relógio de acordo com o horário local: 3h30 da madrugada.

— O carro está esperando — disse Khurram, quando haviam passado pelo nó da imigração, bagagem e alfândega.

— Que carro? Eu ainda não vi minha família.

— Uau, você não se lembra? É avoado! Como foi que rapaz conseguiu se virar em *Amreeka* por três anos?

— Khurram, foi ótimo te conhecer, mas eu preciso ficar num lugar onde meu *chacha* possa me ver.

— Rapaz não se lembra mesmo de ter ligado de celular do Khurram, quando a gente aterrissou em Lahore? Está se sentindo mal?

Cada um levava dois carrinhos, embora apenas uma mala fosse de Daanish.

Daanish franziu o cenho.

— Lembrar do quê?

— *Arre paagal!* — O carrinho de Khurram tombou. Ele se debateu com uma mala cuja costura estava arrebentando. A iluminação estava tão fraca, que ele não tinha como ver se perdera alguma coisa; assim sendo, ficou de quatro para tatear o piso. — Eu disse pra você que casa de Daanish fica perto da de Khurram e, como temos um motorista, pra que incomodar pobre tio? O vôo já estava atrasado mesmo. A gente ligou pra ele e falou até com sua mãe. Todos concordaram. Ninguém gosta de dirigir sozinho em madrugada, atualmente. *Kooch to yaad ho ga.*

A mãe de Khurram foi andando na frente, com determinação. Todos aqueles exercícios para as pernas durante o vôo pareciam tê-la rejuvenescido por completo.

Daanish emudeceu. Não se lembrava de forma alguma do telefonema. Queria saber se tinha sido ele ou Khurram que falara com Anu, e se perguntara como ela estava. No entanto, não queria chocar ainda mais o companheiro. Seguiu-o, sentindo de súbito ser *ele* a criança desajeitada, e Khurram, o adulto.

O estacionamento estava cheio de homens perambulando de forma despreocupada, bocejando. O cordão do *shalwar*, a usual calça folgada usada por eles, oscilava como rabo de cabra. Eles fumavam, pigarreavam e observavam a reunificação de famílias. Duas criancinhas correram até Khurram e apertaram de modo arrojado sua barriga.

— Khurram *bhai*! Khurram *bhai*! — gritaram elas. A garotinha tinha pernas finas, que saltitavam sob um vestido dourado, enquanto os braços cheios de pulseiras e as mãos com unhas pintadas em tom avermelhado agitavam-se, excitadas. O menino pulou nos braços de Khurram e estava amarrando um balão em uma de suas orelhas gordas quando, a um só tempo, apareceram mais seis pessoas. Cada uma delas começou a disputar a atenção do grandalhão, enquanto a mãe, com quem ele mal conversara durante todo o vôo, organizava com zelo as agarrações e os apertos.

Daanish ficou afastado, de olho na bagagem, perguntando-se como iriam caber em um só carro — ou será que havia mais de um? De súbito, um indivíduo, que obviamente fazia parte do grupo, mas, tal como ele, mantinha-se um tanto afastado, chamou sua atenção. Sua presença se fazia notar: moreno, com maçãs do rosto que as mulheres dariam tudo para ter; cachos negros e oleosos que roçavam em seu maxilar protuberante; olhos de um estranho tom azul-opalescente; postura de militar; ombros retos e fortes, com contornos musculosos decifráveis o bastante pela *kameez* diáfana, à luz opaca. Ao que tudo indicava, tinha consciência da aparência imponente que transmitia, pois virou a cabeça, permitindo que Daanish visse seu perfil bem delineado e arrogante. Daanish arqueou a sobrancelha, divertido.

O grupo começou a se mover. Daanish os seguiu. Khurram o apresentou aos demais. Os homens e as crianças o abraçaram e beijaram também; o menino sugeriu que amarrasse na orelha um de seus balões. O sujeito bem-apessoado empurrou o carrinho de seu companheiro. Daanish chegou à conclusão de que ele era o motorista.

— Vamos deixar rapaz primeiro — Khurram apontou para Daanish. — Ele mora em nossa rua.

— É mesmo? — Um tio sorriu, enquanto os outros assentiram amigavelmente.

— É — respondeu Daanish. — Obrigado por me incluírem.

Khurram era agora a estrela do show, e Daanish podia jurar que até sua aparência começara a mudar. O rapaz rechonchudo, dos brinquedos, desaparecera. Andava ereto, empurrando a barriga para a frente, como um farol. Descreveu, com conhecimento de causa, suas incursões noturnas nos supermercados, onde podia, de olhos vendados, indicar todas as variedades de queijos cremosos e biscoitos só de prová-los. Falou dos caixas automáticos que cuspiam dinheiro ao toque de botões incrivelmente complicados. E o tempo todo interrompia as histórias para dar ordens ao motorista:

— Cuidado com mala, tem latas.

Havia apenas um veículo, um Honda Civic verde metálico.

— Cadê meu carro? — perguntou Khurram ao motorista.

— Seu cunhado pegou o Land Cruiser hoje — explicou um tio.

Enquanto Khurram amaldiçoava o parente faltoso, o motorista começou a pôr a bagagem no porta-malas. Khurram se sentou na frente, com uma criança em cada joelho e duas mochilas nos pés. Os demais se espremeram atrás, com o restante da bagagem. Quando o breque foi abaixado, uma tia colocou uma bolsa sobre ele.

O balão que voava sobre Khurram estourou, e o menino começou a chorar. A garotinha bateu as mãos de mocinha:

— Bebê chorão!

— Venha aqui — disse a mãe do menino, repreendendo a garota. Todos se moveram e esticaram o pescoço, enquanto o menino tentava voar como o Superman até o banco de trás. Por esse feito lhe ofereceram *ching-um* e disseram que sempre seria corajoso. Ele se acomodou satisfeito no colo da mãe, apoiando a cabeça em uma mala, segurada pelo pai, que pouco a pouco foi se inclinando na direção de Daanish, que já estava equilibrando outras três, com as costas sendo ritmicamente machucadas pela ombreira da porta. A garotinha perguntou-se se não tinha sido tratada com falta de consideração e começou a chorar. De imediato lhe mandaram calar a boca.

Estavam na rodovia Drigh. Uma luz fina abriu caminho em meio à neblina, e o céu adquiriu um tom púrpura, esfumaçado. Na direção sul, Daanish podia ver as estradas secundárias esburacadas. Ouvira falar nisso. Fazia parte do plano de desenvolvimento do primeiro-ministro: táxis amarelos, uma nova rodovia e uma nova rede telefônica informatizada, com sete dígitos em vez de seis. Entretanto, os novos programas não haviam sido implementados. As estradas estavam estragadas e abandonadas como carne velha. Quando a cidade acordava, os pedestres sacudiam a poeira de seus sapatos, lançando-a no ar coberto de fuligem, para que se reassentasse no próximo transeunte.

Quando morara ali, raramente fora um desses pedestres. Os habitantes de Karachi caminhavam por necessidade, não por prazer. Até agora, ele simplesmente aceitara isso. A beleza e a higiene deveriam ficar guardadas em recinto fechado, aumentando seu valor. Ninguém se importava com o espaço público. Como se estivesse confirmando os pensamentos do rapaz, o garotinho, cansado de segurar o embrulho do *ching-um*, lançou-se sobre as malas de Daanish, abriu a janela e jogou o papel fora. E, em seguida, passou a se livrar de tudo que tinha no bolso: mais embrulhos, um pacote de batatinha frita com *chili* e um monte de pontas de lápis.

Ninguém notou. A família estava informando aos recém-chegados os acontecimentos locais. Desde o início do ano, haviam sido divulgados mais de três mil seqüestros e, agora, ao menos essa quantidade de patrulheiros fazia rondas na cidade.

— Eles param qualquer um — afirmou a mãe, para quem o menino, cansado de jogar lixo fora, voltara. — A Shireen me contou que aqueles terríveis patrulheiros tentaram pará-la, mas que o motorista dela, muito esperto, não parou. Qualquer coisa podia ter acontecido. — Ela meneou a cabeça.

— Não se pode parar nesse tipo de blitz — concordou o marido dela.

— Estabeleceram um toque de recolher em Nazimabad — disse ela.

Outro homem opinou:

— Os bandidos estão atacando todo mundo agora. Não só os ricos. Agora mesmo, neste mês, saquearam uma vila de pescadores. Não dá nem para imaginar o que levaram, pois agora até os peixes estão escassos!

— Falando nisso — acrescentou uma jovem —, o preço do peixe está pela hora da morte! — E, então, deu à mãe de Khurram detalhes precisos sobre a qualidade, o tamanho e o custo dos frutos do mar e peixes do mercado. A outra mulher a interrompeu a fim de dar sua própria opinião.

Entre os homens, outra discussão vinha ganhando terreno, rapidamente. Khurram afirmava:

— Esta é a mais longa rodovia de Karachi, isto é *fato*. — Daanish não entendeu bem como passaram de patrulheiros à extensão de rodovias, porém mais uma vez se surpreendeu com a recém-descoberta autoconfiança de Khurram. Estava até mesmo se expressando com mais clareza.

De repente, quase todas as ruas de Karachi se tornaram as mais longas.

— Não — refutou um deles. — É a rodovia Mohammad Ali Jinnah. Outro meneou a cabeça:

— A Abdullah Haroon é a mais longa de todo o Paquistão.

— Não, é a Nishtar — disse o primeiro, mudando de idéia subitamente.

— Qual é extensão dela? — desafiou Khurram. — Eu quero *fatos*!

— Ah, que diferença faz? É tão longa quanto Karachi!

Essa discussão ocorreria de forma totalmente distinta nos Estados Unidos, pensou Daanish. Lá, em primeiro lugar, um material escrito deveria ser encontrado. Isso demonstraria objetividade. Em seguida, o oponente localizaria outro texto defendendo *sua* posição. Em conseqüência disso, os debates eram feitos apenas por escrito, enquanto que, pessoalmente, as pessoas raramente discutiam. Como o debate por escrito ficava sujeito à disponibilidade de material, era mais difícil que pontos de vista mais originais fossem apoiados. Ele aprendera isso da forma mais difícil, na aula de Wayne.

Aqui, as pessoas costumam discutir entre si; geralmente, todas falam ao mesmo tempo, e quase ninguém se mantém interessado no debate por muito tempo. Os homens haviam terminado de questionar a situação daquela rodovia no que dizia respeito à sua extensão. A conversa girava em torno, agora, de seu nome original — era rodovia Shara-e-Faisal ou

Viveiro? Khurram insistiu que sempre fora rodovia Aeroporto, enquanto alguém jurou que se chamava Principal. Então o tema passou para a distância de um ponto a outro, o tempo gasto para fazer isso, as chances de haver trânsito entre os dois lugares, o aumento do tráfego, a necessidade de carros, aliás, de dois carros, e a falta de tempo cada vez maior, sobretudo para ficar com os amigos e a família fazendo justamente isto: batendo papo. Riram com gosto, concordando basicamente em uma coisa: que o objetivo da disputa não era ganhar ou perder, mas trocar o maior número de palavras, já que elas carregavam sentimentos, como pombos-correio.

A mente de Daanish não divagava menos que a conversa ao seu redor; a única diferença era que a sua tinha um núcleo: seu pai.

Quando passara com ele naquele trecho havia três anos, o pai falara de si mesmo quando jovem, na época em que chegara da Inglaterra com seu diploma de médico. Apontara para a névoa seca que sufocava a cidade, franzindo o cenho: "Naquele período, este país era muito diferente. Mal tinha vinte anos de vida, quase a sua idade. Era mais limpo, cheio de potencial. Mas, então, nós entramos em guerra, e nos dividiram em dois. Como fomos fazer isso?"

Daanish sentira uma atmosfera sombria envolvendo os dois, e desejou que o médico tivesse dado um discurso de despedida mais agradável. De repente, o pai esticara o braço e acariciara o joelho do filho. "Mas é reconfortante saber que você será um modelo mais refinado de mim. Partirá e voltará em melhores condições que eu."

O rapaz estremeceu. Não era essa a lembrança que queria ter dele. Preferia recordar-se do pai na enseada. Daanish reteve a imagem por um momento e, em seguida, sua mente levou-o ao pequeno recôncavo.

A enseada era um retiro agradavelmente isolado, que ficava a vários quilômetros da cidade. Embora lodo e dejetos humanos tivessem destruído quase todos os recifes no litoral de Karachi, logo após a curva da baía havia uma pequena formação de coral, na qual o médico costumava levar Daanish para mergulhar com tubo snorkel.

A primeira concha com a qual Daanish se deparou foi um caracol marinho roxo. Era um molusco errante de cerca de três centímetros, que flutuava na superfície do mar, percorrendo distâncias mais amplas que qualquer outro ser vivo — ou morto. O médico boiava sobre as ondas, de barriga para cima, com o estômago submergindo e emergindo tal como a corcova de uma baleia, seu umbigo cabeludo uma diminuta piscina azul. Daanish nadou de forma graciosa atrás dele, olhando com curiosidade a concha que veio à tona, repentinamente, nas ondas da maré mansa. O pai explicou que, quando ameaçado, o molusco lançava um líquido roxo, que os antigos egípcios utilizavam como tintura. Daanish o pegou. Assim que seus dedos se curvaram sobre a frágil concha roxa, o molusco se escondeu dentro dela. Ele tinha oito anos naquela época e tentou imaginar onde ela estivera e quanto tempo havia passado entre os faraós e ele.

Mais tarde, os dois escalaram os penedos que cobriam as extremidades da enseada e caminharam pela praia, o pai esquadrinhando e estudando as conchas que eram arrastadas até seus pés. Ele achou um caracol marinho vazio e deu-o ao filho. A concha seria colocada no pescoço do rapaz.

Daanish tocou no mesmo caracol naquele momento, no carro de Khurram.

A casa de Daanish estaria cheia de parentes, oriundos de Londres, Islamabad e Lahore. Podia até visualizar as tias enxugando as lágrimas com suas *dupattas*, enquanto rezavam com os colares de contas muçulmanos, recitando o Corão em coro lamentoso. O pai nunca gostara de tais rituais, no entanto, Daanish sabia que Anu ia querer realizá-los. O rapaz podia visualizar suas maçãs de rosto úmidas e manchadas de *kohl*. Podia vê-la levando-o pela rua Drigh, passando pela Gol Masjid e seguindo em direção a Sunset Boulevard. Anu o chamara para que ele compensasse a sua perda.

Daanish contemplou o nevoeiro, ansiando por mais retiros.

5

Repouso

ABRIL DE 1990

Eram as férias de primavera. A maior parte dos estudantes fora passar a Páscoa em casa. O *campus*, sem vida humana, estava sublime, os gramados cobertos de hediotes, ranúnculos e margaridas-amarelas, e as árvores repletas de chapins e melancólicos papa-moscas. Daanish passava o tempo caminhando, atento aos sons, desfrutando do lugar como nunca antes.

Ele foi até uma esquina mais distante, percorrendo uma trilha longa e estreita ladeada por duas fileiras retas de gigantescos carvalhos e cedros. Atrás de uma delas, havia um pequeno muro que ia do início ao fim do caminho. Era o único muro delimitador do *campus*. Daanish respirou fundo, feliz por estar caminhando em uma terra que precisava apenas de uma demarcação. Não havia uma só casa, escola, universidade, parque ou escritório em Karachi que não estivesse cercado por quatro longos muros, embora fosse o Consulado dos Estados Unidos que tivesse os mais altos de todos.

Logo, o rapaz chegou a um jardim retangular, que ficava em um nível abaixo e bastante escondido em meio às árvores. Seixos arredondados como ovos espalhavam-se pela circunferência da depressão de terreno. Tomilhos silvestres brotavam entre eles. Naquele canteiro haviam sido plantados amores-perfeitos, campânulas e prímulas.

Daanish foi até lá e se esparramou entre as flores. Viu faces nas árvores antigas e retorcidas. Algumas se desarraigaram e trocaram de lugar com outras. As campânulas soaram, as prímulas espirraram e um chuvisco dourado lhe envolveu o rosto. No céu, deslocavam-se nuvens brancas. Não havia neblina, nem névoa seca. Ali tampouco se viam buracos, lixo queimando, mendigos, seqüestros e governos dissolvidos. Tanta beleza em um país que consumia trinta por cento da energia mundial, emitia um quarto de seu dióxido de carbono, despendia mais com as forças armadas que qualquer outra nação e provocara acidentes nucleares durante cinqüenta anos, razão pela qual os oceanos estavam cheios de plutônio, urânio e só Deus sabe que outros venenos. Um país que cogitara, inclusive, a condução de testes nucleares na lua.

As nuvens arredondadas e brilhantes sussurraram: Vamos descarregar tudo *neles, neles.*

Era extremamente tentador.

Flores caíram nos cabelos de Daanish. Ele bocejou e se sentiu como Alice, caindo em um abismo após o outro. Será que também acordaria sob os auspícios de sua terra? Começou a pestanejar. Um rechonchudo pica-pau cinzento saltitou por um tronco, circundando-o. Rodopiou junto com ele, transformando-se em um medalhão redondo e polido de ouro puro, o qual balançava na ponta de uma corrente; na outra extremidade havia uma chave, que estava na ignição do carro. O médico dirigia o automóvel. O medalhão girava como ponteiros descontrolados de relógio, indo e vindo, transformando minutos em segundos. Gravada em um de seus lados estava a palavra *Shifa.* Cura. Abaixo, o nome do médico: Shafqat. Afeição. Seu pai lhe havia dado esse presente quando voltara da Inglaterra. Do outro lado do medalhão via-se a bandeira do Paquistão.

Daanish fazia parte daquele país. Haveria de voltar para sua terra, declarara o médico, em melhores condições que ele. O chaveiro oscilara quando o pai dissera isso.

E o pica-pau desceu, saltitando, a árvore, martelando a madeira de forma estrondosa no trajeto. O gramado reluzia, com um pouco de orvalho. Daanish o percorreu com os dedos e os poros de sua pele se abriram quando ele deu as boas-vindas a cada sensação. Uma coruja-de-igreja fez um vôo rasante, captando seu olhar. A lua começou a despontar. Ele dormiu profundamente até a alvorada.

6

Chegada

MAIO DE 1992

Os cabelos castanhos e ondulados acentuavam sua pele clara. Ela abraçou Daanish, agradecendo a Alá por tê-lo trazido para casa em segurança. Se essa cena tivesse transcorrido sob o poste de luz da cidade universitária dele, os transeuntes ficariam levemente constrangidos, talvez até sentissem repulsa. Ocorreu ao rapaz que se ela dissesse "Obrigada, *Jesus*, por fazê-lo voltar para mim", em vez de "Obrigada, *Alá...*", as pessoas haveriam de sorrir ou rir de forma dissimulada, porém não pensariam que ela era uma fanática.

Ele cerrou os olhos. Nunca antes ficara naquela casa preocupado com o que os outros poderiam pensar dele. Tentou desopilar a mente, a fim de desfrutar dos braços acolhedores de Anu, que agora estavam mais flácidos que na última vez que os tocara, havia três anos.

Khurram e sua família se despediram. Os olhos do motorista bem-apessoado fitaram Daanish de um modo penetrante, revelando um matiz esverdeado.

— Você é amigo meu, agora — bradou Khurram. — Se precisar de alguma coisa, estou aqui perto, em mesma rua.

— Que rapaz mais simpático — afirmou Anu, quando o carro foi embora.

Daanish se deu conta de que, espreitando atrás dela, havia uma sombra formada pelas oito irmãs de seu pai, que foi aumentando, um bloco único com dezesseis tentáculos, tocando e sondando como polvos-siameses, saudando Daanish tal qual Khurram fora cumprimentado no aeroporto; porém, ele não se sentia à vontade com isso.

Um braço agarrou-o pela garganta.

— Pobre rapaz! Coitado! Como o seu pai o amava!

Outro acabou puxando seu cabelo, ao lutar contra o outro braço.

— Você deve estar exausto! Venha para a cozinha comigo.

Um terceiro braço esbarrou em seu rosto.

— Está parecendo mais doente que o nosso povo! Estava na *Amreeka* ou na *Afreeka?*

A quarta tia girou o sobrinho pela cintura.

— Você está igualzinho a *ele*, quando tinha a sua idade!

A quinta tia puxou a ponta de sua camisa.

— De quem você teve mais saudades?

A sexta:

— De mim!

— Do pai, *ehmak!* — retrucou a sétima.

E a oitava:

— Vejam só como sua mãe ciumenta o quer só para ela.

Era verdade. Enquanto beliscavam e puxavam seu filho único e lhe lançavam indiretas, Anu não o soltou, e agora todas formavam um só emaranhado, resultando em um coro de protestos veementes, oriundo dos corpinhos ligados aos braços de cada tia, corpinhos com vontade e ventosas próprias. Ele caiu de cabeça em sua toca.

— Ei, ei! — exclamou Anu. — Ao menos deixem o rapaz se sentar!

A mãe agarrou o pedaço que pôde encontrar do braço do filho, desenredou-o dos demais e, com firme possessividade, levou-o até a cozinha. As outras a seguiram como um cardume de lulas.

— Sente-se, *bete*.

Fitando com uma expressão carrancuda as tias vestidas de preto e os bebês em seus braços, Daanish puxou uma cadeira perto de Anu. Ela despejou o conteúdo de vários recipientes de plástico com comida em panelas de metal e, em seguida, acendeu os bicos de gás do fogão. As tias continuavam a fazer comentários, e seus filhos ainda gritavam, mas, pelo menos, ninguém o estava tocando.

— Eu realmente estou sem um pingo de fome, Anu, só cansado — protestou ele, debilmente. — Você nem me disse como está. — Ela nunca compartilhava seus sentimentos, limitava-se a demonstrar um afeto exagerado.

— O que há para dizer? Alá trouxe meu filho para casa em segurança, apesar de ter escolhido levar meu marido.

Anu estava de costas para ele, mas Daanish sabia que ela estava chorando. Era um lamento suave, porém constante — as lágrimas nunca interfeririam em seu trabalho.

A recepção de seu pai teria sido totalmente diferente! Em vez de agitar-se como sua mãe, ele estaria fumando um Dunhill após o outro, espalhando uma camada grossa de fumaça no ar. Perguntaria como havia sido sua experiência. Daanish só escolheria os detalhes que o encantariam: os reflexos fantasmagóricos de sarigüês nas noites claras de verão; as garçonetes de cabelos rosa com *piercings* no nariz (o médico acharia engraçadíssimo esse desvio de seu acessório feminino favorito: o brinco no nariz); a extração de dentes do siso ao som de músicas românticas como as de Paul Young: *sempre que partes, levas um pedaço de mim contigo*; as crianças com suas lindas fantasias no Dia das Bruxas. Anu jamais se entusiasmava com curiosidades.

Naquele momento, ela dizia:

— Eu queria muito ir até o aeroporto, mas quem ia dirigir? O seu *chacha* está resfriado, e eu não queria incomodar o outro tio de novo. Ele chegou a ir duas vezes para o aeroporto, mas o vôo continuou atrasando. Ninguém tinha informações, porque quando a gente ligava, ninguém atendia o telefone na companhia aérea. Você deve estar exausto. — Parou de falar de súbito, o rosto banhado em lágrimas. — Gostou da mesa nova? Comprei logo depois que você partiu. O seu pai nem notou. Pode comprar uma igual quando fincar raízes aqui.

Daanish franziu o cenho. Fincar raízes?

— Seu pai demorou demais para se aquietar. É por isso que só conviveu com você por vinte e dois anos. Se você se aquietar mais cedo, sua família poderá vê-lo mais. Ao fincar raízes estará fazendo um favor para o mundo.

— Ah, Anu.

O médico chamaria isso de raciocínio típico *dela*, da mesma forma que se referiria à linhagem *dela*. Era o tema de muitas de suas brigas, ele ter emigrado de Hyderabad, e ela de Amritsar. A descendência de Anu podia ser traçada por séculos, remontando ao Cáucaso. Por isso tinha a impecável pele branca, a qual, para sua tristeza, Daanish não havia herdado (embora ela se consolasse ao pensar que o tom de pele mais escuro não importava muito no caso de rapazes). O médico considerava patética a forma como as pessoas se aferravam a qualquer coisa a fim de provar que tinham sangue estrangeiro. E como os estrangeiros — dos povos da Ásia Central aos macedônios, árabes e turcos — foram conquistadores, era a meia colher de chá de sangue de conquistador que fazia pessoas como sua mãe regozijarem-se com sua estirpe. "Todo mundo aqui tem um complexo de colonizador. Ninguém se orgulha de ser filho ou filha deste solo", disse o médico a Anu certa vez, pegando uma porção de terra do jardim e jogando-a de volta, com impaciência.

Uma semana depois, ele viajara de novo, atravessando oceanos e trazendo conchas para Daanish.

Anu colocou diversos pratos quentes diante do filho. O aroma forte de cardamomo e *ghee*, tão cedo, após Daanish ter percorrido cerca de onze mil quilômetros e ter ficado acordado praticamente durante toda a viagem, deu-lhe uma dor de cabeça de incrível simetria. Começando na testa, ela dividia sua cabeça ao meio, de modo uniforme, como a casca de um coco. Era como se as duas metades estivessem tentando encontrar a combinação de um-em-um-milhão que as encaixasse de novo. Angustiado, ele observou, primeiro, os pratos, depois sua mãe e, em seguida, um primo neném que escapara de sua mãe e engatinhava à toda em sua direção.

— Estou cansado — repetiu Daanish.

— *Boti!* — gritou a criança, pedindo comida. A mãe, deleitada com a precocidade do filho, foi depressa até a mesa. Sentando os quadris largos em uma cadeira forrada, a jovem começou a dar ao bebê uma das comidas que a mãe de Daanish colocara diante dele.

—Você está cansado porque está com *fome* — ressaltou Anu, olhando de cara feia para a cunhada.

As outras tias de Daanish aproximaram-se dos quitutes. Algumas delas se sentaram, outras ficaram em pé, contudo, todas beliscaram os diversos pratos de *curry*, *kebabs* e *tikkas*, que haviam sido preparados para o rapaz. Todas alimentaram os filhos com fartura, sem emitir um elogio sequer. Na presença do médico, as tias de Daanish nunca haviam se aproveitado de modo tão grosseiro de Anu. Ele morrera sem conhecer bem as irmãs. Morrera sem conhecer bem Daanish. Morrera. Aos poucos, e com um olhar derrotado e emotivo, Daanish começou a comer. Anu secou as lágrimas, sorrindo, agradecida.

Quando uma tênue luz amarelada se espalhou pela cozinha, ele se levantou, por fim. O sol estava nascendo. O rapaz deu um abraço apertado na mãe.

— Estou caindo de sono. Tudo estava delicioso.

Ela o beijou e abençoou extensivamente.

— Durma bem, *jaan*. Temos o dia todo amanhã para que me dê uma resposta.

7

A Ordem das Coisas

Ao subir a escada, Daanish coçou a cabeça, perguntando-se qual havia sido a pergunta. Abriu a porta do quarto.

O interior estava irreconhecível. As paredes, antes pintadas em um tom bege escuro e quente, estavam agora brancas e frias, tal como as novas estantes embutidas, que substituíram as outrora frágeis estruturas nas quais seu pai punha livros para o filho ler.

O médico nunca lhe dera presentes embrulhados, com cartões. Deixava-os nos lugares aos quais, em sua opinião, pertenciam. O que significava que a descoberta demorava dias, às vezes, semanas. Foi em resposta a esse "jogo", que Daanish desenvolveu uma memória forte, que pouco a pouco se transformou em uma necessidade premente de organização sistemática, denominada por Becky de "perfeccionismo". Ao decorar a posição exata de cada objeto da casa, incluindo todos os livros, Daanish podia identificar a presença de um novo. Se ele o visse, mesmo nas ocasiões em que, por ser criança, fosse pequeno demais para alcançar o objeto, o pai dava-o para ele.

Anu não sabia disso. Quando o médico lhe dava presentes, que surgiam do nada em vasos de plantas, frascos de tempero, batons (um metro de delicada *resham* coube perfeitamente no tubo do tamanho de um dedo e, quando Anu o girou, a seda foi despontando, acariciando seu rosto, tal como o pai previra), *parandas* e anáguas, Anu ficava boquiaberta, e, em seguida, guardava o objeto em um lugar mais adequado. Nunca se esforçou para descobrir o impulso por trás do que chamava de costumes amalucados do marido. Porém, Daanish colaborava com todas as idéias dele, a ponto de a imaginação do pai afetar o senso de organização do filho. Anu, ao mudar as cores das paredes e substituir as estantes, o armário, o abajur de pé e até mesmo a cama, mudara para sempre a ordem das coisas. Sem saber, eliminara a presença do médico do quarto do filho. Os pertences que Daanish deixara na universidade eram mais seus.

O rapaz se jogou na cama nova, na qual a colcha de renda de *guipure* que Anu bordara para ele anos atrás se transformara em uma outra, branca, simples e engomada. Quando ela teria feito aquelas modificações? Não fora depois do falecimento, o qual ocorrera havia quatro dias. Teria sido uma quebra de decoro. A família esperava que ela se pusesse de luto, não que empacotasse e redecorasse tudo. Então, quando fizera aquilo? Por que o pai não a impedira se ela o fizera enquanto estava vivo?

Suas têmporas latejavam. A dor de cabeça já não estava simétrica. Passou a mão pelo pescoço em busca de nós.

Talvez o pai nunca tivesse entrado no quarto do filho no período em que ele estava fora. Talvez o entristecesse ficar ali sem a presença de Daanish.

A cama nova já não estava próximo à janela, onde ele passara tantas noites olhando as estrelas. Fora colocada ao lado do novo armário, e a paisagem ficara quase invisível. Ele via apenas um pedaço do céu e a antena do telhado de uma casa a perfurá-lo. Essa habitação era uma das quatro que tinham sido construídas na sua ausência. E a estrutura de mais uma estava sendo erguida a apenas vinte e cinco centímetros de sua janela.

Daanish se deitou, sem tirar os sapatos. Aquele colchão era macio, o antigo, firme. Sempre que ele mudava de posição, as molas balançavam. Por fim, deitou-se de costas, esticando os braços para evitar sacudidelas.

Ouvia as tias se movimentando embaixo, cobrindo o piso com lençóis, empilhando os *siparahs* nas mesinhas. Em breve as páginas farfalhariam e a recitação começaria. Ele não queria fazer parte daquele ritual, que por sinal não tinha nada a ver com seu pai. Precisava encontrar uma forma de encarar as semanas vindouras.

Eram sete da manhã. Se o pai estivesse ali, o alarme do relógio tocaria ao som da rádio BBC. Um corvo empoleirou-se no peitoril da janela. Era grande, de cabeça cinza. Nossos corvos são maiores que os corvos norte-americanos, pensou ele, fechando os olhos. São as únicas coisas que temos que são maiores.

ANU

I

Sonhos de GUIPURE

Quatro dias atrás, Anu se sentara na cama dele e percorrera com os dedos a renda *guipure* da colcha.

Quando o pai de Daanish mostrara a ele a vida no fundo do mar, fora difícil para a criança voltar à superfície de novo. Agora, era importante que todas as imagens de sua vida submarina fossem retiradas de seu quarto. Só então o filho poderia vir à tona.

Ela dobrou a colcha, formando um pequeno quadrado e, em seguida, colocou uma nova, adquirida no mercado. Depois, começou a esvaziar os armários, tirando também todas as conchas e suas caixas. A certa altura, fez uma pausa a fim de admirar o método cuidadoso que ele desenvolvera para organizar as peças. Etiquetas escritas com tinta roxa registravam onde e quando cada uma fora encontrada. Em alguns casos ele chegara até a acrescentar detalhes sobre o prazo de estocagem e o valor da concha para colecionadores. As melhores estavam na gaveta da esquerda porque, segundo o filho, as conchas sinistras, com espiras voltadas para a esquerda, são raríssimas. Em toda a sua coleção de quase trezentas unidades, ele só tinha quatro.

Anu pegou a caixa que o médico trouxera de uma viagem às Filipinas. Fora o único presente que ele dera diretamente para o filho. Estava animado demais para esperar que Daanish a encontrasse. O menino olhou nos olhos do pai, que eram iguais aos seus, e as mãos de ambos tremeram. A caixa era feita de pedra-sabão verde, finamente cinzelada, porém o garoto só registrara em parte sua beleza. Abrira o fecho dourado, em formato de cavalo-marinho, e dera um largo sorriso, embasbacado e excitado ao ver o náutilo de concha alveolar que estava dentro. Fora assim que o médico o denominara. Dissera que era uma concha sinistra e que ele nunca ouvira falar de alguém que encontrara um náutilo assim. Contudo, ali estava ele, perfeitamente intacto. O médico passara óleo mineral para conservar a camada nacarada.

Anu examinou a maravilha espiralada, que brilhava na acolchoado de tom creme da caixa, viva até mesmo quando morta. Sob ela havia um bilhete, escrito na letra bem-feita e elegante de Daanish, aos treze anos: *Dezembro de 1983, na volta de aba do Pacífico. Chamado de náutilo de concha alveolar por ter muitos alvéolos em seu interior. Aba disse que seu cérebro é muito desenvolvido, tem três corações e sangue azul. Sabe disso porque é médico. O náutilo tem 180 milhões de anos, é tão antigo quanto um dinossauro. Que achado!*

Guardado no interior acolchoado havia também o parente próximo do náutilo, um argonauta. Anu se lembrou com clareza do dia em que Daanish o encontrara na enseada.

Ela guardou o bilhete na caixa e colocou-a no topo da pilha em seus braços. O médico chamou-a do andar de baixo. Estava morrendo, e havia coisas que queria revelar antes de partir. Ela já escutara o bastante. Em certa ocasião, talvez, tivesse ouvido tudo. No entanto, foram-se os dias em que ela teria usado suas confissões para enfeitar o pescoço, como um colar. Pôs o conjunto de caixas no piso. Em seguida, deitou-se na cama nova e estendeu a renda *guipure* ao seu redor, lembrando-se da enseada.

O formato do recôncavo lembrava a gola redonda de uma *kameez* e tinha aproximadamente doze metros de largura. A margem direita consistia em um aglomerado de rochedos enormes, o primeiro das quais Daanish chamava de penedo da margem. Quando ele e o pai nadavam, Anu subia nele. Ao redor da mãe espalhavam-se fios de renda *guipure* que ela transformava em toalhas de mesa, cortinas e outras coisas.

Ela começou a bordar a colcha em uma manhã gelada de novembro, quando Daanish entrou no mar, tremendo. A água estava gelada e tranqüila; Anu a testara enquanto eles limpavam seus tubos respiratórios. Um xale azul-claro cobria seus ombros. Tinha os cabelos compridos naquela época e deixava-os soltos, apesar de levar horas para desembaraçá-los depois. O médico gostava deles assim. Espalhava-os em seus ombros e, então, contemplava seu perfil, da água. Preferia seu lado esquerdo, no qual ela usava, no nariz, o brinco de rubi que ele lhe dera, após tê-lo escondido dentro de um frasco de perfume. Quando ela o descobriu, ficou sem saber bem o que fazer: deveria esvaziar o frasco e correr o risco de perder gotas da fragrância cara ou esperar até que acabasse? Decidiu colocar o Chanel em uma jarra, pegar o rubi e recolocar o líquido no frasco, derramando o dinheiro do médico por toda a penteadeira e espirrando sem parar.

As depressões do penedo da margem a acomodavam de um jeito natural. O médico a chamava para entrar no mar com ele, mas ela se recusava categoricamente a usar maiô. Ele zombava de seu recato, porque sabia que nunca daria o braço a torcer. Se fosse volúvel, não teria se casado com ela.

A colcha em seu colo estava adquirindo um aspecto surpreendente. Surgiram padrões inesperados e ela deu continuidade a eles. Quando Daanish nadou próximo ao penedo, dirigindo-se ao fundo do mar, acenou, e ela retribuiu o gesto. O que ele ia ver? Por um momento, sentiu-se angustiada ao constatar que nunca saberia. Mas isso não era novidade. Seu marido com freqüência a deixava, em virtude de suas viagens para o oceano maior, salpicado de ilhas que ela vira no globo terrestre do escritório dele; elas eram o ponto de origem das mocinhas vestidas com flores que salpicavam nas fotos do médico. Ele costumava voltar sempre de mau humor. Certa vez ela pedira a Daanish para lhe perguntar o motivo. O filho relatara satisfeito, posteriormente: "Ele disse que eu entenderia quando crescesse, algo sobre cair na armadilha da comparação." Porém, Anu sempre sentiu que a frustração dele tinha a ver com as fotos.

Um dia, ele enviaria o filho dela a um dos pontilhados no globo. Anu rezava para que o menino voltasse sem transformações. Tal como ela, Daanish não deveria ser volúvel.

Os raios de sol foram capturados pela renda intricada, como se fossem anchovas. Naquele ano, as monções tinham ido até o outono. Um rio, que normalmente estaria seco agora, ainda fluía ao longo do extremo leste da praia. Tarambolas, garças e até mesmo um par de poderosos colhereiros banhavam-se nas águas. Os pássaros ela podia ver; já os peixes sob a superfície, não. Anu sentiu, de súbito, um desejo pernicioso: antes que o médico retornasse, queria ver os colhereiros saírem em revoada. Sabia que ele nunca os vira antes. Era a sua oportunidade de impressioná-lo, por tê-los notado e identificado. Contudo, ela era a única testemunha. Anu cobriu a boca, dando risadinhas maliciosas.

Após meia hora, dobrou a renda, colocou-a debaixo do braço e desceu até a areia fina. Não havia ninguém por perto. Naquele momento, aquela enseada em forma de cúpula, e tudo que continha — o rio, a gruta, os penedos, a areia fina e o isolamento total — era seu.

Andou, em silêncio, até a margem esquerda da enseada, onde um monte de pedras irregulares ia ficando aos poucos mais alto e íngreme. Na base do declive, o mar e o vento haviam formado uma gruta, na qual se podia entrar na maré baixa. O médico gostava de tomar chá ali. Levantando o *shalwar* até a panturrilha — ela nunca o teria levantado tão alto para ele — Anu caminhou, com cuidado, pelas pedras escorregadias que davam acesso à entrada da gruta. O mar esfriou seus tornozelos. Se ela tropeçasse e caísse no leito empedrado, iria se machucar e, mais tarde, naquela noite, notaria as solas mais rosadas de seu pé. Agora, algas grudavam na bainha de seu *shalwar*. Peixinhos amarelos movimentavam-se com rapidez entre suas pernas, como se ela fosse sua baliza. O que será que o marido e o filho viam? Devia ser algo parecido com isso. Mas, então, por que não ficavam ali?

Anu entrou na gruta, de três metros e meio de profundidade, e altura ligeiramente menor que a dela. Podia sentir a rocha gelada pressionando sua cabeça como o pé de um gigante. A iluminação lá dentro era de um tom acinzentado, como o de uma enguia. Quando as ondas quebravam contra as laterais da gruta, o gigante sobre sua cabeça bramia.

No final da gruta, o médico organizara placas de pedras lisas. Em uma delas, Anu começou a dispor *pakoras* e frutas cortadas. Pelos seus cálculos, os dois chegariam dali a cinco minutos. Enquanto esperava, espalhou a colcha de *guipure* ao seu redor de novo, evitando, com cuidado, o piso molhado. O que quer que tivesse perdido no quesito fertilidade, quando seus ovários foram retirados, ela compensava bordando belíssimas peças para o filho. A *guipure* ondulava em seu entorno como um segundo mar. Tal como antes, o desenho surgiu de forma inesperada. Só ela o via debaixo do tecido. Que os dois utilizassem tubos respiratórios e máscaras; Anu usava seus olhos.

Exatamente no tempo previsto por ela, ouviu a voz do filho. As maçãs do rosto da mãe incandesceram com o calor reservado a Daanish. No entanto, em seguida, ela ouviu a risada alta do marido. Por um instante, franziu o cenho. Aquele era seu momento, seu lugar. Então, num piscar de olhos, sua irritação passou. O mundo ficou normal de novo. A família estava a salvo e com fome. Anu era sua baliza. Chegara a hora de ser deles.

Durante o chá, Daanish examinou a colcha. Cismou que as figuras eram ouriços-do-mar, medusas, leques-do-mar e serpentes marinhas. Nomes que o pai lhe ensinara. Nomes que o pai nunca teria compartilhado com ela. "É como se você tivesse estado lá também, Anu", dissera Daanish. Ele era tão ingênuo. Porém, havia uma nova luz em seus olhos. Algo que se formava. Um sonho ou uma ambição. Quando desabrochasse, o menino perderia sua inocência, e ela o perderia.

O médico perguntou onde estava seu xale. Anu o procurou, aflita. Seu marido riu, dizendo que a manta voara assim que eles circundaram o penedo e que do mar ele vira o sol atravessar sua *kurta*, assim sendo, continuou ele, ela deveria ter posto um biquíni e entrado n'água a fim de dar um bom mergulho.

"Por favor", pedira ela, "não na frente dele." Daanish mergulhava em busca de conchas na entrada da gruta, ouvindo, quase esboçando um sorriso de satisfação, amadurecendo a cada minuto.

O médico lhe mostrou a renda e lhe disse, rindo de forma irônica: "Deveria ter usado isto aqui."

Novamente ela desejou, tal qual uma dor aguda, ficar só em seu mundo, com seus sonhos.

E, mais uma vez, após algum tempo, veio a normalidade.

Quatorze anos haviam passado. Lá embaixo, o médico padecia na cama. Ainda a estava chamando. Tempos atrás ela teria ido até ele, acreditando que isso o traria de volta — como na época em que Daanish nasceu. Ela teria se sentado em silêncio ao seu lado, escutando-o e consolando-o. Seria uma parte da espera paciente. Entretanto, Anu já não esperava mais. Chegara à conclusão de que esperar equivalia a assistir ao seu próprio envelhecimento. Seu futuro não dependia do marido, mas do filho.

Levantou-se da cama de Daanish, pegando as caixas e a colcha de *guipure*, que deslizou até seus pés, como uma rede a ser utilizada com o intuito de recapturar o filho.

2

Argonauta

Horas depois que o médico parara de chamá-la, Anu o encontrara: um montículo gélido no chão.

No hospital, ela ficou sentada na sala de espera da UTI, enquanto a família dele ia chegando, aos prantos. As enfermeiras não lhe permitiram entrar. O que sabiam a respeito de terapia intensiva?

— Por que não ligou para a gente? — perguntaram as irmãs, como se ela tivesse oito pares de mãos para discar os números. Anu dera apenas um telefonema, para seu irmão, e era só por isso que o marido chegara ali. As irmãs a abraçavam, lançando-lhe acusações e exigindo ser consoladas.

— Por que não o trouxe mais cedo? — insistira uma delas. — Há quanto tempo *bhai* está inconsciente?

Anu fingiu: ela se encontrava no andar de cima, limpando a casa; como poderia ter adivinhado? Não ouvira nada. Em um momento ele estava assistindo a filmes em híndi, no outro, caíra no chão. Quem podia ter adivinhando o que estava por vir? É o Todo-poderoso que decide.

Secretamente, ela rezava para que o Todo-poderoso se pusesse a seu favor, perdoando-a por ignorar o último chamado do marido e por mentir sobre isso agora.

Nas paredes do corredor havia marcas acinzentadas de impressões digitais e manchas avermelhadas de *paan*. A cerca de meio metro dali, um sujeito pigarreava em um banheiro. Era possível ouvir o cinto sendo desafivelado, a calça sendo arriada, a bosta caindo. A atmosfera era acre e estagnada. Não havia uma só janela à vista.

Antes de fecharem a porta para ela, Anu vira que os lençóis da cama do médico estavam manchados, antes mesmo de ele ser colocado ali. Montículos de cabelos e poeira rolavam no chão como erva daninha. O barulho do ventilador de teto era alto o bastante para acordar os mortos, porém não os que estavam em coma. As enfermeiras tinham unhas longas e sujas. Anu olhou horrorizada para as luvas e agulhas fora das embalagens e os frascos de anti-sépticos abertos.

Ela caminhou pelo corredor. Faltou luz. O gerador foi ligado. Anu se preparou para uma longa espera. Esperar equivalia a assistir ao seu próprio envelhecimento. Mais cedo, naquele dia, dissera isso a si mesma. Agora, lá estava ela, não mais esperando que o médico a amasse, mas apenas que ele vivesse.

Ainda assim, não havia mal algum em lembrar-se daquelas semanas logo após o nascimento de Daanish, quando ele a tratava com carinho.

O parto fora árduo, e ela voltara do hospital fraca demais para cozinhar. O marido aconselhara repouso total. Recusou-se a contratar alguém, tirando uma licença prolongada na clínica para cuidar da esposa e alimentá-la.

O cardápio consistiu em um só tipo de comida durante todo o mês, já que ele só sabia fazer dois pratos: *khichri* e *korma* de carneiro. O médico teve a idéia de preparar as refeições no quarto deles, levando os materiais até a penteadeira dela, na qual, pela primeira e última vez em sua vida, ele permitira que Anu o observasse, dizendo-lhe que aquela oportunidade de supervisioná-lo, e não o repouso na cama, iria revigorá-la.

Ela sorria com condescendência, segurando Daanish com firmeza, ao ver a bagunça que o médico fazia. As necessidades do bebê eram tão intensas que ela não teve a menor vontade de supervisionar o médico. Engolia os pedaços grandes e engordurados de cebola espalhados no molho, a carne borrachenta e o arroz grudento, mais salgado que o mar. Sabia por que os três problemas ocorriam: ele deveria deixar a cebola dourar mais, o açougueiro o estava enganando e quando o médico catava e lavava as lentilhas e o arroz limpava com tal vigor que removia quase todos os grãos bons também, esquecendo-se de adaptar os temperos e reduzir o tempo de cozimento. Às vezes, ela se preocupava com o bebê: qual seria o sabor do leite? Será que afetaria seu temperamento? Porém, o médico estava cuidando dela com tanto zelo, que seus erros o tornaram mais especial do que nunca para ela, de uma forma que não se repetiria. Era quando ele catava as lentilhas que ela o amava mais. Havia algo especial na forma como ele revolvia os grãos com uma colher de metal enquanto os colocava de molho, não por tempo suficiente, em uma grande tigela de plástico; no tinido do grão molhado contra o aço; no líquido serpenteando ao fluir e deixar seu rastro na colher; nas partículas pretas que vinham à tona; na maneira como o médico dava um peteleco nelas e removia também, de forma desajeitada, as douradas e brilhantes. Ela o compreendeu, pois, quando era menina, fizera o mesmo. Foi essa cumplicidade simultânea com ele e o bebê, estabelecida com cada qual à sua maneira, que acabou revigorando-a, embora nem pai nem filho se dessem conta disso.

Em várias ocasiões posteriores, ela se lembraria da felicidade daqueles dias em que ficara de cama. No início, a lembrança lhe enchia de uma esperança secreta e intensa, deixando-a determinada a aguardar a concretização desse sentimento. Porém, pouco a pouco ela começou a ter uma sensação diferente. A esperança obstruía a passagem da força de que ela precisava para aceitar o rumo que sua vida estava tomando. Então, foi obrigada a abrir caminho para a paciência e a vontade de Deus. Em que altura de sua vida esse processo começara?

Passeando pelos corredores encardidos do hospital, ela parou diante de uma das janelas empoeiradas e opacas e sentiu um cheiro de fumaça. Lá fora, alguém estava queimando lixo. Permaneceu ali, perguntando-se se deveria voltar para as cunhadas ou respirar os vapores insalubres. Optou por ficar um pouco mais ali mesmo.

Se ela tentasse, seria possível remontar ao dia em que deixara de sentir esperança. Na verdade, eram três momentos: no primeiro, quase perdera a esperança, em seguida, esse sentimento se intensificara mais do que nunca e, por fim, extinguira-se por completo.

O primeiro foi durante um banquete em um antigo e tradicional clube britânico. Sentados à mesa, no centro da sala de jantar, estavam dez intelectuais e suas esposas muito bem penteadas e arrumadas, com suas atitudes estudadas. Embora todas elas houvessem recebido cardápios, o médico escolhera a comida da esposa. Um prato ocidental que Anu já provara antes e de que não gostara. Ele sabia disso, e ela não disse nada.

O clube parara no tempo. Nas paredes havia retratos de Winston Churchill. A sala de bilhar proibia a entrada de damas e cachorros. Os garçons eram chamados de *bera*, termo derivado da palavra inglesa *bearer*, criado. As camisas, as calças e os turbantes brancos e engomados eram os mesmos usados nos tempos da colônia. Alguns dos uniformes estavam tão manchados e esfarrapados que o médico costumava dizer que um dia uma delegação de nostálgicos historiadores britânicos os pegaria e transformaria em antiguidade em um de seus museus. Os garçons não receberiam um tostão sequer *e* ficariam desnudos.

Seis anos se haviam passado desde a primeira eleição do país, a qual coincidira com o ano do nascimento de Daanish. Seus resultados não foram respeitados. A nação mergulhara em uma guerra civil e perdera metade de seu território e população. Um dos homens presentes no almoço era um iraniano de terceira geração, que ainda lamentava a perda de sua plantação de chá. Ele acendeu um charuto e falou do passado.

Anu observou os convidados em seu entorno, reparando na linhagem de cada um. Alguns tinham duas gotas de persa, outros, meia gota de turco. Um deles dizia que seus antepassados descendiam de Alexandre, o Grande, e outro, tinha uma colher de chá de árabe. Mas ninguém descendia de Mahmud de Ghazni, tal como ela. Anu carregava a marca da tribo com orgulho: a tez pálida e clara e o frescor róseo das maçãs de seu rosto.

Ficou momentaneamente surpresa quando o iraniano começou a se queixar do passatempo ao qual ela costumava se dedicar, que levava o médico a se ressentir dela. O tal senhor, dando baforadas em seu charuto, disse:

— Sempre estaremos divididos. Sempre seremos punjabi, patan, pukhtoon, muhajir, sindi etc. e tal. Nunca vamos nos unir. O sonho de Quaid-e-Azam está escorrendo pelos nossos dedos. Nossos filhos não saberão que ele teve um ideal, nem saberão por que estão aqui. Ficarão sem raízes. — Abriu um guardanapo e ajeitou-o sobre o coração pesaroso.

— É o seu estado de ânimo débil que vai nos separar, Ghulam — retrucou um outro, um homem de Hyderabad, cidade da Província de Sind, com maçãs do rosto esburacadas e escuras. — Não deve deixar que seus filhos o vejam assim.

— Mas Ghulam tem razão — ressaltou um terceiro, de Uttar Pradesh, na Índia. — A situação só está piorando. Chegamos a ter uma excelente universidade em Aligarh. Agora, o que temos lá? Seremos forçados a enviar nossos filhos para estudar longe de nós?

— Não temos nada a temer — declarou um punjabi. — O islamismo nos une.

— É exatamente nisso que o primeiro-ministro deseja que acreditemos — preveniu o médico. — Por que outro motivo ele decidiu, de uma hora para outra, apoiar os grupos islâmicos? Por que outro motivo todos os liberais estão exilados ou presos? — Apontou para o garçom que circulava à mesa deles com uma bandeja de bebidas e indagou: — Será que esta vai ser a última cerveja que tomo em público?

Uma discussão irrompeu enquanto o garçom os servia.

Entre as mulheres, o assunto ia desde nascimentos e salões de beleza até quem fora vista no último banquete, no qual os mesmos três temas haviam sido discutidos com igual zelo.

— Você devia ir lá na Nicky em vez do Moon Palace, querida — aconselhou a esposa do sujeito de Hyderabad à do iraniano. — Ela deixa os cachos no ponto certo. — Olhando com desdém para Anu, cujos cabelos crespos estavam presos em um coque, acrescentou, zombeteira: — Quer dizer, se quiser ficar na moda.

— O Salão de Beleza Mah é muito melhor — afirmou a esposa do punjabi. Era de Bangalore, sul da Índia, e, no passado, confessara que o marido não a suportava em virtude disso. Esperava o seu terceiro filho. — Eu fiz o meu cabelo lá, ontem. E adivinhem quem estava do meu lado, fazendo o cabelo também? — Olhou ao redor, com impaciência. — A Bárbara! — Em meio aos suspiros e às exclamações de surpresa, a mulher prosseguiu: — E descobri que a avó dela era a irmã da melhor amiga da sogra da *khala* da vizinha da minha avó. — Mais suspiros e exclamações.

A esposa procedente de Nova Délhi, cujo marido levara a sério o comentário do médico e estava na terceira cerveja, informou, de repente:

— Acho que foi a filha dela que teve gêmeos recentemente. — Ela não era uma senhora popular. Em sua ausência, as pessoas diziam que sempre se excedia. Anu teve que admitir que tinham razão. Hoje os cachos de seus cabelos haviam extrapolado os limites.

Anu, porém, ficou quieta. Em seu íntimo, sentia-se deslocada na alta sociedade, sem comentários a fazer e nomes a lançar. Não nascera nela. Aliás, o médico também não, tampouco muitos dos presentes; no entanto, por algum motivo, só ela o demonstrava. Anu tinha, então, vinte e três anos, casara-se com dezesseis, estudara apenas até o primeiro ano do ensino médio, era inteligente o bastante para entender inglês, porém considerava seu próprio sotaque abominabilíssimo, sobretudo quando estava em companhia de falantes desse idioma. Ademais, só teria um filho. Precisou extrair os ovários logo após o nascimento de Daanish. Parecia que, em sua presença, as mulheres sentiam um prazer especial em repetir os nomes daquelas que tinham provado de forma mais efetiva sua capacidade reprodutiva. Contudo, elas nunca teriam o tom rosado nas maçãs do rosto que seu sangue puro lhe dera.

Do outro lado da mesa, o médico, cada vez mais bravo, dizia:

— Por que motivo proibir corrida de cavalos? Vou dizer uma coisa, as pessoas vão continuar a agir como gostam, só que por debaixo do pano. O primeiro-ministro está disseminando as sementes da corrupção com uma das mãos e subornando islamitas com a outra.

— Estamos indo na direção de outro golpe militar — lamentou o iraniano. — Outro regime marcial com apoio dos Estados Unidos.

A refeição chegou. O prato de Anu foi colocado à sua frente: marisco recheado. Ela não gostava de frutos do mar. Preferia vê-los sendo levados pela corrente, entre seus tornozelos, na entrada da gruta. Tinham tons prateados e dourados naqueles momentos; porém, cozidos, simplesmente a enojavam.

— Não use o garfo — sussurrou-lhe o médico, inclinando-se.

O que queria que ela fizesse? Que comesse com as mãos, *ali*? Enrubesceu. Alguns dos presentes escutaram e riram — dela.

— A colher — recomendou-lhe ele.

Lançando um olhar aos presentes, Anu percebeu que seu pior pesadelo se concretizara: todos observavam seu prato. Anu rompeu a camada de queijo com a ponta da colher. Estava surpreendentemente frio. Pegando uma pequena porção, começou a mordiscar, sem prazer. Então notou algo que parecia um projétil no local em que deveria estar a barriga do molusco. Não quis comer mais.

O médico perguntou, em voz alta:

— Não gostou? — Risos.

— Estou sem fome — murmurou ela.

— Só mais duas colheradas — pediu-lhe ele.

Anu pegou a colher de novo e cutucou ao redor do projétil. Havia mais um. E outro. Sua face explodiria, de tão vermelha que ficara. Lançando ao marido um último olhar desesperado, tirou o primeiro caroço com as mãos. Outros sete surgiram junto com ele. Os convidados suspiraram: ela estava segurando um colar de pérolas cinza.

O médico a ajudou a limpá-lo e, em seguida, começou a dar uma descrição longa sobre a raridade e o tamanho das pérolas taitianas.

— Na verdade, este prato está cru — explicou, mais para os convidados do que para ela. — Não poderia deixar que o cozinhassem!

Comoção. Aplauso. As mãos e a roupa de Anu estavam sujas e pegajosas, cheirando mal. E, por dentro, sentia-se tão rígida e sem vida como a jóia. O médico não podia arcar com aquilo. Ela tentava lhe dizer isso sempre que ele a presenteava. Então, agora, ele dava um show em público.

— Quanta *originalidade!* — dissera uma esposa sofisticada, fitando o médico com um misto de fascinação e surpresa.

— Quanta *sorte!* — exclamara a espalhafatosa.

E a que encontrara a estrela de cinema no salão dissera:

— Ele deve ser um marido muito divertido!

À medida que o entusiasmo delas crescia, Anu foi se dando conta de que esperavam que ela pusesse o colar. Foi ao banheiro, voltando com as pérolas brilhantes em torno do pescoço. Até mesmo quando a sobremesa chegou ninguém notou que ela não comera nada, embora seu pescoço fosse alvo da investigação meticulosa e tenebrosa das mulheres, e o médico, de sua admiração e coqueteria.

Porém, na manhã seguinte, o otimismo de Anu voltou.

Daanish, com seis anos, encontrava-se na sala de televisão, com o pai. Anu estava na cozinha, preparando um piquenique para o passeio à enseada. Sentindo-se mal em virtude do calor, ela decidiu levar o pequeno pote de lentilhas, que estava lavando, para a sala ventilada. Na TV, um velho branco e sujo apareceu. Seus dedos e seu rosto estavam mais esfolados que qualquer outro que ela vira, de sua raça. Sua voz tampouco possuía o timbre suave e metálico típico dos *goras*. Mas o mais interessante de tudo foi o que ele fez com as mãos: agiu tal como ela! Mergulhou uma bateia no rio, tirou areia e a peneirou. O que será que buscava?

— Ouro — explicou o médico a Daanish. — Está feliz por passar a vida esperando que uma ocasional pepita apareça em sua bateia. Apesar de ter passado mais de meio século fazendo isso, é ainda mais pobre que a lama que esconde sua fortuna. Alguns homens não desistem.

Ora, ora!, pensou Anu, deixando a mão parada na água amarelada. Examinou os olhos azuis perturbadores e determinados do garimpeiro e seu corpo débil. Observou a boca enrugada e acinzentada à medida que deixava escapar sons estranhos e difíceis de captar. Continuou a manter os dedos imóveis, mergulhada em pensamentos. Sorriu. Por um breve e excitante momento ela se conectara com o homem. Não o que estava deitado, ocupando quase todo o sofá (sem reparar que ela estava encolhida na ponta), mas aquele de um mundo diferente. Aquele que compreendia que era o estado de ânimo com o qual ela esperava que fazia o esforço valer a pena. Essa perseverança, por si só, já era a recompensa.

Veio um comercial. Anu, animada, embalou o almoço e o chá. O garimpeiro era um sinal de que coisas boas iriam acontecer.

Estava na hora de ir à praia. Na saída, o médico lhe pediu que usasse o colar de pérolas. Ela ficou triste. Quase voltou a sentir a vergonha do dia anterior. Deveria ignorar o marido? Decidindo não fazer isso, colocou, depressa, o colar.

Na enseada, o médico e Daanish limparam suas máscaras, ajustaram os tubos respiratórios e foram embora. Anu se acomodou na gruta, juntamente com sua renda, bordando naquele dia uma toalha de mesa. Mais uma vez se perguntou o que veriam. Fechando os olhos, tentou visualizar. Mas havia algo errado. Ela estava sem inspiração para bordar. A gruta, em vez de ser seu usual refúgio, parecia estranha. O pé do gigante se aproximou ainda mais de sua cabeça. Ela entendeu o que estava ocorrendo:

sentia o peso das pérolas, que circundavam seu pescoço como bolinhas
de chumbo, cada uma representando para ela o que deve ter significado
para o crustáceo em si — uma marca, uma formação pustulenta. Areia
em sua alegria redescoberta. Cistos em seus ovários. Tentou se concentrar
ao mesmo tempo na água salgada que caíra em seus lábios, a qual era
sempre estranhamente curativa, e na *guipure* em suas mãos, porém
nenhuma das duas lhe ofereceu consolo. Pensou no garimpeiro com as
mãos semelhantes às suas, sempre peneirando, procurando. Mas até ele se
esquivara dela agora. Anu guardou a renda e começou a distribuir os sanduíches.

Daanish voltou, e, tremendo, exclamou:

— A água está ficando gelada!

Anu o esquentou com uma toalha. Na entrada da gruta, o médico se
secava ao sol. Daanish juntou-se a ele.

—Venha tomar seu leite — chamou Anu. Ao marido, ela ofereceu chá.

Ele continuou do lado de fora, acompanhado de Daanish, que começou
a levantar pedras, a espreitar poças e mergulhar.

— Você não quer que caia areia no seu leite, quer? — perguntou ela.

Ele olhou para o pai, aguardando sua orientação. O homem voltou o
rosto, taciturno, para o outro lado.

Anu insistiu:

— O chá vai esfriar.

Por um instante, nada. Então, veio a pergunta impaciente:

— Não vê que ainda não estou pronto?

Ela esperou.

Em meio aos organismos neríticos que circundavam as pernas cabeludas do médico, o menino declarou que encontrara um prêmio. Do interior da gruta, Anu viu que a concha era fina, em formato de pétala. O sol
passava direto por ela, que luzia como um pedaço translúcido de pele.

— Um argonauta — afirmou o médico. — Foi Aristóteles que lhe
deu esse nome. Não sei bem o motivo. Talvez tenha tido algo a ver com
Jasão e o Velo de Ouro. Você conhece a história?

Claro que não, pensou Anu. Quando se tratava de perguntas, o médico dava grande preferência às do tipo retórico. Daanish olhou-o com adoração. O menino tinha se enterrado na areia. Dava para ver uma parte de seu calção vermelho. Daanish lavara o argonauta com a água de seu balde. A concha brilhava como uma casca de ovo cheia de nervuras. Ele a pegou do pai com cuidado, como se temesse que escorregasse de seus dedos, como espuma.

— Não — respondeu ele, com medo de que sua respiração a levasse embora.

— Argo era o nome da nau em que se encontrava Jasão. Os que foram com ele eram chamados de argonautas: marinheiros do Argo.

Explicar. Explicar. O médico adorava fazer isso. Mas só ela conhecia as coisas que ele não podia explicar.

— E se você observá-la dessa forma — ele tomou a concha de novo do filho, que lambeu os lábios salgados, ansioso —, com a ponta mais estreita virada para baixo, verá que parece uma vela encrespada, certo? — Daanish pestanejou, esforçando-se para vê-la. — O animal que a faz é um polvo. Ao nadar com ela nos tentáculos, deve parecer um marinheiro. O que acha?

Daanish bateu palmas, deleitado.

— É mesmo! Ela teria o seu próprio barco.

O médico riu, dando uns tapinhas leves nas costas do menino.

Na gruta, Anu serviu o chá. As pérolas em seu pescoço eram geladas e devastadoras. Lágrimas, tão grandes como cada uma delas, deixaram seus olhos marejados.

O médico continuou a explicar:

— A bem da verdade, isto aqui não é uma concha. É um ninho feito pela fêmea do polvo, e é nessa ponta afunilada que ela deposita os ovos, carregando tudo com ela; é ao mesmo tempo uma bolsa, um berço e um barco.

— O que acontece quando os bebês nascem? — indagou Daanish, os olhos arregalados, cheios de expectativa.

— Boa pergunta. Quando os milhares de filhotinhos argonautas nascem, a fêmea libera a concha, para que crianças como você possam ficar com ela. É um milagre, não é mesmo, que algo assim tão frágil possa suportar as correntes marinhas e emergir incólume?

O menino assentiu com veemência. Por trás das lágrimas, a *guipure* de Anu ficou manchada, cheia de respingos.

— Argonauta — prosseguiu o médico — também foi o nome dado aos norte-americanos que foram para o oeste em busca de ouro. Aquele sujeito que vimos na TV, de manhã, pode muito bem ser um descendente deles.

Ah, refletiu Anu, lá vinha ele de novo, o garimpeiro. E ela que pensara que o homem fora um sinal de esperança! Como tinha sido ingênua! Bem, agora já não ia mais contar com sinais. Se continuasse a esperar pelo médico, seria deixada para trás tanto por ele quanto por Daanish.

Quando chegaram à casa, mais tarde, naquele dia, Anu tirou o colar e o deixou jogado no corredor. O marido o levou para a esposa, dizendo que ela não apreciava seu jeito de amar. De súbito, sem nenhuma explicação, ficou fora de si.

— Podemos não ter a relação dos seus sonhos — gritou ele —, mas, se não fosse tão cega, enxergaria o que temos.

Curiosamente tranquila, ela se perguntou onde estaria isso. Nas viagens aos mares do hemisfério sul e nos lugares cujos nomes ela nem mesmo sabia?

Onde? No escritório dele? — Qualquer um podia virar um perito por meio da leitura. Só que ela não precisava de uma só página para lhe explicar por que ele nunca discutia nada do que lia com ela: porque se isso ocorresse, ele não seria tão especialista assim e o conhecimento dela aumentaria. Significaria que ela também poderia explicar as coisas a Daanish.

Onde estava o seu amor? Em todas aquelas festas da alta sociedade, para as quais a arrastava, só para fazê-la passar vergonha?

Na comida, que ele nunca apreciava?

Na comunicação, sempre inexistente?

Na ascendência dela? No desejo dele de tê-la?

Ou no filho único, que ela sabia, mesmo naquela época, que seria enviado para estudar longe, a fim de, imagine só, *educar-se!*

Com frieza, ela pegou as pérolas que contornavam os dedos firmes, de médico, e roçou as unhas grandes e rosadas dele nas suas.

— Pode dar para a que não é cega. Aproveite e diga que mando lembranças. Tenho certeza de que ela entende seu jeito de amar.

Ele ficou boquiaberto, momentaneamente chocado; em seguida, fechou a boca, antes de começar a passar um longo e inconvincente sermão. Falou de modo hesitante, chegando até a gaguejar, por não ter tido a chance de buscar contra-argumentos em um livro.

Anu se virou, deliciada com a audácia de que nunca se julgara capaz. Estava navegando em mares turbulentos, uma garimpeira em busca de ouro, uma marinheira com oito longos tentáculos prateados, levando uma bolsa com Daanish dentro, dando chutinhos.

Aprendera a nadar.

Anu voltou para a UTI. Nenhuma notícia fora dada. Os irmãos do médico tinham chegado também. As irmãs continuaram a chorar e a trocar histórias sobre sua infância, histórias que provavam como elas o conheciam melhor que Anu, a mulher com quem ele se casara, satisfazendo a vontade delas, vinte e três anos atrás. Ela não derramou lágrimas. Imaginou o filho debruçado sobre os livros nos Estados Unidos, com as sobrancelhas grossas ligeiramente franzidas, virando uma página após a outra, tirando notas excelentes em cada prova. Era tão brilhante! Devia ter engordado naquela terra de tanta fartura. Anu memorizara cada fotografia que ele enviara, mas como sempre aparecia sob diversas camadas de roupa, era impossível detectar quaisquer mudanças. Parecia tão doce e adorável como sempre. Seria um grande homem.

De súbito, houve um frenesi. As enfermeiras entraram e saíram da unidade. Anu perguntou o que estava ocorrendo e pediu para ver o marido, porém passaram correndo por ela. Deu uma espiada dentro do quarto, mas foi rapidamente afastada dali. Viu o marido, por um instante, na cama, sob um emaranhado de tubos: cabelos brancos, maçãs do rosto pálidas, magras, pálpebras enrugadas. Já estava inconsciente havia mais de nove horas.

— O que foi que viu? — perguntaram as irmãs. — Precisamos saber.

Talvez ela tivesse sido muito dura naquele dia. Viu as pérolas nos dedos dele. Ele nem mesmo olhara para ela nas duas excruciantes semanas seguintes, até que, por fim, ela implorara por seu perdão. Aquela fora a última vez, dezesseis anos atrás, em que ela o enfrentara. Hoje, mais cedo, quando ele a chamara, ela simplesmente fugira. Agora, ficara sozinha, com a culpa angustiante de vê-lo morrer. Não, nem isso lhe permitiram fazer. Sentando-se pesadamente entre as cunhadas, levou as mãos à cabeça.

Outra enfermeira saiu, seguida pelo dr. Reza, um eminente colega do médico. O dr. Reza estava exausto e não precisou dizer nada. As irmãs começaram a chorar. Então, o médico acabou morrendo tal como havia vivido: longe de sua presença, em outro lugar.

Ela fechou os olhos, decidindo não envelhecer esperando pelo retorno de Daanish.

3

Moças

MAIO DE 1992

Já era quase meio-dia e a casa estava repleta de enlutados. Daanish ainda não havia acordado. Chegara o momento de interromper a leitura do Corão. Anu trouxera chá e doces. Diversas esposas sofisticadas estavam presentes. Ela sabia que muitas delas não conseguiam ler o Corão. Observou-as moverem os lábios, simulando a recitação, e se perguntou se o médico percebera isso. Ainda sentia sua presença na casa, e, por incrível que pareça, de uma forma mais intensa do que quando ele estava vivo. O médico provavelmente a observara terminar de redecorar o quarto de Daanish. Na certa franzira o cenho quando Anu retirou todos os livros que ele lhe dera e até mesmo as estantes nas quais ficavam guardados. Será que viria de sua nova morada para impedi-la? Ela acreditava que, se Deus desaprovasse suas ações, Ele haveria de lhe dizer. Mas o médico estava totalmente impossibilitado agora.

Tudo que ele podia fazer era observar seu próximo passo.

Enquanto os enlutados se refrescavam com chá, ela foi ao quarto do filho. Estava dormindo, como sempre, de bruços. Um lençol branco o cobria da cintura para baixo. Sua mala ainda não fora desfeita, porém no tapete branco novo, que ela colocara próximo à cama, estavam alguns itens tirados de sua bagagem de mão: fio dental, lâmina de barbear, meias, cueca, um romance, uma caneta esferográfica. A mochila estava aberta. Anu deu uma espiada dentro. Outro livro; a câmera Kodak do médico, que ele passara ao filho; uma adorável caixa laqueada, de casca de ovo, que o médico trouxera de sua última viagem; um envelope. No novo criado-mudo estava o colar de conchas de Daanish. Anu tocou em todas as coisas dele, tentando entender o que significavam para o filho. O de algumas — o colar, a câmera, a caixa laqueada — ela já sabia; porém, não o dos livros e envelope. Leu os nomes que estavam ali: Edward Said, Kurt Vonnegut. Não ouvira falar em nenhum dos dois. Anu pronunciou ambos os nomes diversas vezes, com suavidade. O de Said havia sido marcado com destaque.

Abriu a caixa laqueada. Uma etiqueta com letras maiúsculas dizia: *MOLUSCOS BIVALVES*. Havia várias conchas, de diversas cores vivas, algumas lisas, outras enrugadas. A data do bilhete de Daanish era junho de 1989, dois meses antes de sua ida. *Pura força muscular. Ao fechar suas duas valas, a vieira, por exemplo, pode se locomover por vários metros cada vez que abre e fecha suas conchas. Na enseada, um dia, aba me falou pela primeira vez dos moluscos gigantes. "Eles têm um metro e vinte!", contou. "E vivem bem aqui, neste nosso oceano."*

Anu fechou a caixa em silêncio.

Em seguida, examinou o envelope. Continha cartas do médico e dela e uma pilha de fotografias. Olhou de relance para Daanish: não estava roncando, nem se mexendo. Na certa só acordaria à tardinha. Acomodando-se no tapete, começou a ver as fotos.

As primeiras eram de Daanish e de um rapaz muito bem-apessoado, de cabelos dourados, em um lindo jardim. Em algumas das fotos o jardim estava coberto de neve; em outras, repleto de cores. Anu sorriu ao ver o filho refestelando-se na grama, franziu o cenho ao ver que em uma ele parecia estar fumando e assustou-se quando o viu, em outra, no que devia ser uma árvore bastante alta, equilibrando-se da forma como sempre fazia na bicicleta: de pé, com as mãos no ar. Porém, apesar da pele escura, o filho continuava a ser muito formoso: alto, com os olhos cor-de-âmbar do pai e sua inesperada compleição de menino.

Resistindo à tentação de acordá-lo com um abraço, Anu continuou. Lá estava o menino claro com uma jovem bonita. E então havia moças, ora sozinhas, ora com Daanish.

Anu recuou.

Havia uma jovem apoiada em uma árvore. Folhas vermelhas e amarelas espalhavam-se ao seu redor. Contra as cores fortes de seu entorno, ela parecia especialmente pálida, quase reluzente, como um peixe. Um peixe branco com toques de amarelo nas guelras, destacando-se sobre o brocado alaranjado. Sua cabeça estava ligeiramente inclinada para a esquerda, de modo que seu olho direito parecia maior que o outro. Fitava diretamente a câmera, com seu tom verde-azulado.

Em seguida, Anu viu uma foto da mesma moça com Daanish. Estavam sentados à mesa, pelo visto em uma festa. Daanish segurava o pulso da jovem com uma das mãos e uma bebida com a outra.

Ela olhou fixamente para a fotografia, sem piscar ou mover os dedos. Apenas sua mente trabalhava. Buscou a foto de outra moça. Esta era quase tão alta quanto ele e tinha cabelos castanhos, em desalinho. Parecia estar dançando em uma plantação de milho e não ser tão atraente quanto a outra. Anu pulou algumas fotos: lá estava Daanish e outra moça alta em um quarto escuro com velas por todos os lados, além de estrelas cintilantes no teto. Essa moça estava no colo dele.

Quando Anu terminou de ver todas as fotos, contou seis moças diferentes em contato íntimo com o filho. Refletiu sobre isso e chegou à conclusão de que, pelo menos, não era só uma. Ele tinha se distraído, porém seguramente não se comprometera. Sua noiva teria de lidar com isso. Afinal de contas, ela mesma enfrentara essa situação.

Anu juntou as fotos, a câmera e a caixa laqueada. Observou o colar de conchas; no entanto, esmorecendo, deixou-o na mesa. Carregando os três objetos, desceu a escada.

À medida que a hora do almoço foi se aproximando, os enlutados começaram a ir embora. Logo, deixaram Anu só, para que alimentasse as irmãs do médico. Elas começaram a reclamar, pois nenhuma comida fresca fora preparada naquele dia. O filho dela acabara de chegar naquela manhã, o que esperavam? Anu as deixou resmungando na cozinha. Em seu quarto, fitou os objetos fisgados da vida de Daanish em seu mundo longínquo. Tomou duas providências. Primeiro, ligou para a mãe de Nissrine a fim de avisar que a jovem devia vir logo para a recitação. Depois, colocou a caixa laqueada de volta no quarto de Daanish, porém com alguns fragmentos inesperados dentro.

4

Comportamento Vergonhoso

No dia seguinte, Anu verteu lágrimas orgulhosas quando Daanish desceu para se encontrar com os diversos amigos e parentes que aguardavam para saudá-lo. Abraçou todos, aceitando em silêncio suas condolências, conquistando a aprovação das mulheres sofisticadas que continuavam a avaliá-lo enquanto ele seguia adiante. Anuindo com a cabeça, umas para as outras, afirmavam "retrato escarrado do pai". Desde que ele fora para os Estados Unidos, aquelas mulheres haviam parado de tratar Anu de modo ríspido. Muitas tinham filhos que não receberam uma bolsa de estudos completa, certamente não para uma universidade tão prestigiosa como a de Daanish. Elas sabiam disso. Era o único aspecto da partida do filho do qual Anu desfrutava.

Os homens se sentaram à parte. Daanish foi serpenteando até eles, passando por Nissrine, pela mãe dela e por uma amiga da jovem, chamada Dia. Anu ficou satisfeita ao ver que Nissrine não olhou diretamente para o filho, mas consternou-se ao ver que a outra moça o examinara de uma forma bastante ousada. Até mesmo as jovens paquistanesas estavam assim, hoje em dia.

Anu observou Daanish caminhar descalço pelos lençóis brancos. Os dedos dos pés estavam agora mais cabeludos que antes. Ele pegou um *siparah* e se sentou, para ler. Seu corpo começou a oscilar com o ritmo da recitação. De vez em quando, o rapaz erguia os olhos e inclinava a cabeça com reverência para um novo visitante. Com freqüência, captava o olhar de Anu e sorria para ela com muita doçura.

Ela sabia que o filho não dominava muito a leitura do Corão, e três anos longe com certeza não iriam ajudar. Queria que ele continuasse a estudar com um *maulvi*, porém o médico não permitira isso depois que o rapaz completara doze anos.

Agora dava para notar o alívio que Daanish sentia ao chegar a uma passagem familiar. Ela percebia como as palavras lhe saíam como melodia. Em outros momentos, seus músculos faciais se contraíam. Era o que acontecia também com muitas das mulheres, incluindo, para sua tristeza, Nissrine. Na verdade, ela parecia ser um caso perdido, ainda por cima com seu sotaque britânico e urdu patético. Contudo, sua família era boa. Circulavam boatos de que os negócios do pai dela estavam indo por água abaixo, mas, em vez de voltar a Londres, onde tinha prosperado, a família permanecera no Paquistão, por causa das meninas. Isso o médico certamente veria com bons olhos. Com certeza estava se divertindo ao ver Nissrine esforçando-se para rezar por ele. E o que acharia de Anu ter planejado um encontro tão rápido após sua morte? Estaria surpreso? Contente? Aquilo seria incomum o bastante para alegrá-lo ou será que só sentia prazer quando ele mesmo arquitetava os planos?

Uma coisa ele não aprovaria: Nissrine era uma parente distante de Anu, o que asseguraria que o sangue de Anu, e não o dele, teria continuidade. As fisionomias das netas teriam o mesmo frescor da montanha que ela tinha, não a tez escura, de marinheiro, dele. E não havia nada que o médico pudesse fazer a respeito, exceto observar.

Nissrine estava sentada em silêncio, com uma *dupatta* cor de pêssego cobrindo-lhe a cabeça. O tom suave ressaltava sua compleição branca e delicada, os olhos em formato de amêndoa e lábios que lembravam um botão de rosa. Não era loura como aquela moça das fotos, porém era elegante e recatada. Era isso que todo homem queria encontrar em casa.

A recitação era interrompida nos momentos em que as mulheres puxavam os cabelos e gritavam "Ai! Ai!" Uma delas, que Anu mal conhecia, estava agarrando-a com força agora, comprimindo sua cabeça nos volumosos seios. Anu, sem fôlego, tentou liberar a traquéia e endireitar o pescoço.

Então, algo a salvou. Um grito. Um grito *de verdade*. A choradeira cessou abruptamente. A lutadora, que agarrava Anu com força, soltou-a. Esta emergiu de novo, arfando, adaptando os olhos à luz da sala, muito brilhante após a escuridão do aperto da mulher. Ajeitando os cabelos, Anu notou que quase todos os olhares se dirigiam à refinada Nissrine, que se movimentava discretamente com as costas arqueadas. Houve sussurros e cotoveladas. Então, pouco a pouco, os olhares ainda dirigidos à jovem, a recitação prosseguiu, e os lamentos recomeçaram. Anu aproveitou para ficar a pelo menos dois metros da lutadora.

Porém, ouviu-se outro grito, mais alto desta vez.

Foi dado mesmo por Nissrine.

Anu ficou pasma ao ver a jovem puxando, com desespero, a parte de trás de sua *kameez*, afastando-a de sua pele como se o tecido estivesse em chamas. A *dupatta* de tom pêssego formava um montículo no chão coberto. Ao lado dela, a amiga de Nissrine enrubesceu, e a mãe da jovem repreendeu a filha.

— Pare! — exclamou ela.

No entanto, Nissrine continuou a se enroscar como um gato catando carrapato no quadril. Todas as outras mulheres começaram a protestar. Puxavam os lóbulos das orelhas, resmungando "*Toba toba*". Foi um terrível presságio. Anu desfaleceu, perguntando-se se aquilo era obra do médico. Estaria tentando interferir em seus planos?

— Pare! — ordenou a mãe de Nissrine, de novo.

Dia murmurou algo que parecia com:

— É só uma florzinha.

Daanish e vários outros homens entraram na sala. Dois tios, decididos a impor a ordem, começaram a forçar caminho no grupo que circundava as duas jovens. No entanto, as mulheres formaram uma barricada.

— Podem voltar! — clamaram elas. — A gente sabe lidar com isto.

Surgiu uma discussão entre as tias e seus respectivos maridos.

Dia estava segurando a mão de Nissrine, dizendo:

— Vai, pega uma pétala. — Com a outra mão, apontou para três gomos brancos e grossos, próximos à parede. Outros pousaram os olhares confusos nos objetos.

— O que está acontecendo? — indagou um tio.

— O que há de errado com essas duas jovens? — perguntou outro.

As mulheres tentaram expulsar os homens de novo. Anu notou que Daanish estava olhando fixamente para a amiga de Nissrine. Os lábios do filho esboçavam um sorriso ao se aproximar do círculo. Anu foi atrás dele.

O nariz de Dia estava vermelho de excitação. A *dupatta* azul escorregara de seus ombros. Continuava a olhar para as coisas que se contorciam no piso, sacudindo Nissrine e dizendo:

— Sua boba, são só lagartas. Bichos-da-seda. — Então, olhou ao redor e se dirigiu à mãe de Nissrine, tartamudeando:

— Lamento. Lamento mesmo. Sinto muito.

Daanish estava se aproximando. Alguém o impediu.

— *Ay haay, hato na!* Pode ir embora! Não deve ficar aqui.

— Sei o que devo fazer — respondeu ele, com firmeza, fazendo com que as duas jovens olhassem em sua direção. Quando o viu, Nissrine começou a chorar.

— Ah, Nini, vamos embora — sugeriu Dia. Elas pegaram suas bolsas e se prepararam para sair, despedindo-se, apressadas, de Anu. Nissrine chorava alto agora, Dia pedia desculpas, e a mãe de Nissrine estava furiosa e confusa.

— Comportamento vergonhoso! — disse Anu, entre os dentes, para a mãe de Nissrine.

— Por favor! — pediu ela. O restante do discurso dela fez duas bolas de fogo arderem em suas bochechas.

Daanish pegou as lagartas.

— O que eu faço com elas? — perguntou ele a Dia.

Já na porta, ela se virou. Seus olhos eram grandes, de um tom castanho-claro, com sílices escuros de rebeldia ardendo no centro.

— Descubra você mesmo! — E, em seguida, seu semblante se fechou. — Não queríamos que isso acontecesse. E sentimos muito mesmo o que aconteceu com seu pai. — Retirou-se, apressada.

Anu aferrolhou a porta assim que ela saiu.

I

Novos Pedidos de Desculpas

— Olha, eu já pedi desculpas, está bem? — Dia estava encostada na parede da sala de jantar, segurando o telefone com uma das mãos e comendo amoras com a outra. O cozinheiro se encontrava na sala ao lado, assistindo a uma partida de críquete. Não, na verdade, vendo comerciais. Dia inclinou a cabeça e olhou para a TV: duas mulheres aguardavam ser entrevistadas para um emprego de comissária de bordo. Corte. Na cena seguinte, a vencedora revela seu segredo à perdedora: um tubo de creme clareador de pele. Agora ela iria voar!

A voz de Nini ao telefone estava fraca, de tanto chorar. Dia mastigou nervosamente. Já estavam se falando havia uma hora, porém a capacidade de resistência de sua amiga era impressionante.

As coisas não tinham andado conforme ela queria. As lagartas deviam incomodar Nini, não provocar tamanha algazarra. Ao pensar na viúva, Dia sentiu um aperto no estômago. Ouviu Nini, e o aperto aumentou.

As duas já tinham se colocado em diversas situações absurdas antes, muitas vezes sem o consentimento da outra, porém nunca haviam provocado tamanho rebuliço. Dia se perguntava se era isso o que acontecia com mulheres à beira dos vinte anos.

Angustiada, ela devorou três amoras esponjosas de uma só vez. Deixou escapar um ruidoso suspiro. Os cabelos que contornavam sua testa esvoaçaram.

— Escuta, Nini. Não vamos cometer o erro de brigar por causa de um rapaz. Quantas vezes a gente já viu isso por aí, hein? Admito que foi um grande capricho da minha parte meter não apenas um, mas *três* bichos-da-seda inativos na sua *kameez*, só que você tem que reconhecer que começou a gritar quando eu contei o que eram. Mas, deixa pra lá. Me diz o quer que eu faça. Eu já pedi um milhão de desculpas. E fui sincera.

— De onde foi que você tirou essa idéia tão mirabolante, Dia? Sabe muito bem que eu detesto bichos. — Nissrine assoou o nariz com força.

— *Elefante* — disse Dia a meia-voz, imitando o som provocado pela amiga. Depois, em alto e bom som, reconheceu: — Está bom, admito, sei que você tem verdadeira ojeriza. E o Inam Gul também sabe. Quando você não quer ser minha cúmplice, sempre conto com o apoio dele.

— Diga que eu falei o seguinte pra ele: cresça e apareça!

Dia comeu outra amora. Era a mais doce do lote. Mastigou fazendo barulho, sentindo, por dentro, orgulho do cozinheiro por ele ter bolado mais uma travessura maquiavélica. Se Nini tinha feito uma tempestade num copo d'água, não era culpa dele.

Na outra sala, passava um comercial de leite, mostrando uma mulher, de maquiagem pesada, feliz e satisfeita com a visita de um monte de amigos. Era a desculpa perfeita para ela preparar chá para todos!

— Você não entende. — Nini assoou o nariz de novo.

— *O que é que* eu não entendo? O quê? Você fica repetindo isso, mas, caramba, não explica *o que é que* não entendo.

O choramingo se transformou em soluços abafados. Por fim, Nini pigarreou e disse em um tom de voz frio e contundente:

— A mãe daquele rapaz tinha me proposto um casamento arranjado.

Silêncio. E, em seguida:

— Puxa vida!

— Não vá ter um troço por minha causa.

Dia meneou a cabeça. *Então, por quem mais?*

— Minha mãe conversou comigo. Daí, eu refleti sobre isso e pensei, bom, e por que não?

Dia cuspiu a gororoba rosada de fruta e gritou:

— Por que não? *Por que não?* É tudo o que tem a dizer? Nini, quem é você?

Nissrine estalou a língua.

— Está vendo? Eu sabia que você ia me passar um sermão. Por isso eu não disse nada. — Suspirou, e seu tom de voz ficou mais suave. — Eu quero mais da vida, Dia. Estou farta de ficar aqui nesta casa fazendo o que sempre fiz. Quero algo diferente.

— Ah, Nini. Qualquer mudança é melhor do que nenhuma? Por que acha que o casamento com um estranho vai ser o que está buscando?

— Não se preocupe — respondeu ela, com amargura. — Depois do que aconteceu ontem, a mãe dele provavelmente vai mudar de idéia.

— Nunca teria feito aquilo se soubesse.

— Eu sei. Foi por isso também que não disse nada. Eu queria que você o visse, Dia. Queria que a gente fofocasse sobre ele. Sabia que você não ia querer saber de conversa se eu tivesse contado. — E, então, acrescentou, sonhadora: — Até mesmo depois do nosso casamento. Se... — Não terminou a frase.

Dia andou de um lado para o outro, indignada. Nini precisava levar uma boa sacudida, para voltar a ser como antes. Porém, tudo estava acontecendo conforme Nini previra: agora que Dia sabia de suas intenções, não sabia como agir. Comportar-se de forma cautelosa ao lado de Nini? Como? Elas nunca tinham tido melindres uma com a outra; jamais.

Nini esperou. Dia optou por usar a estratégia que as havia unido originalmente, na ocasião em que o professor de matemática as colocara juntas para resolver um problema, aconselhando: "Quando tiverem dúvidas, contem com os dedos."

—Vamos falar dos prós e dos contras, Nini — Dia começou a falar, com suavidade. — Primeiro, os contras. Em primeiro lugar, você não conhece o rapaz. Em segundo, o pai dele acabou de morrer. Terceiro, é filho único. Quarto, é o único filho homem. Quinto, mora nos Estados Unidos. Resumindo: é tudo o que a mãe dele tem, então ela será muito mais possessiva com relação a ele do que as habituais sogras. Ele está aproveitando a vida longe dela, nos Estados Unidos, na certa se divertindo com as mulheres de lá, enquanto uma vozinha fica atazanando a mente dele, lembrando das obrigações para com *ami jaan* e seu país. Daí, quando ele tiver se divertido bastante, pra diminuir o sentimento de culpa, vai se tornar superprotetor com *ami jaan* (que vai simbolizar a nação) e ultraconservador com a esposa (que vai simbolizar sua autoridade na nação). E isso não é tudo! — A voz de Dia se elevara de um jeito incontrolável, o que não era bom, mas ela não conseguiu se conter. — Ele vai querer manter seu lado americano vivo também, só pra se divertir. Todos nós precisamos de uma farra, certo? Agora os prós. — Ela fez uma pausa. — Me diz aí quais são os prós, Nini.

A resposta foi rápida.

— Alguma vez você usou seus incríveis poderes de dedução para descobrir por que é tão arrogante? *Você* também não conheceu o rapaz, Dia, então as suas suposições são tão infundadas quanto as minhas. Tudo bem, muitos homens são assim mesmo. Mas talvez... talvez ele seja diferente. Afinal de contas, você parece *se achar* diferente. Seja realista, Dia, você precisa de um homem na sua vida também, e nunca vai saber se o seu escolhido vai ser melhor do que o meu.

Dia ficou aturdida. Não foi apenas o tom de voz rancoroso que feriu como uma chicotada. Era o conhecimento de que muitas mulheres caíam na mesma armadilha: discussões, ou puro atrito, por causa de homens. Por outro lado, havia um acordo tácito entre os homens: mulher não era um assunto digno de menção, a menos que ela os excitasse sexualmente. Mas Homem era um tema que as mulheres devoravam de todos os ângulos. Dia tinha certeza de que esta era a causa mais óbvia, porém mais negligenciada de suas posições discrepantes na sociedade: o tempo. Mulheres o gastavam com os homens; eles o gastavam consigo mesmos.

E agora, ali estava ela, desperdiçando quase duas horas daquele dia, e diversas horas do anterior, com divagações em vão sobre um deles. Será que Nini não via como isso era ridículo? E típico? E perigoso?

Ansiou parar o relógio naquele momento.

— Por favor, não vamos brigar por causa disso! Faça o que quiser. Só lamento muito sobre ontem.

Nini esperou. Mas Dia não tinha mais nada a dizer.

Na outra sala, o Paquistão tirou um rebatedor e Inam Gul bateu os pés. Mostraram o comercial de leite de novo. A mulher trazia o chá da cozinha com aparência revigorada e bem-disposta. E estava de muito bom humor por ter usado leite! Os convidados tomaram o chá em tempo recorde. A câmera focalizou o marido dela, que disse: *"Begum, chai?"* Então ela voltou correndo para a cozinha com as sandálias de salto alto deslocadoras de tornozelo, as pulseiras douradas ressoando de forma exuberante.

Dia pensou: Nini deveria ter feito um teste para o papel. Então, encheu-se de remorso de novo.

Após uma longa pausa, que Dia teve pavor de quebrar, Nini falou.

— Você perguntou antes se podia fazer alguma coisa. Bom, eu estive pensando. Se a mãe dele não resolver cancelar o pedido, contar com o seu apoio ainda vai ser importante para mim. Então, você vem quando ele vier visitar com a mãe? Você continua a ser como uma irmã, Dia. Continua.

Dia deu uma palmada na testa, desalentada.

— Claro!

Com um sussurro débil, Nini disse, de forma carinhosa:

— Minha mãe precisa que eu aceite. Tem sorte por sua mãe não depender de você para dar sentido à vida dela. — Desligou o telefone.

Ainda segurando o aparelho, Dia resmungou:

— Tomara que a sua filha seja sortuda como eu.

Indo até a frente da casa, Dia se perguntou, com amargura, quantos pais tinham reduzido os mundos de suas filhas a fim de satisfazerem os seus. Parou para pegar as sandálias, ansiando por seu oásis, a fazenda. Enquanto tentava afivelá-las, olhou de relance para a parede. A face que a saudou era a de seu pai. Estava emoldurada em ouro rebuscado, que era tão falso quanto o quadro. A papada do pai não oscilava, o bigode altivo fora reduzido à casca de maçã alvejada e os olhos eram os de quem entrara no ambiente errado, no qual estava sendo projetado um filme sobre sua vida. Como o rolo emperrara assim que o pai fora seqüestrado, ele não tinha outra escolha, a não ser ver aquele momento ininterruptamente. A vida dele estava nas mãos do pintor, e toda vez que Dia ficava ali, tinha vontade de submeter o artista à mesma tortura.

Ela não contara para ninguém, nem para Nini, nem para o cozinheiro, que o *Quran Khwani* do dia anterior lhe trouxera lembranças dolorosas. Por quarenta dias após a morte do pai, ela agira como uma estátua naquela casa, e aprendera algo valioso: alguns enlutados haviam ido chorar a morte dele, outros, apurar os detalhes sangrentos. E outros, ainda, tinham ido com a firme intenção de resgatar a paralisada Dia e banhá-la com piedade, aumentando sua sensação de impotência. "*Allah malik bay*. Deus decide." Essa era a mensagem que eles martelavam em sua cabeça. *Você não controla os acontecimentos. Então, para que se dar ao trabalho de fazer algo em sua vida, mocinha?*

No dia anterior, quando ela pedira desculpas à viúva e ao filho, realmente fora sincera.

O cozinheiro, que tinha sido desprezado por aquela que era a sua favorita dentre três crianças, desde que ela voltara para casa no dia anterior, arrastara-se com tristeza até Dia.

— Já me perdoou, minha jovem? — Ele estava debaixo do quadro.

— Ah, Inam Gul, não foi sua culpa.

Ele acariciou sua cabeça.

— Então, vamos lá ver TV.

— Não estou com vontade.

O nariz dele tentou farejar o ar.

— O que Nissrine *bibi* disse?

— Andou escutando às escondidas de novo?

— Não! — Fez uma expressão de horror.

— Então como é que sabia com quem eu estava falando? — Ela observou com satisfação quando os lábios dele se curvaram em torno da gengiva banguela. O cozinheiro parecia sentir mais falta de seus dentes quando estava encurralado. — Não se preocupe. Eu tenho pouquíssimos segredos. Mas vou te contar o de Nini. — Os olhos de Inam Gul esbugalharam em virtude da expectativa. — Ela quer se casar com aquele rapaz que ela me levou para conhecer ontem.

— Ah, isso é que é uma garota inteligente! — Meneou a cabeça vagamente, de cima para baixo.

— Ela é uma boba, Inam Gul, não se esqueça disso! — Ele mudou sua expressão de acordo. — Eu vou dar um pulo na fazenda agora, pra me esquecer das pessoas por um tempo. Se alguém ligar pra mim, diga que estou no meu casulo e que devo demorar semanas para sair.

— *Toba toba.* — Ele puxou os lóbulos das orelhas, mas sabia que não adiantava discutir com Dia.

2

Números

No decorrer de quase todo o trajeto, a terra era desnuda e árida, ponti-
lhada com ocasionais faixas de algarobeiras envergadas. A estrada conduzia
direto ao poderoso rio Indo, cerca de cem quilômetros a leste. Os leitos
deviam ser cheios de vida, pensava Dia sempre que passava por ali. Ainda
mais um leito tão antigo quanto aquele. Porém, com exceção de um
martim-pescador equilibrado majestosamente em um cabo, indicando a
proximidade d'água, não havia indício do lendário esplendor do Indo.
Somente livros e velhotes como Inam Gul contavam a história de princesas
como Sassi, que residia no glorioso *Lakhy Bagh*, às margens do rio, cercada
de música, fontes e cavalos lustrosos.

Fazia anos que a própria Dia não percorria todo o caminho que levava
ao rio. Agora, nas margens não abundavam os pavilhões de Sassi, mas
algumas das gangues mais perigosas do país.

Ela viajava com dois seguranças armados. Ambos tinham a pele oleosa
e esburacada, unhas imundas e cinturas finas. Carregavam seus
Kalashnikovs da forma como quase todas as escoltas da cidade o faziam:

com a boca do fuzil apontando não para cima, mas para trás, na direção do veículo que vinha em seguida. Às vezes, um dos dois descansava o ombro e apoiava a arma no colo, com a boca voltada para Dia. Nos últimos anos ela se perguntou com freqüência o que era mais arriscado: ir com ou sem eles. Não tinha como saber. Acreditava-se que seu pai fora seqüestrado naquele trecho.

Três rumores espalharam-se após o assassinato. Primeiro, que tinha a ver com a Tinturaria de Materiais Sintéticos que perdera o contrato com os pais de Dia. Segundo, que envolvia os importadores de casulos, os quais também haviam sido dispensados. Terceiro, que os assassinos agiram de forma estúpida ao visar o marido e não a esposa.

O projeto de sericicultura era todo de Riffat Mansoor. Fora ela que introduzira a linha de seda em sua fábrica têxtil e que questionara o critério de importar os casulos quando eles poderiam ser criados ali mesmo. O clima era adequado para a plantação de amoreiras, o alimento do inseto, e Riffat tinha um grande terreno perto de Thatta, no qual as árvores poderiam ser cultivadas.

A infância de Dia foi passada indo e vindo da fazenda à fábrica, aquela um paraíso subtropical encantado, esta um turbilhão de atividades igualmente cativantes. Na fábrica, ela costumava caminhar de olhos arregalados pelas oficinas, nas quais o fio era tecido, formando lençóis de fazenda branca reluzente, que eram então tingidos em caldeirões de tinta borbulhante e, em seguida, pintados com estampas de tirar o fôlego. Já na fazenda, ela dançava entre as árvores, satisfeita com seu próprio modo de ver as coisas. Os canais de irrigação eram os caldeirões ferventes. Os galhos, seus carretéis. Ela desfiava seu vestido de algodão, formando uma meada de fios, e os enrolava no carretel, até obter um padrão. Mergulhava-o no canal e deixava-o secar. Ele ficava levemente ondulado com seu sopro. Dia usava o sopro fazenda afora, e todos juravam nunca ter visto uma seda mais delicada.

Embora a mãe tivesse se dedicado de corpo e alma à realização desse projeto, somente após várias tentativas os seis hectares de amoreiras produziram as sessenta toneladas de folhas necessárias para alimentar o milhão e meio de bichos-da-seda requerido para produzir aproximadamente quatrocentos quilos de seda bruta. O negócio paralelo e totalmente auto-suficiente de Riffat deu à fábrica, já bem-sucedida no algodão, mais um atrativo. Em toda Karachi, as mulheres só confiavam na Fábrica Mansoor.

Dia tinha dez anos quando o projeto da mãe se tornou um empreendimento reconhecido nacionalmente. Suas colegas de escola a viam de forma tão singular quanto os homens e as mulheres viam sua mãe. Nissrine contou para Dia que as pessoas comentavam, de forma zombeteira, que o apetite de Riffat era tão voraz quanto o das lagartas que ela criava — a diferença era que ela não queria folhagens. Seu marido lhe dera carta branca no âmbito dos negócios, porém, será que a satisfazia em casa, no quarto, quando ela saía de *seu* casulo?

Dia fechou os olhos e se recostou no assento do carro, refletindo sobre o mexerico. E quando se lembrava dos pais juntos, a imagem não era nada animadora. Nunca vira Riffat irradiar alegria, nem jogar a cabeça para trás a fim de dar sua risada agradável e ressonante perto do pai. Os dois nunca se tocavam. Praticamente não discutiam. Eram sócios comerciais, não amantes. Ainda assim, o pai gostava quando Dia lia para ele histórias cheias de juras de amor eterno, como a de Sassi aguardando às margens do rio Indo a chegada do barco de seu amante. Histórias de tragédias mundanas, porém que se estendiam ao além.

A jovem abriu os olhos em pânico quando percebeu que sua posição relaxada a lançara na direção dos seguranças. Endireitou-se. Suas costas estavam começando a doer, como sempre acontecia nesta altura do percurso. E ainda não tinham chegado nem à metade do caminho. A terra continuava árida e desolada. Não havia um só martim-pescador à vista. Dia sentiu o cheiro de suor dos seguranças. Na certa, eles sentiam o dela. A jovem tentou não se perguntar se isso os excitava.

Seja o que for que transpirava entre seus pais, os dois se tornaram objeto de mais mexericos ainda quando Riffat decidiu não utilizar mais pigmentos químicos. Eram caros, perigosos e, ainda por cima, desbotavam. Embora o tingimento natural não fosse mais um método utilizado em nenhuma das demais fábricas, em outras épocas florescera no subcontinente. Havia provas suficientes para confirmar isso. Um tecido de três mil anos, tingido com garança, e tonéis de índigo foram encontrados em Moenjodaro, apenas trezentos quilômetros ao norte do ponto em que se encontrava o carro de Dia naquele momento. A técnica estava à soleira da porta de Riffat, local onde estivera durante séculos. Estaria de fato perdida?

Riffat descobriu que a maior parte dos corantes podia ser obtida de plantas que vicejariam com facilidade naquela região. Também aprendeu que parte de cada planta precisava ser ceifada, quanto tempo isso levava e que cor produziria. Da cúrcuma e do belérico se obtinha o amarelo; da hena, da garança e da romã, o vermelho; do índigo, o azul; do tamarindo e da cebola, o preto; do sapoti, o marrom. Então, ela reservou os dois hectares restantes de terreno para cultivá-las.

Após dois anos, elas já produziam com consistência, e o contrato com a tinturaria foi cancelado. Eles começaram a receber telefonemas indignados.

Riffat ficou tensa. Começou a se exaltar. A família deixou de se amontoar no Corolla a fim de passar os fins de semana na fazenda. Seus pais passaram do escasso diálogo às brigas constantes. E, ainda assim, o telefone continuava tocando. E mais clientes prometiam lealdade à fábrica.

Na noite anterior à sua morte, o pai de Dia tinha subido na amoreira que havia sido plantada quando ela nascera. Por quê? Para voltar no tempo e tê-la pequenina em seus braços de novo, na época anterior aos telefonemas ameaçadores e mexericos sobre sua esposa?

Dia entrara em casa, encolhida, abraçada pelo cozinheiro, enquanto seus irmãos discutiam com a multidão no lado de fora, e sua mãe, pela primeira vez na vida, ficara paralisada de medo. O marido de Riffat escondera-se na ramagem como uma criança, enquanto o mundo ria. No entanto, a certa altura, durante a madrugada, ele deve ter descido e saído de casa antes que alguém acordasse. Nunca mais foi visto com vida de novo.

O cozinheiro afirmou que a solução do assassinato do pai não teria uma resposta tão óbvia quanto a que sugeria, por exemplo, que um agente furioso o teria feito por ter ações da empresa dispensada. De acordo com Inam Gul, o pai de Dia simplesmente teve azar. Pusera-se no caminho de alguém. Na região fervilhava um ódio sem limites. Na certa, os assassinos não sabiam de absolutamente nada sobre ele. Fora um alvo aleatório ou vítima de fogo cruzado. Tinham ocorrido centenas de mortes similares em Sind naquele ano. Não havia nenhuma outra explicação para ela, a não ser a vontade de Alá. A mesma vontade que transformava alguns em assassinos e outros em gente amável e atenciosa, tal como o pai dela.

Entretanto, Dia não conseguia aceitar que sua morte tinha sido obra do acaso — de um simples desvio. Doía-lhe pensar que, se não fosse o corpo surrado e machucado dele, teria sido o de outra pessoa. O que significava que, mesmo quando vivo, ele não passara de um simples número. E ela também. E Nini e Inam Gul. Todo mundo.

3

A Vida na Fazenda

Um grupo de quatro vigias armados controlava o exterior da fazenda. O muro fronteiriço era reforçado por cinco cercas de arame farpado. No alto do portão de ferro, havia uma série de aguilhões finos apontando para o céu amarelo-acinzentado. Após o portão, estavam a postos mais dois sentinelas; porém, ao contrário de seus seguranças privados e dos vigias do lado de fora, esses usavam *soussi lungis*, feitos na fábrica. O tecido fora tingido em tons azuis e verdes e luzia como penas de galo no sol. Juntos, os homens formavam uma dupla simpática: eram dois dos três filhos de Inam Gul.

Seus torsos e braços nus brilhavam em virtude do suor e dos *lungis* enrolados de um jeito tão apertado que era possível ver os contornos de seus físicos contrastantes. No corpo de Shan, pueril e delicado, o tecido formava pregas próximo às curvas de um traseiro firme e pequeno. Já no de Hamid, envolvia um par de coxas volumosas. Dia observou também seu abdômen sólido, semelhante ao de um lutador. Ele seria muito útil com dois remos em uma noite tempestuosa no oceano.

O cozinheiro e sua família haviam chegado à casa de Dia dois anos antes de o pai dela partir. Tinham deixado sua vila e se mudado para Thatta, expulsos pelos pescadores das traineiras que invadiram o território dos nativos. O sr. Mansoor vira a família de Inam Gul diante dos túmulos de Makli Hill, próximo à fazenda, e lhes oferecera trabalho lá.

Quando Dia ingressou na fazenda, os dois rapazes abaixaram seus Kalashnikovs a fim de deixá-la passar.

— Como estão as coisas? — indagou ela, aliviada por esticar as pernas e estar em companhia agradável de novo.

— A gente vai ter que esperar pra ver — respondeu Hamid. — Sumbul está dizendo que tem menos casulos bons agora que no ano passado.

— Que já foi pior que o ano retrasado — lamentou Dia.

A produção de folhas tinha chegado a sessenta toneladas quando ela era criança. Porém, nos últimos três anos, devido à crescente falta d'água, começara a cair vertiginosamente. Uma alimentação reduzida significava que as larvas nunca alcançavam a fase de casulo e, quando a alcançavam, seus invólucros ficavam pequenos ou finos demais, às vezes furados, produzindo fios de má qualidade.

Os canais fluíam de forma melódica, lembrando Dia, gota a gota, como precisavam deles. No calor sufocante, pré-monção de maio, ela abanou a face com uma ponta de sua *dupatta* e torceu para que naquele ano chovesse muito.

Deixando os sentinelas, a jovem caminhou devagar pelas fileiras de amoreiras, plantadas com cuidado a uma distância de cinco metros umas das outras. Na frente de Dia, duas borboletas papilionídeas pretas voejavam. Uma perseguiu a outra, e ambas pousaram em um galho e acasalaram-se, unindo a parte final de seus abdomens, parecendo uma só criatura com duas cabeças e quatro asas. O macho deve ter conquistado a fêmea com seu odor, ponderou Dia. No caso das mariposas, eram as fêmeas que produziam o afrodisíaco. Tinha um efeito tão poderoso que, logo após sua saída do casulo, se um macho estivesse adejando por ali, ela o atrairia.

Acasalaria ao nascer. Dia tentara presenciar isso inúmeras vezes, quando fora à fazenda, contudo, nunca conseguira. Nesta estação, ela estava decidida a conseguir.

Foi até o barracão. Visto de fora, lembrava uma estufa: baixo, com teto plano. Adjacente a ele ficava uma cabana com dois quartos. Dali saiu Sumbul, a filha alta e lânguida de Inam Gul, a trabalhadora mais valiosa da fazenda. Uma *kameez* lilás contrabalançava o tom suave e aveludado de sua pele, e ela parecia uma árvore de jacarandá em florescência. Sumbul se aproximou de Dia de forma graciosa, carregando um bebê no quadril e segurando uma prancheta com a mão direita.

— *Salaam, baji* — cumprimentou-a Sumbul.

— *Waalai-kum-asalaam.*

— Como vai meu *aba?*

— Ah, vai bem — respondeu Dia. — Aprontando mais que nunca. Mandou um abraço. E o seu marido? Está tudo bem em casa?

Sumbul sorriu, puxando a trança que escorregara em seu ombro. Era tão longa e grossa que formara um U.

— A mãe dele voltou pra nossa vila; vai passar algumas semanas por lá. As coisas melhoraram. Mas — ela desviou o olhar — acho que o quinto está a caminho.

Dia respirou fundo; Sumbul tinha a mesma idade que ela.

— E ainda assim não quer que *ama* dê umas pílulas pra você?

— E se ele descobrir?

— Você pode deixar tudo aqui, na fazenda. Ele nunca vai saber.

Simbul suspirou, passando o bebê para o outro lado do quadril.

— Não, *baji.*

Dia meneou a cabeça, porém não disse mais nada; a escolha era de Sumbul.

Entraram juntas no barracão.

O interior estava quente e úmido, embora fosse ventilado por uma corrente contínua de ar fresco. Era dividido em quatro seções. Na primeira, vazia nesta estação, seriam colocados em breve os ovos postos pelo atual lote. Na segunda, havia uma longa mesa, com bandejas de larvas serpenteantes, que se alimentavam de folhas de amoreira bem picadas. Dia caminhou ao longo da mesa, cumprimentando as mulheres, que cuidavam das lagartas. Como ocorrera na época da imperatriz chinesa, agora os bichos-da-seda também eram criados por mulheres. Com exceção dos jardineiros e vigias, a fazenda era administrada somente por elas, motivo pelo qual tinham recebido permissão de trabalhar.

No início, a visão das larvas levava as funcionárias a torcer o nariz. Tocá-las estava fora de cogitação. Entretanto, agora os insetos eram manuseados de forma tão automática quanto tranças e bebês; colocar um punhado de larvas na camiseta de qualquer funcionária nunca produziria o efeito que produzira em Nini. Repentinamente, Dia sorriu.

Sumbul, adivinhando o motivo com precisão, perguntou como tinha ido o plano.

— Bem, infelizmente a Nini teve uma reação exagerada. Ela só fala em casamento, agora.

— Casamento? — Sumbul acomodou melhor o bebê, de novo. — Também, pudera, não é? A Nissrine é tão bonita!

— Será que foi a beleza que fez com que ela mudasse? Está de olho num rapaz que ela nem conhece!

— Mas a maior parte das mulheres não conhece mesmo — disse Sumbul. — *Inshallah*, ela vai fazer com que dê certo.

No entanto, por que deveria? Dia queria gritar. Por que Nini tinha de aceitar os limites que outros lhe haviam imposto, de forma tão maliciosa? Por que cabia a ela fazer com que a relação com um homem totalmente desconhecido desse certo? Sem querer discutir com uma mulher de quem gostava, Dia ficou quieta, mais uma vez.

Continuaram caminhando ao lado da mesa. As larvas eram brancas e cegas; sua única atividade era comer. Porém, tendo sido criadas por tantos séculos, já se haviam esquecido de como fazer isso. As mulheres tinham de picar bem sua comida e mudar o estoque de folhas nove vezes por dia, senão as criaturinhas exigentes morriam de fome. Em seus dias de insetos não-cultivados, elas nem requeriam higiene, no entanto, agora, o papel perfurado sob elas tinha de ser limpo de forma meticulosa, caso contrário provocaria uma guerra de fome.

No final da mesa estavam as lagartas que tinham passado pela exúvia pela quarta e última vez. Era sempre assim, pensou Dia. A vida de um inseto era tão mensurável e, ao mesmo tempo, tão misteriosa. Talvez o paradoxo fosse o interessante. Por mais que ela os estudasse com diligência, sempre havia detalhes — tais como a mudança no interior dos casulos ou as mariposas acasalando ao nascer — que lhe escapavam.

Ela examinou os formulários empilhados na prancheta. O primeiro relacionava-se à contagem daquele ano. As notícias não eram boas. Menos lagartas haviam sobrevivido após a quarta exúvia que em qualquer outra época. Observando-as resvalar em uma cama de folhas, Dia fingiu que elas podiam se comunicar entre si. Sussurravam: Vamos jurar nunca mais tecer nossos fios delicados para estes malditos seres humanos!

O bebê de Sumbul acordou. Contorceu-se e esfregou os olhos com os punhos pequeninos, ameaçando chorar. A mãe baixou rápido a *kameez* e lhe deu o peito.

Dia perguntou:

— Você não receia que os bichos-da-seda formem uma aliança guerrilheira e se revoltem? As pessoas sempre dependeram dos animais para se vestir e se alimentar. Daí, quatro mil anos atrás, apareceu uma imperatriz chinesa que fez dos insetos sua propriedade também. O verdadeiro motivo da baixa contagem talvez seja uma rebelião.

Sumbul riu.

— A tua imaginação é fértil demais, Dia *baji*. Dá pra ter uma idéia do que tu e o meu pai conversam o dia todo! — Seu bebê adormecia enquanto ela o amamentava. Já não sugava com força o mamilo inchado e um fio de leite escorreu por seu queixo. A mãe o limpou com a camiseta, que ela, em seguida, levantou.

Dia teve a sensação de estar olhando para Nini, dali a alguns anos. Pouquíssimos anos.

Sumbul prosseguiu:

— Minha avó sempre achou que meu pai era o destrambelhado da família. Nunca foi um bom pescador. Acho que ele está muito mais feliz agora, na tua casa, que antes, quando vivia no mar.

— Só que ele ainda sente falta da vila — informou Dia. — Fala dela o tempo todo. Ele se preocupa muito com o filho mais velho, Salaamat.

— Engraçado tu falar dele. Ele veio me visitar hoje de manhã.

— Ah, é? E como é que ele está? E quando vai visitar o pai?

— Só posso dizer que está feliz. Olha só o que ele me deu! — Sumbul sorriu ao tirar de algum lugar do sutiã duzentas rupias. — Os chefes dele são generosos e ele é generoso comigo. O filho deles acabou de chegar da *Amreeka*. Tu não vai acreditar: ele estava no mesmo vôo que aquele rapaz que veio para o *Quran Khwani* do pai. E tu acabou indo também pra essa cerimônia, né? É o rapaz que Nissrine deseja! O filho se sentou do lado dele durante toda a viagem. Salaamat buscou os dois no aeroporto e até deixou o rapaz em casa.

— Ah! — exclamou Dia. — Será que seu irmão pode descobrir mais coisas sobre o garoto americano através do filho do chefe? Se a informação não for boa, vou contar pra Nini. Se for, não vou dizer nada.

Sumbul riu. Deixaram a parte das larvas e se detiveram na terceira seção do barracão. A entrada ali era terminantemente proibida. Dentro, encontravam-se as lagartas que começavam a amarelar, indicando que estavam prontas para começar a tecer seus casulos e hibernar como crisálida por duas semanas. Tratava-se de uma fase muito delicada. O bicho-da-seda requeria total privacidade ao fiar a seda. Qualquer interferência poderia resultar em um casulo defeituoso ou até mesmo em sua morte. No decorrer dos anos, só Dia testemunhara o processo, já que aperfeiçoara a arte da total imobilidade. Por isso, a mãe a deixara entrar. Porém, Sumbul, ainda por cima com o bebê no colo, teria de esperar do lado de fora.

Dia pegou um binóculo da gaveta, colocou-o nos olhos e esgueirou-se para o recinto.

Nas mesas, milhares de lagartas achavam-se em vários estágios de fiação. Cada uma tinha passado do naco inerte e ébrio do papel perfurado a uma ágil bailarina, apoiando-se em sua extremidade. Para onde quer que Dia olhasse, os bichos-da-seda erguiam-se como varinhas para tecer a seda... Mais parecia uma cena de fábula — talvez oriunda do *Lakhy Bagh*, de Sassi —, do que algo que ocorria de fato. Que se realizasse ali, na fazenda de sua mãe, no meio da planície queimada do Indo, no caos de Sind, fazia desaparecerem todos os seus dilemas éticos no que tangia à criação de outras formas de vida para satisfazer aos interesses de seres humanos. Isso é que era vida, observar oito mil criaturinhas em um recinto, executando uma dança que poucos seres humanos sabiam que ocorria. Elas se contorciam para a esquerda e para a direita, inclinavam-se e serpenteavam, fazendo movimentos em formato de oito. Trabalhavam sem parar por três dias e noites, com seu próprio material e nada mais a coordená-las além de seu relógio biológico. Cada uma delas, uma unidade perfeitamente autônoma de vida. Quando as via fiando, a jovem sentia entender mais a vontade de Deus que em qualquer outra ocasião.

Por cortesia de mais uma página roubada de outra biblioteca, ela descobrira que os antigos egípcios acreditavam que os mortos podiam ver borboletas e mariposas. Seus pensamentos sempre se voltavam para seu pai quando ela ficava ali. Ele também estava naquele local e podia ver o interior dos casulos. Testemunhava o crescimento de cada crisálida, sabia quando sua cabeça começava a virar e apontar para a pequena abertura em uma das extremidades. Via a criatura se debater e encurvar, preparando-se para a quarta e última fase de sua vida.

Após quinze minutos, Dia saiu, devagar, do recinto. Sumbul e o bebê ainda a estavam esperando.

Quando os casulos terminavam de ser tecidos, a maioria era levada para a fábrica. Lá, as mariposas tinham de ser eliminadas; do contrário, consumiriam o fio de seda ao devorar o invólucro a fim de sair. Para extrair o fio, o casulo era colocado em água fervente, tal como a imperatriz Hsi-Ling-Shih fizera inadvertidamente havia quatro mil anos.

Por fim, na última seção do barracão, ficavam as crisálidas selecionadas para a procriação. Dia achava esse aspecto do processo de acasalamento desconcertante. Os casulos se moviam. Nunca eram encontrados no mesmo local em que haviam sido deixados; não obstante, Dia jamais vira, de fato, eles se mexerem. Ela sentia um calafrio ao pensar que a crisálida hibernante não só produzia energia suficiente para se deslocar, como também parecia intuir quando estava sozinha. Ainda mais desconcertante era o líquido vermelho que escoava dos invólucros. A jovem sabia o que era: excreção depositada no abdômen da crisálida. Entretanto, no que dizia respeito à textura e cor, parecia fluxo menstrual. Quando as crisálidas sangravam, o fedor era repugnante.

Dia caminhou com Sumbul até uma jovem que cuidava da última mariposa do grupo anterior. As mariposas haviam sido criadas para não voar. Eram totalmente brancas e tinham expressões ferozes, ressaltadas por antenas plumosas que se arqueavam como sobrancelhas indignadas.

A funcionária informou que aquela mariposa específica tinha produzido cerca de trezentos ovos, dos quais provinham as lagartas mais jovens, que se encontravam na primeira seção. O inseto estava sendo levado para fora, para morrer. Sumbul acariciou suas antenas. A mariposa contraiu-se e a observou, furiosa, com seus olhos castanho-escuros salientes.

— Que vida! — refletiu Sumbul. — Lagarta durante quatro semanas, crisálida por duas, mariposa por outras duas. Acaba tão rápido!

— É, mas a seda que elas tecem dura séculos — ressaltou Dia.

— E tem outras criaturas que não deixam nada para atrás. — Dando um beijo na testa do bebê, Sumbul acrescentou: — A não ser crianças.

4

Escolha

Uma greve foi anunciada pelo MQM no dia seguinte. Como o líder desse partido político se auto-exilara e fora para Londres, encorajara seus seguidores a acelerar sua campanha de agitação civil. Aquela era a oitava ou nona greve do ano. Algumas lojas próximas à casa de Dia permaneceram abertas; entretanto, na região nordeste da cidade, uma condição semelhante a um toque de recolher fora estabelecida: as persianas foram fechadas; as ruas, abandonadas; e os ônibus, queimados. Seria desastroso tanto para a fazenda quanto para a fábrica, já que as funcionárias não conseguiriam deixar seus lares. No entanto, como sempre, Riffat saiu de casa vestida de forma impecável, determinada a completar seu expediente.

Dia já tinha perdido o equivalente a mais de um mês de aula em virtude das greves. Como nunca atendiam ao telefone na faculdade, não havia como saber quando ia fechar ou não. A jovem não tinha a rebeldia inabalável de sua mãe. Fustigada pela incerteza, Dia realizava cada ritual — do banho e troca de roupa a um café da manhã apressado — como se nada estivesse acontecendo. No carro, ia com a mente dispersa, assombrada com a mensagem transmitida pela cidade: Deus decide.

Naquele dia, os portões da faculdade estavam abertos.

Nini a estava esperando do lado de fora. Até mesmo em seu uniforme sem graça, uma *kurta* folgada, da cor de vômito de gato, ela se movia com o charme e a elegância de um cisne. Seu rosto ovalado era harmonioso, com traços bem-definidos e cílios grossos, quase farfalhantes. Tinha sido um verdadeiro milagre, pensou Dia, Nini ter agüentado a pressão para se casar até o momento. Pedidos para ela haviam chegado com abundância desde que ela fizera quinze anos. Contudo, pararam de forma abrupta quando a notícia da deterioração dos negócios do pai se espalhou. Dia se perguntava se a ansiedade de Nini para se casar agora se originava do temor de ser sua última oportunidade.

As duas se cumprimentaram com um beijo no rosto, e Dia passou o braço no dela.

— Hoje a gente tem História da Caxemira, no primeiro tempo. Vamos matar essa aula!

— Está bom — concordou Nini. — Você está com a boca cheia de farelos. — Ela levou a mão ao rosto de Dia para limpá-lo.

As duas atravessaram o campo de hóquei. Em uma das laterais, vislumbrava-se o prédio das salas de aula, também cor de vômito de gato. Todas as manhãs, os estudantes se reuniam naquele local, enquanto a diretora da faculdade tentava discursar para todos os quinhentos alunos sem um microfone. A maior parte das jovens ou não participava do agrupamento ou se reunia ali, para falar sobre as séries televisivas da noite anterior, os *joras* feitos naquela semana, os *shaadis* dos quais participaram, e quem fora visto com quem. A diretora, uma cinqüentona bem-apessoada, era mais apreciada em virtude de seus sáris. Quando Dia e Nini se juntaram às demais estudantes, as da fileira da frente já tinham dado seu veredicto. Ele passou aos poucos pelas fileiras intermediárias, até chegar, por fim, à ultima ala, na qual se encontravam as duas. O sári daquele dia era de *chiffon* francês, cor de laranja berrante, com espirais amarelas. Muito gritante. Chamativo demais.

Após a reunião, as duas amigas caminharam devagar até o lado mais afastado do campo, passando pelos bancos de pedra espalhados ao longo do terreno. Esses eram requisitados de imediato, assim que o encontro terminava, pelas mesmas jovens que davam o veredicto sobre o sári do dia. Dali, não sairiam até as duas da tarde, horário do término das aulas. Nos bancos reluziam esmaltes de unha, batons, modeladores de cabelo, carretéis de linhas, ceras, pentes e presilhas. A faculdade oferecia aulas de cosmética sem nem ao menos ter de contratar funcionários.

Perto do refeitório, havia uma passagem que dava para a escola católica que Dia e Nini tinham freqüentado. Em princípio, os estudantes das duas instituições não deveriam se misturar; contudo, essa regra não era muito cumprida. Quando crianças, elas se esgueiravam até a faculdade e espionavam as jovens que, para as duas, eram todas lindas e inteligentes, donas de seus narizes, tal como rainhas, ao passo que as meninas não passavam de marionetes de freiras. Elas haveriam de crescer e se tornar poderosas, tal qual as jovens! No entanto, agora ocorria o contrário. As universitárias iam até a escola com saudades, invejando as meninas que acreditavam nelas.

Arbustos de jasmim e hibiscos ladeavam a passagem. Atrás deles, elevavam-se árvores plantadas na época em que aqueles jardins foram planejados, no início do século dezenove. As trilhas de seixos entre as árvores ofereciam a Dia e Nini mais espaço para perambular que toda a cidade. Ali, ficavam longe dos olhos e das mãos dos rapazes e das moças dos bancos brancos. A alameda era limpa e silenciosa, e não se via um só segurança armado. Não que não houvesse nenhum — tanto a faculdade quanto a escola tinham vigias em seus respectivos portões da frente. No entanto, naquele local, era fácil para as duas se esquecerem de onde estavam.

Fazia três dias que elas tinham se encontrado no *Quran Khwani*, e dois que conversaram ao telefone. Dia não sabia como começar a abordar a questão do rapaz.

— O que você fez ontem? — aventurou-se Nini.

— Fui pra fazenda. Daí eu li, primeiro sozinha e depois pra Inam Gul.

— Como está indo o estudo pra prova de recuperação?

— Não está indo a lugar nenhum. Os livros são muito chatos.

— Sinto muito — sussurrou a amiga.

Nini, como de costume, tinha passado em todas as provas. Sempre fora uma aluna brilhante. Fazia o que tinha que fazer: decorava e matraqueava tudo como um papagaio, mantendo para si mesma seus pontos de vista específicos sobre o que expelira. Tampouco se importava, ao contrário de Dia, com as trapaças que ocorriam durante as provas. Dava de ombros e dizia:

— Deus observa a gente. Isso devia bastar. — Quando repetia a frase em inglês, com seu forte acento britânico, soava engraçada: *God uoltches es.*

As duas se tornaram amigas desde que um professor levara a menina apavorada para a classe de Dia. Nini roía as unhas quando lhe pediam para ler em voz alta, já que seu sotaque provocava risos. Dia descobriu logo que a família de Nini, que emigrara recentemente da Inglaterra, nunca tinha ensinado à sua amiga quaisquer dos costumes que passara a exigir de súbito que ela cumprisse. E Dia, cuja família não requeria que os levasse a cabo, não podia ajudar. Por conta própria, Nini resolveu aprender o que queriam que aprendesse. Visitou os parentes com freqüência, assimilou algumas frases em urdu e as utilizou no momento certo, aprendeu a cozinhar, sobressaiu-se na escola e, além disso, estava sempre impecável e agia de forma recatada. Incorporava duas visões de mundo contraditórias, a moderna e a tradicional. Tal como o lendário João (ou teria sido, na verdade, Maria?), a jovem Nini teve a presença de espírito de marcar o caminho de volta à casa que nunca tinha sido incentivada a conhecer antes.

E agora Nini queria deixá-la.

E sairia de lá da maneira tradicional.

Jamais envergonharia sua família. Eles haviam criado o que tinham planejado criar.

Dia a observou.

— Dá pra me explicar de novo? Eu tentei, sabe, mas não consegui entender.

— Acontece que você não *quer* entender, esse é o problema. — Nini deu a volta. — Está cheia de idéias fixas. Bloqueios mentais. Acha que sabe qual é o meu futuro?

Dia retrucou, com a voz rouca:

— Eu nunca soube o que vai acontecer. Se você não sabe disso, então não me conhece. — Respirou fundo. — E se quando se casar com este estranho a sua vida piorar? Daí, o que vai fazer?

— Não seja tão pessimista. E se melhorar?

— Mas essa é uma aposta arriscada. Pense nas mulheres que correram o risco e perderam. Pôs-se a citar nomes. Já estava na nona — Sana, que se casara com um engenheiro nos Estados Unidos e deixara sua casa e família só para descobrir que o noivo tinha outra esposa e dois filhos — quando Nini a interrompeu com uma risada. Era uma risada extenuante e entediada. Dia se perguntou qual das duas era a mais sarcástica.

Obteve sua resposta quando Nini disse:

— Eu e você não sabemos nada sobre liberdade, Dia. Olha pra gente. Sempre presas atrás de muros e carros. Se a gente sai, o que tem por aí? Se não é perigo físico, é fofoca. *Você viu a filha de Tasleem, aprontando por aí tão ousadamente, sozinha?* Quantas vezes me avisaram para não provocar isso? A imagem dos meus pais é minha dor de cabeça. Você chama isso de liberdade? Dá um tempo!

— A questão — insistiu Dia — é que você vai ter a mesma dor de cabeça, *junto com* muitas outras.

— Você não mencionou nenhuma das mulheres que tiveram casamentos bem-sucedidos — retrucou Nini. — Algumas moças se deparam com maridos mais flexíveis que seus pais. Veja o caso da sua mãe. Ela desabrochou depois de se casar com um homem que não conhecia e tem sido uma fonte de inspiração para tantas outras. Karachi está se tornando uma cidade de mães empreendedoras. Elas conseguem o que querem. Só têm que ceder primeiro. É um processo simples.

Dia virou o rosto. É verdade, sua mãe tivera sucesso, mas, ainda assim, o conselho que ela lhe dera ecoava no bosque. *Só se case por amor, jamais por obrigação.* Imaginou os pais saracoteando entre as árvores. Estranhos, não amigos.

— Se você acha que isso é o melhor que pode acontecer, nunca vai ter mesmo uma situação mais agradável. O processo não é tão simples assim. Não vejo por que não ter ambição e sonhar.

— E de que adiantam esses sonhos? — Nini meneou a cabeça. — Eu me preocupo com você, sabe? Se não tomar cuidado, vai acabar ficando sozinha, como...

— Ah, por favor! — Dia a interrompeu. — Como minha *ama*? Ela costumava ser um exemplo pra gente, lembra? — Como era fácil para Nini usar Riffat quando lhe convinha, para depois condená-la a seu bel-prazer. Era dessa mesma forma que os demais tratavam sua mãe: como um nome útil, ocasionalmente. Nini era tão falsa quanto os outros.

Sentaram-se em silêncio na grama, voltadas para um canteiro de congorsas. Atrás das flores estava o muro da faculdade, com sua camada de cacos de vidro no topo. Nini pegou a mão de Dia.

— Sabe que eu adoro a sua mãe.

Dia olhou para o seu tênis e, em seguida, para o de Nini. Alguns meses atrás, por puro impulso, as duas tinham se sentado exatamente assim no seu jardim, sob uma amoreira — de pés juntos, com os *shalwars* dobrados bem acima dos joelhos — e pintaram os tênis com tinta spray. Com os olhos bem fechados, pressionaram o aerossol e ouviram o chiado das cores saindo da lata. Rindo, concordaram em não abrir os olhos até concluir o trabalho. Dia sentiu as substâncias químicas geladas acomodando-se na lona, sobre seus pés. Preferiu fazer círculos, e Nini, ziguezagues. Agora, com os pés juntos, Dia notou que os desenhos se encaixavam perfeitamente. Cada giro roxo que começava em um pé acabava no outro. Uma curva dourada, que se iniciava à altura do dedinho direito de Nini, continuava no dedinho esquerdo da outra amiga.

Dia respirou fundo.

— Por que está tão ansiosa agora? Quando recebeu pedidos nas outras vezes não ficou tão entusiasmada.

— Por que agora? — repetiu Nini, dando de ombros. — Pelo momento.

— Pelo momento?

—Tem coisas que simplesmente acontecem quanto têm que acontecer. — Seus dedos gavinhosos agarraram os de Dia, mais curtos. — Foi o que senti quando a gente saiu da Inglaterra. Por algum motivo, estava na hora. E, agora, chegou o momento de outra mudança. Tem momentos em que a gente precisa se deixar levar.

Dia suspirou, irritada.

— Parece até que você tem cinqüenta anos. Da próxima fez vamos usar a tinta spray no cabelo da gente. Vou pintar o seu de branco e daí você pinta o meu de... sei lá... — ela ergueu as mãos — laranja!

Nini soltou a mão de Dia.

— Eu estou fazendo o possível pra ser compreensiva. Só que você não está se esforçando nem um pouco.

—Você mal fez vinte anos, Nini! — exclamou Dia, consternada. — Tem tempo de *sobra* pela frente.

Nini olhou-a, furiosa.

— Depois do desastre lá no *Quran Khwani*, a mãe dele provavelmente mudou de idéia. Caso ela *não tenha* mudado — se eu estivesse no lugar dela *teria* —, a gente só está falando de um noivado agora. O casamento só aconteceria depois que ele se formasse, quando conseguisse um emprego.

Devia se dar ao trabalho de perguntar o óbvio? Por que não?

— Já que ele vai ser o chefe da família, não seria melhor você ter certeza de que ele vai ter um emprego? E um muito bom?

— O pai dele foi um grande médico. Na certa o filho vai seguir seus passos — respondeu Nini, inflexível.

— Por acaso tem idéia do que ele está estudando?

Ela enrolou o cabelo.

— Bem, parece que ele é muito inteligente. Afinal de contas, ganhou uma bolsa para estudar nos Estados Unidos. Tenho certeza que ele será muito bem-sucedido. — Voltou os olhos distraidamente para o muro, como se ele fosse uma bola de cristal.

A amiga se sentiu um pouco enjoada.

— Então a resposta é não?

Nini lhe lançou outro olhar zangado.

— Nada como sonhar! — alfinetou Dia.

Tocou um sinal, que vinha da direção da faculdade. A primeira aula tinha terminado.

— Acho que a gente vai ter que voltar — disse Dia.

Mas nenhuma das duas se moveu.

Por fim, Nini se levantou.

— Já que concluiu seu jogo das vinte perguntas, está na hora da gente voltar.

— Dezoito — corrigiu Dia, ainda sentada.

— O que é, agora?

— Se a mãe dele cancelar tudo, ou se por algum motivo o noivado não for levado adiante, e você sentir que *está na hora*, significa que vai aceitar de primeira o próximo pedido?

— Já estava imaginando por que você ainda não tinha me perguntado isso. A resposta é: se for tão bom quanto esse, vou aceitar, sim.

— Então é pura questão de acaso, este ou aquele cara. X ou Y. Aleatório?

— Com essa são vinte. E, é verdade, cara Dia, o acaso tem muito a ver com isso. Se eu tivesse me apaixonado, o acaso teria tido um papel ativo. Se eu me casar com trinta anos, ele também vai exercer seu papel. Se eu tiver trigêmeos, adivinha o quê? Acaso. Não sei por que você fica tão horrorizada com isso!

— Você pode controlar algumas coisas — vociferou Dia. — Quando você disse "bom", quis dizer a reputação e a educação no exterior?

— Vigésima primeira agora — retrucou Nini, calando-se a seguir.

— E esta é a vigésima segunda: quanto da confiança que você deposita no acaso tem a ver com o colapso dos negócios do seu pai?

Nini comprimiu os lábios. Foi a sua vez de desviar o olhar.

Dia queria tomar sua mão naquele momento. Queria dizer: você é linda, atraente e ainda vai ter muitas oportunidades. Boas oportunidades. Porém, não pôde. Nini já se deixara levar pelo desespero, e Dia a odiou por isso. Limpando o uniforme, levantou-se e começou a caminhar na direção da trilha que ligava a escola à faculdade.

I

Território Marinho

MARÇO DE 1984

Depois da agressão, o ouvido esquerdo de Salaamat reverberou tal qual uma concha que, pressionada contra o ouvido, é aos poucos afastada: o mundo se transformou no eco de um mar distante. De vez em quando, em momentos de fúria ou desejo, o som aumentava, rufando de forma agourenta como um tambor, levando-o a achar que entrara água em seu ouvido de novo, tal como no dia em que, aos quatorze anos, fora espancado pelo ladrão de ovos e jogado na rebentação azul-acinzentada. Quando isso ocorria, a dor era tão intensa, que o rapaz partia em uma busca mística, tentando represar os alaridos atordoantes que o afligiam. Eram sensações que ele jurara não revelar a ninguém, nem mesmo às garotas da cidade que logo estariam sob sua mira.

Salaamat se mantinha bastante ocupado durante o dia. Trabalhava como ajudante em uma birosca exclusiva para mulheres, dirigida pela avó. Quando começou, logo depois que ela o encontrou golpeado e espancado, rolando no mar, tornou-se o garoto mais velho a colocar os pés no precário barraco. No início, as clientes reclamaram, mas a proprietária alegou que seu neto não tinha condições físicas e psicológicas de trabalhar na cidade ou no mar, aonde alguns pescadores teimosos ainda iam à tardinha, competindo em vão com as traineiras que lhes haviam roubado o território. Além do mais, argumentava a avó, o rapaz era surdo, não podendo violar a esplêndida privacidade oferecida por seu santuário feminino. Embora tivessem relutado a princípio, as clientes acabaram por concordar. Era difícil discutir com uma senhora que servia um chá tão gostoso.

Após alguns meses, o silêncio misterioso do jovem, sua calma e, sobretudo, a facilidade com que realizava tarefas femininas — tais como arear panelas, reacender narguilés e tecer cestos de pesca — conquistou as clientes. Algumas até se divertiam flertando com o rapaz, que nem era homem nem criança. Desabafavam, contando-lhe seus segredos.

Quando elas voltavam para suas casas, à noite, Salaamat ajudava a avó a limpar a birosca e, depois, dava um passeio solitário pela praia. Avistava o piscar das luzes das enormes traineiras, que o exortavam a manter-se afastado. Não obstante, continuava ali, visualizando as imensas redes cônicas no fundo do mar devorando tudo a sua frente, inclusive o que deveria estar na rede de seu pai.

Salaamat costumava se recordar, com clareza, da face do homem que investira contra os ovos de tartaruga havia dois anos. Via a si próprio mais novo, com seus longos cabelos negros e cacheados, fumando um cigarro, observando o réptil cavar seu ninho. Revia a sombra nas dunas, a mulher trajando apenas uma túnica leve, à espera do prêmio prometido pelo marido. Fechou os olhos ao sentir a dor aumentar em seu tímpano; ainda assim, continuou a se lembrar.

Ele está correndo do sujeito, um grandalhão de pelo menos um metro e noventa, que logo é seguido pelos comparsas. O grupo o domina, usando seus cabelos cacheados como corda para arrastá-lo até o mar. O sal faz os olhos do rapaz arderem à medida que ele rola de um lado para o outro, de um lado para o outro. Ele mantém os olhos doloridos fixos no sol nascente, como um mira-céu debatendo-se em uma rede. E quando parece que o mar vai devorá-lo, o jovem esbarra em uma gigantesca carapaça marmórea, que o conduz pelas marolas a um lugar mais seguro. Pressiona o rosto contra o abrigo corcovado da tartaruga, deixando-se levar.

A calma impera na praia, e as luzes bruxuleantes das traineiras ancoradas perto demais do litoral já não o afetam. Os tambores pararam de rufar em sua cabeça, e seus ouvidos voltaram a registrar sons, como uma concha. Nestes dois anos após o ataque, Salaamat descobriu a fórmula secreta para superar a lembrança torturante: concentrar-se em coisas belas.

De cabeça erguida, afastou com suavidade os plânctons que circundavam seus pés. Em seguida, voltou para casa, um abrigo dentre os diversos barracos que formavam o labirinto decadente das vilas litorâneas de Sind. Uma matilha de vira-latas se espojava e resfolegava na areia diante das choupanas. Curiosamente, ele conseguiu ouvir os cães. Às vezes, ouvia até mais do que isso.

O rapaz passou por sua avó e pelas outras idosas que estavam paradas à frente das choupanas; elas eram as guardiãs da vila. Fora dali que, no dia em que ele quase morrera afogado, ela avistara seu corpo rolando nas ondas e pedira socorro. A avó costumava passar horas naquele local, à noite e ao amanhecer, lançando seus pensamentos ao mar tal como os filhos outrora haviam lançado suas redes. Só que ninguém podia pescar com rede de arrasto nas águas de seus pensamentos. Chamou o neto.

Salaamat se acomodou junto a uma cadela preta, sem rabo, cheia de falhas no pêlo. Ela coçou o queixo com a pata. A velha deu uma tragada ruidosa no narguilé, ação que seu neto também conseguiu escutar. A parte inferior do cachimbo era de vidro, em forma de gota, e barbantes transpassados enfeitavam a área central. O rapaz observou a fumaça subir e formar um redemoinho em meio à água da parte inferior. Escutou o gorgolejar suave e o som forte de sucção à medida que a fumaça subia ao longo do tubo delgado e formava tiras finas ao ser expelida pelas narinas da avó. A velha passou o narguilé para a mulher ao seu lado. Em seguida, devagar, tomou um longo gole de seu famoso chá. Só o neto sabia qual era o segredo de tanto sucesso: a infusão continha uma bebida alcoólica que ela mesma preparava. As velhinhas estavam quase embriagadas. Quase. Nunca iam longe demais; só seus maridos. Por esse motivo, mantinham a birosca apenas para si mesmas.

— Chegou a hora de tu ir embora — disse a velha.

O rapaz fitou-a, surpreso. Havia dois anos, seu pai sugerira que ele tentasse a sorte na cidade, mas a avó insistira que o jovem ficasse, afirmando que não tinha tido a chance de recobrar as forças desde o ataque. E, então, ela proibiu que se tocasse no assunto. Porém, naquele momento, decidiu trazê-lo à tona.

— Ir pra onde?

— Pra qualquer outro lugar — respondeu ela, sem rodeios. Sua voz era áspera e, como de costume, inflexível. — Não sobrou praticamente nada pra ti nesta vila. Não tem mais peixe. Seu pai fica lá, deprimido na escuridão do quarto, desejando que a maré traga de volta a prosperidade dos teus antepassados. Mas ela não vai trazer, não! Aquelas traineiras vieram pra ficar! — A velha cuspiu e deu outra tragada no narguilé.

A cadela que estava perto de Salaamat deitou-se de lado, revelando cinco tetas intumescidas. O jovem pensou com raiva no pai, que se condoía inutilmente em casa, enquanto a mãe trabalhava em uma fábrica de beneficiamento de camarão montada pelos estrangeiros. Avistou os cascos de tons berrantes ancorados ali perto. A mãe trabalhava para *aquela gente*. Era obrigada a esconder a indignação, dedicando a vida ao inimigo. Seus chefes lhe pagavam cinco rupias por cada quilo de camarão roubado que ela limpava.

Os segredos das mulheres que se reuniam na birosca ecoavam no ouvido que só ele e a avó sabiam que não era de todo surdo. Algumas delas se encontravam ali, naquele momento, e, tal como ele, não queriam ir para dentro de casa. Suas histórias salpicavam nos pés de Salaamat como as espumas sibilantes das ondas. Lá estava Farya, cujas redes de algodão haviam sido substituídas pelas redes de náilon das traineiras. Ela se consolava falando da vida de Shireen, que vendia seu corpo a fim de sustentar o vício em heroína do marido. E lá estava também a pobre mãe de Salaamat, cujas mãos repugnantes e perfuradas eram rejeitadas pelo marido. E, então, era Naila que se regozijava com isso, bem ao pé do ouvido do rapaz.

— Tu vai pra cidade e o resto vai vir aos poucos, com o tempo. — Em seguida, a avó o fitou. — Tome cuidado com os estranhos, viu? É melhor manter todos eles bem longe. Boa sorte, meu filho.

Salaamat contemplou a lua, com sua textura similar a um ovo de tartaruga, idêntico ao que ele tentara resgatar. Por já ter observado tantas tartaruguinhas nascerem, aprendera que sua jornada inicial rumo ao mar era solitária e puramente instintiva. A mãe delas partiria após a desova e nunca mais voltaria. Os pescadores diziam que apenas uma entre cem tartaruguinhas escapava dos perigos que as aguardavam, e, se essa sobrevivente fosse fêmea, retornaria anos depois ao local onde nascera, a fim de pôr seus próprios ovos. Salaamat afastou um cacho de cabelo molhado dos olhos, perguntando-se o que acontecera com os machos.

2

Olhe, Mas com Amor

DE ABRIL A JUNHO DE 1984

Salaamat aprendeu palavras novas com rapidez. A areia foi substituída pelo granito, a lama pelo cimento e o peixe pela carne de carneiro borrachenta, e isso, nos dias bons. Não sentia o cheiro de maresia no ar, só de fumaça e gases, que faziam seu peito doer. A lua era ofuscada por luzes com um brilho mil vezes mais intenso que o das utilizadas pelas traineiras. As mais brilhantes eram usadas em casamentos: luzinhas coloridas enfeitando árvores e telhados. E as casas, em si, luziam como galáxias privadas. Em nenhuma ocasião as mulheres se sentavam do lado de fora das casas para fumar, nem mesmo em casamentos. Aliás, no início, ele mal as vira. E descobrira formas de atravessar os rios de asfalto sem ser atingido por automóveis.

Quatro dias após ter ingressado na cidade, Salaamat sentou-se à margem das estradas a fim de observar os carros, impressionado com a sua variedade. Na praia, já havia visto muitos turistas de fim de semana passeando de moto, porém nunca imaginara quantos tipos de veículos havia. E, agora, lá estavam eles, passando à toda por ele, com nomes que ansiava conhecer. Na barraca de *paan* e chá (que era muito ruim, mas ele aprendeu a tomá-lo) na qual trabalhava, pedia aos clientes assíduos que lhe ensinassem. Enquanto passava suco de betel nas folhas de *paan*, repetia com timidez: Nissan, Honda, Suzuki, Toyota. Ajudava-o a esquecer como as pessoas que o circundavam tinham um linguajar tão diferente do seu. Ali, não apenas era meio surdo, como também meio mudo. Evitando falar, estudava em silêncio como os modelos de carros mudavam, dependendo do ano, e decidia qual cor caía melhor com cada estilo.

Mas o que ele mais amava eram os ônibus. Inadvertidamente, disse isso um dia. Os clientes riram, enquanto mastigavam o *supari*.

— Todo mundo sonha em ter um carro, e você só quer saber dos ônibus!

Salaamat não deu satisfações a respeito de seu gosto para ninguém.

Os ônibus eram decorados de forma tão rebuscada quanto os barcos para o festival anual de sua vila. Pareciam embarcações navegando com destreza em um mar de concreto. Ele estudava os projetos, sorvia as cores ricas, decorava os nomes das fábricas que os faziam, todas situadas em Qaddafi Town. Descobriu que esse bairro ficava a leste, na periferia da cidade e, assim que economizou dinheiro suficiente, subiu em um daqueles ônibus.

O interior era rosa e dourado, e em cada canto havia uma pintura diferente: peixes dançando; cegonhas mergulhando à cata de alimento; uma coroa imponente; papagaios com olhos afeminados, alisando-se com o bico. A placidez de cada gravura contrastava com as atividades dos passageiros, que cuspiam sumo de *paan* por toda parte, apagavam cigarros nas barbatanas dos peixes, assoavam o nariz nas jóias da coroa. A maresia, ausente desde que Salaamat chegara ali, corroera parte das pinturas e deixara o interior cheio de crostas de ferrugem. O ônibus chacoalhava com sua carga; cinco homens iam dependurados em cada uma de suas portas, e muitos outros se apoiavam nos pára-lamas — eles esmurravam o veículo quando chegava a hora de descer. A todo momento, Salaamat perguntava ao motorista onde ficava Qaddafi Town. Por fim, o sujeito agarrou a manga de sua *kurta* e o empurrou para fora.

Com os joelhos vacilantes, Salaamat entrou na primeira fábrica de ônibus que apareceu em sua frente. Chamava-se Fábrica de Carroceria Boa-pinta.

Havia sete ônibus estacionados no lado de fora, em vários estágios de construção. Um indivíduo corpulento saiu do escritório, perguntando de modo ríspido o que Salaamat queria.

— Eu... Eu estou procurando trabalho — respondeu.

O indivíduo se virou na direção do escritório, gritando algo incompreensível. Apareceram outros dois sujeitos. O grandalhão, que era o Boa-pinta, abriu a mão e agitou-a freneticamente sob o queixo de Salaamat.

— Uau! A gente tem que agradecer o Todo-Poderoso por ter enviado o estrangeiro aqui!

Apenas o sujeito cuja careca era lisa como um ovo riu. Tocando os cabelos cacheados de Salaamat, ele disse, em um tom de voz agudo:

— Um rapazote bonito como tu encontra trabalho fácil, fácil. — Virou-se para o colega, acrescentando: — Tu é o Boa-pinta, mas ele é o Bonitão.

— Só que ele é escuro demais — protestou o Boa-pinta, com suas maçãs de rosto rosadas, em meio a risadinhas.

— A cor desbota quando a gente esfrega! — disse o careca.

O terceiro sujeito era o menor de todos. Tinha um bigode fino e o cabelo seboso e, até aquele momento, não havia dado um sorriso sequer. Olhou o jovem de soslaio.

— De onde tu é?

Salaamat meneou a cabeça, com altivez, e lhe disse o nome de sua vila.

— Um machera! — zombou o magrelo. — Por isso ele é tão escuro.

— Aqui não tem peixe, não, *meri jaan!* — disse o careca, apontando o dedo para ele. — Claro que, se tu usar a cabeça, pode pegar outras coisas.

Salaamat pigarreou.

— Sou esperto, e estou a fim de aprender uma profissão nova. Só precisam me dar comida e um lugar pra morar, e trabalho quantas horas quiserem.

Os homens se entreolharam. Boa-pinta disse:

— Para um *ajnabi*, tu fala com muita segurança.

O careca acariciou de novo os cachos de Salaamat.

— Fica com ele. O rapaz tem a fala mansa.

Boa-pinta deu um tapa nas costas do jovem e afirmou:

— Então, Chikna, vou deixar que tu decida o que fazer com ele.

O magrelo argumentou, abruptamente.

— A gente não pode ter um *ajnabi* aqui.

— E desde quando tu é dono deste lugar? — indagou Boa-pinta.

O outro ficou quieto, porém Salaamat captou seu olhar. Era com aquele que devia tomar cuidado.

Havia quatro portas na edificação atrás dos ônibus. Chikna estava conduzindo o rapaz em direção a elas. Apontando para a pequena trouxa nas mãos de Salaamat, perguntou:

— Isso é tudo que tu tem?

Salaamat assentiu, olhando os sete ônibus de perto, pela primeira vez. Examinou-os, tentando entender sua evolução de um estágio ao outro. O primeiro era apenas uma carcaça — uma estrutura amarronzada de chapas de metal com quatro rodas. Porém, o último já se tornara uma jóia resplandecente.

— Isso aí se chama chassi. — Chikna apontou para o primeiro. — O dono do ônibus dá isso pra gente, daí fazemos o resto. — Após uma pausa, acrescentou: — Quantos anos tu tem?

— Uns dezessete.

Chikna deu de ombros.

— Eu trabalho aqui desde os sete anos de idade, talvez seja tarde demais pra você. — Abriu uma porta que dava em um depósito. O chão estava repleto de lâminas de aço pintadas, correntes, cabos, latas de tinta, etiquetas, eixos de roda, escovas, luminárias, alegorias representando coroas e esculturas assimétricas e infantis de águias e aviões. — Tu pode dormir aqui.

Salaamat deixou a trouxa ali.

— Tem um banheiro lá atrás — prosseguiu Chikna. — A nossa família vive ali — apontou para as duas portas mais à frente. — Pode comer com a gente, só que já almoçamos. Dá pra esperar até o jantar?

O jovem anuiu. Não tinha comido, mas não ia dizer nada.

Lá fora, mais funcionários estavam chegando.

— O que é que eu posso fazer agora? — perguntou Salaamat.

— Hoje, só fica de olho. Amanhã, tu começa comigo. — Saiu andando.

Salaamat fechou a porta do depósito e foi até os ônibus. Contornou um por um, chegando, por fim, ao último. Ficou quieto, absorvendo cada detalhe.

A parte externa estava pintada em um tom magenta brilhante. Placas de metal com padrões florais berrantes, iguais às que ele vira no depósito, foram pregadas ao longo das laterais do ônibus. A extremidade inferior do coletivo estava toda circundada por correntes, com corações nas pontas. Havia representações elaboradas de asas por toda parte: desenhos de pégasos ao lado dos faróis dianteiros e a escultura de uma águia com uma envergadura de trinta centímetros, presa ao pára-lama. Na parte superior do ônibus encontrava-se uma espécie de palanquim, uma plataforma de metal trabalhada de forma rebuscada, com a parte dianteira adornada com uma das estruturas de avião que estavam no depósito e que lembrava uma figura de proa de navio. Presa a uma das asas estava a bandeira nacional e, na outra, havia um letreiro com a sigla da companhia aérea do Paquistão: PIA. Quem quer que houvesse pintado o ônibus não queria que fosse apenas dirigido, mas navegado, e não só navegado, como também pilotado.

Mas o melhor esperava por Salaamat na parte de trás. Ali estava a mulher mais linda que ele já vira. Tinha os olhos do tamanho da palma de sua mão, um nariz sensual, lábios carnudos parcialmente escondidos por um tecido diáfano, segurado por sua mão tatuada de hena. No lado direito, estava escrito: *Olhe* e, no outro, *mas com amor*. Foi exatamente o que ela fez com ele.

Salaamat ficou fascinado. Quanto mais olhava, mais achava que ela havia piscado, repetindo essa ação diversas vezes. Os lábios da moça esboçavam um sorriso que ela tentava conter, só que, como não conseguira, cobrira mais a face com a *dupatta* transparente.

— Ah, então já conheceu a Rani — disse uma voz. Salaamat se obrigou a desviar o olhar da gravura. Era Chikna. — Ela é danada, eu tomaria cuidado. E não deixa o Herói te ver se aproximando. Ele é ciumento demais.

— Herói?

— Ele. — Apontou para o homem magro que estava pintando um dos ônibus perto deles. — Vocês dois já começaram com o pé esquerdo. E agora parece que a Rani, como eu, também te achou bonito. — Ele virou a cabeça e ergueu uma das sobrancelhas com descaro.

— O que é que o Herói faz aqui?

— É o pintor da gente. Foi ele que fez a Rani. Morre de amores por tudo que faz. O cara se adora. — Chikna deu um forte beliscão à altura da bochecha de Rani.

Salaamat teve de se conter para não brigar com ele, pois podia ouvir o gemido de Rani.

— Eu quero construir um ônibus igualzinho a este — revelou o jovem. — Quero aprender a fazer tudo isso aqui, incluindo ela. — Rani se escondeu por detrás de sua *dupatta*, e Chikna riu, jogando a careca para trás.

3

O Ajnabi

DE JULHO A DEZEMBRO DE 1984

No decorrer dos meses seguintes, diziam a Salaamat, diariamente, que devia voltar para casa. Tudo a respeito dele — sua aparência, sotaque, idioma, comportamento — era ridicularizado e espicaçado pelos trinta e poucos funcionários, que passavam a vida trabalhando na arte de decorar ônibus. Eles formavam dois grupos distintos. Os punjabis, como Boapinta e sua família, faziam quase todo o trabalho em metal; já os patans, como Herói, encarregavam-se da pintura. Só Salaamat pertencia a um terceiro grupo: era o *ajnabi*.

Talvez Chikna tenha contado a Herói o que Salaamat lhe havia confidenciado em seu primeiro dia: que queria pintar, tal como ele. Desde o segundo dia de trabalho de Salaamat até o final de seu primeiro ano, Herói nunca o deixou se aproximar enquanto trabalhava. Se ele chegasse perto, Herói torcia o nariz.

— De onde está vindo este cheiro de estragado? Ah! É o peixe.

E, então, ele e os demais patans abanavam as mãos de forma frenética, com o intuito de afastar o odor imaginário.

Não ajudava muito Salaamat manter o ouvido esquerdo voltado para eles; entreouvia tantos insultos que os tambores voltaram a rufar e a represa ameaçou romper. Como ousavam chamá-*lo* de estrangeiro, quando o povo *dele* era o habitante original de Karachi? Tudo em seu entorno — ônibus, ruas, lojas, migrantes de outras províncias e, agora, refugiados do Afeganistão — eram meros apêndices de um lugar que, durante séculos, prosperara como uma tranqüila vila de pescadores. No entanto, agora, essa vila havia sido relegada à periferia, e os povos nativos foram forçados a trabalhar para forasteiros, os quais afirmavam que a cidade lhes pertencia. De certa forma, seu emprego ali não era menos vergonhoso que o de sua mãe na beneficiadora de camarões; ambos trabalhavam para os que tinham tomado seu lugar. Talvez o dela fosse até menos infame — ele ainda não tinha ganhado um *paisa* sequer por seu trabalho. Salaamat se encolerizava enquanto retorcia as tiras de *chamak pati* e descolava adesivos japoneses, enfeitando a parte externa dos ônibus chamativos. E, então, dava um passo para trás, a fim de admirar seu trabalho. Sua velha técnica de superar a raiva entrou em ação.

Concentrava-se em uma coisa bela.

Salaamat passou a aperfeiçoar sua técnica às tardes, depois que os funcionários se retiravam, e Boa-pinta ficava fofocando com Chikna, seu irmão mais novo, enquanto coçava a barriga protuberante. Ele já não precisava esperar a tartaruga gigante conduzi-lo pelas marolas a um lugar mais seguro. Agora, apoiava-se em Rani. Não em um oceano, mas bem ali, no depósito escuro e cheio de lixo, no qual ficava o cubículo em que dormia.

Salaamat havia limpado uma parte do ambiente para poder se estirar e, no decorrer das semanas, seus encontros com Rani foram se tornando cada vez mais ardentes. A princípio, limitava-se apenas a abraçá-la, mordiscando com suavidade seus lábios cheios. Então, começou a acariciar sua túnica. Em seguida, ficou impaciente, tal como ela. Um dia, Rani se apertou contra ele e gemeu "depressa!". Salaamat estalou a língua, agarrou as mãos tatuadas de hena dela e beijou-as. Depois, usando os dentes e a língua, desabotoou o botãozinho de pérola no alto da *kurta* dela. Na terceira pérola, mergulhou no espaço entre os seios, beijando-a, enquanto ela gemia. Apertou ainda mais suas mãos e empurrou seu pescoço para trás, com o intuito de expor mais seu corpo. Os seios eram enormes e macios. O jovem levantou cada um deles com o dorso da mão livre, fazendo-os aumentar de tamanho. Então, puxou com força cada mamilo com os dentes e a língua, à semelhança do que fizera com os botões. Ela gritou. Com ardor, ele tirou o *shalwar* dela. Quando ela lutou, antes de abrir as pernas, ele apertou seu pescoço. Isso a calou. Daquele momento em diante, era assim que seria.

Na manhã seguinte, Salaamat saiu apressado do depósito para checar o sétimo ônibus. Seu maior temor era que fosse concluído. O veículo ainda precisava de alguns retoques — o dono queria que o interior refulgisse com luzes em forma de coração, e essas ainda tinham de ser feitas. O jovem evitava pensar no dia em que elas fossem colocadas. Embora estivesse aprendendo com rapidez a trabalhar com metal quase tão bem quanto qualquer punjabi, nunca segurara um pincel. Ainda estava longe, muito longe, de substituir Rani quando ela fosse embora.

Porém, a moça ficou com ele, a única coisa no mundo que lhe pertencia.

Durante as refeições com a família de Boa-pinta, Salaamat escutava em silêncio a tagarelice. Acima deles, um retrato do General, o herói de Boa-pinta, espreitava-os. Este falou dos dois sobrinhos que estavam sendo treinados para lutar contra os soviéticos no Afeganistão. Olhou para o quadro e abençoou o homem. Em seguida, abençoou os Estados Unidos por treinar e dar armas aos combatentes libertadores, vociferando:

— Nós somos os melhores aliados da *Amreeka*, e ela é o nosso. Com a ajuda dela, a gente está mais perto de salvar o Islã.

Metendo nacos grandes de carne na bocarra, pôs-se a discorrer sobre os inúmeros comícios anti-soviéticos organizados pelos partidos religiosos, que recebiam verba dos Estados Unidos.

Durante o dia, a família de Boa-pinta mantinha distância dos patans, e vice-versa. O pouco que Salaamat conseguira ouvir da conversa deles não diferia muito do que dizia Boa-pinta. Na verdade, Herói e seus amigos tinham mais de dois sobrinhos se alistando. Aparentemente, conheciam diversos rapazes nas montanhas, muito mais novos que Salaamat, que estavam aprendendo a carregar e utilizar armas que o *ajnabi* mal podia conceber. Era uma comunidade de jovens Heróis. Por que Boa-pinta não se satisfazia com isso?

Salaamat logo obteve sua resposta: milhares de refugiados de guerra chegavam a Peshawar diariamente, levando alguns dos residentes locais a se dirigirem para Karachi, no sul. Desses, um número excessivo trabalhava na área de fabricação-de-carroceria-de-ônibus. Se isso continuasse, os patans acabariam expulsando os punjabis dali. Os mesmos que haviam enxotado os locais, tal como Salaamat, temiam ser forçados a sair também.

À noite, antes de agarrar Rani, uma situação cômica surgiu na mente de Salaamat.

Centenas de homens estavam espremidos em um ambiente diminuto, tal qual o cubículo no qual ele dormia. A porta abria sem cessar e outros sujeitos entravam. Logo, não restava um centímetro que fosse para as pessoas ficarem, então homens gigantescos como Boa-pinta pisotearam os esquálidos, como Herói. Os magrelas foram empurrados de encontro à parede de trás e a esmurraram, tentando desesperadamente encontrar uma abertura. Porém, não havia nenhuma. No final, até os Boas-pintas foram esmagados contra as paredes, como mosquitos.

Não era muito diferente do que acontecia nos ônibus todos os dias. Cedo ou tarde, alguém tinha de cair. E que diferença fazia quem cairia primeiro? Se Salaamat caísse com Rani, não seria tão ruim assim. Sempre queria pressionar-se contra ela, de qualquer forma.

Certa tarde, durante o jantar, Chikna saiu de seus aposentos nervoso e voltou ainda mais apreensivo.

— São os fiscais — dissera, ofegante.

Boa-pinta franziu o cenho.

— Já é a segunda vez, só neste mês. — Afastou o prato e foi até lá fora, acompanhado de Chikna.

Três fiscais do governo os esperavam, com cassetetes e uma lista de queixas: sonegação de impostos, documentos não registrados, licenças vencidas e uso de enfeites nos ônibus. A ornamentação, afirmaram eles, era um perigo para o tráfego. Como os motoristas podiam enxergar bem, com ônibus a distraí-los?

— Mas é uma distração que está na parte *externa*. — Salaamat, que ainda estava no quarto, ouviu Boa-pinta explicar.

O fiscal mais graduado ergueu o cassetete de forma ameaçadora.

— Como eles podem ver pelo espelho retrovisor, quando têm isso — arrancou do pára-lama de um dos ônibus a alegoria que representava uma coroa —, bem atrás deles?

Salaamat foi para fora. O fiscal tinha atacado o ônibus de Rani. Um lado seu ficou aliviado: quanto mais avariado ficasse o veículo, mais tempo ela ficaria. Porém, o outro, ficou indignado. Como aquele sujeitinho ousava ameaçá-la?

À medida que o fiscal foi se aproximando da parte de trás, Rani se cobriu por completo. Com seu cassetete, ele deu umas batidinhas de leve na *dupatta* dela e olhou-a de soslaio, com malícia. Antes que o sujeito se detivesse ali, Salaamat deixou escapar:

— Os enfeites não atrapalham o campo de visão deles.

— Ah, é? — O sujeito deu a volta. — Então você quer me mostrar o que atrapalha? — Os dois outros fiscais, concentrados em amassar mais pára-lamas, uniram-se ao mais graduado.

O chefe agitou o cassetete. Antes que Salaamat pudesse se afastar, atingiu-o no braço. O jovem se curvou. O segundo fiscal golpeou-o no joelho; o terceiro, no estômago.

— Quem você pensa que é pra responder a gente? — gritaram eles. — Não passa de um *ajnabi!*

A cabeça de Salaamat começou a girar. Ele viu três pares de botas reluzentes. Um deles apontou para sua virilha.

— A gente vai mostrar pra você o seu lugar!

Nenhum dos outros trabalhadores se moveu. Nenhum, nem mesmo Chikna, disse uma só palavra. Eles tinham dado a Salaamat o que ele pedira: alimento e abrigo. O resto ficava por conta dele. *Ghee* queimou o nariz do jovem quando ele começou a vomitar.

Quase três anos atrás, o primeiro chute também atingira seu joelho. E ele também vomitara. Salaamat ouviu a brisa que esvoaçou seus cabelos naquela noite, cabelos que agora tinham sido cortados. No entanto, embora estivessem mais curtos, seus cachos ainda serviam de rédeas nas mãos dos outros. Os fiscais os puxavam enquanto socavam o jovem.

Lá havia o barulho da rebentação. A vigilância de sua avó. Areia macia, macia. E a carapaça da tartaruga. Salaamat estendeu a mão. Rani estava ao seu lado, secando sua fronte com dedos gelados, invisível para todos, menos para ele.

Um pouco antes de perder os sentidos, viu Boa-pinta tirar centenas de rupias de um maço grosso de notas, que estava em seu bolso.

Três dias depois, após se agitar, delirante, no chão duro do depósito imundo, saiu cambaleando, vindo a descobrir que Rani partira.

4

Na Foto

MAIO DE 1985

Salaamat folgava às sextas-feiras. Passava-as perambulando pela cidade, a pé e de ônibus. Certificava-se de andar cada vez em um coletivo diferente, e decorava de forma meticulosa seus inúmeros desenhos. Antes mesmo de completar um ano na fábrica de Boa-pinta, já andara em centenas de ônibus do Centro decadente. Porém, nunca mais vira Rani.

Foi em um dia de calor sufocante de maio, em um ônibus no qual havia um aeromodelo de sessenta centímetros da companhia aérea do Paquistão no teto e um motorista que dirigia a toda velocidade, que Salaamat se encontrou com o irmão mais novo, Shan.

—Tu está aqui! — exclamou ele, surpreso com a felicidade que sentiu. O rapaz tinha doze anos na última vez que o vira. Agora sua voz estava começando a engrossar e sobre seu lábio superior se via um filete de penugem. — Está com boa aparência!

Shan mal o conhecia.

— É. — Deu de ombros.

— Está sozinho? — continuou Salaamat.

O ônibus fez a curva e os pneus chiaram. A cabeça de Salaamat bateu no alto de uma cascata verde.

— Não. *Aba* veio. E também Sumbul e Hamid, Chachoo e a família dele.

— Onde é que estão?

— Em Thatta. Mas devem vir pra cá, pra cidade. *Aba* conseguiu trabalho na casa de um ricaço. O nome dele é sr. Mansoor, um sujeito muito importante. — Shan aprumou os ombros, com orgulho.

O ônibus fez uma parada e, em seguida, prosseguiu. Shan não dissera nada a respeito de sua mãe.

Salaamat olhou para o irmão, moreno e magro como ele. Como ela. Viu os dedos dela, rosados e perfurados e encarquilhados como os camarões que descascavam, rejeitados por um marido que vivia à custa deles. Em um sussurro, perguntou:

— E *ama*?

— Morreu.

Embora o ônibus já estivesse apinhado, os passageiros continuavam a entrar. Chacoalhavam como uma lata de pregos. Quando Salaamat falava seus dentes trepidavam. Amaldiçoou o motorista por imitar um piloto. E, em seguida, amaldiçoou Shan.

— Droga! Quando? Por que ninguém me contou?

Shan recuou.

— Foi alguns meses depois que tu partiu — gritou ele. — *Dadi* falou que não fazia mais sentido te contar. Disse que tu tinha que continuar a trabalhar.

— Aquela desgraçada! Só porque me salvou uma vez, não quer dizer que seja dona da minha vida.

Shan recuou mais.

Salaamat começou a sentir uma dor no ouvido. Acabara afastando ainda mais o irmão. Mas, o que importava? Desde o dia em que sua avó lhe dissera para ir embora, a família se esquecera dele. Com exceção, talvez, de sua mãe e de sua irmã, Sumbul. Elas choraram quando ele partira.

Sim, ambas deviam ter pensado nele. Salaamat respirou fundo. Salvo por seu ouvido latejante, fez-se uma quietude sepulcral.

Após uma longa pausa, ele indagou, com mais suavidade:

— E a Sumbul, está bem?

— Está. — Fez uma pausa. — Ela fala muito de tu.

Salaamat não pôde conter um sorriso. — O que vocês estavam fazendo em Thatta?

— A gente estava vigiando os túmulos de Makli Hill. — O rapaz foi lançado na direção de um velho, mas, em seguida, endireitou-se. — Chachoo e a família dele ainda estão lá, mas a gente está indo pra casa do ricaço. Eu tenho que saltar aqui.

O irmão mais velho desceu com ele; relaxou os ombros, que estavam sempre doloridos, desde a surra que levara dos fiscais do governo. Porém, aqueles sujeitos nunca mais tiveram a oportunidade de espancá-lo de novo. Ele aprendera a se enfiar em sua cova sempre que apareciam.

Shan pegou outro ônibus, e, depois, um terceiro, e, por fim, no final da tarde, chegaram a um bairro diferente de todos os freqüentados por Salaamat nas sextas-feiras anteriores. As ruas eram amplas e ladeadas de árvores. As lojas tinham vidros fumês e letreiros com caligrafia rebuscada e bela. As residências pareciam fortalezas, com portões enormes e muros imponentes com arame farpado no topo, parcialmente escondidos por ramos de hera. O ar era mais puro. No entanto, uma coisa continuava igual: os meninos jogavam críquete nas ruas.

Foi em uma rua com um jogo em andamento que Shan entrou. O arremessador estava em grande vantagem, já que a rua era bastante inclinada e ele estava no alto, enquanto o rebatedor se curvava abaixo, enfrentando com coragem a velocidade do arremesso descendente.

— Eliminado! — gritou uma voz no alto da ladeira. Uma voz feminina. A meta, três pinos frágeis de madeira, fora lançada no ar.

— Isso daí foi só o vento! — protestou o rebatedor. — Qualquer coisa faria voar esses pinos idiotas.

Salaamat semicerrou os olhos, mas o arremessador estava à sombra. O árbitro, um homem quase tão largo quanto Boa-pinta, porém não tão alto, ergueu o dedo e declarou:

— Eliminado!

Do alto da ladeira, o arremessador escondido celebrou.

— Isso daí é favoritismo! — vociferou o rebatedor. O árbitro girou os calcanhares e sorriu de modo zombeteiro para o arremessador, que caminhou rumo à luz do sol, na direção do árbitro.

O arremessador *era* uma menina. A bem da verdade, mais que uma menina. Sua *kameez* amarela era fina e apertada o bastante para revelar dois seios diminutos, mas bem-feitos, além de um traseiro bem formado. O árbitro a abraçou.

— *Shabash, beti!*

Suas maçãs do rosto sedosas e cor de avelã estavam rubras e suadas; seus cabelos, que iam à altura dos ombros, um deleitável emaranhado.

— *Aba!* — Ela riu. — Então, com só dezoito arremessos, a gente tirou três rebatedores, e o outro time só fez dez pontos.

O interceptador meteu o dedo no nariz.

— Isto daqui está muito chato — anunciou ele.

— É mesmo — concordou o rebatedor. — Chato demais; só está bom pros trapaceiros. — Jogou o taco no chão e passou, aborrecido, por um portão de ferro forjado.

O interceptador limpou a outra narina.

Shan pegou os três pinos e foi até o árbitro.

Foi a jovem que pegou os pinos dele. Ela sorriu.

— Obrigada.

Shan mordeu os lábios, com timidez. Dirigiu-se ao pai da moça.

— Eu trouxe algumas coisas, Mansoor *sahib*.

O pai olhou para Salaamat.

— E quem é ele?

— Ah! — exclamou Shan, de forma vacilante. — Este é o meu irmão mais velho. Mas ele não vai ficar aqui — acrescentou depressa.

Salaamat ergueu a cabeça, com altivez. O *sahib* parecia estar aguardando uma saudação sua, porém ele se manteve calado.

Todos os quatro passaram pelo portão. Caminharam por uma entrada para carros longa e sinuosa, sombreada por figueiras-de-bengala e jamelões. Um perfume agradável penetrou em suas narinas. As flores amarelas dos hibiscos oscilavam diante de seus olhos. Mais adiante, à sua direita, em uma enorme amoreira, havia um par de periquitos-de-cabeça-rosa, mordiscando os bicos um do outro. Por fim, chegaram a um amontoado de seixos, do qual fluía uma pequena cascata. Salaamat ficou boquiaberto. Esse era exatamente o tipo de cenário pintado nos tetos e recantos de quase todos os ônibus nos quais ele andara. Não, era mais bonito. O cenário se estendeu até eles chegarem, enfim, a uma clareira rodeada de laburnos.

Bem no meio dela, uma senhora estava sentada à mesa de vidro.

— Chegaram na hora certa! — disse ela, erguendo o olhar. Cabelos curtos e cheios, repartidos de lado, caíam em seu rosto magro. Salaamat achou que até Shan era mais bonito.

— Ganhei, *ama* — disse a moça.

— Eu sei! — A mãe riu. — Vi Hassan sair furioso!

— Ele sempre perde — regozijou-se ela.

Seu pai se sentou.

— Talvez fosse melhor você deixar o coitado ganhar de vez em quando.

— Nada disso! — interrompeu a mãe. — Ele precisa é de uma esposa que arremesse melhor que ele. — Ela e o marido se entreolharam, enquanto a jovem, ainda de pé, observava atentamente, os olhos grandes se alternando entre o pai e a mãe, o sorriso esvaecendo.

Então, a senhora se virou para Shan. Com uma expressão confusa e curiosa, indagou:

— E ele, quem é?

— Meu irmão — disse, enrubescendo de novo.

De pé, com as pernas separadas e as mãos nas costas, Salaamat permaneceu calado.

— Talvez ele esteja no exército — sugeriu o sr. Mansoor. — Parece que todo mundo está servindo, nos dias de hoje. Vamos comer?

DAANISH

I

Censura

SETEMBRO DE 1990

Os Estados Unidos querem entrar em guerra? Era uma pergunta justa, pensou Daanish. Porém, ele estava aprendendo que perguntas não deveriam ser feitas.

Wayne se recostou em uma cadeira giratória. Uma placa em seu escritório dizia: *Confie em suas escolhas. Tudo é possível.* Havia uma idêntica na sala onde ele dava aulas. Inclinando o queixo, fitou Daanish do alto de seu nariz fino.

— Só sugeri que você explorasse outros caminhos. O bom jornalismo é mordaz e agradável. Você é um amador, seu estilo literário é enfadonho e, bem, bastante emotivo.

Daanish examinou a página que escrevera no diário que os estudantes precisavam fazer. Toda semana, o tema da aula girava em torno do assunto mais popular, com dicas sobre como obter mais informações e reforçar as estratégias de vendas com a inserção de frases e expressões de testemunhas.

— Entrevistar testemunhas — gostava de dizer Wayne — é funda-
mental. Faça com que seu público se transforme nelas. Tire seu fôlego,
provoque seu entusiasmo. O último debate foi sobre a retirada de diversas
vitaminas das prateleiras das lojas. A mídia divulgou que a decisão resultou
no envio de mais cartas de protesto ao governo que qualquer outra questão
da história. Na aula, os estudantes expressaram sua indignação com a vio-
lação do direito de escolha do consumidor. Pequenos grupos compararam
os inúmeros artigos sobre a "crise", e chegou-se a um acordo a respeito de
qual notícia servia melhor aos interesses do povo oprimido. Em algumas
reportagens havia entrevistas com os que já não tinham acesso a sua vitamina favorita. Isso tirou o fôlego dos leitores. Entusiasmou-os. Fez os estudantes desejarem escrever daquela forma.

Na semana anterior, o assunto havia sido a recusa de determinado
museu de exibir nus.

— A censura — dissera Wayne — é o nosso pior inimigo. Não nos
esqueçamos de que a Primeira Emenda da Constituição, que trata da
liberdade de expressão, está prestes a completar dois séculos. Hoje
vamos examinar as inúmeras formas através das quais a mídia faz valer
esse direito. Mas, antes — ele ergueu o dedo e sua voz começou a
preencher o auditório de forma impressionante. Seus lábios se franziram,
formando um bico entusiasmado. De súbito, continuou —, quero
lembrá-los de que, na qualidade de guardiães da imprensa, de indivíduos
que progredirão no mundo, após quatro anos de treinamento meticuloso,
e que testemunharão a grande turbulência que nos cerca, é nosso dever
transmitir a verdade imparcial para aqueles que ficaram atrás e confiam
em nós!

Fazia seis semanas que o Iraque invadira o Kuwait. Nenhum debate
na aula enfocara o ataque, muito menos notícias a respeito dele.
Ninguém mencionou as sanções internacionais contra o Iraque ou o
congelamento de seus recursos. Sem a exportação de petróleo, a nação
não podia importar alimentos. Daanish não encontrara nada na mídia
norte-americana sobre os efeitos dessas sanções, nem sobre os acordos de

paz que estavam em andamento, dos quais ele tomara conhecimento por meio da imprensa internacional. Pouco se informara aos norte-americanos além do fato de que quarenta mil soldados tinham sido enviados para a Arábia Saudita. Disseram-lhes que essa mobilização era defensiva, embora fosse tão grande quanto a do Vietnã.

Daanish passava horas na biblioteca, explorando e examinando jornais norte-americanos menos influentes e publicações estrangeiras. O que encontrou levou-o a escrever o seguinte em seu diário:

Após lutar oito anos contra o Irã, o Iraque precisava reconstruir sua economia. Necessitava de fundos provenientes do petróleo. No entanto, um dia após o cessar-fogo entre Irã e Iraque, o Kuwait começou a aumentar sua produção de petróleo, violando as regras da OPEP. Os preços do petróleo caíram pela metade. Já no ano seguinte, o Kuwait estava produzindo mais de dois milhões de barris de petróleo por dia, muito acima de sua quota na OPEP. Para piorar a situação, começou a extrair petróleo de um campo petro-lífero na disputada fronteira com o Iraque, uma divisa criada pelos britânicos, e o fez com o apoio dos Estados Unidos, que forneciam a tecnologia. Alguns jornais mais desconhecidos, correndo grande risco, vêm informando que durante a guerra entre Irã e Iraque o Kuwait estava, na verdade, perfurando no lado iraquiano da fronteira. Como esse pequeno país foi um dos maiores credores do Iraque durante a guerra, isso poderia significar o empréstimo ao país vizinho de seu próprio produto! Agora, após a guerra, o Kuwait vem exigindo que a dívida seja paga, ao passo que, paralelamente, aumenta a produção.

Esses eventos não são mencionados nos jornais e nas revistas mais populares; contudo, tendo em vista a invasão do Iraque, sua menção se faz necessária. Todos os aspectos da situação devem ser examinados, todas as partes envolvidas têm de ser incluídas no debate, e o público deve ter fácil acesso a essa argumentação. Por que não se revela ao povo o que a ONU, os EUA, o Iraque, o Kuwait e outras nações relevantes do Oriente Médio estão discutindo? Será que os Estados Unidos têm outros planos?

Talvez. Temos de avaliar como o governo norte-americano lidou com o Iraque durante a crise entre esse país e o Irã, quando foi retirado da lista de "terroristas". É pre-ciso comparar isso com o que ocorreu logo após o cessar-fogo. Praticamente da noite para o dia, o Iraque foi mais uma vez considerado uma ameaça, em um documento com título digno de nota: Plano de Guerra 1002-90. Qual o motivo da mudança de opinião? Era o mesmo Iraque, o país que recebera fundos e armas dos Estados Unidos durante a guerra. Espelhando a mudança do governo, a mídia norte-americana também passou a retratar o Iraque de forma diferente. Já não era um aliado, mas, sim, um inimigo.

Informou-se ao público norte-americano que os 40 mil soldados baseados atualmente no deserto saudita estão ali para proteger a Arábia dos 120 mil soldados iraquianos que se dirigem até lá pelo Kuwait. Por que não nos mostraram essas tropas?

Um bom estudante de jornalismo não deveria tomar como certas as declarações, até ter em mãos provas contundentes, sobretudo na iminência de uma guerra. De modo que é necessário um debate profundo sobre as circunstâncias que levaram o Iraque a invadir o Kuwait. Temos de ler as publicações menos conhecidas, que ousam exercer os direitos que lhes são conferidos pela Primeira Emenda. Elas são as verdadeiras — como o senhor mesmo disse — "guardiãs da verdade."

— Essa é uma anotação perfeitamente lógica — murmurou Daanish, levantando o olhar do diário. Com caneta vermelha, Wayne escrevera: *análise fraca. Escolha outro tema. Explore outros caminhos.* — O que você quer dizer com explore outros caminhos? Foi o que eu fiz. Ninguém mais na aula tocou no assunto, apesar de ser bem mais importante que vitaminas.

Daanish ficou satisfeito consigo mesmo por ter ficado calmo. Embora escrevesse ousadamente no diário, quase nunca tinha coragem de enfrentar Wayne de forma direta. Até o momento, estava indo bem.

— Olhe — disse Wayne, fechando o diário de modo abrupto. Inclinou-se para a frente, fitando-o com seus frios olhos azuis. Daanish se obrigou a enfrentar aquele olhar. — Sei o quanto isso deve perturbá-lo. Está a milhas de casa, talvez até nostálgico, sentindo-se só. Tem se saído bem para conseguir chegar até aqui. Estou orgulhoso de você. Sério, estou sim. É bom valorizar o seu povo.

Daanish ficou horrorizado.

— Valorizar o meu povo?

— Bem, como você é árabe, esses eventos...

— Eu não sou árabe — explicou Daanish, antes de se calar. Isso não, pensou. Wayne nunca havia acusado outros estudantes de se deixarem influenciar em virtude de seus antecedentes. Porém, Daanish se tornara uma arma para silenciá-lo, apesar de Wayne não conseguir nem acertar os detalhes. Abriu a boca antes de saber como ia dizer isso e, com o mesmo tom de escárnio que detectou na voz de Wayne, informou: — Menos de trinta por cento dos muçulmanos são árabes. — No entanto, esse não era seu ponto mais importante. Ficou imóvel, ouvindo seu coração disparar. E, então, disse: — Sou estudante de jornalismo. Meu diário não tem nada a ver com religião. — A frase seguinte estava na ponta de sua língua: "Por acaso já questionei *suas* habilidades com base na *sua* fé?" Mas resolveu ficar calado.

Wayne se recostou na cadeira giratória de novo. Olhou para o relógio.

— Bom — disse, dando de ombros —, seu papel como estudante de jornalismo é entender que todos os profissionais da mídia tratam de fatos, não de opiniões. Fato: Saddam invadiu o Kuwait. Não podemos mudar isso questionando o motivo. Você tem toda a liberdade de fuxicar — com um gesto magnânimo, formou um círculo com os braços — só que suas especulações não são notícias. Suas opiniões não têm lugar na primeira página.

Dessa vez Daanish não fez uma pausa.

— Mas é *só* isso que se lê na primeira página! O que diria desta aqui? — Apontou para uma folha em sua grossa pilha de artigos. — Manchete: *Mais que um louco*. Está querendo me dizer que isso é um fato? E essa história de chamá-lo de Hitler? Estão fazendo o possível para provar que Saddam é uma espécie de reencarnação dele! Será que aprenderam a fazer reportagens de um modo tão *factual* na universidade?

Wayne deu uma palmada nas coxas gorduchas, fazendo menção de se levantar.

— Você não vai a lugar nenhum tomando o partido de Saddam, rapaz.

— Eu não estou tomando o partido dele. — Tremia, e não estava fazendo frio. — É uma demonstração do meu empenho profissional você não detectar minhas verdadeiras opiniões sobre ele. — Fez uma pausa, decidido a permitir que essa informação fosse absorvida. Sua cabeça estava latejando agora. Nunca havia enfrentado um professor antes. De certa forma, temia estar se jogando de um penhasco. — Estou questionando se a mídia está nos apresentando fatos ou meros rótulos. Algo fácil em que se fiar de modo que, se houver guerra, o ódio contra o "inimigo" será grande demais para que se questione sua destruição. E será que a mídia se daria a esse trabalho se não soubesse que o governo planejava um conflito? — É, com certeza ele tinha se jogado. Podia sentir seus órgãos se retorcendo por dentro. Ainda assim, continuou. — Em quem está sendo feita, na verdade, uma lavagem cerebral? A ironia é que esse artigo tem início com a fotografia de crianças em idade escolar diante de um retrato de Saddam, em cuja legenda se lê: *Desde pequenos, os iraquianos aprendem a obedecer a todas as ordens de seu líder.* Na legenda poderia estar: Desde pequenos, os americanos aprendem a obedecer seu triunvirato governante: a Casa Branca, o Pentágono e a Mídia. — Recostou-se, chocado consigo mesmo.

Wayne caminhou até a porta. Esperou que Daanish fizesse o mesmo.

— Bem que eu disse que você costuma se exaltar. *A-hã!* — Ergueu a mão, com um gesto inibidor. — Ouça bem. Vamos fazer uma coisa: pense sobre isso. A história da vitamina pode parecer trivial para você, mas talvez haja uma lição aqui. Você está apenas no segundo ano.

Naquele momento, a coragem de Daanish realmente se esvaiu. Sua voz se perdeu em seu âmago. Sentiu-se corroer com o golpe. As palavras lhe fugiram, indo parar em suas mãos, e, em meio à queda do penhasco, deixou-as escapar.

Outra professora passou pela porta aberta.

— E aí, tudo bem? — Wayne saudou-a alegremente.

Os dois foram embora, deixando Daanish no corredor. O jovem escutou-os discutir o local da próxima reunião de diretoria.

2

Inspeção

JUNHO DE 1992

Daanish se encontrava à janela do quarto. Sua mente estava pesada com mais uma noite de sono intranqüilo. Todas as manhãs, desde seu retorno a Karachi, ele só parava de se debater, sem conseguir dormir, após o nascer do sol, quando os operários chegavam à obra ao lado. Naquele momento, pôs-se a observar um velho descalço e sem camisa subir em uma escada de bambu, equilibrando um balde de cimento em sua cabeça frágil. O sol ressecara e queimara os cabelos do idoso, tornando-os seme-lhantes à casca de cana-de-açúcar. Entre os primeiros dois dedos do pé direito, levava uma colher de pedreiro. O balde pendurado na cabeça jun-tamente com os outros dois que carregava oscilavam. Com o calcanhar e os dedos do pé livre, pressionava as laterais da escada até sentir firmeza. Assim chegou ao último degrau.

O velho entregou os baldes a um servente mais jovem, que estava aco-corado no telhado. Enxugando o rosto com um paninho amassado, acendeu um cigarro, saboreando-o como se fosse ele que estivesse no quarto, apoiado de forma desinteressada na janela, como Daanish.

O céu estava de um tom cinza-alaranjado, perfurado por antenas parabólicas, telhados fuliginosos e cabos telefônicos. Havia pouquíssimas árvores. Mais além, fora do alcance de vista de Daanish, estava o mar. Tal como ele, marulhava em diversas terras. Naquele litoral, era o idoso que nascera do lado errado. Ali, Daanish podia rabiscar bobagens em um guardanapo e atirá-lo na direção do velho. Ali, nunca tinha de esfregar panelas do tamanho de sinos de igreja, nem de contrair a mandíbula na presença de Kurt ou Wayne. Se quisesse, podia ir para fora e dar ordens o tempo todo. Uma simples travessia pelo oceano mudara sua posição no universo.

O operário jogou o cigarro fora. Um sujeito andou até ele. Era o motorista de Khurram, carregando uma marmita de alumínio. Daanish o via quase diariamente, nos momentos em que a família de Khurram não precisava dele. Tal como no dia em que ele lhe dera uma carona do aeroporto, Daanish ficou impressionado com sua beleza.

Depois que a jovem da *dupatta* azul deixou as lagartas, Daanish perguntou aos tios para que elas serviam; no entanto, os homens recomendaram, de forma brusca, que ele se livrasse delas.

— Esqueça aquele incidente grosseiro — recomendou seu *chacha*.

Mas o rapaz não conseguiu esquecê-lo. Então resolveu ir até lá fora, com as três larvas rechonchudas, e perguntar aos operários. Eles passaram adiante a pergunta, até que ela chegou ao motorista, que sabia do que se tratava.

— Como sabe? — perguntou Daanish, com as lagartas na palma da mão.

— A minha irmã trabalha numa fazenda onde elas são criadas — respondeu o rapaz. Seu semblante se mantinha sempre impassível, como se tivesse sido paralisado.

— Então, o que tenho que fazer? — pressionou Daanish.

O rapaz foi até o outro lado de Daanish e lhe pediu que repetisse a pergunta. Então, explicou:

—Tu tem que dar bastante comida pra elas. Quando fiarem os casulos, se tu quiser ficar com o fio, vai precisar botá-los pra ferver.

— Isso é um meio radical — refletiu Daanish. — O que é que elas comem?

— Folhas. Tem uma amoreira enorme no terreno baldio no final da rua. Até comem alface, mas preferem mesmo as folhas dessa árvore, ainda mais se estiverem picadas.

Os operários gostaram de descansar alguns instantes e conversar com o jovem da *Amreeka*. Apesar de Daanish ter ficado feliz por escapar dos enlutados, logo se cansou dos insistentes pedidos de visto que lhe faziam.

—Vocês precisam ver como eu sou tratado no consulado deles! Não sou nada pra eles! Não posso ajudar vocês!

Mas não acreditaram nele.

Daanish saiu da janela e abriu uma das gavetas, na qual suas conchas ficavam. Já não estavam ali. Começou a ficar bravo. Pela milionésima vez, abriu a porta do novo armário e rebuscou as pilhas de roupas deixadas por Anu. Suas lindas caixas de conchas haviam sido guardadas no armário velho. Mas tampouco as encontrou. Bateu a porta.

Anu era a única que poderia ter remexido em suas coisas. Ainda assim, ela negava. Ele meneou a cabeça: o médico *jamais* teria invadido sua privacidade. Tinha de ser ela. Mas, por quê? E, pelo visto, não se dera por satisfeita: seus livros e o envelope cheio de fotos tinham sumido, bem como sua maldita câmera!

Não era dessa forma que ele se lembrava dela. A mãe mudara. Ele não queria que isso ocorresse. Ela tinha de ser firme, como a rocha na qual se sentava enquanto ele e o pai mergulhavam. Eles formavam uma peça, como um vaso de vidro lapidado, sendo a mãe o brilho posterior e o pai o dianteiro. Como a parte da frente já não estava, ela parecia, estranhamente, um poço fendido. Daanish temia espreitar demais.

A mãe nem mesmo explicara que "pergunta" lhe havia feito na manhã em que chegara.

— Tem tempo de sobra para me responder — dissera Anu; porém, na noite seguinte, já não sabia nada sobre isso. Daanish praguejou de novo.

Enquanto se despia, ficou diante do espelho de corpo inteiro. Os olhos cor-de-âmbar que o observaram eram iguais aos do pai. Após ouvir que eram parecidos durante anos, viu isso de forma clara, naquele momento. Tinha exatamente a mesma altura que ele. O peso que ganhara naquele ano, na universidade, quando os sabores de isopor do Bela Gula por fim deixaram de enjoá-lo, começava a se acomodar em torno de seu diafragma, formando uma leve e quase imperceptível camada de gordura, a qual surgia, na certa, da mesma maneira que começara no médico quando ele tinha vinte e dois anos. Suas pernas ainda eram bem-feitas e musculosas. Pernas de nadador. De acordo com o médico, sempre seriam a melhor característica de Daanish.

Becky as admirara no dia em que se conheceram, quando ele a acompanhou até sua casa após a academia. Ao pensar nela, lembrou-se de novo das fotografias extraviadas. Gostava daquela de Pamela recostada em um carvalho. Folhas outonais espalhavam-se no solo, levando-o a recordar de seu encontro amoroso no jardim de relevo baixo no qual Daanish adorava perambular. Só que não houve humilhação como na vez em que estivera com Penny. Quando conheceu Pamela, já tinha mais experiência; não dera estocadas na barriga e no traseiro dela como uma toupeira cega. A foto fora tirada minutos antes de ela se sentar no leito de folhas e começar a tirar, devagar, sua blusa. Como era um ângulo de três-quartos, seu olho verde-azulado direito parecia maior que o da esquerda. Acima dele, a sobrancelha fina estava arqueada, dando a Pamela sua expressão típica: "Ah, é?"

Droga! Onde é que ela estava? Durante os trinta minutos seguintes, Daanish vasculhou cada recanto do quarto redecorado e recém-pintado. Seu olhar pousou na caixa laqueada, um dos poucos itens que não tinha sumido da mochila. Mas até ela havia sido remexida. Ele nunca vira antes a foto que encontrou lá dentro. Que diabos fazia ali?

Sua cabeça começou a latejar. Foi tomar banho. Como estava faltando luz desde o dia anterior, a bomba d'água fora desligada. Não havia quase nenhuma reserva do líquido precioso; a pressão era tão ínfima que apenas algumas gotas saíram de dois furinhos do chuveiro. Ainda ensaboado, Daanish voltou ao quarto e ficou nu sobre o tapete branco novo. Olhou para o ventilador de teto, ansiando pelo chiado característico que fazia ao girar. Entretanto, ainda estavam sem luz.

Logo, o suor misturou-se com o sabão e uma fina camada de substância viscosa o encobriu. Daanish deixou um rastro de pegadas acinzentadas no tapete, o que o agradou. À medida que o tom do tapete foi ensombreando, sua mente foi desanuviando. Secando-se com uma toalha, ouviu no andar de baixo os preparativos de Anu para o *Quran Khwani*. Eram oito e pouco. Os enlutados começariam a chegar por volta das nove horas. Não vinham tantos agora que três semanas tinham passado desde a morte do pai, no entanto, ainda comparecia mais gente do que ele desejava conhecer. O jovem penteou o cabelo e se preparou para outro dia no papel de órfão norte-americano.

Mas não desceu. Em vez disso, foi dar uma espiada na gaveta, na qual mantinha os três casulos agora. Tal como o motorista dissera, as lagartas fiaram suas casas. Embora tivesse ficado desapontado por ter perdido o processo de fiação, as bolinhas felpudas o entretinham à sua maneira. Moviam-se. A princípio, ele as tinha deixado sobre uma pilha de jornais na escrivaninha. Quando voltou, elas haviam ido parar dentro de seu porta-canetas cor de nogueira. No dia seguinte, pularam de novo para a escrivaninha, longe dos jornais. Onde quer que Daanish as colocasse, elas queriam ir para outra parte. Por fim, encontrou um lugar que consideraram aceitável: um cantinho seco e escuro da gaveta. Segundo o motorista, se Daanish quisesse os fios, teria de cozinhá-las na semana seguinte.

Ajoelhando-se para vê-las de perto, sussurrou:

— Casulo. — Tinha um som apaziguante. Suave como o sono, como um abrigo. Daanish passou a fazer parte daquilo, de alguma forma. — O que é que eu vou fazer com vocês? — indagou. — São tão diferentes das minhas lindas conchas. Elas não vivem fora d'água, vocês não vivem dentro d'água.

Pensou na jovem de olhos de gazela da *dupatta* azul. Se aparecesse ali, queria ser o primeiro a conversar com ela. Queria lhe contar que seguira seu conselho e encontrara o que ela havia deixado. Também desejava contemplar mais aquele rosto macio e moreno, com o queixo afunilado de forma graciosa. No entanto, não a viu de novo. Será que se lembrava bem dela? Caramba, precisava de uma foto daquela jovem também!

Foi a esperança de encontrar aquela moça que, por fim, compeliu Daanish a descer.

3

Lá, Claro!

Uma rápida olhada revelou que a garota não estava ali. Deu um beijo de bom-dia na mãe e pegou um *siparah*, dirigindo-se à sala contígua, na qual se sentavam os homens.

Daquele recinto se avistava um pequeno jardim, margeado de arbustos de hibiscos. Pedaços de grama estavam começando a ficar amarelados; aquela área precisava de água com urgência. Como a duas ruas dali vivia um ministro, lá nunca faltava luz. Alguns dos enlutados estavam discutindo justamente isso quando Daanish se uniu a eles. Abanavam-se com jornais, e o jovem sabia que, entre as orações por seu falecido pai, incluíam-se preces por *bijly* e uma nova leva de políticos.

Enfileirados junto à parede, diante de Daanish, estavam três de seus tios. Aproximaram-se do sobrinho e sentaram-se ao seu lado; entretanto, sentindo calor demais para ler, mostraram-se mais interessados em conversar. Um dos *chachas* disse-lhe:

— Shafqat *bhai* sempre soube que se orgulharia do filho. Tudo que ele fez, cada momento de trabalho duro, foi para você.

Um segundo tio acrescentou:

— Nossos filhos se dão muito bem na *Amreeka*. Lá, claro, têm toda a oportunidade de brilhar. E é o que fazem! Olha só para você, Daanishwar! — Com entusiasmo, deu uns tapinhas nas costas do sobrinho. — Vamos, você ainda não contou nada para a gente sobre suas experiências naquela terra. Todas as coisas boas têm que ser compartilhadas!

O outro homem assentiu com satisfação.

Como Daanish permaneceu esquivo, um primo mais velho tentou encorajá-lo.

— Soube que lá é muito tranqüilo e pacato. Não como aqui, com tropas do Exército se metendo nos nossos bairros.

De imediato, seu *phoopa* interrompeu-o.

— A situação melhorou muito desde que essa operação do Exército começou. Eu sei, sabe? Passo de carro por Nazimabad todos os dias, ao contrário de você, que fica na sua rua elitista. Deu para notar que agora estão queimando menos ônibus e caminhões, e tudo graças aos soldados!

— Tudo bem — disse seu *chacha*. — Mas a gente tem que questionar as táticas deles. Estão capturando qualquer um que seja das áreas dos muhajirs e batendo nele, sem dar a mínima, entende? Isso vai acabar alimentando a ira do MQM.

Houve um burburinho geral de aprovação, embora o *phoopa* de Daanish tenha permanecido indiferente. Após uma pausa, ele ergueu os olhos.

— Os punjabis é que estão pagando o pato. A gente vai acabar sendo obrigado a partir. Estou pensando em voltar para Lahore com a minha família.

— Bobagem! — exclamou um dos presentes. — São os muhajirs. Quantos de nós estão em posições de destaque? O sistema de cotas tem que acabar.

— Vocês todos controlam Karachi! — vociferou alguém.

O *chacha* interveio rapidamente.

— Com uma coisa nós concordamos: esses separatistas sindis são uns idiotas. — Todos assentiram. Ele prosseguiu: — Agora, para que falar sobre isso aqui? Meu pobre irmão não gostaria disso. — Foi até a parte central do recinto, onde salgados e doces estavam servidos, em grandes travessas de barro. Começou a passá-los e, em seguida, serviu-se de um refrigerante quente, explicando: — Como a gente está sem água para preparar o chá, é o melhor que podemos fazer.

O estômago de Daanish embrulhou; mal passara das dez da manhã. O *chacha* dirigiu-se a ele de novo.

— Hoje, é o Daanish que vai falar!

Só uma viagem curta pelo oceano, pensou o jovem.

"Você será um modelo mais refinado de mim", dissera o médico. O teste havia começado.

— Mas o que querem saber? — perguntou Daanish.

— Tudo o que viu nesses três anos! — responderam eles.

Ele deu de ombros.

— Sob alguns aspectos as coisas são muito diferentes, sob outros, não.

— Conte para a gente o que é diferente — pediu o *phoopa*. — Não nos importamos com o resto.

— Isso mesmo — disse um sujeito que Daanish não reconheceu. — A gente não quer saber do que é igual.

— Bom — o rapaz mudou de posição —, é difícil de explicar.

Os homens aguardaram.

— Aqui a gente tem muitas restrições e poucas regras, lá acontece justamente o oposto: eles têm poucas restrições e muitas regras.

Todos se entreolharam. Foi um começo medíocre. Antes que ele continuasse, alguém indagou:

— A oferta de emprego é grande, lá?

— Bem — Daanish pigarreou —, na verdade, desde a Guerra do Golfo eles vêm enfrentando certa recessão.

A atmosfera silenciosa pareceu ficar ainda mais pesada. Um homem meneou a cabeça.

— Aquela guerra foi um crime.

Todos concordaram, e o ambiente se tornou melancólico. O *chacha* de Daanish perguntou:

— O que aqueles pobres iraquianos fizeram contra eles para merecer aquilo? Vou dizer uma coisa, o petróleo é uma maldição. Vejam o Irã. Vejam a Líbia.

Um sujeito acenou com a cabeça.

— E os sauditas, hein? Vejam o quanto estão se rebaixando.

O *phoopa* de Daanish olhou-o zangado.

— Está insultando a terra sagrada?

— Não — retrucou o outro —, estou insultando os mendigos que vivem lá.

E o *phoopa* asseverou:

— Eles são nossos irmãos.

— São irmãos ainda mais próximos dos iraquianos, que eles deixaram os americanos bombardear.

— Falante de urdu — retorquiu ele.

Um sujeito começou a relatar como pegava um caminho diferente para ir ao trabalho todos os dias, com medo de ser seqüestrado.

— A situação piorou muito — disse o homem, de modo enfático.

— Mas agora, desde a operação do Exército, têm ocorrido menos seqüestros — insistiu o *phoopa* de Daanish.

— Vai haver uma guerra civil! — anunciou outro desconhecido.

— Não vai haver nada além de boatos e sua histeria!

O *chacha* serviu os petiscos de novo.

Daanish olhou ao redor, desesperado. Tinha de contar rapidamente àqueles homens como era sua outra vida, a melhor. Seria obrigado a reconstituí-la da forma como tentara reconstituir esta para Becky, a jovem sequiosa por exotismo. Não foi bem-sucedido com ela, e, na certa, tampouco seria com os tios.

Enquanto se perguntava o que deveria dizer, a discussão continuava. Por algum motivo, um homem estava batendo no peito e bramindo:

— Eu sou um pensador.

— Pergunte para os que construíram este país! — disse, com aspereza, seu oponente. — Somos nós que realmente labutamos pelo Paquistão!

— Por favor, por favor! — exclamou, suspirando, o *chacha*. — Pensem no meu irmão.

Um silêncio tenso dominou o ambiente. Mais refrigerante foi servido. Mais olhos fitaram o ventilador de teto com angústia. Não havia o menor sinal de corrente de ar circulando. Começou-se a sentir o odor de pés, sovacos e açúcar fermentado.

E então, outra vez:

— Alguém precisa derrubar este governo.

— No nosso país — começou um senhor mais idoso, que se mantivera calado até aquele momento —, os primeiros-ministros não fazem nada além de brincar do jogo das cadeiras.

— *Han, han!* Assim que as pessoas param de aclamar, outro se senta.

Houve risos e piadinhas sobre qual dos dois, que ainda corriam ao redor da cadeira, tinha o traseiro maior.

O velho acariciou a longa barba branca e disse:

— Sem dúvida, é o dele, mas *ela* tem dois. Três, se vocês contarem com o cavalo favorito do marido!

Aplausos. A atmosfera ficou mais leve. Talvez a pressão tivesse sido tirada de Daanish naquele momento. Mas, não, assim que os risos escassearam, o *chacha* não o deixou escapar.

— Isso não acontece lá, acontece? Naquele país, o presidente sempre completa o mandato.

Deu-se um coro geral de "Lá, claro!"

Daanish respirou fundo. Devia dar uma contribuição positiva desta vez.

— Uma coisa muito boa da *Amreeka* é que as pessoas ficam na fila — disse ele.

— Lá, claro!

O rapaz estava entrando no estado de espírito:

— E quase nunca falta *bijly*.

Todos voltaram os olhos, de modo suplicante, para o ventilador de teto.

— Lá, claro!

Daanish fechou os olhos.

— O ar é limpo e fresco. No inverno, a neve cede com suavidade sob nossas botas; no outono, as cores reproduzem os tons mais delicados da luz do fogo e, na primavera...

Voltou ao jardim de relevo baixo. Podia sentir o perfume do orvalho ao se deitar no gramado. Pólen flutuava no ar. Daanish não se lembra bem do que disse a seguir, só se recorda que todos concordaram e que um vulto moveu-se lentamente a seu lado. Tinha olhos como os dele, uma barriga pronunciada e pernas esguias e fortes. Ouviu, atônito, quando Daanish admitiu que sentia falta dos passeios pelo bosque de cedro. Então, acompanhou-o, rindo à toa, com gosto, preferindo estar no mundo dos vivos do que no mundo introspectivo e mordaz dos enlutados. Disse: "Filho, você será um modelo mais refinado de mim."

E, depois, ninguém mais disse nada. Aos poucos, os homens recomeçaram a ler. Daanish se deu conta de que estava sendo esmagado pelo abraço de seu *chacha* e de que sua face estava empapada.

4

A Cada Trinta Segundos

JANEIRO DE 1991

Quando a guerra estourou, as emissoras de televisão mostraram aviões lançando mísseis com absoluta precisão. Ao mesmo tempo, a mídia impressa revelou que o Pentágono havia estabelecido regras para a cobertura da guerra. Em seu diário, Daanish asseverou que essas regras implicavam a supressão completa dela. Nenhuma gota de sangue fora mostrada. Não apareceram soldados feridos de nenhum dos dois lados, nem escolas em chamas, sistemas de esgoto explodidos, civis iraquianos — o público norte-americano não chegou a ver um civil sequer, vivo, morto ou moribundo. Não mostraram hospitais de guerra, entrevistas com pacientes recebendo medicamentos, oleodutos arruinados, represas destruídas, inundando milhares de quilômetros quadrados. Nada disso aconteceu. A guerra foi cirúrgica e pura. Não houve sofrimento. E Wayne continuava a riscar as entradas do diário de Daanish.

Até mesmo as notícias esterilizadas eram acompanhadas por pouquíssimos universitários na sala de televisão do alojamento de Daanish. Certo dia, ele deu uma espiada lá, a caminho do Bela Gula. Era escura e quente, com sofás cor-de-rosa e felpudos. O tapete estava cheio de manchas de pizza e refrigerante. Ouvia-se o ruído de dedos rebuscando o conteúdo dos sacos de pipoca. A tela de setenta e duas polegadas apresentava um ataque aéreo militar. Preparar-apontar-fogo. O míssil percorreu o céu aveludado. Poderia ter sido lançado da nave espacial *Enterprise*. A qualquer momento agora, a espaçonave salvaria o mundo de alienígenas verdes e feios.

Um estudante, com uma camiseta em que se lia *Comida, não bombas*, bocejou e disse que já tinha visto o bastante. Então, despejou o restinho da pipoca na blusa da jovem sentada ao seu lado. Ela riu, gritando ao ver o míssil:

— É isso que vocês ganham por oprimir as mulheres, seus babacas!

Alguns dias depois, Daanish não foi à aula, nem ao trabalho.

Acocorado em um canto da biblioteca, ele começou a ler publicações norte-americanas, de menor porte, que desafiaram a censura do Pentágono. Uma delas denunciava o uso de armas empregadas durante a Guerra do Vietnã que, desde então, haviam sido declaradas ilegais pelas Nações Unidas e pelos Estados Unidos. Citava um agente da CIA, segundo o qual as bombas termobáricas — usadas para abrir clarões nas selvas densas do Vietnã — não faziam sentido no deserto plano do Oriente Médio; ainda assim, estavam sendo usadas na linha de frente das tropas iraquianas. Com relação ao napalm, um oficial do corpo de fuzileiros norte-americano afirmou que ele foi empregado, tal como no Vietnã, contra militares e cidadãos. As bombas lança-granadas também. Outro oficial lamentou que um general chamasse os ataques aéreos de "uma festa".

Daanish anotou tudo isso no diário, sentindo um entusiasmo crescente. Ali estavam jornalistas corajosos. Decerto, seria interessante comparar essas notícias com as outras.

Passou a ler a imprensa popular, ficando impressionado com sua negligência e suas contradições flagrantes. Uma revista dizia que as forças armadas do Iraque eram invencíveis; porém, ao mesmo tempo, vangloriava-se, afirmando que o governo podia e iria contê-las. Outra alegava que os oficiais das Forças Armadas estavam fazendo o possível para evitar a perda de civis e, em seguida, citava um general que afirmava que o número de civis mortos não lhe interessava. Era como se as notícias tivessem sido censuradas, porém não revisadas.

Algumas horas mais tarde, Daanish se retirou da biblioteca. Caminhando a esmo na região da universidade, perambulou até chegar ao Centro, levantando a gola da jaqueta para proteger o pescoço. O vento aumentara durante a tarde. Ainda não eram cinco da tarde, e a escuridão se havia fixado como verniz fresco. Daanish passou por bistrôs cheios de estudantes e examinou os bolsos — não restavam nem mesmo dois dólares de seu último pagamento, e ele nem receberia o próximo. Fazendo uma pausa a uma janela, olhou para dentro. A garçonete carregava uma caneca preta e brilhosa com um chocolate quente pelando, cujo aroma Daanish quase podia sentir. Ele foi embora.

As ruas ainda resplandeciam com as luzes de Natal. As calhas estavam cheias de guirlandas, e bolas coloridas e samambaias enfeitavam quase todas as vitrinas. De uma loja se ouvia o estribilho de cânticos natalinos de criancinhas. Diante de Daanish, sob uma luminária de luz alaranjada, um grupo de amigos havia marcado um encontro e conversava sobre as festas de Ano-Novo. Becky não precisou que ele desse um toque étnico daquela vez.

Ele passou por algumas lojas com adesivos de guerra. Em um deles havia um míssil teleguiado e se lia: *Este é para você, Saddam*. Outro mostrava uma ogiva detonando. Dizia: *Diga oi para Alá*.

Ao redor de Daanish, o ar estava gelado e festivo, beirando a euforia. O rapaz queria tomar algo quente e acabou voltando ao bistrô. No fim das contas, gastaria seu último dólar.

Mas, na entrada, um sujeito corpulento bloqueou sua passagem.

— A gente está fechando — disse ele.

Daanish deu uma espiada dentro. Ninguém parecia estar com pressa de ir embora. Voltou à rua, olhou ao redor. Os amigos que se encontraram sob a luminária estavam entrando no bistrô.

Nos dias que se seguiram, outros estudantes muçulmanos começaram a relatar incidentes semelhantes. Um deles disse que alguém escrevera na sua porta: *Vai pra casa, cabeça-de-toalha!* O jovem nunca andara com uma toalha na cabeça, nem com um turbante. A parede de ladrilho de um depósito fora pichada com os seguintes dizeres: *Salve os Estados Unidos, mate um árabe.* Uma mesquita foi atacada, tal como um restaurante libanês. E, na mídia, em vez da cobertura da guerra, reportagens condenando o Islã ganharam destaque.

Em média, Daanish levava cerca de vinte minutos para ler cada artigo. Em média, os ataques aéreos matavam dois mil e quinhentos soldados iraquianos por dia. Cerca de trinta teriam perdido a vida assim que o jovem terminasse de ler o quanto *eles* nos *odiavam*.

5

O Conselho de Khurram

JUNHO DE 1992

A jovem da *dupatta* azul não voltou. Nem no dia seguinte, nem na semana vindoura. Daanish andava de um lado para o outro no tapete cada vez mais acinzentado, enquanto sua ânsia de encontrar uma forma de fugir das grades de ferro forjado da janela de seu quarto crescia. Decidiu não receber mais nenhum enlutado.

Lá embaixo, viu o motorista de Khurram chegar com uma garrafa de chá. Chamou-o.

Alguns operários continuaram a carregar baldes e cimentar, outros pararam, junto com o velho, para tomar chá.

— Ei! — Daanish chamou de novo, mais alto.

Um jovem que se equilibrava no alto da parede de fundação, alguns metros abaixo da janela de Daanish, olhou para cima. Ergueu o queixo, inquisidoramente. Daanish apontou para o chofer, e o operário imitou seu gesto. O recém-chegado da *Amreeka*, então, inclinou a cabeça, em sinal de aprovação.

— Chama o motorista.

— Tu falou com o presidente sobre o meu visto? — perguntou o jovem.

— O quê?

— O visto!

— Chama o *motorista* — repetiu Daanish, apontando para o condutor.

O operário se agachou. Seus dedos do pé se curvaram em torno da beirada desigual da parede. Ele começou a tirar partículas de cimento seco do pé, preparando-se para se sentar à janela o dia todo.

— Está bom — concordou Daanish, a contragosto. — Eu vou ver o que posso fazer. Agora, chama *aquele cara*.

O operário saltou até embaixo, voltando com o motorista. Este olhou para cima, tranqüilo, como sempre.

— Vou dar um bilhete pra você entregar pra Khurram. Espera um pouco, por favor — disse Daanish.

O outro homem explicou:

— Ele é surdo.

— O quê?

O sujeito sussurrou alguma coisa e cuspiu.

— Como assim, é surdo? — perguntou Daanish. — Eu já falei com ele antes!

— Já falou do lado da orelha direita dele. Do jeito que está, ele é surdo.

— Bem — Daanish começou a se zangar —, *você* pode me fazer o favor de dizer para ele, no lado da orelha direita, o que acabei de falar?

— Quando eu vou conseguir o visto?

— Merda! — praguejou Daanish. Deu passadas pesadas até sua escrivaninha; na verdade, não até ela, mas até um troço pequeno, descolorido e sem charme que Anu chamava de escrivaninha, e escreveu um bilhete para Khurram: *Posso pegar o seu carro emprestado hoje? Se não estiver ocupado, gostaria de passar o dia comigo? Eu quero ir até a praia. É menos provável que minha mãe reclame se eu não for sozinho, ainda mais se você vier me pegar. Espero que venha em breve, Daanish.* Ele pôs o bilhete em um envelope e o dobrou, fazendo um aviãozinho. Lançou-o entre os losangos da grade, em direção ao motorista, que esperava, satisfeito. Insatisfeito estava o operário, e foi ele que pegou o aviãozinho.

— Você já falou na orelha direita dele? — indagou Daanish, secamente.

Ele assentiu e entregou o envelope ao motorista, que foi até a casa de Khurram.

— E? — perguntou o operário.

Daanish fechou a janela com força. Sentou-se na cama, esperando. Em seguida, levantou-se de um salto, nervoso, ansiando fazer alguma coisa. Por fim, foi até a gaveta na qual estavam os casulos.

— Resolvi colocar um de vocês na panela, no fim das contas — anunciou. — Quem vai ser o escolhido? — Fitou o trio de bolinhas felpudas, imaginando uma fita grossa enroscada em seu interior. Enquanto davam continuidade, com ímpeto, à sua metamorfose, Daanish tinha certeza de que as criaturas fremiam as antenas, observando-o.

Também no armário encontrou a caixa laqueada, contendo a fotografia que não fora colocada ali por ele. Fitando-o estava seu pai quando jovem, tão mais novo que as entradas no cabelo ainda eram imperceptíveis. Seus ombros mesclavam-se com as nuvens e, sobre um deles, recaía com elegância um cachecol marrom. A jaqueta e a calça, no entanto, eram as puídas que ele usara até seu último inverno. Em segundo plano, dava para ver uma construção castanho-avermelhada. As ruas eram limpas, pavimentadas e organizadas. A boca do pai se abria em um largo sorriso, seguramente dando a risada enérgica e majestosa que Daanish escutava em seus sonhos. Uma moça, não sua mãe, estava de mãos dadas com ele. Era vivaz e usava cabelos curtos, de menino. Sua tez morena estava sedosa e corada, como se houvesse acabado de correr. Também aparentava estar com frio e alegre.

O que aquela fotografia estava fazendo ali?

O que pretendia Anu, de qualquer forma?

Ele guardou a caixa, mal-humorado.

Uma hora depois, bateram à porta de forma enérgica. Cambaleando, Daanish foi abri-la.

Khurram entrou, alvoroçado.

— Ei, você manda recado, depois vai dormir. É bom ver amigo de novo. — Deu-lhe um abraço caloroso.

Daanish ficou pendurado, debilmente, nos braços de Khurram. Sorriu.

— Me dá cinco minutinhos pra me aprontar.

Quando terminou, trancou a porta e guiou o amigo apressadamente pela cozinha, evitando os parentes, que o chamaram.

Entretanto, Anu os alcançou.

— Não leu nem uma palavra hoje — protestou ela. — E não vi você a manhã inteira. Fiquei muito preocupada. Não sabia se devia incomodar...

— Anu, por favor! Khurram está esperando.

Khurram sorriu, sem demonstrar qualquer afobação.

— Por que você não lê também? — sugeriu ela.

O amigo abriu a boca, mas Daanish o empurrou para fora da casa.

— Ele não pode. — E, então, argumentou: — Eu mal saí de casa desde que voltei, Anu. Todo mundo precisa de espaço.

— Mas aonde é que você vai? — Ela franziu o cenho. — Por que não procura seu espaço aqui?

Ele saiu, sem responder.

Dirigiram por vizinhanças semelhantes à sua que, havia apenas algumas décadas, escondiam-se sob o mar. Vastos bulevares haviam surgido, com lojas de grife, videolocadoras e sorveterias.

— Aqui também, as pessoas só querem saber de fazer compras e comer — disse Daanish.

— E o que mais têm pra fazer? — perguntou Khurram. Mais sério, acrescentou: — Pensei muitas vezes em visitar amigo, mas não queria incomodar. Salaamat contou que seu pai morreu. — Apontou para o motorista.

— Ah, esse é o nome dele? — Por meio do retrovisor, Daanish deu uma olhada nas maças do rosto salientes e nos olhos misteriosos e opalescentes. — Como é que ele soube?

— Bom, todos vizinhos sabem, não é? Sinto muito. Pai devia ser muito jovem.

— De alma, era — sussurrou.

— E você, filho único. — Khurram meneou a cabeça. — Grande responsabilidade nos ombros de Daanish. — Apertou com força o ombro do amigo, como se quisesse espremer parte dessa obrigação.

— Acho que sim.

— Deve estar muito ocupado — insistiu Khurram.

— Na verdade, não. Não tenho muito que fazer. Os meus tios estão se encarregando da parte legal, minha mãe toma conta da casa e eu não passo, na verdade, de um, de um... nem eu mesmo sei... símbolo de continuidade? De uma prova de que o meu pai continua a existir? Anu fica histérica sempre que eu saio de casa. Conhece todos os casos de seqüestro, assassinato, roubo etc. Acho que ficar de olho na tragédia nacional ajuda Anu a lidar com a sua própria. — Palavras que ele vinha contendo saíram aos borbotões naquele momento. — Eu não falava tanto desde o nosso vôo juntos. Meus amigos da universidade estão todos nos Estados Unidos. Bem que eu queria ter conseguido um estágio ou qualquer outro trabalho, mas não consegui nada, pelo menos não nas áreas que me interessavam.

— Bem — Khurram deu-lhe uns tapinhas. — Pode contar comigo. — E continuou a tentar consolá-lo, até a enseada.

Quando chegaram, Daanish pensou: Posso contar com isto aqui.

O rapaz se perguntara se agüentaria ficar ali sem o pai. Agora, tinha a resposta. Escalou rápido, e com agilidade, as rochas pontiagudas da margem ocidental da enseada, exultante demais para prestar atenção em quaisquer cortes. Salaamat também subiu com facilidade; só Khurram se queixou.

Daanish olhou para trás. Anu havia mudado a decoração de seu quarto, tirando todas as coisas dele, porém não podia tocar naquele paraíso.

O mar turbulento e cinza chiava ao rebentar no declive de areia diante de Daanish. Como a água estava agitada demais para nadar, o jovem teve de se contentar com uma simples caminhada. Lançados na praia, estavam os cauris ocelados, os mexilhões e os funis-escamudos que sempre davam as boas-vindas a Daanish quando caminhava. Ele desvirou vários funis-escamudos; estavam todos vazios ou quebrados.

— Os vivos estão enterrados — afirmou Salaamat. Os cachos de seus cabelos batiam em torno do maxilar protuberante, tais como pássaros ao redor de um pináculo de granito.

— Eu não estou interessado na carne — explicou Daanish. — Só gosto das conchas, que eu costumava colecionar. — Falou do lado esquerdo do motorista e, de qualquer forma, o vento levava suas palavras.

Salaamat prosseguiu:

— Eles grudam com um fio dourado nas pedras subterrâneas. Antigamente, as pessoas faziam tecidos com esse fio. — Fora o máximo que ele dissera de forma espontânea, por conta própria. De um jeito também inesperado, ele se calou, deu as costas e entrou na água até a altura da panturrilha, ereto como uma chapa de ferro, mesmo quando a corrente o puxava. O horizonte azul e obscuro o dividiu em dois, perto dos quadris.

Daanish recomeçou a vasculhar a praia. Havia algumas conchas mais incomuns — bonés de areia, bucinos e uma mitra igual à de seu colar. Ele encontrou até uma cipreia-tigre, fragmentada. Começou a sentir raiva de Anu novamente.

Khurram o alcançou, ofegante, segurando o celular. Um de seus dedos do pé sangrava.

— Não sei por que vir até aqui. Passamos por muitos lugares mais interessantes em caminho, com gente e barracas de comida. — Ele olhou em volta. — Aqui não tem nada.

— Não tem nada! — Daanish riu. — Dá só uma olhada ao redor! O que mais você quer?

Khurram se sobressaltou quando uma onda atingiu o seu machucado. Suspirou.

— Onde sentamos, hein?

Daanish apontou para um aglomerado de rochedos no outro lado.

— Minha mãe sempre se senta ali.

— Não tem sombra, *yaar* — queixou-se.

— Tem uma gruta lá. — Daanish fez um gesto em direção às rochas íngremes das quais haviam acabado de descer. — Mas a maré está muito alta — acrescentou ele. Andaram até o rochedo que ele chamava de penedo da margem quando criança. Daanish se lembrou de Anu sentada ali, perfeitamente acomodada na saliência da rocha, sua figura pequenina se equilibrando como uma gávea, enquanto bordava. O médico e ele costumavam mergulhar em torno daquele trecho, não achando muito mais além de conchas de quítones que se aderiam à superfície do penedo.

Khurram amarrou um lenço na cabeça e se afastou do mar, indo para a parte na qual a areia era macia e fina. Reanimou-se um pouco, contando a Daanish tudo que tinha feito desde que retornara da visita ao irmão. A maior parte das atividades tinha a ver com a administração da empresa do pai.

— Que tipo de negócios? — perguntou Daanish.

— Ah, negócios. — Khurram examinou o dedo do pé.

— Mas de que *tipo*?

— Ele importa coisas. — Pôs o celular no bolso.

— Dá pra você ser menos vago? — Daanish olhou para cima. — Que coisas?

Khurram ajustou o lenço e fez uma pausa. Estava ridículo: uma cabeça arredondada envolvida em um pedaço de pano quadrado, um barrigão sobressaindo sobre o cinto, o tecido desgastado da bainha arrastando na areia.

— Que coisas? — repetiu Daanish.

O amigo deu um sorriso misterioso.

— Coisas metálicas.

— Que explodem? — aventurou-se.

Khurram refletiu.

— Não. Bem, mais ou menos. São usadas para trancar.

— Ah, então o seu pai importa artigos da China. Cadeados?

— Não, de Estados Unidos e Europa. Mas, sim, você poderia chamar itens de cadeados.

—Você está muito enigmático hoje.

— Eu não conheço difícil palavra como essa.

Chegaram ao penedo da margem. Já havia alguém. Salaamat se acomodara ali e contemplava o mar, tal qual Anu fazia. Ela observava Daanish pôr os pés-de-pato e limpar a máscara, com um xale azul-claro nos ombros, e uma peça de renda no colo. O xale cintilara para o menino tal como um farol, quando ele fora até o fundo.

Khurram se instalou em uma pequena pedra, a qual se inclinava até a base do penedo da margem, oferecendo uma sombra parcial. Acomodou-se melhor para evitar o sol e manter o equilíbrio na ponta arqueada da pedra. Salaamat continuou a fitar o horizonte. Daanish se agachou na areia, examinando uma poça residual da maré entre o penedo e a pedra de Khurram; viu pepinos-do-mar e alguns ouriços. Ele sempre os mostrava para Anu, que jamais via seu mundo subaquático. Nessas ocasiões, era o médico que se sentava afastado. A família raramente desfrutava de uma conversa a três — se é que alguma vez chegara a fazê-lo. Daanish não sabia exatamente quando isto acontecera, mas a certa altura de sua vida insinuaram, sem palavras, que deveria escolher entre os dois. Franziu o cenho, fazendo um redemoinho na poça com um graveto, cutucando com suavidade um borrelho. O molusco entrou apressado em seu abrigo de calcário.

Daanish olhou para Khurram e revelou, de repente:

— Eu só tenho vinte e dois anos, mas acho que a minha mãe já está pensando no meu casamento.

O semblante do amigo se iluminou.

— Que interessante!

— Ela fica dando indiretas sobre fincar raízes, seja lá o que isso significa, e, alguns dias atrás, escutei quando falou sobre "a moça" com as minhas tias. Quando entrei na cozinha, Anu estava dizendo: "Eu ainda acho que ela é a jovem adequada para ele, apesar do que aconteceu." Não deu pra saber quem era, ou o que aconteceu, pois a minha *chachi* teve um ataque de tosse.

Khurram deu um tapa no joelho.

— Está parecendo casamento mesmo.

— É um absurdo! Meu pai teria rejeitado os planos dela na hora.

O grandalhão encolheu os ombros.

— De repente, vai gostar de moça.

— Você já notou como as mulheres daqui andam?

Ele lhe deu um largo sorriso.

— Khurram costuma observar isso.

— *Dupattas* enormes — Daanish começou a imitar o efeito do tecido de difícil manuseio com os braços, representando dramaticamente à medida que prosseguia —, *kurtas* agarrando nas cadeiras, bainhas de *shawares* prendendo nos sapatos de salto alto, cabelos no *saalan*, *saalan* nas unhas. Sem falar do fixador de cabelo!

Khurram ria conforme Daanish dava passinhos afetados em torno da pedra, tropeçando, ajeitando um penteado imaginário, pondo fixador.

— *Yaar* — disse ele —, eu *adoro* quando moças fazem isso! É tão — ele deu um beijo no ar — atraente!

— Sabe, descobri que as mulheres americanas passam a mesma quantidade de tempo no banheiro — disse Daanish.

O amigo cobriu a boca com os dedos rechonchudos e deu uma risadinha.

— Quantas você conheceu?

O jovem fez um gesto com a mão, descartando a pergunta. Em seguida, olhou para Salaamat.

— O que será que ele está pensando?

— Você pode dizer o que quiser na frente dele. É surdo.

O motorista não tinha movido um músculo sequer. Mantinha o mesmo olhar sem expressão, com os cachos agitando-se ao vento de modo vistoso.

Daanish prosseguiu:

— Conheci *muitas*. E *todas* viviam se emperiquitando, só que de um jeito diferente. Aqui, quando elas envelhecem, arquitetam casamentos; lá, fazem tratamento de reposição hormonal. Droga! Na minha volta me deparo com meu pai morto e minha mãe tramando contra mim.

Era a primeira vez que usava a palavra *morto*; esta rodopiou em sua cabeça, deixando-o momentaneamente aturdido.

Então, viu a morte em toda parte. Ela passou zunindo pelas fendas dos rochedos íngremes e serrilhados e espatifou-se na rebentação, gritou na correnteza, rastejou por trás do olhar vago de Salaamat. Espalhou-se ao redor de Daanish como restos de ossos: no colar pendurado em seu pescoço, no penedo, na face bem-feita de Salaamat. Restos subterrâneos, produzindo linhas de fios dourados. Restos no oceano, expelidos em algum lugar distante, para que alguém exatamente como o médico os encontrasse e trouxesse para o filho, em um estojo, igualmente de osso.

Agachando-se na areia, Daanish enterrou a cabeça entre os ossos de seus joelhos, e foi levado de volta a uma tarde com Anu.

Os dois se encontravam na cozinha, aguardando o médico. De manhã cedo, o pai de Daanish regressara de um congresso no Extremo Oriente. O pequeno estava sentado à mesa, ansioso para ir até o quarto e tocar no lindo presente que o pai lhe trouxera: um náutilo de concha alveolar, com espiras no sentido anti-horário. Fora o primeiro e único presente que o pai lhe dera diretamente. Estava orgulhoso demais da descoberta para correr o risco de vê-la passar despercebida. Daanish queria segurar o náutilo, contemplar a espira iridescente, imaginar o molusco que, certa vez, vivera no interior dos diversos alvéolos de madrepérola. Desejava acompanhá-lo em cada compartimento, com um ctenídeo luminoso, e observar como cada um deles se selava à medida que o molusco dava continuidade a seu desenvolvimento no próximo. Queria saber por que aquele exemplar específico crescera de um modo diferente, com as espiras voltadas para a esquerda e não para a direita, tal qual seus semelhantes. O que os parentes dele — tal como o argonauta errante, de tentáculos compridos — têm a dizer sobre isso? Ele desejava perguntar como era ser membro de uma família de mais de duzentos milhões de anos de idade e como eram os animais de hoje em comparação com os poderosos dinossauros.

Enquanto Daanish refletia, a comida foi esfriando. Não sabia por quê, mas todas as vezes que seu pai regressava de viagem, a comida simplesmente ficava intocada. Anu a requentava duas ou três vezes. E, em seguida, dizia ao filho, tal como fizera naquele dia: "Você precisa se alimentar. Tem que ir dormir." E ficava observando-o no silêncio da cozinha, balbuciando algo, de vez em quando, sobre a depauperada conta bancária e o empréstimo ainda pendente da casa, embora parecesse que esta existisse desde a época dos dinossauros.

Ela estava descascando uma maçã para o filho quando o médico apareceu. Sem dizer uma palavra, ele cheirou o *karhai* de galinha, a berinjela e a *daal*. Provou uma colherada.

— A comida já esfriou? — perguntou Anu.

Ele empurrou o prato, e ela repetiu a pergunta. O médico bateu o punho na mesa.

— É só isso que você tem a dizer: "Já esfriou?" "Quer mais?" "Tudo bem?" "A comida está gostosa?" Mulher, por que não consegue conversar?

Ela o fitou. Daanish achou que o ruído de sua mastigação estava alto demais e tentou engolir inteira a quarta parte da maçã.

O menino sabia que, mais cedo, Anu perguntara ao médico como fora a viagem. Não reclamara, apenas havia feito a pergunta, e ele não respondera. Pelo que se lembrava, era sempre o pai que nunca puxava conversa com a *mãe*. De súbito, Daanish ansiou que Anu lhe dissesse isso, mas ela desviou os olhos. Então, ansiou abraçar e reconfortar a mãe; porém, será que isso não significaria trair o *pai*? Ele fitou o homem cujos grandes olhos cor-de-âmbar pestanejavam com raiva. Parecia até que os pêlos de suas sobrancelhas grossas iam cair no caldeirão fervente que surgira em seus olhos. Esse não era o mesmo homem que levava Daanish para a enseada.

O menino engoliu inteira outra quarta parte da maçã; Anu começara a descascar mais um pedaço. Ele nem estava com vontade de ir para a enseada naquele dia; só queria ficar com o náutilo. Na verdade, queria ser esse molusco, com noventa tentáculos que o impulsionassem para longe e vinte cabinas em que perambular.

Devagar, Anu se levantou, voltou com um pratinho limpo e colocou com delicadeza a maçã que acabara de descascar ao lado do prato principal, rejeitado pelo médico.

— Isso está me enlouquecendo! — vociferou ele, retirando-se, zangado.

Daanish soltou um suspiro de alívio. Podia parar de comer a maçã agora.

— O que está enlouquecendo o meu pai? — perguntou a Anu.

E ela respondeu, mais para as cascas de maçã e o *saalan* gelado que para ele.

— O fato da cabeça dele não ter voltado.

Ela se pôs a guardar a comida, apática. Daanish a observou, pequena e gorducha, com seu rubi cravado no nariz, tal qual uma mancha de sangue. Subiu correndo para seu quarto. O médico estava lá, esperando-o, com o náutilo em suas mãos gigantescas.

— Eu contei para você que o cérebro desse molusco é altamente desenvolvido? Os cientistas dizem que atingiu a complexidade do dos mamíferos.

Daanish ergueu a cabeça dos joelhos.

Khurram sorriu, sem jeito.

— Parecia que você estava a quilômetros de distância.

— Isso acontecia com o meu pai — sussurrou Daanish. E, em seguida, disse mais alto: — A minha mãe precisa de mim.

O amigo assentiu.

— Você é tudo o que ela tem agora. Faça o que ela quiser. O que custa para amigo fazer isso? Vai fazer mãe feliz, e ver mãe contente vai deixar Daanish feliz também. Se cuidar das suas responsabilidades, vai voltar para *Amreeka* sem se sentir culpado.

— Mas, e a moça? Eu ainda nem a conheço!

— Ela vai para onde você for, quando estiver pronto. E vai ter bastante tempo para conhecer moça. — Ele piscou o olho.

Daanish franziu o cenho.

— Isso não tem cabimento.

— Por quê? Tanta gente faz isso! E são felizes, não? Olha, se amigo aceitar, família de moça vai ficar feliz também. — Fez um gesto amplo com os braços. — Todos vão ficar felizes!

— Bem que eu queria ser como você. — Lançou-lhe um olhar zombeteiro. — Tão feliz e sem-vergonha.

Khurram se levantou.

— Pára de pensar. Vai dar certo. Vamos tomar bebida gelada.

No trajeto até o carro, Khurram continuou a falar alegremente, parando apenas quando tiveram de atravessar as pedras pontiagudas de novo. Quanto mais Daanish ouvia, maior era sua incerteza e seu fascínio pelo modo de pensar distinto de Khurram. Talvez o amigo não fosse um bobalhão, no fim das contas.

— Aonde a gente vai? — perguntou ele. — Para o Mr. Burger ou o Sheraton?

Daanish deixou que ele escolhesse.

6

O Desfile do Arco-íris

Olhando do céu, parecia que um bando de borboletas amarelas, ao esboçar uma migração colossal, desorientara-se, de súbito. As criaturas voavam na direção umas das outras, davam piruetas e caíam, iam no sentido contrário, pousavam aos montes ou sozinhas, em feixes de capim, cascas de árvores e tijolos. E quando partiram em revoada, Daanish uniu-se a elas.

Ele viu fileiras de casinhas acinzentadas com famílias na varanda e bandeiras estreladas drapejando nos telhados. Umas borboletas esvoaçaram ao redor de Daanish, a maior parte ainda amarela, embora algumas fossem rosa-claras ou azuis. Podiam ser avistadas em toda parte: esgueirando-se nas fendas do assoalho das varandas, estirando-se no gramado, pousando entre os dedos das famílias que acenavam, felizes, nas ruas cujos nomes homenageavam Cortez e Colombo.

Daanish continuou a voar, percorrendo cidades em segundos, como uma câmera de vídeo de Hollywood ou do noticiário da ABC.

Quando viu uma figura familiar diante de uma loja de flores no bulevar Bartolomeu, o rapaz adejou no céu, intrigado. Lá embaixo estava ele próprio, passando agora por uma lojinha da Hallmark. Nas vitrines também se viam borboletas espalhadas. Elas exibiam frases do tipo: *A gente botou pra quebrar*; *A nossa bandeira não desbota*; *Hora de celebrar!*

— É o maior desfile da história — disse o lojista ao abrir a porta para uma idosa, que trajava um vestido com estampa de girassóis.

Ela anuiu, levando em uma das mãos um pacotinho marrom com cartões comemorativos e laços coloridos e, na outra, um cão terrier com uma borboleta amarela na cabeça.

— E isso nos enche de orgulho, não é mesmo? Nossos rapazes se saíram tão bem!

— A-hã! — concordou o lojista. — Tenha um bom dia, senhora.

Daanish se viu andando com passadas largas rumo ao carro de Liam. Era aquele seu semblante costumeiro? A sobrancelha estava franzida, o maxilar, contraído, o modo de andar, hesitante, e as costas pareciam tesas. Andava com impaciência pela calçada; a certa altura, chutou um poste, no qual o retrato do coronel Sanders, símbolo de uma lanchonete, observava Daanish com uma borboleta amarela em sua barba parecida com a de um elfo. Em seguida, deu uma espiada na loja de flores, no carro e, depois, noutra rua. Estava se perguntando: *Por que deveria esperar por esse idiota?* E concluiu: *Porque ele não é um idiota!*

Segundos depois, Liam saiu da loja de flores, com o topete e o sorriso galhofeiro parcialmente encobertos por um grande ramalhete de zínias rosa e íris amarelas. Ele as girou com orgulho, para que Daanish as visse.

— Eu sempre compro íris pra Íris, apesar dela preferir as zínias.

Daanish fez uma careta.

— Você podia ao menos ter feito o favor de escolher uma cor diferente. Como se não bastasse toda essa glorificação em amarelo!

— Todas as cores fazem parte da glorificação, cara — retorquiu Liam. — Os laços são amarelos, mas o confete do desfile tem as cores do arco-íris. Quer dizer que não posso comprar flores pra minha namorada?

— A guerra destruiu centenas de milhares de pessoas. A sua mídia chama isso de obra de arte, e o seu povo acena com pompons. — Apontou para os laços e o confete. — Isso não te deixa furioso?

Em resposta, Liam meneou a cabeça. O topete caiu sobre seus olhos, como uma cortina.

Daanish também movimentou a cabeça, afirmativamente.

— Estou superfeliz por vocês. Bravo! Não perderam como no Vietnã, nunca mais vão perder.

Liam se sentou no carro e abriu a porta do carona para que ele entrasse.

— A Íris está dando o primeiro recital dela hoje. É só por isso que eu estou comemorando.

O coração de Daanish disparou. Desde que a guerra começara, ele e Liam não tinham conversado sobre o conflito. Era como se, ao ficar calado, o amigo lhe estivesse informando: não faço parte dela. E o silêncio do outro, por sua vez, dizia: tenho medo de conhecer você, de realmente me familiarizar.

Porém, agora, Daanish precisava saber.

— Você não está comemorando a guerra, Liam, mas tampouco parece estar perturbado com ela. Não disse nada quando seu país começou os ataques aéreos, nada quando toda a propaganda política brilhou na sua TV...

— Quer parar com essa história de *seu*? Esta não é a *minha* guerra. Eu não comecei esse troço. Segura um pouco isto aqui, está bom? — Passou o buquê para o amigo, a fim de colocar o cinto de segurança.

— Eu não sou um vaso, porra! — respondeu Daanish. — Estou tentando conversar com você. Incrível como é complacente.

Liam colocou as flores, com cuidado, no banco de trás.

— Se não está a fim de ir, pode se mandar agora.

Ele ficou pasmo. Essa não — não o Liam também. Esse seu amigo e o Wayne eram diferentes. Daanish respirou fundo.

Se saísse do carro, sabia que a raiva do amigo passaria mais rápido do que se ficasse. Quando Liam chegasse ao recital, já estaria com seu sorriso idiotizado, amalucado e agradável de volta. Para ele, nada iria mudar. Pensaria em Daanish com um leve meneio de cabeça; talvez seu lábios tremessem um pouco, quem sabe até se sentisse magoado. No entanto, não pararia para refletir sobre as coisas nas quais Daanish queria desesperadamente que ele pensasse.

Diante do volante, as pupilas dos olhos cor-de-oliva de Liam escureceram. Seus lábios de fato tremeram, embora de modo quase imperceptível.

Droga!, pensou Daanish. *Ele ficou* magoado, e *eu me sinto* culpado por isso. Como é que Liam conseguira transformar a ignorância total em inocência? Como fizera Daanish parecer um vilão? Talvez esse fosse o grande poder de uma superpotência.

Do céu, Daanish deu uma última olhadela no bulevar Bartolomeu. Lá estava Liam, feliz, belo e magoado. Ele se afastou, voando, ciente de que o amigo estava a ponto de dizer "Vamos deixar isso pra lá, tá legal?". Iria ao recital.

Agora planava, em vez de pairar no firmamento. O mundo escureceu. Quando por fim clareou, Daanish estava ao pé da cama dos pais, ouvindo o despertador soar ao toque da BBC.

Eram sete da manhã, hora de o médico acordar. Anu se encontrava na cozinha. Daanish esperara pacientemente, tendo encontrado as velas de âmbar-gris, que o pai escondera em um saquinho de enjôo de avião, na roupa suja dele. O jovem as ascendera; tinham um *khas*, um odor de grama começando a queimar. Seu pai lhe havia dado uma pista: vômito de baleia. E Daanish as achara e estava dando risadas. O médico finalmente despertou, espreguiçando-se. "Ah, Daanishwar! Meu garoto esperto!" Os pêlos de seu peito estavam úmidos de suor. O jovem enterrou o rosto ali, segurando as velas ao alto, com cuidado. O despertador tocou de novo: quatro toques agudos e quatro graves. "Meu garoto esperto!", repetiu o pai. Daanish inalou fundo o perfume que pairava à sua volta.

Mas, antes que ele pudesse reter a fragrância, ela desapareceu. Uma corrente de ar fez com que o jovem voasse de novo, jogando-o na quarta fila de um auditório. O ambiente deixou-o boquiaberto. As mesas não rangiam; as cadeiras eram acolchoadas; a sala, toda acarpetada, com temperatura ambiente; a acústica, tão nítida, que ele escutou quando a estudante da primeira fila coçou a calça jeans com as unhas. O tapete azul felpudo parecia um cobertor de lã, recém-lavado com amaciante para ficar ainda mais macio, dando ao ambiente um som agradável ao ser pisoteado. Em Karachi, a sala de aula de Daanish era completamente plana. Os estudantes mais altos eram obrigados a se sentar atrás, de onde o professor ficava invisível. Quando tinha quatorze anos, Daanish, o menino mais alto da escola, só podia acompanhar as aulas copiando as anotações dos mais baixinhos.

Aquele auditório era um paraíso! Dava para ver tudo! Na parede da frente havia um cartaz com letras douradas:

Confie em suas escolhas
Tudo é possível

Wayne parou diante do anúncio e apontou para ele, aconselhando os estudantes a buscarem sempre a verdade. Fechou o punho, afirmando: "Sem dúvida alguma *vale a pena* ter coragem!"

Daanish saiu dali, partindo mais uma vez. Em uma seqüência atordoante, viu-se no jardim de relevo baixo, contemplando uma coruja-de-igreja em um cedro. O pássaro girou a cabeça fantasmagórica: "Uh-uh!"

O rapaz visualisou um restaurante que nunca fechava; nele havia um prato de panquecas sobre o qual respingava, sem parar, um xarope de bordo. O prato era o que Becky pedira. Daanish a observou comer; estava sem um tostão para comprar comida, e ela não lhe ofereceu nem ao menos um pedaço.

Viu, ainda, o medalhão de ouro polido do chaveiro que o avô dera ao pai quando este se tornara médico. Em um dos lados estava a bandeira do Paquistão — a meia-lua um sorriso gracioso e seguro. O diminuto globo oscilava para a frente e para trás, para a frente e para trás, transformando bruscamente minutos em segundos, segundos em horas. Uma gota de xarope de bordo pendia no bocal de porcelana branca de uma jarra; ficou do tamanho do medalhão, mas não caiu na massa tenra que estava abaixo. Permaneceu ali pendurada, no bocal branco, enquanto aguardava o próximo pagamento de Daanish. Assim que ele o recebeu, a gota adocicada caiu na língua do jovem, que teve todo o tempo do mundo para saboreá-la. Sorvia enquanto observava Heather e as amigas dançando desnudas da cintura para cima no milharal, imitando os índios norte-americanos. Elas cantavam: "Sinto os espíritos dos deuses. Eles e eu somos um ser uno. A colheita vai ser boa."

A gota perdurava, uma pastilha de tom âmbar que ele espalhou em dois mamilos rosados e no declive dos seios, indo até a pequena colina do torso dela, para então descer de novo, rumo aos pêlos de sua vagina úmida. O perfume do bordo se misturava com o cheiro igualmente inebriante dela e também com um terceiro odor, mais forte, proveniente de algum recanto do quarto de Daanish, em Karachi.

7

A Descoberta

Daanish acordou no meio da noite, sentindo ter rodopiado em um furacão. Permaneceu deitado, gemendo. Desde a sua volta, seus dias se haviam tornado uma seqüência de imagens desconexas. Agora, essas imagens assombravam seus sonhos também. Era como se a longa viagem de vinda nunca tivesse terminado, e ele não houvesse aterrissado, estando suspenso entre tempo e espaço. Como não conseguia parar, só lhe restava uma alternativa: a recordação. Sua curta vida bruxuleava diante de seus olhos quase como se estivesse por terminar, tal como, na certa, ocorria com os moribundos. Antes de o pai dar o último suspiro, não teria também se recordado do perfume de âmbar-gris com o qual o filho certa vez o acordara?

Como no sonho, Daanish sentiu, naquele momento, um odor forte e penetrante em seu quarto. Sentou-se. Vinha da gaveta. Foi até ela, olhando de esguelha para os três casulos guardados ali.

— Quem vai ser o escolhido? — perguntou, de novo. Tinham a metade do tamanho de seu polegar e, de alguma forma, opunham-se à separação. Dois secretaram um líquido avermelhado que cheirava a lustra-móvel. Ele pegou o que estava limpo e levou-o para baixo, passando pelo quarto de Anu. Por sorte, a mãe dormia.

Então, para não acordá-la, Daanish fechou com suavidade a porta da cozinha. Em seguida, abriu a janela e pôs uma panela cheia d'água no fogo.

Olhando ao redor, lembrou-se de algo. No guarda-louça, Anu costumava deixar algumas lamparinas de terracota. Ele o abriu: que bom, continuavam ali! Sorriu. Após encher de óleo uma das delicadas *diyas*, que cabia na palma de sua mão, colocou-a no peitoril da janela e acendeu-a. A chama oscilou, lançando sombras ao redor do jovem.

Quando a água começou a ferver, Daanish colocou-a em uma bacia rasa. A luz dançava na superfície da água, que se afunilava em forma de vapor. Ele jogou o casulo lá dentro.

Rapidamente, a bolinha felpuda começou a se desmanchar, formando um emaranhado. Ele puxou o fio cuidadosamente, usando o dente do garfo, e começou a enrolar aquele estranho espaguete de fio delicado. Descobriu, atônito, que podia continuar a enroscá-lo. O casulo, agora girando na bacia como uma noz marrom e murcha, estava envolto em um fio único e interminável. Repetidas vezes, Daanish puxou e girou o garfo. Era como abrir um presente.

Com medo de o garfo romper o fio antes do tempo, ele tirou o rolo do talher e pôs-se a enroscar o fio em seu braço. Suava a cântaros, e os músculos doíam. Secou a testa com a manga do braço livre.

Quando achou que não agüentaria mais, acabou. A brisa apagou a lamparina. Um tênue alvorecer penetrou na cozinha. Na bacia, o bicho-da-seda fervido estava exposto. Daanish havia retirado toda a extensão do fio, que era tão longo quanto uma artéria, e tão fino quanto um corte. Levou-o com cautela até o quarto.

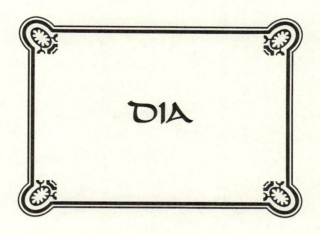

I

A Metamorfose

Havia uma cabana, com dois quartos e um telefone, adjacente ao barracão no qual estavam os bichos-da-seda. Nas ocasiões em que ficava tarde demais para a longa jornada de volta à cidade, Dia e a mãe passavam a noite ali. Nela havia mantimentos básicos — toalhas, utensílios de cozinha, alimentos desidratados, pasta de dente e até mesmo os livros de fábulas de Dia. Era preciso pegar água com um balde no canal ao lado de fora, e os banhos eram tomados sob os galhos protetores das amoreiras.

Quando o pai de Dia ainda estava vivo, dormia com a mãe em um dos quartos, e as crianças, no outro. Eles preparavam comidas simples no fogareiro de uma boca e, à noite, jogavam colchas puídas no chão. A excitação das crianças aumentava em virtude da proximidade de um dos maiores cemitérios do mundo, o Makli Hill, que ficava a apenas meio quilômetro dali. Quando os pais dormiam, os fantasmas saíam dos túmulos e iniciavam suas viagens atravancadas rumo à fazenda. Então, Dia e os irmãos se revezavam, desafiando uns aos outros para ver quem sairia naquela escuridão, a qual era inconcebível na cidade grande, até mesmo durante os blecautes. A daqui tinha dedos gelados, cabelos esvoaçantes e era peçonhenta.

Dia era acometida por ataques terríveis de ansiedade antes de sua noite de desafio. Quando chegava sua vez, seus irmãos diabólicos se regozijavam: "Vai tomar um banho frio, lá fora, *agora!*"

Andando na ponta dos pés, nas profundezas da escuridão, Dia enchia o balde, tirava a roupa, ficando tão vulnerável como no momento em que resvalara aos berros para o mundo, como uma amora vermelho-escura. Bem, ao menos fora essa a descrição do seu pai. Era reconfortante saber que ele dormia profundamente lá dentro. Ela lançava olhadelas freqüentes à porta, até onde ela poderia correr se algo tentasse agarrá-la.

O processo não podia ser encurtado: era preciso molhar os cabelos, passar xampu, enxaguar a cabeça, ensaboar todo o corpo e lavá-lo. Nesse ínterim, a jovem sentia asas de morcegos e olhares de reis mortos há centenas de anos, e ouvia os alaridos dos que ainda estavam vivos.

Talvez seu pavor de água tenha começado nessa época, anos antes do afogamento de seu pai. Talvez ela estivesse sonhando com o afogamento porque, naquele dia, ia fazer cinco anos que ocorrera.

Ela estava se banhando no mais completo breu, quando ao seu redor surgiram cem gansos, que chocaram casulos de ouro. Estes começaram a se abrir, liberando cem pés machucados, azuis; eram os de seu pai, que fora trazido de volta à vida. Eles bailaram uma dança sangrenta, grasnando como patos. A escuridão começou a ressumar, condensando-se e adquirindo a forma de projéteis. Estes se espargiram como contas, só que não eram bem contas, nem projéteis, mas os olhos pequenos e brilhantes do pai, olhos que deviam ter chorado no final, olhos arrancados, acompanhando as palavras dos livros de fábulas de Dia conforme ela ia lendo para ele. E, então, o breu parou de gotejar e dispersar e passou a transbordar. Era o rio, e chegara a hora de tirar o cadáver do pai de dentro dele.

Dia gritou.

— Calma! Dia, sou eu. Psiu! Está tudo bem.

Dia 211

A jovem sentou-se no chão da cabana, aos prantos. Uma mulher acariciava seus cabelos. Dia gostaria que fosse Nini, mas não era ela, e sim Sumbul, a filha do cozinheiro. Ela se deixou ser embalada. Aos poucos, esqueceu-se do pesadelo. E, então, não havia nada além de uma brisa, e o abraço maternal de Sumbul.

Dia respirou fundo e riu debilmente.

— Seu quinto filho está a caminho. Você tem toda uma vida para dar conforto.

— Sua bobinha — sussurrou Sumbul.

— Obrigada — disse Dia, afastando-se com delicadeza. — Eu já estou me sentindo melhor.

— Vim te acordar. Acho que está na hora.

Dia franziu o cenho, desorientada. E, em seguida, lembrou-se do motivo que a levara a passar a noite na cabana.

Na tarde anterior, ela estivera circulando pela seção do barracão na qual algumas crisálidas eram mantidas. Elas iriam carcomer seu invólucro a fim de entrar no quarto e último estágio de sua vida como imagos maduras. O ciclo se reiniciaria com seus ovos. Dia vinha se perguntando qual casulo daquele lote formaria a primeira imago, quando, examinando de perto, encontrou dois que já começavam a se abrir. Por fim, depois de anos tentando testemunhar o nascimento dos bichos-da-seda, Dia sentiu que teria a oportunidade. Chamou Sumbul, depressa. Juntas, observaram a secreção indicadora saindo do invólucro. Provavelmente, dentro das próximas doze horas, a metamorfose se completaria.

Dia havia ligado para a mãe, em casa, a fim de avisar que finalmente observaria todo o processo. Mas Riffatt ficara preocupada com a segurança — Dia nunca tinha passado a noite sozinha na fazenda. A filha, no entanto, alegou que não estaria sozinha: como a sogra de Sumbul estava fora, a funcionária poderia ajudar Dia na vigília noturna. Quatro vigias, incluindo dois irmãos de Sumbul, Shan e Hamid, patrulhavam as terras. E, a meio quilômetro dali, o irmão do cozinheiro patrulhava as sepulturas de Makli Hill. Embora relutante, a mãe consentiu.

Como a jovem permaneceu deitada, Sumbul repetiu:

— Acho que está na hora.

Dia olhou para o relógio; eram cinco e meia da manhã. Sumbul ficara acordada mais tempo que ela.

— Mostra pra mim.

Deixando o bebê de Sumbul dormindo no sofá, elas entraram no barracão. A princípio, havia um silêncio lúgubre lá dentro. Porém, à medida que foram entrando, devagar, ouviram cada vez mais sons: de folhas farfalhando sob lagartas que se retorciam, de ventiladores zunindo, e, mais longe, dos ônibus passando na rodovia, rumo norte, para além do rio de seu sonho. Dia estremeceu. Quando chegaram perto dos dois casulos, seu estado de ânimo mudou por completo.

— Olhe! — murmurou ela.

Os envoltórios tinham partido. Duas cabecinhas, com duas antenas marrons e dois palpos curtos e grossos se estenderam. Mordiscavam os casulos; o som que faziam assemelhava-se ao de gafanhotos mastigando folhas ou de baratas em um saco de papel.

E, então, alguém deu um tapinha no ombro de Dia, por trás. Ela se virou, gritando. Era Shan, que deu um largo sorriso antes de abaixar o Kalashnikov, o qual estava apontado para ela.

— Eu só estava brincando!

Sumbul lhe deu um tapa.

— Como ousa assustar a gente!

Shan fez uma expressão amuada, esfregando a bochecha dolorida.

— Só vim avisar que o telefone está tocando na cabana — reclamou ele.

— Então, vai lá atender! — vociferaram as duas, ao mesmo tempo.

— A porta está trancada. É daquela automática, lembram? — Ele agitou a arma e, a um só tempo queixoso e ameaçador, assegurou: — Na próxima vez, é melhor me levarem a sério! — Girando sobre os calcanhares desnudos, saiu com passos pesados, o *soussi lungi* ondulando entre suas pernas, como uma anágua.

Dia voltou a se concentrar nas mariposas. Haviam entrado em seus abrigos. Ela suspirou.

— Quem poderia estar ligando a esta hora?

— Talvez seja a tua mãe — respondeu Sumbul. — Talvez seja melhor eu ir.

— Tem razão — concordou Dia. — Você deve estar com sono, de qualquer forma. Eu vou esperar aqui. Sabe-se lá quando elas vão sair de novo. — Observou de modo suplicante os casulos parcialmente consumidos.

Sumbul pegou as chaves e se retirou.

Dia ficou sozinha em uma cadeira, aguardando. Se as lagartas requeriam privacidade quando fiavam os casulos, as crisálidas eram simplesmente neuróticas. Pareciam ser capazes de detectar sua presença, mesmo quando ela ficava imóvel, mesmo através dos envoltórios de seus casulos; desafiantes, mantinham sua transformação para si mesmas. Dia fez um sinal de advertência com o dedo: *vou observar vocês desta vez!*

Havia um cheiro de mofo no ar. Ela tapou o nariz. Em voz alta, disse:

— Afrodisíaco. A-fro-di-si-asco! — A palavra vem de Afrodite, a deusa do amor. Essa deidade pôs seu encantamento em um cinto, que muitas outras deusas tentaram roubar. Mas ele pertencia exclusivamente a ela, que nascera com esse dom. Tal é o caso, também, das mariposas-fêmeas. Os machos reconhecem seu odor a quilômetros de distância e, quando as encontram, ocorre a *agregação*.

— A-fro-di-si-asco! Asco! — exclamou Dia, irritada, para os casulos.

No caso das borboletas, acontece justamente o contrário. É o macho que carrega o odor, e as fêmeas se reúnem ao seu redor. Quando ele escolhe uma delas, lança outro tipo de feromônio, um antiafrodisíaco. Dessa forma, após a cópula, outros machos não a desejarão.

Pelo visto, para os bichos-da-seda, as pessoas eram antiafrodisíacas. Ela suspirou, divagando. Como seria melhor se a sua faculdade ensinasse esses tipos de coisas. Sua prova de recuperação seria na segunda-feira. Ao menos a faculdade tinha fechado agora, em virtude das férias de verão, e, assim, ela já não seria obrigada a tolerar aquelas salas de aula abarrotadas e deprimentes.

Dia bocejou. Eram quase seis e meia. As mariposas não haviam aparecido. Seu corpo doía, mas ela não desistiria agora. Ia testemunhar o nascimento daquelas criaturas teimosas, que esperavam que ela caísse no sono.

Tinha agora a oportunidade de ser a primeira pessoa a ver isso. Na próxima vez, levaria uma câmera. Quem sabe não deveria abandonar a faculdade e começar a fotografar a vida misteriosa dos insetos em sua fazenda... Dia bocejou de novo. Sete horas. Franziu o cenho. *Querem fazer o favor de fingir que eu não estou aqui?* Tinha a sensação de estar carregando sacos de areia nos ombros. Sua garganta estava seca e doía. Se ao menos pudesse tomar um copo d'água bem gelada e tirar uma soneca em algum lugar confortável.

Não! Ela se obrigou a acordar.

Sete e meia. Oito. As funcionárias começariam a chegar em breve.

E, então, Sumbul, com aparência de quem estava revigorada e bemnutrida, pôs-se ao seu lado.

— A Nissrine quer falar contigo.

— O quê? — sussurrou Dia.

— A tua amiga, Nissrine, ligou e está esperando na linha. Foi ela que telefonou mais cedo. Disse que tem que falar contigo.

Dia pestanejou, incrédula.

— Está brincando. Primeiro Shan e agora você. É de família, mesmo.

— Eu expliquei pra ela que tu estava observando os casulos e que não queria ser incomodada, mas a moça parecia bastante desesperada. Ela está esperando — acrescentou Sumbul.

— Não dá pra acreditar! — Dia se levantou. — Se a idiota da Nini arruinar tudo... — Saiu arrastando os pés, à beira de um colapso, de exaustão.

— Vou ficar observando — assegurou-lhe Sumbul.

Dia entrou na cabana sentindo-se rígida como um palito de pão. Atendeu ao telefone.

— Alô.

— Oi! — exclamou Nini, em tom agudo.

Dia afastou o receptor, deixando-o a alguns centímetros de distância da orelha.

— Onde é que você estava? Tentei ligar o mais cedo possível, mas ninguém atendeu. Eu telefonei pra sua casa ontem à noite e a sua mãe me disse...

— Nini — interrompeu-a Dia, sentando-se na cama para não cair. — Eu estou superocupada agora. É alguma coisa importante?

— Importante? — gritou Nini. — Claro que é importante! Como eu estava dizendo, tentei ligar ontem à noite. Sua mãe me disse que você estava aí. Daí minha irmã simplesmente não largou o telefone. Fiquei uma arara...

Tem gente que não devia ter telefone, pensou Dia; Nini era uma delas. Pessoalmente, ela era calma, até mesmo agradável. Evidentemente, estava um pouco tensa desde o *Quran Khwani*, mas não falava de forma estridente ou controladora, de forma alguma. No entanto, o telefone acabou transformando-a; ela deixou de escutar a si mesma.

— Nini. — Dia suspirou. — Eu realmente tenho que ir, está bom? Tchau...

— Sua boba! — bramiu a amiga. — Estou tentando te dizer que marcaram um encontro.

— Um encontro?

— Pensei que você ia pular de alegria — acrescentou, provocando-a. Silêncio.

— Está bem. Você disse que queria estar comigo quando o rapaz e a mãe viessem me visitar. Então me lembrei disso. Está convidada para um chá aqui em casa, na terça. Escolhi esse dia por sua causa, pois, como vai fazer a prova na segunda, achei que estaria livre. — Fez uma pausa, para que a amiga absorvesse por completo o que dissera. — Se você vier, tente se vestir direito, está bom? — Bateu o telefone.

Dia fitou o receptor de plástico em sua mão. Desligou-o. Quer dizer, então, que o filho do médico tinha concordado? Nini permitiria que a exibissem. E Dia seria uma testemunha silenciosa da humilhação de sua melhor amiga. Ela a perdera, então.

Deitou-se na cama, olhando fixamente para o ventilador de teto. Estava cansada demais para ligá-lo. Ele tinha três parafusos em cada uma de suas três pás. E se tudo aquilo caísse nela, agora? Talvez visse o pai de novo.

Algumas das manchas escuras no telefone poderiam ser as impressões digitais dele.

Dia conseguia se ver na parte central e brilhante do ventilador. Pequena e achatada.

Queria desesperadamente se enroscar nos braços do pai e perdir-lhe que apagasse a luz. Então, concentrou-se nisso. Ele acabou ligando também o ventilador. Estava fresco, e ela caiu em um sono profundo e repousante.

À uma da tarde, Dia voltou para o barracão, agora cheio de gente. As funcionárias cortavam folhas, limpavam bandejas, registravam números. Ela as cumprimentou, distraída, obrigando-se a ir até a seção na qual sentia que más notícias a aguardavam. Sumbul, ao contrário das duas mariposas, não estava. Ambas a olharam diretamente; haviam ganhado. Ela cruzou os braços. *Se a Nini não tivesse ligado, eu teria...*

Sumbul entrou no recinto com Sana, uma especialista em mariposas, e a mãe de Dia.

— Oi, querida! — Riffat a beijou. — Dormiu bem? — Segurava uma prancheta, impecável como sempre, com um *shalwar* de tons violáceos sob uma túnica sem mangas, debruada com fios dourados. Os cachos de seus cabelos sedosos iam até a altura do pescoço, e sua face estava radiante. Ninguém diria que ela já passara dos cinqüenta.

A maior parte do tempo, Dia gostava de se deparar com a mãe assim, de forma inesperada. Mas, hoje, ela dirigiu a atenção a Sumbul.

— O que eu perdi?

Sumbul parecia estar sentindo um misto de satisfação e culpa.

Sana pegou com cuidado a mariposa-fêmea e a levou para outra seção.

— Ela vai ser a primeira mãe do próximo lote — anunciou Riffatt, anotando observações.

— Não! — disse Dia.

Sumbul concordou com um movimento da cabeça.

— Eu vi as duas mariposas saírem dos casulos e, então, em seguida, os abdomens delas grudaram. Ficaram assim durante três horas; só se soltaram faz uns dez minutos — acrescentou e, então, cobriu a boca rapidamente com as mãos. — Eu não deveria ter dito isso! Agora, tu vai se sentir pior.

Dia fitou o macho, que ficara ali.

— Depois de me fazer esperar aquele tempo todo, *você* bem que podia ter aguardado, hein?

Sumbul e Riffat sorriram de forma afetada, entreolhando-se.

— As mariposas nunca esperam.

2

Nem Um Pouco Claro

Elas deixaram o ambiente seguro da fazenda, atravessaram a região con-
turbada em um veículo com seguranças armados e, duas horas depois,
chegaram em segurança à casa. Embora a tensão entre esses dois extremos
tivesse matado seu pai, não havia provocado sequer um arranhão em Dia
e Riffat. Às vezes, a jovem se perguntava se tal imunidade era mesmo um
privilégio. Não era verdade que todos os abrigos desabavam um dia? E
quando estivessem a ponto de ruir, os sinais não deveriam ser mais visíveis?

As duas caminharam pela entrada sinuosa, passaram pela cascata,
dirigindo-se à clareira, e Dia chegou à conclusão de que sua inquietude
não era nada além de decepção, por ter perdido o nascimento das mariposas. E, claro, desapontamento com Nini. Tentou não pensar na amiga.

— Eu estou sentindo o cheiro de *pakoras*.

— Hum! — exclamou Riffat. — Adoro quando Inam Gul mima a
gente.

Elas passaram por baixo da pérgula coberta de trepadeira jade, chegando ao trecho em que o caminho se ampliava, dando em uma clareira,

rodeada por laburnos. No centro, na mesa de vidro, que brilhava sob o sol da tarde como um topázio rosa, fora servido um lanche, com um jarro alto de suco de amêndoa gelado. Pelo visto, o cozinheiro estava de bom humor naquele dia; a complexidade do chá servido variava de acordo com o que lhe dava na veneta. Quando estava bem-humorado, servia uma variedade de doces e petiscos na louça mais elegante de Riffat, adotando o estilo sofisticado que, segundo ele, fora sua marca registrada quando era mais jovem. ("Na época em que você era um pescador?", perguntava Dia, mas Inam Gul a ignorava.) Em outras ocasiões, não só se esquecia por completo de fazer chá, como reclamava quando lhe lembravam.

Agora, tinha afastado as cadeiras e segurava guardanapos para as duas.

— O chá vem já, já — anunciou ele, indo até a cozinha.

— Nunca se sabe quando ele está de veneta — comentou risonha Riffat, servindo suco para Dia.

Enquanto ela o fazia, a jovem se deu conta de que não conseguia tirar Nini de seus pensamentos. Na terça, sua amiga seria posta em exibição. A mesma Nini que havia tão imprudentemente criticado a mãe de Dia: *De que adiantam os sonhos? Se não tomar cuidado, vai acabar ficando sozinha, como...*

Nini não só estragara a oportunidade de Dia de ver o nascimento das mariposas, como a obrigara a ouvir de novo os comentários que outros faziam de Riffat.

Quando o sr. Mansoor morrera, os sogros de Riffat assumiram a gerência da fábrica, porém ela não os deixara assumir o comando da fazenda. A empresária não dera ouvidos quando lhe disseram que deveria passar mais tempo com as crianças, agora órfãs. Riffat não mudara sua rotina. Seu cunhado, por bondade ou malícia, incitou a família a deixá-la em paz.

— Ela vai ter fãs, não amigos — declarou ele. E tinha razão. Esse era o preço a ser pago por uma mulher orgulhosa.

Só os olhos perscrutadores de Dia viam os sinais de desgaste: às vezes, quando as úlceras da mãe deixavam-na cheia de dor, ela se esquecia de pintar as raízes dos cabelos e de ocultar as bolsas sob os olhos. E, às vezes, sua eficácia revelava ter brechas — em vez de estudar as observações que fazia a respeito da produtividade da fazenda, como Dia, era possível vê-la contemplando, com expressão sonhadora, borboletas e nuvens.

Porém, a empresária se recuperara com rapidez; assim sendo, para os demais, continuava a ser a mesma Riffat elegante de sempre, que, antes de encarar qualquer desafio, analisava as dificuldades, para depois buscar atingi-lo com determinação. Quando caminhava pelas ruas, homens e mulheres lançavam-lhe olhares lúbricos, não por vontade de acariciá-la, mas de refreá-la. Recusavam-se a aceitar que todo obstáculo fazia Riffat erguer ainda mais a cabeça.

Em contraposição, Dia tinha uma facilidade enorme de perder o foco. Não fazia idéia do que sucederia na terça-feira, nem conseguia chegar a uma conclusão sobre o que deveria ocorrer: será que o rapaz odiaria Nini? Seria melhor aprontar outra com a amiga? Como conseguiria trazê-la de volta?

Riffat teria um plano e, ao contrário do que acontecera com Dia no *Quran Khwani* em que tudo dera errado, o dela não falharia. Como a jovem gostaria de ter os nervos de aço e a disposição da mãe, por mais intimidantes que fossem!

Até mesmo fisicamente as duas eram diferentes; não tinham nada em comum, exceto o nariz adunco. Dia era baixinha, de cabelos lisos e olhos castanho-claros; Riffat, alta, de cabelos curtos e encaracolados. Em vez das maçãs do rosto salientes e do maxilar marcante da mãe, a filha tinha o rosto oval e as bochechas suaves. Quando a jovem caminhava pelas ruas, embora muitos a considerassem escura demais para ser bonita, os homens sempre tentavam tocá-la. Nessas ocasiões, desejava que Riffat lhe tivesse incutido um pouco de sua dureza.

Mas, pensou Dia, o melhor de sua mãe era que nunca tentava fazer com que a filha agisse como ela.

Inam Gul serviu o chá.

— Ainda bem que não teve greve hoje — comentou Riffat —, ou a gente ainda estaria na fazenda.

A conversa passou a girar em torno da família. O irmão apaixonado de Dia, Hassan, não conseguia se desencantar. A moça não estava nem um pouco interessada nele. O que deveriam fazer?

— Manda o Hassan pro Pólo Norte — sugeriu Dia, lambuzando-se de *ghee*.

— Acho que ele já está lá. — Riffat deixou escapar um suspiro. — Tomara que Amir venha visitar a gente neste inverno. Acho que seria bom para Hassan ter uma conversa de homem para homem.

— E o que o Amir tem a ver com isso?

— Mas você, hein? — Pegou um pedaço de *samosa*.

Dia a olhou.

— O seu médico disse para não comer isso.

— Bom, não conte para ele.

Após consumir o alimento proibido, Riffat falou de uma de suas irmãs, que tinha vindo de Islamabad visitá-la no dia em que a sobrinha decidira enfeitar as costas de Nini com os bichos-da-seda.

— Eu pretendia mesmo perguntar aonde você tinha ido. A gente veio correndo da fábrica, e Erum ficou decepcionada quando não a encontrou. Inam Gul contou que Nissrine veio pegá-la. Mas você não disse uma palavra sobre isso.

Dia balbuciou:

— Ah, é. Ela me levou pra um lugar.

— Tão ruim assim?

— Nem queira saber! — O apetite de Dia começou a diminuir. — Está bom. Nini queria que eu fosse pra um *Quran Khwani*.

— Um *Quran Khwani*? Quem foi que morreu?

— O pai do rapaz com quem a mãe dela quer que ela se case.

— Não! — Riffat ficou boquiaberta. — Tão jovem! Acabou de fazer vinte, coitada!

— Era de se pensar — começou Dia, brava — que justamente *ela* não aceitaria ser tachada de "coitada". Nini tem opções, podia recusar. Não dá nem pra imaginar minha amiga daqui a dez anos. Um monte de filhos mal-humorados, o marido longe, olhar resignado. Eu vou odiar a Nini nessa época, *ama*. Vou odiá-la porque vai ser mais uma mulher fingindo que não teve opção. — Dia fez uma pausa. Por fim, tinha revelado seu pior temor, em alto e bom som: *Vou odiá-la.*

— Ela pode recusar, sim — considerou Riffat. — Mas a que custo?

— A *qualquer* custo.

— Calma, querida. Você é muito jovem, não faz idéia de como a sociedade fica hostil quando é desafiada.

— Faço alguma idéia, sim, por sua causa.

Um lampejo de dor passou pelos olhos de Riffat, porém se dissipou com rapidez.

— É verdade, mas a noção que você tem é ínfima. Pelo seu bem, espero que nunca passe disso. De qualquer forma — acrescentou ela, sorrindo —, vou estar sempre ao seu lado, não importa qual seja a sua escolha, não importa o que os outros digam a respeito. — Sorvendo o restante do chá, prosseguiu: — Imagine como vai ser a vida de Nissrine se ela se recusar: vai enfrentar diariamente uma atmosfera gelada em casa, comer restos de alimentos sozinha, entreouvir fofocas o tempo todo. E isso é só o ódio silencioso. E a culpa que a mãe vai jogar nela? "Eu perdi prestígio por sua causa!" ou "É assim que me recompensa por todos os sacrifícios que fiz?" ou "A saúde do seu pai está definhando" ou "Ele está me deixando por sua causa..." A quem Nissrine recorreria?

Dia desviou o rosto, pouco à vontade com o rumo da conversa. Era a primeira vez que Riffat fazia referência às suas próprias dificuldades. Ela o fez como se estivesse contando a história de outra pessoa, como se tudo aquilo tivesse a ver com Nini, mas não era a ela que estava se referindo e, sim, a Dia. A mãe tentava dizer à filha que tinha de levar esses aspectos em consideração.

Riffat prosseguiu.

Dia 223

— E, se a mãe de Níni não dissesse esse tipo de coisas, outras pessoas diriam. E quanto mais velha ela ficasse, mais vozes se uniriam ao coro...

Dia cerrou os olhos, esperando encerrar a história contada por Riffat. Se a mãe fora obrigada a se casar com o pai grandalhão e encantador de Dia, ela não queria saber. Se havia pouco em comum entre eles, não queria ouvir. O homem estava morto agora; não era justo.

— ... Ela não teria a quem recorrer.

— Pára de falar isso — disse Dia, abruptamente. — Ela poderia contar comigo, não poderia?

— Não, Dia. Teria que procurar em outra parte; como você, a certa altura, também vai ter que fazer.

— Ah, está bom! — Não conseguiu pensar em nada mais convincente para dizer.

— Não estou dizendo que você vai ser como Nissrine, mas ela não é como você agora, nem será no futuro. Talvez seja mais fácil e até mais gratificante para sua amiga ceder. Ela também pode não encarar isso como uma entrega de pontos. Neste momento, você não está em posição de julgar. — E acrescentou: — Só, talvez, daqui a alguns anos, se ela for motivo de pena por causa da decisão que tomou.

Dia a examinou atentamente. Mas o semblante de Riffat não lhe permitiu entrever nada.

Um tom rosa-salmão pincelava o céu coberto de nuvens à medida que o sol ia se pondo. Ecoou no ar a conclamação para o *Maghrib*. O muezim tinha uma voz fina e melancólica e, sempre que ele cantava, a filha de Riffat dava o dia por encerrado. Era como se a conclamação perguntasse como fora seu dia. Cometeu os mesmos erros? Cometi, sim, os mesmos. Apesar disso, Deus não perdera de todo as esperanças. Ainda havia o amanhã, embora ele estivesse fadado a se extinguir um dia. O ciclo não se renovaria para sempre.

Era a conclamação que levava Dia a querer se aproximar mais Dele.

Inam Gul veio apressado à clareira, com um repelente em espiral.

— Mais chá? — perguntou ele.

— Não, obrigada, Inam Gul. Estava tudo muito gostoso. Mas a nossa filosófica Dia está tão concentrada nos seus questionamentos que não consegue pensar nas iguarias; e ela vai acabar nos contaminando também, se não tomarmos cuidado.

Dia olhou para a mãe com uma expressão de raiva, e Inam Gul meneou a cabeça, solidarizando-se com as duas, evitando tomar partido. Em seguida, empilhou os pratos e desapareceu na escuridão, que caía rapidamente.

Diversas atividades irrompiam no crepúsculo. Os gatos cruzavam as trilhas e miavam, e os olhos de um camaleão começavam a brilhar como gelo fino e transparente. Ouviu-se a buzina de um carro, que, na certa, queria entrar na garagem. Quando a escuridão caiu, o veículo entrou em sua vaga com o motor roncando alto e, então, fez-se um silêncio momentâneo.

Dia surpreendeu a si mesma ao trazer o assunto à baila de novo.

— Você sempre me disse para não obedecer às regras cegamente. Falava que já tinha gente demais deixando que outros decidissem seu futuro, que era como se a apatia das pessoas estivesse se transformando, como uma bola-de-neve, numa apatia nacional. Se todas as Ninis agirem da mesma forma, todos os filhos dela também agirão assim e nada à nossa volta vai mudar.

Ficou duplamente surpresa quando Riffat se manteve calada. E, em seguida, preocupou-se; sua mãe raramente perdia a fala.

Por fim, a mais velha disse:

— Bem, como eu falei, pode ser que não seja só pressão que venha levando a Nissrine a agir assim. Ela pode não estar agindo cegamente, embora esteja seguindo a tradição. Talvez dê certo para ela, se não no início, um dia...

A filha inclinou-se para a frente.

— Você não costumava acreditar na teoria do "um dia". Sempre me dizia para não esperar por milagres e viver no presente.

Riffat suspirou.

— Eu sei. Acontece que, sabe-se lá, quem disse que Nini não vai se apaixonar e ser feliz? É isso o que quero dizer. O amor espreita em lugares inesperados. — Sua voz foi esvaecendo.

Dia revirou os olhos, zangada. O estado de ânimo da mãe estava peculiar naquela tarde.

— Noventa por cento das mulheres agem assim. Não pode chamar isso de *inesperado* — disse a filha.

— Por que não? Pelo menos algumas delas realmente se apaixonam. E eu que achei que você fosse romântica, sempre às voltas com suas árvores enfeitiçadas, e absorta em histórias milenares. Não acredita que tudo é possível? Algumas mulheres afirmam que passam a amar depois do casamento.

Dia se mexeu mais uma vez, com desconforto. *Você passou a amar?* Porém não conseguiu fazer a pergunta. Sabia, tal como Nini ressaltara havia pouco, que fora na condição de esposa, e não de mulher solteira, que sua mãe se transformara em uma empresária corajosa e revolucionara a produção de seda no país. Algum aspecto do casamento arranjado devia ter funcionado para ela. Quer dizer então que tudo se resumia a isto, um acordo? Parceiros de negócios, não amantes. Estranhos, não amigos.

O céu nublado encobriu quase por completo as estrelas. A ponta da lua crescente sobressaía em meio a um aglomerado de nuvens para, em seguida, ser ocultada.

De súbito, Riffat indagou:

— Qual é o nome do rapaz, de qualquer forma?

A fumaça do repelente em espiral serpenteou entre seus joelhos. Dia se levantou para afastá-la mais.

— Ah, um tal de Daanishwar. Acho que a Nini disse Daanishwar Shafqat.

Ela mal voltara para sua cadeira, quando Riffat se sentou, ereta.

— Shafqat? Tem certeza? Por acaso sabe o que o pai dele fazia? — O tom de voz estava mais alto e visivelmente tenso.

Dia cruzou as pernas, pensativa.

— A Nini disse que ele foi um médico muito respeitado, apesar de ter tido algum tipo de problema financeiro, como a família dela. Contou todos os detalhes "importantes": o pai do médico foi um funcionário público amável e humilde e um jornalista corajoso, que trabalhou duro para educar o filho e tudo o mais. O médico deixou uma viúva e um filho único... — Fez uma pausa. Era sua mãe que estava respirando de modo ruidoso? — O que foi, *ama*? Espera, vou acender as luzes.

— Não! — gritou Riffat. — Não. Fique sentada aí.

— O q...?

— Como ousou ir até lá sem pedir a minha autorização? — repreendeu ela.

— Mas...

— Fique quieta! Nem uma palavra. — Começou a andar de um lado para outro, entre as árvores.

O que teria provocado isso? A jovem sabia que não deveria fazer essa pergunta agora. Riffat quase nunca perdia a cabeça, nem em casa, nem no trabalho. Tentou se lembrar da última vez em que isso ocorrera. Fora quando Hassan chegara à casa bêbado, certa ocasião, com uma garrafa de uísque, ameaçando quebrá-la na cabeça de Dia? Ou quando o mais velho, Amir, dera um dos anéis de Riffat à namorada escocesa, que atualmente era sua esposa? Não, nem nessa ocasião ela ficara tão furiosa.

Arquejante, Riffat disse, enfim:

— Só vou dizer isto uma vez. Você não tem culpa, pois não sabia. Mas, agora, sabe. Nunca mais pise naquela casa. Entendeu?

De que fato Dia não tinha conhecimento? Do que sabia naquele momento? Em um sussurro, respondeu:

— Não entendi nada.

Riffat, distraída, voltou para seu canto escuro e se acomodou na cadeira.

A filha contemplou o céu e observou o vento agitar as nuvens que fragmentavam a lua. Em seguida, fitou a mãe, que sempre tinha um plano. Riffat sabia o que aconteceria a seguir; Dia, não.

3

Sempre Inam Gul

No dia seguinte, quando Riffat foi para a fábrica, Inam Gul seguiu Dia pela casa, tentando encontrar uma maneira de descobrir o que acontecera na noite anterior.

— Você sempre quer estar a par de tudo, não é? — Dia estalou a língua.

— Como assim? — perguntou o cozinheiro, comprimindo os lábios.

— Tenho certeza que você ouviu tudo.

— Ouvi o quê?

— Vou te dizer uma coisa. Aquele rapaz americano e a mãe vão pra casa da Nini daqui a dois dias. E minha querida amiga quer que eu vá também.

Ele bateu palmas. — Não!

— Não é motivo pra comemorar, sabia?

Inam Gul meneou a cabeça. — Não, de jeito nenhum.

Os dois se entreolharam.

— Anda — exigiu Dia, esboçando, por fim, um meio-sorriso —, pergunta, vai.

O cozinheiro a conduziu com delicadeza da sala de jantar para a de televisão. Ajeitou as almofadas no sofá e pegou o controle remoto.

— Oh, não senhor! — Dia arrancou-o de sua mão.

Ele comprimiu os lábios de novo.

—Você já viu todos esses filmes milhares de vezes. — Apontou para a pilha de fitas de vídeo no armário. — Elas têm que ser devolvidas, sabia?

— Por que a gente não vê de novo aquele antigo, com a Reena Roy? Só uma vez.

— Então, eu não vou ficar.

O homem contemplou a tela escura. Então, seu semblante se iluminou.

— O que vai usar daqui a dois dias?

— A Nini também está preocupada com isso — informou ela, irritada. — Não sou *eu* que estou sendo posta em exibição, sabe?

Ele assentiu ternamente e, em seguida, tirou o controle remoto com agilidade das mãos dela e ligou-o.

— Como você é imaturo!

Juntos assistiram a uma moça acocorada, com trajes de cores berrantes e braceletes de tons rosa e azul que iam até os cotovelos. Os cabelos caíam de forma encantadora nos olhos da jovem, que mergulhava os braços enfeitados em um tonel cheio de espuma, esfregando o colarinho de uma camisa como se sua vida dependesse daquilo. E, pelo visto, dependia mesmo. Chegou um sujeito robusto, de bigode, segurando outra camisa, a qual atirou no rosto dela, bramindo: "Não consegue nem alvejar isto aqui!" E, então, um pacote de sabão perfeito caiu nas mãos ensaboadas, de braceletes ressonantes. A moça ficou tão empolgada, que Dia se perguntou se aquele homem feio tinha, na verdade, batido as botas, finalmente. Talvez fosse o primeiro orgasmo dela.

Dia se inclinou sobre Inam Gul e desligou a TV, com o controle remoto.

Ele ficou amuado, porém a jovem percebeu que havia deleite em seus olhos.

— Quando a sua amiga quer se casar?

— Bom, por enquanto, ainda não vai se casar — insistiu Dia. Mas seu tom de voz diminuiu. — Mas, pelo visto, esse momento está se aproximando cada vez mais.

— E o que é que a gente pode fazer?

— Conta uma história ou alguma coisa pra mim. — Desviou o olhar. — Quero me esquecer da Nini e do fato que eu deveria estar estudando pra amanhã.

Ele afagou a cabeça dela, admitindo com suavidade:

— Eu ouvi tudo.

— Não sei por que *ama* ficou tão brava! — exclamou. — Não explicou o motivo. Por que não quer que eu vá lá? Ela não costuma agir dessa forma. E o que eu vou fazer sem a Nini?

O cozinheiro sussurrou, com doçura:

— Não fica assim, *beti*.

Dia tentou se controlar. Olhou para Inam Gul, tão velho e frágil, com seus ossos encolhidos visíveis sob a blusa fina de musselina. Ele a reconfortara inúmeras vezes desde que fora trabalhar lá, havia sete anos. "Sempre Inam Gul", choramingava ela. Hoje em dia ficava calada, com essa idéia apenas cruzando seus pensamentos.

Gostou quando ele a chamou de "filha". Falava realmente sério. Talvez o ajudasse a se preocupar menos com o filho desgarrado, Salaamat, que ela via de vez em quando na fazenda. Quando o rapaz a via também, saudava-a com amabilidade. A única outra pessoa com quem ele falava assim era a irmã, Sumbul. Talvez sempre se lembrasse de Dia como a moça que dera uma surra nos irmãos, no críquete. Sorriu ao se recordar disso.

— Ah — começou Inam Gul —, vejo que está melhor agora.

— Não — explicou Dia. — Agora estou meio chateada.

— Chateada por quê? Comigo aqui?

Ela respirou fundo.

— Recebi dois pedidos antagônicos. A Nini quer que eu fique com ela na terça, e, *ama*, que eu fique longe do rapaz e da mãe dele. O que vou fazer?

— Não se preocupe. Não tem nenhum conflito. Riffat disse "nunca mais pise naquela casa". O encontro é na casa da Nini.

Dia inclinou a cabeça.

— Às vezes eu me pergunto, sabe, se você é um velho gagá ou um agente do serviço secreto. Alguma vez deixa, por acaso, algo passar despercebido? — Inam Gul meneou a cabeça. — Bom, tem toda a razão. Ninguém vai se sentir traído.

— Assim é que se fala, filha. — Acariciou-a de novo, voltando a contemplar a tela. Com malícia, ligou o videocassete e começou a rebobinar a fita.

Quando ela começou a passar, Inam Gul estalou os dedos assim que Reena Roy ficou diante de seu amado.

— As histórias de amor não passam de um esporte de grande apelo popular — sussurrou Dia, recordando a conversa que tivera com a mãe no dia anterior. *O amor espreita em lugares inesperados.* É, mas no mundo da fantasia, nos romances e nos videocassetes de Inam Gul. A jovem disse ao cozinheiro: — Você dá permissão pra sua filha se casar e fica vendo outras mulheres aprontando na TV.

O empregado olhou-a e fez um biquinho; em seguida, aumentou o volume.

4

A Prova de Recuperação

Havia duas janelas gradeadas. As sombras das barras caíam no piso de linóleo, e um raio de luz iluminava um diminuto espaço no centro. Somente dois ventiladores arejavam o ambiente, e Dia não estava sob nenhum deles. Embora a sala tivesse capacidade para vinte e cinco alunos, quarenta se espremiam ali, enquanto a supervisora entregava as provas, com indiferença.

À esquerda de Dia, sentara-se uma moça miúda, com a carteira cheia de livros. Ela lhe ofereceu, muito simpática, todos eles. Não era uma prova com consulta.

À direita de Dia, uma jovem começou a tirar pedacinhos de papel do sutiã.

— Pensei que iam controlar *um pouco* isto aqui! — contou a Dia, aborrecida com o trabalho que tivera de disfarçar sua cola.

Dia ainda não olhara para a prova. Por algum motivo tolo, aguardava a ordem oficial: "Muito bem, mocinhas, podem desvirar as provas e começar." Mas a supervisora estava à sombra, quase comendo capim pela raiz. Dia leu: *Economia* e a primeira pergunta: *Quantas unidades de x...* As palavras começaram a se dispersar.

Atrás da jovem cujo peito ficava cada vez menor, uma moça começou a retirar a atadura que levava no braço. Outras checaram as solas dos tênis e as palmas das mãos. A mulher pequenina, à esquerda de Dia, já farta de consultar os livros, agarrou a prova de Dia. Ao ver que estava em branco, devolveu-a com um olhar que fez Dia se sentir desprezível. Levou-a a lembrar-se do anúncio de sabão: não esfregara com força suficiente.

Tudo o que ela estudara a fim de se preparar para a prova lhe escapou da mente. Seus pensamentos se voltaram para Nini. O que estaria fazendo naquele exato momento? Examinando o guarda-roupa? Planejando o cardápio do chá de amanhã? Treinando como carregar a bandeja para a provável futura sogra?

Dia sacudiu a cabeça, tentando se concentrar na prova. *Fechamento de posição... Ponto de base... Frustrações e dificuldades a curto prazo...* O que fazia as letras trepidarem daquela forma?

Antes da prova, circularam boatos de que Lubna, a filha de um ministro, que, segundo se dizia, era um dos principais contrabandistas de heroína afegã, pagaria a uma colega para fazer o exame em seu nome. Essa colega havia passado direto; no entanto, lá estava ela, ao lado de Lubna, fazendo a prova por ela. Enquanto isso, a filha do ministro aproveitava para lixar e pintar as unhas de verde, bocejando repetidas vezes. A supervisora fingia que não estava vendo.

Havia também outras substitutas, mas nem todas estavam sendo pagas. Gulnaz ameaçou a sua da seguinte forma: Huma, que tirara notas altas em todas as provas, vinha saindo do *campus* com um rapaz. O marido da irmã da amiga da mãe de Gulnaz era amigo do cunhado da irmã da amiga do pai de Huma. Bastava Gulnaz dizer uma palavra, e a história iria parar nos ouvidos do pai de Huma. Esta se encontrava sentada ao lado de Gulnaz, fazendo a prova dela.

Dia começou a testar quantas palavras menores poderia formar com o termo Economia: mico; nome; mina.

Dia 233

Como poderia enfrentar aquela viúva de novo? Pensou nela no *Quran Khwani*, uma senhora atarracada e gentil, de cabelos longos e crespos. Ah, Nini era cruel.

Ainda restavam quarenta e cinco minutos.

Lubna deveria ter simplesmente subornado a professora, em vez de recorrer à substituta, porém, pelo visto ela não gostava de atalhos. Talvez tivesse herdado a paixão por aventura do pai. Agora, o esmalte verde vinha sendo substituído, aos poucos, por um marrom.

Por que cargas-d'água Dia estava preocupada com Lubna? Olhou para a prova de novo, mas a linha invisível que conectava as palavras aos olhos e ao cérebro arrebentara. Por alguns instantes, receou que fosse algo permanente.

Mudou de posição na cadeira, cada vez mais irritada consigo mesma. Só tinha mais quinze minutos. Passou os olhos pela jovem com os pedacinhos de papel no sutiã e desatou a rir. Os peitos de matrona da jovem mal formavam curvas agora, e tiras de bilhetes ressumavam de sua *kurta* como serpentina de carnaval.

Pensou: o rapaz americano pode tirar a roupa de Nini. E se ela odiar o toque dele? E se o jovem tivesse mau hálito? E se babasse? E se a machucasse? E se ela ficasse ferida pelo resto da vida?

Por outro lado, e se ela não ficasse ferida, mas adorasse o casamento? E se Dia estivesse enlouquecendo por completo?

A supervisora olhou para o relógio e, com o que pareceu ser um último suspiro, declarou que o tempo acabara. Não fez muita diferença, pois as que desejavam continuar escrevendo, continuaram.

Dia escrevera estas três palavras: mico; nome; mina. Totalmente envergonhada, entregou a prova sem sequer escrever o nome. No portão da faculdade, passou pelo seu carro e motorista, caminhando na rua. O condutor seguiu-a.

— Não preciso de ninguém do meu lado. Estou farta de escoltas!

Saiu andando com rapidez e, em seguida, voltou, sentindo-se culpada. O motorista só estava fazendo o trabalho dele, que era levá-la para a faculdade e buscá-la depois, conduzi-la até a fazenda com dois seguranças armados e trazê-la de volta, ir com ela à casa de parentes e de Nini, ao mercado, à fábrica, pegando-a mais tarde. Seu trabalho era confiná-la em um porto seguro e móvel, entre portos seguros e imóveis. Seu trabalho era mantê-la longe das ruas, nas quais os homens a olhavam com malícia e, às vezes, davam até beliscões e faziam coisas piores. Dia ouviu a voz de Nini: *Olha pra gente! Sempre presas atrás de muros e carros. Se a gente sai, o que tem por aí?*

— Eu já volto, está bom? — disse ela ao motorista. — Não precisa me seguir.

Ao ziguezaguear no tráfego, todos os pares de olhos acompanhavam Dia. Ela mantinha o olhar fixo adiante, sem reparar nas sacadas góticas e decadentes, cheias de roupas penduradas, nas gárgulas de arenito lascadas, nos biombos de treliça — já vira tudo isso inúmeras vezes de seu carro. Agora, não tinha nenhuma proteção, nenhuma concha, e se sentia nua demais para contemplar o entorno. Quanto mais era observada, mas ela só observava a si mesma. Sob o *shalwar*, suas pernas eram finas e cabeludas demais; por que, diabos, não tinha se dado ao trabalho de passar um creme nelas? As áreas secas davam à pele um tom acinzentado. As estrias dos quadris pareciam cicatrizes brancas em meio ao cinza. Até o umbigo era cabeludo, os peitos, amorfos, a face opaca e os cabelos, desalinhados.

Não havia outras mulheres caminhando pelas ruas; isso Dia registrou, juntamente com sons de beijos, gracejos, olhares devoradores, ombros que pressionavam os seus. Alguém meteu um dedo no traseiro dela.

A jovem continuou andando, uma zumbi, tal qual a supervisora. Entrou em uma viela estreita, na qual água escorria por uma calha. O lugar cheirava a repolho rançoso. Deveria penetrar mais naquela ruela, na qual havia menos espectadores e mais lojas, ou ficar na rua principal, onde teria mais espaço para correr? Escolhendo a primeira opção, pulou uma poça. Agora estava menos exposta, embora mais aprisionada. Fez outro desvio. A viela se ampliou um pouco. Um jovem estava sentado diante de um portal, talhando um círculo de madeira apoiado em seus joelhos. Ele raspou a superfície e a lasca foi retirada, enrolando, no final, e caindo no piso repleto de estilhaços de madeira, sacos plásticos, papéis absorventes, pilhas de comida estragada.

Em uma lojinha de *paan*, Dia comprou um, encheu-o de coco adocicado e saboreou-o satisfeita. Uma coisa estranha aconteceu. Quando ela parou de andar e ficou perto de uma construção, menos homens a fitaram e, quando o faziam, desviavam o olhar mais rápido. Os olhos deles penetravam mais fundo quando ela era um corpo em movimento que quando era um em repouso. Ficar ali era parcialmente permitido, mas chegar desacompanhada, não.

Avançando ainda mais, a jovem recomeçou a sentir os olhares fixos. Então, entrou em uma fila a fim de comprar um litro de iogurte para Inam Gul, e todos os homens lhe deram a vez, permitindo que fosse atendida logo. O comerciante pegou as cinco rupias dela e sorriu, simpático. Se Dia estivesse caminhando, como teria lidado com ela?

Carregando a compra, passou por uma fileira de caldeirões ferventes, mexidos por rapazes que, de tempo em tempo, acrescentavam um pouco de tintura. Tecidos de todos os tipos de matizes haviam sido pendurados em ganchos. Ali havia mulheres, que saíam de seus carros e entravam no labirinto de lojas de tecido e tinturarias. Eram bem-vindas, tal como ela, não só ali, como nas sapatarias, perfumarias e floriculturas. No entanto, bastava atravessarem a rua e seguirem seu caminho, e as fronteiras eram imediatamente erguidas. A conversa acabava, a atmosfera ficava tensa e os olhos se estreitavam.

Ela decorou de forma meticulosa o caminho mais rápido de volta ao carro. Saber onde o veículo se encontrava, ter ciência de que o motorista estava pronto para protegê-la, levando-a de volta para uma casa linda, apesar dos tumultos, das greves e das administrações decadentes, evitou que ela entrasse em pânico. Onde quer que perambulasse, o elo que a conectava de volta à casa mantinha-se intacto.

Ou não? Afinal, o que acontecera com seu pai? Teria transgredido alguma regra? Será que pensou, quando saiu de casa após ter ficado na amoreira, que estava seguro atrás do volante, que desde que soubesse a que distância estava de casa e conhecesse o caminho entre ele e sua residência, seu elo se manteria incólume? Teria sido esse o erro dele? Será que Dia o estava repetindo?

E se este fosse um desvio e ela nunca mais encontrasse o trajeto de casa? Por que perguntas assim não foram colocadas em sua prova?

Tentando se concentrar no percurso, Dia se viu caminhando nua de novo. Lá estavam a barriga seca, o bumbum com as estrias horrendas, os joelhos cheios de cicatrizes.

Mais adiante, alguém bloqueou sua passagem. Quando ela roçou no sujeito, este esfregou a virilha no traseiro cheio de ginga dela. Dia o sentiu, fino e rígido, e, sem fôlego, apertou o passo, derrubando uma caixa de madeira sobre a qual havia graxa de sapato. O carro estava perto dali, bastava pegar a primeira rua à direita e, depois, a primeira à direita de novo.

5

Agregação

Teria sido mais fácil se Nini a tivesse chamado mais cedo. Dessa forma, Dia não estaria sentada rigidamente na sala de estar, com os convidados, aguardando a entrada triunfal da amiga. Poderia estar fazendo hora com ela no quarto, adiando aquilo tudo.

Quando Dia telefonara de manhã cedo para sugerir que se encontrassem antes das cinco, Nini discordara com veemência.

— Na verdade — dissera ela —, eles provavelmente só vão aparecer mais tarde, então é melhor você vir lá pelas cinco e meia. — Fora sua tentativa mais evidente de se afastar de Dia.

Então, por que queria que ela fosse até lá? Dia ficou mal-humorada, sentando-se de braços cruzados em um sofá de dois lugares no apartamento de três quartos que Nini compartilhava com as irmãs, os pais e o avô enfermo. A vista da sala de estar dava para as garagens de outras unidades do prédio. Uma criança andava de triciclo, pedalando como um diabinho, observada por uma babá. Cachorros latiam e, à distância, um casal atravessou a rua. Dia perdeu-os de vista, mas sabia que iam na direção do aterro, de onde observariam o oceano quebrar nos seixos, aos seus pés.

No outro sofá se encontravam o rapaz e a mãe. Ele a chamava de Anu, porém ela e Nini deveriam tratá-la de tia Annam. Ao ver Dia, o choque da senhora foi visível, e a mãe de Nini, Tasleem, também não ficara muito satisfeita. Dia teria de mostrar que não iria aprontar nada daquela vez. Amaldiçoou Nini de novo, em silêncio.

O rapaz girava os polegares, entediado, e contemplava a vista da janela também. Tasleem começou a conversar com Annam sobre a adorável brisa marinha que passava ali às tardinhas, em torno daquele horário.

— Quando as pessoas me perguntam: "Você não sente falta de um jardim?", eu respondo: nem um pouco! Quem quer desperdiçar dinheiro com um jardineiro? E a gente tem um jardim, gigantesco. Ele nos dá essa adorável brisa. Nem precisamos de ar-condicionado!

Dia ficou envergonhada por Nini. Talvez ela tivesse sido prudente ao adiar sua entrada. Tasleem já começara a justificar sua situação financeira em declínio. A família tivera que vender o apartamento de cinco quartos e mudar-se para ali, fato do qual Annam, na certa, tinha ciência. Para compensar a falta de ar-condicionado, Tasleem tinha ido arrumar os cabelos no Palpitações (informação que ela deixou escapar quando a adorável brisa chegou perto demais deles). Trajava um *shalwar kameez* de grife, que devia custar umas duas ou três mil rupias, usava três colares de ouro no pescoço e, no braço esquerdo, seis pulseiras finas, também de ouro. Movia muito esse braço durante a conversa.

Annam, pelo visto, não estava nem um pouco incomodada com a residência modesta de Nini e tampouco deu satisfação sobre sua aparência esculachada: é certo que usava jóias de ouro, mas a roupa era de náilon, e as sandálias, surradas. E o filho trajava calça jeans e camiseta. Porém, os rapazes sempre usavam o que bem entendiam.

Dia tinha se submetido ao capricho de Nini. Vestira-se tal como a mãe teria feito, na última moda: uma *kameez* comprida e folgada sobre um *shalwar* estilo boca-de-sino. Foi uma grande estupidez. Dia estava com um penteado que mostrava os cabelos divididos. No entanto, ela se recusara a pôr maquiagem. Quando Riffat perguntou aonde ela estava indo, Dia, no fim das contas, tivera de mentir: "Uma festa de aniversário." A jovem dera um beijo de despedida na mãe e saíra antes que ela perguntasse de quem. No carro, seu estômago se embrulhara de novo. Poucas mães deixariam as filhas irem para onde bem entendessem. Acontece, raciocinou Dia, irritada, que sua mãe deveria ter se explicado.

As duas irmãs de Nini, sentadas educadamente em almofadas no tapete, cochichavam entre si. O pai de sua amiga não estava.

Das seis pessoas presentes na sala, Dia e o rapaz eram os únicos que não tinham com quem conversar. Ela gostaria muito que ele parasse de girar os polegares. Então, pôs-se a examiná-lo, embora tivesse prometido a si mesma não fazer isso.

Alto e esbelto, apesar de a camiseta revelar a presença de algumas gordurinhas. Tom de pele parecido com o de Dia, muito mais escuro que o de Nini. Bastante cabeludo: os braços e as sobrancelhas dariam uma boa incubadora de piolhos. Cabelos curtos e grossos, não sedosos como os de sua amiga, que eram suaves ao toque. Lábios rachados e umedecidos, com freqüência, pela língua. Nariz: outra incubadora, sem dúvida alguma. O rapaz se mostrava impaciente e indiferente. Não fizera uma tentativa sequer de conversar com suas prováveis futuras parentes. Tasleem continuava tentando.

— Sua mãe me contou que é um estudante talentoso.

— Hã!?

— Você está indo muito bem nos estudos, *Mahshallah.*

Annam interveio:

— Ele é muito modesto. — Abençoou-o.

As irmãs de Nini deram risadinhas.

— Gosta muito de acompanhar as notícias, igual ao pai — informou a mãe de Daanish.

— Que Alá o proteja.

As irmãs de Nini mudaram de posição.

O rapaz continuou a girar os polegares.

As mães deram sorrisinhos sem graça. Não fosse pela adorável brisa marinha, todas se sufocariam.

Tasleem resolveu deixar o rapaz em paz. A conversa, então, mudou de rumo, passando a tratar de todos os contatos da mãe de Nini.

—Você conhece os donos do Sheraton? Ontem me convidaram para almoçar na casa deles. — E a lista prosseguiu.

Por fim, Nini chegou. Sua entrada foi tal qual a de um cisne de olhar cabisbaixo, cujas plumas enfeitadas formavam um coque (cortesia do Palpitações). Dia desviou o olhar, sem querer. Antes nunca a tivesse conhecido; não queria testemunhar a metamorfose de Nini em uma jovem de dezenove anos, a carregar bandejas de chá e a caminhar de olhar lânguido, com passadas-perfeitas-umas-após-as-outras, parecendo estar totalmente empenhada em conquistar o primeiro lugar no concurso Miss Universo Casamenteira. Será que a mãe de Daanish fora a outros chás? Quantas moças teria avaliado? De súbito, Dia ficou na dúvida entre menosprezar Nini e ser-lhe leal a ponto de não suportar vê-la perder. Ninguém haveria de ofuscar sua amiga.

Nini pôs a bandeja em uma mesinha lateral. Em seguida, evitando, com cuidado, o lado do sofá no qual se encontrava Daanish, aproximou-se da mãe dele.

— *Asalaam-o-alaikum*, tia Annam — saudou ela, sorrindo.

— *Waalai-kum-asalaam, beti* — Annam retribuiu o sorriso, acariciando a cabeça de Nini.

A pretendente não olhou nem de esguelha para o rapaz.

As irmãs não continham os risinhos.

Nini trajava uma roupa de seda, de tom rosa-claro, proveniente da fábrica de Riffat. Uma *dupatta* com bordados prateados foi despretensiosamente amarrada em viés sobre seu tórax. O mesmo tom de rosa da roupa realçava as pálpebras, os lábios e as unhas dos pés e das mãos. Dia enrubesceu de novo, por sua amiga: não fosse pela elegância natural de Nini, pareceria uma jujuba.

Quando a pretendente se aproximou da bandeja, Annam também a examinou com cuidado. Todos o fizeram — menos o rapaz. Nini arrumou quatro pratinhos de sobremesa, colocando garfos e guardanapos; ofereceu o primeiro a Annam, o segundo à mãe, o terceiro a Daanish (ainda sem fitá-lo) e o quarto à amiga.

— Obrigada — disse Dia. — E, oi!

— De nada — sussurrou Nini. — Que bom que você veio.

— Ela adora cozinhar — explicou Tasleem a Annam —, apesar de comer tão pouco. Sempre me diz "prove, *ama*" ou "coma um pouco mais, *aba*." É uma filha muito querida.

Nini começou a servir os quitutes que trouxera na bandeja: bolo de chocolate, *rus malai*, *halwa*, *kebabs* e sanduíches de frango. Quando se curvou sobre Annam, a *dupatta* escorregou de seus ombros e caiu no bolo.

O rapaz conteve um sorriso. As irmãs soltaram risadinhas. Nini colocou depressa a bandeja na mesa e foi lavar a vestimenta.

Tasleem pigarreou.

— A *halwa* é daquela nova pastelaria. Você já deve ter ouvido falar nela, não é mesmo? Pois então, a dona é a sobrinha da minha cunhada. O marido dela é presidente do banco UBL. Precisa provar essa *halwa*. — Pôs uma colher cheia no prato de Annam. — E você, Daanish? Seema, levante-se e sirva o rapaz — ordenou ela, de modo ríspido, a uma das irmãs risonhas.

Daanish, porém, se levantou e se serviu, pondo cada um dos petiscos em seu prato.

— Ele é muito atencioso — explicou Annam, com a voz estridente. — Até mesmo em casa, gosta de se virar sozinho. Nunca me incomoda. — Suspirou e abençoou-o.

Daanish se sentou na ponta do sofá, ficando perto de Dia. Havia agora um lugar vazio entre ele e Annam. A conversa entre as duas mães cessou. Dia corou.

— Faz algum tempo que quero te contar uma coisa — disse Daanish a ela.

Dia pestanejou. *O que você está fazendo?*

— Eu dei comida para as lagartas. Você me disse para descobrir o que elas comiam. E descobri. — Seu semblante ficou animado, e ela detectou a entonação norte-americana em sua voz. Ele era caloroso e simpático; deu uma mordida caprichada no sanduíche.

Ela o fitou, pasma. *Vai lá se sentar perto da sua mãe!*

— Foi realmente fascinante. Elas fiaram casulos. Sabe, eu nunca tinha prestado nenhuma atenção nos insetos. Só, claro, na hora de esmagá-los. — Sorriu, e começou a saborear o bolo. — Tudo está delicioso.

A cabeça de Dia latejava, e as laterais de seu pescoço queimavam. Achou que ia desmaiar. Por que Nini tinha insistido que fosse? Olhou de esguelha para Tasleem. Parecia perfurar-lhe o peito com um punhal. Não ousou olhar para Annam.

E as irmãs de Nini continuavam a dar risadinhas abafadas.

Tasleem pigarreou de novo.

— Conte mais para a gente sobre a *Amreeka*, Daanish.

Ele não lhes contara nada sobre os Estados Unidos. *Faz uma pergunta inteligente, para variar um pouquinho! Tira o rapaz daqui de perto!*

Annam sorriu para o filho, mas aparentava mais estar mordendo tachinhas.

— Tia Tasleem está falando com você, *jaan.*

Daanish deu de ombros.

— Todo mundo já me fez essa pergunta. Na verdade, para ser muito sincero, já estou farto dela. — Esboçou um sorriso, sem hipocrisia, no entanto sem o calor com o qual se dirigira a Dia.

Annam deu uma risadinha, com ar de desculpas.

— Ele ainda está meio abalado, sabe.

Daanish considerou o que ela disse, mas decidiu deixar o comentário passar.

— Parece que gostou do bolo. Seema, pegue mais para ele.

O rapaz ainda tinha meia fatia no prato. Quando Seema lhe ofereceu outra, não havia espaço no prato para colocá-la. Ela riu, pondo o bolo depressa na mesa e voltando correndo para junto da irmã.

— Ah, sua bobinha! — exclamou Tasleem.

— Ainda estou terminando este — explicou Daanish, de boca cheia.

Entretanto, Tasleem se levantou e colocou o segundo pedaço sobre a porção de *rus malai*, e Daanish inflou as bochechas, exasperado.

E as irmãs caíram na risada de novo.

Tasleem se dirigiu a Annam.

— O que podemos fazer com essas meninas hoje em dia? Nossas mães nunca tiveram que nos ensinar. Simplesmente aprendíamos.

— É verdade — solidarizou-se Annam.

— Isto ficou interessante — disse Daanish para Dia. — Cacau misturado com *rus malai*.

As irmãs se curvaram de tanto rir.

— Parem com isso já! — ordenou Tasleem.

— Então, onde foi que eu parei? — perguntou Daanish a Dia. — Nas folhas de amoreira, certo? Eu gosto de mistérios.

As mães ficaram caladas outra vez.

Com uma das mãos, Dia se abanou, nervosa. Então, parou de forma abrupta, sentindo-se mais culpada que nunca. A ventilação devia vir, supostamente, da adorável brisa.

Nini reentrou na sala. Sua *dupatta* estava úmida na extremidade. De imediato, reparou na mudança de lugares e lançou um olhar furioso para Dia. Contudo, recompôs-se rápido.

— Tia Annam, coma um pouco mais. — Ergueu a bandeja novamente.

Mais uma vez, as irmãs se curvaram.

Nini as olhou com severidade, checando habilmente se a *dupatta*, agora presa em seus ombros, tinha ficado no lugar. Tinha. Franziu o cenho para as duas.

— Dêem um pio sequer e terão que sair daqui — ameaçou Tasleem. Por fim, as meninas ficaram cabisbaixas.

— Achei que seria bom verem como se faz, sabe, para quando chegasse a vez delas. — Encarou as filhas, séria, e acrescentou: — Mas, pelo visto, vai demorar muitíssimo.

As duas meninas aparentavam estar a ponto de chorar. Dia sentiu vontade de abraçá-las, por terem desviado a atenção dela. Ou melhor, por terem desviado a atenção daquele que era o foco de todas as mulheres no recinto.

Tasleem tentou outra vez.

— Não quer contar para a gente do que mais sentiu falta nestes três anos que passou fora? Deve ter sido muito difícil, no começo.

Por favor, responda. E, em seguida, antes de pensar no que estava fazendo, Dia sussurrou:

— Por favor, responda.

O rapaz fitou-a de frente. Seus olhos eram grandes, cor-de-âmbar, lindos. Suas íris se dilataram.

Por favor!

Ele girou o corpo, de modo que os joelhos apontaram para o centro da sala de novo. Sorriu para Tasleem.

— Bom, com certeza senti falta da comida. Tudo está maravilhoso!

Regozijo imediato. Annam quase pulou de alegria.

— O apetite dele, *Mahshallah*, é muito bom. Fiquei preocupada na primeira semana. Não queria comer nada. Mas, então... — deu um suspiro — o tempo se encarrega de tudo.

— Deve ter sido difícil para você, não poder cozinhar para o filho — acrescentou Tasleem. — Como deve ter se preocupado com a alimentação de Daanish quando ele partiu. Mas lá, claro, tudo é tão fresco e saudável. Quase todos os nossos filhos engordam.

Começou a relatar as histórias de crianças paquistanesas que seguiram carreiras bem-sucedidas nos Estados Unidos. O filho de Wajiha, em

Stanford. O de Munoo, no Instituto Tecnológico de Massachusetts. O de Goldy, em algum lugar do... de onde mesmo? Do Texas?

O único lugar disponível para Nini era entre Daanish e Annam. Dia se levantou, oferecendo-lhe seu lugar no sofá.

— Fica aí — ordenou a amiga, bruscamente, optando por se sentar no tapete, ao lado das irmãs. Dia se reacomodou, dando de ombros: Nini soava tal qual a mãe dela.

— Acho que foi o filho da Wajiha que tirou a nota mais alta nos SATs. Ficou entre os primeiros!

— O que são SATs? — quis saber Annam.

Tasleem, exclamou, rindo:

— Ah, francamente, claro que deve saber! Seu filho deve ter tido que fazê-los também. E deve ter se saído muito bem, não é mesmo, Daanish?

— É — respondeu o rapaz.

Annam insistiu.

— O que são SATs? O médico sabia disso?

— Claro, Anu. Ninguém entra na universidade lá sem fazê-los.

— Então são exames médicos? Seus exames de sangue foram muito saudáveis.

Tasleem exclamou:

— Essa é boa!

Nini sorriu. As irmãs se reacomodaram, sem saber se podiam rir.

Daanish pôs o prato na mesa e abraçou Annam.

— São exames de matemática e inglês. Não sei do filho de Wajiha, mas o de Anu obteve 1.560 pontos.

Annam parecia satisfeita, embora ainda confusa.

Tasleem se recompôs.

— Claro! Coma mais bolo!

— Estou satisfeito. — Daanish se virou para Dia de novo.

Não! Ainda mais agora! Quer que elas me matem?

Porém, desta vez o rapaz não leu seus pensamentos, e ela estava amedrontada demais para exprimi-los.

Ele disse:

— Dois dos casulos chegaram até a chocar, se é que se pode usar essa palavra. Eu vi tudo.

Agora Nini também escutava a conversa. Dia tinha certeza, pela forma como a amiga se mantinha empertigada — o perfil tenso e os lábios contraídos. Talvez devesse se levantar e pedir licença; ir ao banheiro e deixar Nini segui-la. Então, poderia explicar-lhe que ela não tinha feito nada. Era ele que estava jogando conversa fora. Talvez Nini desse um jeito de tirá-la de casa, e a reunião prosseguiria da forma como deveria ter ocorrido desde o início. Sem desvios.

Mas, de repente, Dia se deu conta do que ele dissera.

— Você *viu*?

— Sabia que conseguiria uma reação sua! — Riu. — Vi, sim. Sábado de manhã. Estava fresco. Primeiro um líquido fino e escuro começou a sair, cheirando mal. Eu tinha guardado os casulos numa gaveta, e a madeira manchou, como se esse fluido fosse ácido; só que, pelo visto, ele acabou amaciando os invólucros. Pouco a pouco as mariposas foram corroendo os casulos, até saírem. Eu mal pude acreditar! Tinham um tom creme e abriram as asinhas delicadas, como se quisessem secá-las.

Desta vez, Dia estava só um pouco ciente das novas adagas que a apunhalavam na garganta. Ficou extasiada. Jamais conhecera uma pessoa — nem Nini, nem Inam Gul, nem mesmo Sumbul — tão interessada em observar o que a maior parte das pessoas considerava trivial. Os mínimos detalhes, as pequenas descobertas. Era sempre ela, e só ela, que adorava esses aspectos. Os demais os tomavam como distrações e transtornos. Porém, para Dia, significavam vida. Para ele também? Ao que tudo indicava, sim. Estava encantado, como se tivesse alcançado seu objetivo apenas por notar. Como se, ao compartilhar um instante efêmero com duas bestas diminutas e desconhecidas, seu mundo se tivesse aberto.

E o rapaz tivera uma tremenda sorte. Fazia anos que Dia tentava testemunhar, sem sucesso, o que ele vira logo de primeira. Sábado de manhã

— foi em torno do mesmo horário que ela estava observando o par de casulos na fazenda. Mas, então, Nini lhe telefonara a fim de convidá-la para ir até ali, e ela perdera tudo. Se Nini não tivesse ligado, não teria perdido tudo. Se ela não tivesse perdido, não estaria ali, sabendo o que sabia sobre Daanish.

— A que horas elas finalmente saíram? — perguntou-lhe Dia.

— Logo depois das dez. Eu olhei no relógio. E sabe do que mais? As pontas dos abdomens dilatados delas grudaram. Não gostaram de me ver observando.

— As da fazenda também não gostam.

— O quê?

— Não importa. — Ela riu. — Eu não vi, de qualquer forma. Mas você viu. E aí?

— Elas ficaram assim durante várias horas...

Dia se inclinou para a frente. Que coisa mais *louca* sentir o coração disparar dessa forma. Será que era o cheiro dele? Revigorante e agradável. Viril. Ele era como uma borboleta, oriunda do cinto de Afrodite, e todas as fêmeas estavam se agregando ao seu redor.

— Coma mais um pouco de bolo — insistiu Tasleem.

Nini também se levantou, e Annam disse algo. Até mesmo as irmãs cabriolavam, segurando xícaras de chá. Ajudavam Nini a servir o chá, o qual ela, evidentemente, levantara-se para preparar a certa altura. Havia leite e açúcar, e alguma coisa caiu.

Porém Dia e Daanish se entreolhavam, compartilhando a sós de um momento de euforia, em virtude do que ele vivenciara.

Segunda Parte

I

Aqui

JULHO DE 1992

Salaamat estava perto deles, do lado de fora da gruta.

Ao enrolar a calça jeans à altura dos joelhos, Daanish disse:

— Quando eu era garoto, sempre que a maré baixava, a gente comia lá dentro. — A calça dele, ensopada, estava se desenrolando, caindo no tornozelo.

Dia deu uma espiada dentro.

— Dá uma sensação de claustrofobia.

A água do mar percorria a extensão da gruta, chocando-se contra o paredão mais distante e deixando submersas as rochas lisas nas quais, tal como Daanish contara a Dia, Anu costumava servir chá.

— Anos atrás, eu achei uma concha prateada aqui. O ninho de um argonauta. Então meus pais discutiram por causa de um colar de pérolas. Anu sempre se irritava quando ele dava alguma coisa cara para ela. Depois, vinha martelar no meu ouvido: "A goteira do telhado continua lá, e o carro de doze anos vive quebrando, mas ele desperdiça o pouco que a gente tem. Não conte com uma herança." Na verdade, ela queria dizer: "Estou contando com você."

Daanish suspirou e pegou a mão de Dia. Os dois caminharam à beira-mar, deixando Salaamat sozinho, na gruta. O motorista acendeu um cigarro, lembrando-se de uma propaganda daquela marca. Dois homens escalavam uma montanha, tal como ele e Fatah fizeram em seu último dia juntos. Gostava de imaginar que ele estava de jaqueta vermelha, e Fatah de azul.

Pôs-se a caminhar também, alcançando rapidamente o casal. O vento deixava seus cabelos esvoaçantes e exercia o mesmo efeito nas palavras: enredando-as e jogando-as para o alto e para trás, na direção de Salaamat. Provocadoras, lancinantes. Ele era o tema de sua conversa.

— Não teve outro jeito, Dia — explicava Daanish. — Se eu não tivesse pedido emprestado o carro e o motorista do Khurram, a Anu ia fazer um monte de perguntas.

— Podia ter emprestado só o carro. A gente mesmo podia ter dirigido.

— É, mas o Khurram teve que usar o carro dele. Este é o do pai dele. Meu amigo morre de medo de arranhar o carro do pai. Não dá pra culpar o cara por não confiar muito em mim.

— Mas é constrangedor ele ficar a par de tudo. Eu conheço a família dele há muito tempo. O que acha que ele está pensando?

Será que não haviam percebido como Salaamat estava perto? Talvez não — ele sempre se movia com grande discrição. Fora assim que escapara do acampamento. Era por isso que ainda estava vivo.

— Não se preocupe — Daanish fez uma carícia suave em seu rosto —, de repente vou encontrar uma forma de trazer o nosso próprio carro. Só que ele quebra o tempo todo.

Ficaram calados. Salaamat teve de reacender o cigarro. Evidentemente, na propaganda, o vento não apagaria um desses nem no alto do Himalaia.

O *shalwar* cor de abricó de Dia estava encharcado; quando a onda se retraía, Salaamat podia ver a parte posterior de suas pernas. E de seu traseiro. Ela tinha apenas doze anos quando ele a vira pela primeira vez, uma arremessadora jocosa nos braços do pai. E agora, lá estava ela, oferecendo-se para outro homem, com a roupa transparente, a honra mais leviana que a brisa. Mas a castidade não corria mesmo em seu sangue.

Daanish tirou algo do bolso, que Salaamat não conseguiu ver.

— Guardei isto pra te mostrar — disse Daanish. — É o que consegui quando pus o casulo pra ferver. Seu cabelo é mil vezes mais desgrenhado, e eu adoro essa sua característica. — Contou-lhe, em seguida, como enrolara o fio, admirado com sua extensão.

— Mil metros. — Dia sorriu. — E uma só peça. Você enrolou o fio no braço, como sempre imaginei que a imperatriz chinesa deve ter feito. Engraçado, eu estava pensando justamente nela no dia em que ouvi falar de você pela primeira vez.

— E que pensamentos fervorosos cruzaram a sua mente quando pensou em mim?

— Se não me engano, eu disse: *droga!*

Salaamat soltou um suspiro mal-humorado. Estava farto, farto de ser uma testemunha, farto de ser arrastado para mundos que não eram seus. Acompanhava os amantes porque o rapaz da *Amreeka* tinha de fingir que saíra com Khurram. O que ele tinha a ver com isso? Ainda assim, continuou a escutar a conversa.

— Depois de te xingar, xinguei a pobre Nini — confessou ela.

— Não, Dia. Foi preciso dar tantos telefonemas pra te convencer a me ver. Não estraga tudo. — Ele passou o braço em sua cintura.

Salaamat umedeceu os lábios. Sentiu uma onda de prazer indesejado invadindo seu baixo-ventre, descendo até a virilha. Imaginou sua própria mão acariciando o ponto acima das nádegas molhadas de Dia e depois descendo e apertando seus glúteos devassos. A forma como ela caminhava nas ondas, vacilante, a ponto de cair... A cada passo aquela bunda suculenta clamava por ele.

— Era para eu realmente estar aqui com você hoje, Daanish, ou isto é um desvio? Se a gente nunca mais se ver, será que eu vou voltar para o meu caminho?

— Como assim?

— É que às vezes eu faço esse jogo. Volto no tempo e imagino como as coisas seriam diferentes se um pequeno incidente não tivesse ocorrido. Se, por exemplo, a Nini não tivesse me levado para o *Quran Khwani* do seu pai, eu não estaria aqui. Eu não teria metido os bichos-da-seda na túnica dela, você não teria dado comida pra eles e poderíamos não ter trocado uma só palavra na casa da Nini. De repente você estaria aqui com ela, em vez de mim. O que aconteceria então? O que acontecerá depois deste nosso encontro?

Daanish a soltou.

— Ela não me atrai, sabe? Só concordei em ir para o chá por causa da minha mãe.

— E vai considerar a possibilidade de se casar com ela por causa da sua mãe? Pode passar a vida com alguém simplesmente porque é o que esperam de você?

— A maior parte das pessoas faz isso, neste país — respondeu ele.

— É exatamente o que a Nini diz. Talvez você deva se casar com ela.

Salaamat suspirou de novo. A primeira discussão deles. Era tocante.

— Olha, eu sei que isso pode parecer estranho para você. É estranho até para mim. Mas você não está facilitando as coisas fazendo perguntas impossíveis. Você me disse que Nini estava se afastando. De repente é melhor você agir da mesma forma com ela. E, antes que me esqueça, eu nunca me casaria com uma mulher com uma mãe como aquela.

Dia não disse nada, mas segurou a mão dele novamente. Em seguida, riu.

— Gosto do seu sotaque. Não, *sotaques*. Uma mistura de entonações.

Fizeram uma pausa, e Daanish começou a encher a mão vazia dela de conchas.

— Na última vez que vim aqui, Salaamat me contou que esses funis-escamudos costumavam ser colhidos por causa do fio que produziam. Disse que faziam tecidos com eles. Seda marinha; quem já ouviu falar nisso?

— Não surpreende que ele saiba disso. — Dia utilizou metade da concha iridescente como base para as menores. Então, ao olhar para trás, notou a presença de Salaamat. Apontando rápido para um penedo diante deles, sussurrou: — Vamos até lá.

— Boa idéia — concordou Daanish, feliz.

Salaamat seguiu-os, apesar de não ter sido convidado.

Ela subiu, acomodando-se no mesmo declive escolhido por Salaamat no dia em que Daanish fora até a enseada com Khurram. Naquele dia, o motorista fora também uma testemunha silenciosa.

O vento bateu no rosto da jovem. Ela o saudou de olhos fechados. Daanish pôs-se ao seu lado. Salaamat permaneceu próximo ao penedo. Os dois rapazes se entreolharam e, em seguida, fitaram Dia, ambos resistindo ao impulso de lhe dar um beijo.

Dia não era bonita. Tinha o nariz longo e curvo, o corpo magro demais e as sobrancelhas grossas e desgrenhadas. A pele, quando vista de perto, apresentava cicatrizes; havia um corte profundo sobre a sobrancelha direita e outra marca — o resquício de uma espinha muito repugnante — bem acima de sua boca bastante comum. Era possível entrever até um buço. Ainda assim, a virilha de Salaamat recomeçou a doer.

— O que você está olhando? — perguntou Dia a Daanish.

— Adivinha.

— Bom, se é para mim, eu não vejo o que você vê.

— Você gosta de mim?

Ela riu.

— O quê?

— Você gosta de mim?

— Eu estaria aqui se não gostasse?

— Então, diga.

Dia riu de novo, sussurrando alguma coisa, levando Daanish a responder:

— E daí? Ele é surdo, de qualquer forma.

— De acordo com a irmã dele, só quando ele quer.

— Esqueça o cara, está bem? Diga.

— Eu gosto de você.

— O quê? — gritou ele. — Alguém ouviu alguma coisa? — Dirigiu-se a Salaamat. — Você ouviu algo?

— Pára! — protestou a jovem.

— Então repete mais alto.

— Não se você fizer um escândalo.

Daanish fez um gesto amplo com os braços e jogou a cabeça para trás.

— Só nós estamos aqui. Nós e um dia nublado e melancólico de julho, às três da tarde, sem nenhum som além das ondas batendo nesta rocha, onde estamos sentados, enfim sós. Pela primeira vez em não sei quanto tempo, estou vivendo o presente, e não esperando um avião vir me pegar e me levar pra outro lugar. Estou aqui. E é lindo. Mais tarde, nesta noite, você vai deitar na cama e se perguntar: "E se eu tivesse dito em alto e bom som o que ele queria? E se eu tivesse beijado o Daanish, como ele e eu queríamos? Como o dia teria sido mais legal." — Sussurrou em seu ouvido: — Então, vem me dar um beijo.

E ela foi.

Bom, pensou Salaamat, pelo visto o rapaz da *Amreeka* aprendera alguma coisa naquele país, no fim das contas.

Dia comentara: ele só é surdo *quando quer*. Salaamat sorriu. As pessoas eram surdas, mudas e cegas sempre que lhes convinha.

Poderia dizer isso aos dois. Poderia compartilhar o que havia escutado anos atrás no túmulo de um rei morto havia mais de seis séculos. Um túmulo em que uma rede de pescador fora pendurada a fim de manter os excrementos dos morcegos longe do piso decorado. Poderia estragar aquele momento dos pombinhos. Não, poderia lhes dizer que seu momento já estava estragado.

Ou poderia continuar na sua, contemplando a formação das nuvens, perguntando-se quanto tempo levariam para chegar à sua antiga vila, a qual ficava a muitos quilômetros dali. Ele nunca mais voltara. Mas soube que os pescadores das traineiras estrangeiras tinham recebido licença. Quase todos de sua vila haviam partido.

Era no verão que se consertavam as redes de pesca. Nessa época, as mulheres sentavam-se nas dunas, diante das paredes precárias de suas casas, tomando chá, com as malhas de algodão espalhadas na areia. Salaamat se unia a elas, os pensamentos sobre pescadores ilegais afastados com discrição. A conversa girava em torno da chuva. As mulheres cantarolavam, sem pressa, o *Sur Saarang*, a cantoria de invocação da chuva:

> *Mantos de chuva Deus descortina;*
> *com cada gota Ele brinca,*
> *Ele brinca.*

Salaamat e as outras crianças observavam as mulheres cerzirem as redes, imaginando que remendavam os mantos de chuva de Deus, esperando as gotas de chuva caírem, a fim de brincar com Ele.

Naquele momento, o motorista encontrava-se na base do penedo, observando este outro mundo desmoronar e estraçalhar-se à sua volta. Esfregou as conchas que Dia deixara ali perto. Ele era uma testemunha silenciosa. Mas manteria não só o segredo dela, como também o seu. Ela jamais saberia que ele a pintara em seu primeiro e último ônibus. Ou que ele pensara nela na lojinha de Herói. Ou que ela tinha toda razão de odiá-lo.

Salaamat caminhou pelo litoral, o mesmo que se estendia até sua vila. Uma nova brincadeira se tornara popular entre os garotos no ano em que ele partiu. O desafio lançado entre eles era o seguinte: tinham de nadar até as traineiras, até mesmo na temporada de chuva, e tocar no cabo da âncora. Em seguida, tinham de acenar para os que aguardavam na orla. Se algum desses jovens nadasse até lá agora e olhasse para trás, não haveria praticamente ninguém esperando por seu retorno. A cada ano, os garotos aprendiam a ser *ajnabis* cada vez mais cedo.

2

O Ônibus

DE JUNHO DE 1986 A FEVEREIRO DE 1987

No segundo ano de trabalho de Salaamat na fábrica de Boa-pinta, Herói foi embora, e vários patans também partiram em seguida. Salaamat presumiu que haviam ido para as fábricas de carroceria de ônibus administradas exclusivamente por patans, as quais estavam florescendo em todas as partes. Seja qual fosse o motivo, em conseqüência disso, ele acabou assumindo a maior parte dos trabalhos relacionados à pintura, embora não o mais prestigioso, o de fazer os desenhos. Ficara encarregado de vedar, com massa para calafetar, todas as juntas e frestas de cada um dos ônibus. Quando o material secava, ele o cobria com quatro camadas de uma mistura de pó calcário, óleo mineral e tintura cinzenta. Em seguida, utilizava uma pistola para pintar de um lado a outro, geralmente nas cores magenta, verde ou azul, colando pedacinhos de jornal em algumas partes. Mais tarde, eles os removia e pintava as falhas com um tom diferente. Os vapores eram tóxicos. Os olhos de Salaamat foram ficando cada vez mais injetados, e a náusea passou a fazer parte de seu dia-a-dia.

A maior parte dos jornais era escrita em inglês. Salaamat tentava ler as manchetes e propagandas quando ia para seu cubículo. Reconhecia as letras que via na parte posterior dos veículos e repetia os sons de *z* de Mazda e de *o* de Toyota. Acariciava as palavras e desfrutava do efeito que exerciam em sua boca. Balbuciava sons sem sentido, da mesma forma que, por muitos anos, escutara sem falar: *Sete Anos de Invasão Soviética, Afluência Contínua de Refugiados. Perda de Cabelo? Que Perda de Cabelo? MQM Prestes a Declarar Greve. Moças de Bem não se Depilam. Mais Ônibus Incendiados. EUA Aumentam Ajuda para o Iraque. Mulheres Protestam Contra as Leis* Hudood. *Jamaat-i-Islami Convoca Passeata Anti-Soviética.*

Depois, Salaamat treinava a pintura nos pedaços de madeira usados que haviam sido abandonados em seu cubículo. Seguia os passos de Herói: fazia um esboço com giz e depois passava tinta a óleo. Uma vez, querendo, de certa forma, representar a cronologia de sua vida, deu quatro pinceladas e preencheu o interior da figura de verde. Pintou um barco, com uma bandeira. A seguir, um mar azul-acinzentado e enormes peixes brancos, com guelras que pareciam bolsas. Pôs alguns peixes cegos, de dentes afiados, e outros surdos, cujas borbulhas só eles mesmos podiam escutar. Na praia, acrescentou dunas para se aconchegar com Rani, expondo seus ombros em forma de ovo. Desenhou tartarugas também.

No dia seguinte, mais uma vez inalou os vapores nocivos, aguardando pacientemente que Boa-pinta lhe dissesse que poderia usar a carroceria metálica brilhante do ônibus, que cobrira de vermelho e verde no dia anterior, como sua tela particular.

Antes de ele completar três anos ali, isso aconteceu por fim.

Tratava-se de um coletivo com capacidade para sessenta poltronas, além de duas portáteis, colocadas na parte dianteira e traseira. Os eletricistas já tinham quase terminado de instalar as cinqüenta e três luzes no interior da buzina, a qual ressoava uma melodia quando apertada. E, quando o ônibus trombeteava, as luzes cintilavam. O proprietário, um punjabi enorme, cujo bigode competia com a envergadura de uma águia, dissera: "Façam um ônibus discoteca. Quero que venha do fundo do coração de vocês. Quando ele passar, todos devem testemunhar minha glória. Senão, vou querer meu dinheiro de volta. Meteu cinco *lakhs*, ou seja, quinhentas mil rupias, na mão de Boa-pinta.

Salaamat estava ajudando um menino a cortar uma chapa de aço com uma tesoura gigantesca, quando Chikna se aproximou.

— *Ajnabi*, hoje é teu dia de sorte.

O jovem manteve a tesoura na chapa, enquanto o menino martelava as lâminas cegas. Por fim, o instrumento penetrou no aço, separando um pequeno retângulo.

— Por quê? — indagou ele.

— Por quê? — Chikna riu. — Está vendo aquele ônibus? — Apontou para o veículo no qual trabalhavam várias pessoas. — O Boa-pinta vai deixar tu pintar aquela belezura.

Salaamat fitou-o. Os funcionários estavam medindo o plástico com estampa de pele de onça para as poltronas.

— Claro que vou pintar. — Deu de ombros. — Sou eu que faço isso agora.

Chikna afastou com um peteleco uma mecha de cabelo do queixo de Salaamat, rechaçando sua afirmação.

— Eu quis dizer pintar de verdade. Não tem mais ninguém. Todos os outros estão dando o fora. Daí, ele te escolheu, *ajnabi*. Se o proprietário não gostar, tu vai perder o emprego. Se o cara ficar feliz, daí tu vai receber uma grana.

Salaamat observou Chikna se afastar.

Por fim.

O menino deu uma martelada na terra. As mãos e a face dele estavam cheias de graxa, e as roupas fediam.

— O que é que tu vai desenhar? — perguntou o garoto.

Salaamat fitou a carroceria de metal. Queria participar de todos os estágios de sua elaboração. Queria que o vissem, por toda Karachi. Em movimento, com buzinas clangorando e luzes ora acesas, ora apagadas, e mãos admiradoras a acariciá-lo. A reputação ficaria com Boa-pinta, mas a história seria sua.

Nos dias que se seguiram, começou a aplicar a primeira mão de tinta. Enquanto ela secava, ele ajudava os funcionários encarregados da metalurgia. Cortou tiras de aço a fim de formar desenhos florais, os quais seriam fixados nos flancos quando a pintura fosse concluída. Serrou o interior do ônibus para fazer o porta-malas e pregou chapas de ferro nas tábuas de madeira do piso.

Às vezes, entreouvia partes da conversa dos funcionários. Os soviéticos estão recuando, mas Karachi fervilhava. Alguns dos trabalhadores punjabis achavam que deviam partir, desta vez não para a fronteira, a fim de defender o país vizinho, mas para Punjab, para defender suas famílias do monte de munição que a luta estava deixando para trás. Esse ponto de vista tornava-se cada vez mais popular em Karachi — a cidade apinhada de imigrantes. A situação voltava ao ponto de partida; Salaamat deu um sorriso malicioso ao ouvir o boato: os que haviam afastado os nativos *karachianos* estavam agora correndo uns dos outros. Todos estavam caindo do ônibus. Literalmente.

O ramo de fabricação-de-carroceria-de-ônibus foi um dos mais duramente atingidos pelos tumultos que começaram no ano anterior, quando uma estudante muhajir fora atropelada por um motorista de ônibus patan. Membros da comunidade da jovem asseveraram que fora de propósito e que era mais uma forma de explorá-los. Incendiaram ônibus, destruíram fábricas, mataram funcionários, aprenderam a manejar armas norte-americanas e soviéticas. Quando o conflito aumentou, poucos se lembravam da universitária que desencadeara o caos ao atravessar a rua na hora e no dia errados.

Salaamat se recordava. Enquanto trabalhava no ônibus, ouvindo a fofoca dos homens, ele a via: carregando livros, a *dupatta* azul caindo nos ombros de um uniforme branco, óculos e uma trança comprida. Não, óculos, não. Tênis branco. Iniciando a travessia com o pé direito, ela deixara um lado da rua e, antes de chegar ao outro, fizera história. Se ao menos tivesse esperado alguns instantes. Quarenta segundos, talvez trinta. Será que gritara? Teria visto no que a cidade se tornaria no momento em que o pára-lama dianteiro se chocou contra seus quadris e a jogou bem alto, rumo ao céu poluído? Se ao menos tivesse feito um caminho diferente. Se ao menos houvesse uma placa em seu lado da rua: *transgressores serão executados.*

— A gente está se dando bem por acaso? — questionava um dos funcionários. — De jeito nenhum. Eles chamam *a gente* de estrangeiro. E o que é que eles são? Hindustânis, isso, sim.

— Deviam ter ficado por lá — comentou o outro —, naquelas terras pagãs.

— Se não fosse por eles o Paquistão ia prosperar — declarou um terceiro.

— Ô *ajnabi!* — chamou um deles. — O que está achando, hein? Esta bagunça é boa pra ti. Onde já se viu um punjabi deixar um sindi pintar o ônibus dum ricaço? Nunca aconteceu antes!

Como sempre, Salaamat ignorou-os.

Recortou o jornal, fazendo vários peixes e colando-os depois. Em seguida, misturou as tintas vermelhas e azuis para obter uma tonalidade diferente. Da pistola surgiu um tom forte de *jamun.* Boa-pinta resmungou algo em sinal de aprovação. Seria o primeiro ônibus roxo da cidade.

Alguns dias depois, quando removeu os pedaços de jornal, pintou os peixes de amarelo e colocou purpurina em suas barbatanas. As crianças ficavam por perto, admirando o brilho. Salaamat lhes dava uns tapinhas se tocassem na pintura. Pregou folhas de aço ornamentadas ao redor da enorme cilha, como um cinto e, depois, em torno dos faróis dianteiros e traseiros. Ajudou a construir e soldar cada adorno possível: correntes para pendurar no fundo, e três esculturas grandes: uma imensa tartaruga no pára-lama dianteiro ("Isso daí não é uma tartaruga!", riram os outros funcionários. "É uma formiga gigante!"); um sambuco de aço com duas velas triangulares, para colocar na armação metálica do teto ("Isso daí é uma mariposa enorme!"); uma águia, que deveria ser posta no pára-lama traseiro. A única preocupação de Salaamat eram os fiscais. Fazia três semanas que haviam ido cobrar as taxas relativas à decoração. Porém, não seriam eles que o perturbariam.

Quando o ônibus estava pronto para os desenhos, Salaamat começou a trabalhar na parte de trás. Fez uma Rani mais jovem e despenteada. Ela ainda usava a sedutora *dupatta* transparente na cabeça e no peito, contudo, enquanto uma das mãos com tatuagem de hena segurava o tecido sobre os lábios convidativos, a outra, ao lado de seu pescoço, estava prestes a lançar uma bola de críquete em forma de coração para ele. Ao redor da jovem havia um bosque de árvores imponentes. Uma pétala caía em seu seio. Esta era amarela, e a bola, vermelha. Salaamat fez o tom rubro sangrar. As maçãs do rosto da moça estavam coradas e suadas, como se ela e ele tivessem acabado de se agarrar.

Em um canto da parte dianteira do coletivo, Salaamat pintou outra cena, relacionada à primeira vez em que fora à casa de Dia: um gramado espesso, alguns periquitos, uma gôndola inclinada, com gavinhas verde-azuladas. No outro, desenhou a fazenda: a folhagem suntuosa das amoreiras, nas quais se agruparam mariposas, com pigmentação mais forte do que a dos bichos-da-seda verdadeiros.

No interior do ônibus, Salaamat desenhou uma profusão de barcos enfeitados com bandeiras, representando a *Mela*, o festival realizado anualmente em sua vila. Vira-latas refestelavam-se nas dunas ou caçavam tartaruguinhas que se dirigiam ao mar; mulheres matavam o tempo diante da birosca de teto de palha; e, atrás, exatamente no local em que Rani fora pintada na parte externa, ele traçou um par de mãos envelhecidas, segurando um narguilé.

Em torno do andaime de ferro, semelhante a um palanquim, posto sobre a capota, na parte em que a escultura de um sambuco fora soldada, ele pôs pedaços de fita adesiva colorida. Neles, escreveu, em tinta negra, com seu garrancho, *Alá* e *Maomé*, e copiou fragmentos da seção infantil do jornal inglês: *Cultive o amor ao próximo; Não se julgam os livros pela capa; Não cante vitória antes do tempo.* Por fim, nas duas laterais, em negrito e dourado, gravou: *Fábrica de Carroceria Boa-Pinta, Qaddafi Town, Karachi.*

Quando o ricaço foi buscar o ônibus, Salaamat deu um largo sorriso. O bigodudo gostou do trabalho. Agora seu coletivo roxo exibiria a vida secreta de um nativo na cidade de *ajnabis.*

3

Azul

MARÇO DE 1987

A sexta-feira seguinte foi a primeira em que Salaamat se aventurou na cidade com o bolso cheio de dinheiro. Boa-pinta lhe dera, satisfeito, um tapinha nas costas e duas mil rupias, prometendo-lhe entregar o próximo ônibus também. Salaamat resolveu gastar seu primeiro salário com presentes — para si e para a irmã, Sumbul.

Descobriu que o ponto final do ônibus ficava em Orangi Town, na extremidade noroeste da cidade. Nunca havia ido tão longe antes. De acordo com Sumbul, era lá que as tecelãs de Riffat Mansoor viviam. Ela disse também que os tecidos comprados diretamente de um de seus teares custavam um quinto a menos do que pedia Riffat. Era para lá que ele se dirigiria. Surpreenderia Sumbul com a seda mais fina que seus dedos já tinham tocado. Pegaria de surpresa a irmã, que alimentava a larva nojenta sem nunca desfrutar dos resultados — um tecido diáfano e colorido ficaria lindo em seus ombros.

Dentro do ônibus, Salaamat foi empurrado em direção à popa de um de seus barcos. Os vidros de duas das janelas imundas já estavam rachados, e as luzes de discoteca só aumentavam o calor sufocante. Em suas sextas-feiras de folga, nunca tinha andado em um coletivo tão cheio. O ônibus estaria assim em virtude de sua beleza? Todos o estavam admirando? Ele gostaria muito de acreditar nisso, mas os passageiros não tinham sequer espaço para se movimentar e apreciar os detalhes mais refinados, quanto mais para pensar nas mãos que os haviam elaborado. Tudo o que queriam, ali, era um pouco de ar, mas acabavam tendo de agüentar o fedor de brilhantina, peidos e suor.

Alguém reclamou:

— Karachi só tem duas estações, a seca e a úmida.

— Daqui a dois meses a umidade vai te fazer inflar como um búfalo, e tu vai morrer de saudade disto aqui — retrucou outro passageiro.

— É, mas março é o limite.

Como Salaamat não conseguia enxergar nada pelo vidro imundo, perguntou onde se encontravam.

— Acho que a gente está perto do estádio. Vou saltar lá.

— Não, o teu ponto já passou.

Salaamat interrompeu-os de novo.

— Quanto tempo falta pra gente chegar em Orangi Town?

Todos gostaram dessa pergunta.

— *Horas*. E por que tu está indo pra lá? É mais perigosa que Landhi. Não tem loja aberta, não. Teve matança demais naquelas bandas.

Salaamat franziu o cenho. Se estivessem mesmo perto do estádio, ele não tinha chegado nem na metade do caminho e já estava naquele ônibus fazia mais de uma hora. A brisa tênue que sentia em seu rosto era um deslocamento de ar proveniente do calor escaldante do deserto, que drenava cada gota de seu suor. Ele umedeceu os lábios, a garganta tão espinhosa quanto um canteiro de cáctus. Perguntou-se por quanto tempo mais agüentaria aquilo.

Meia hora depois, teve de sair. Sem perguntar onde estava, foi direto para uma barraca de bebidas. Um tanto revitalizado, olhou ao redor: um bairro comercial desconhecido, abarrotado de gente. Começou a caminhar.

Em questão de minutos sua garganta implorou de novo por um bálsamo gelado. Podia voltar para a barraca; podia passar o dia gastando dinheiro com bebidas gasosas divinas, para então voltar ao cubículo no final da tarde. Porém, as notas frescas de seu bolso diziam-lhe outra coisa. Seu primeiro salário: deveria gastá-lo bem. A distância, havia uma barafunda de vielas alegremente iluminadas. Esfregando as notas com o polegar e o indicador, Salaamat foi até lá.

Uma passagem estava cheia de barracas de pulseiras; outra dava acesso à área dos sapatos, uma terceira, às tendas de suvenires que vendiam perfume, artigos de couro, roupas. Um Salaamat cada vez mais zonzo dobrava cegamente em uma esquina após a outra. Corpos esbarravam nele. Bafos desagradáveis atingiam sua face. Reengolindo o refrigerante que subia em sua garganta, deixou-se cair no primeiro tamborete à sua frente.

Quando, por fim, começou a ver com clareza, olhou para cima e viu Herói do outro lado da viela, fitando-o. Ele estava rodeado de vidros azuis: vasos com bojos de formas exuberantes e gargalos longos e delgados; vidros foscos, grossos e finos; cântaros com alças iridescentes. Salaamat ficou hipnotizado ao ver que as alças passavam do verde ao roxo. Herói começou a pentear o cabelo, observando seu próprio reflexo turvo em um pedaço de vidro azulado e pegajoso. Disse:

— Bem que eu senti um fedor.

Havia duas crianças ajudando, ambas brancas e louras. Uma estava sentada em um tapete desgastado; a outra tirava o pó de cada uma das mercadorias. Além de artigos de vidro, era possível encontrar mármore em tons marfim e azul raiado, tapetes, moedas e bijuterias.

— Quer dizer então que era aqui que estava esse tempo todo? — indagou Salaamat.

Herói ajeitou o cabelo com as mãos e guardou o pente no bolso da camisa. Ainda olhando-se no vidro, perguntou:

— Continua a trabalhar feito um escravo pra aquele punjabi balofo?

— Eu estou ganhando dinheiro, agora — respondeu Salaamat, com orgulho.

O homem sorriu com desdém.

— Ah, é? E quanto?

— Duas mil rupias — deixou escapar o jovem, arrependendo-se em seguida.

Herói jogou a cabeça para trás e riu.

— Pois então — abriu os braços magnanimamente — entra aqui na minha loja pra gastar bem o teu dinheiro.

Apesar dos contratempos, Salaamat sentiu-se tentado. A lojinha era uma fonte de consolo, um consolo azul e fascinante. Ele entrou. Ao seu lado, a criança mais velha estava polindo um par de brincos de lápis-lazúli com montagem de prata. Várias penas de pavão estavam pregadas nos tapetes pendurados na parede do fundo da sala e, apoiadas neles, estavam blocos de cristal em tom de água-marinha. O jovem tocou em um colar de contas que brilhava como uma piscina de petróleo azulado. Ficaria lindo no pescoço de Rani, e os brincos cairiam melhor do que seda em Sumbul.

— Quanto custam os dois?

— Pra ti — declarou Herói — só três mil rupias.

— Tu sabe muito bem quanto eu tenho.

— A gente vai chegar num acordo. Mas, primeiro, eu quero mostrar outra coisa. Tu vai adorar. — Levou-o até a parte de trás da loja. Os tapetes pendurados funcionavam, na verdade, como cortinas; não havia paredes. Herói ergueu a borda inferior de um deles, tomando cuidado para não danificar as penas de pavão; eles, então, entraram em outra sala. — Avisem se chegar cliente — ordenou ele aos meninos.

Salaamat levou algum tempo para se acostumar com a parca iluminação. Só depois viu dois sujeitos sentados em banquetas, polindo armas. Ambos eram brancos e trajavam coletes bordados. A fumaça de lamparinas a óleo erguia-se no ar, e as chamas bruxuleavam, ressaltando as armas expostas nas paredes.

— Chá pro meu amigo — disse Herói.

Em meio às sombras, Salaamat distinguiu uma figura acocorada junto a uma pequena boca de gás. Um perfume adocicado começou a predominar no ambiente. Mais duas banquetas foram colocadas próximo aos sujeitos de colete, que resmungaram algo para Salaamat. Passaram-lhe uma xícara de chá. Embora aquele quarto escuro estivesse fresco, Salaamat estava com sede. Sorveu a bebida, agradecido. Perscrutando o ambiente, ele notou dois homens andando próximo às paredes, examinando as armas de fogo.

Um deles, baixinho, de mandíbula saliente e retangular, pegou uma das armas e a trouxe até o local em que se encontravam Herói e Salaamat.

— Tem mais de cem mil pistolas Tokarevs neste país, mas tu ainda não baixou o preço. As balas são baratas, e as partes, fáceis de limpar. Está passando a perna na gente.

Herói bocejou.

— Se é assim, por que tu volta aqui?

O sujeito se virou e falou, rápido, em uma língua diferente, com o companheiro. O coração de Salaamat acelerou. Ele os entendeu.

— *Este patan filho-de-uma-égua sabe muito bem que tem a melhor coleção aqui, neste manicômio miserável.*

— *A gente devia estourar os miolos dele.*

— *Cravar um monte de balas lá dentro.*

— *Vamos encher a irmã dele de tiros enquanto a gente trepa com ela.*

O sujeito virou-se para Herói.

— A gente quer uma caixa de Tokarevs. E o Chefe quer outra daquelas Rugers. — Apontou para uma das pistolas que estavam sendo polidas por um dos homens de colete.

Herói fez uma reverência irônica.

— Como quiser. O Chefe gosta do melhor. Aqueles americanos fabricam pistolas de primeiríssima, e esta é a mais popular do mundo: calibre .22, com pente removível e capacidade pra dez disparos. Está vendo este botão? Basta apertar, daí o cartucho entra. É um recurso exclusivo. Mas — estalou a língua —, o melhor nunca é barato.

— *Quantas irmãs ele tem, hein?* — sussurrou o parceiro, atrás do outro.

— Karim — disse Herói —, deixa o nosso fiel cliente segurar a Ruger. — Karim meteu o pano outra vez no cano da pistola, girando-o lá dentro como um limpador de cachimbo. Em seguida, entregou-a ao cliente. — Sente só! — Herói sorriu, satisfeito. — A coronha é feita de nogueira da *Amreeka*. O resto é de aço inoxidável. Vou te dar de presente o estojo e um pente extra.

— Todas vêm com isso — retorquiu Mandíbula. — Tu não engana a gente.

Salaamat começou a sentir uma estranha coceira na garganta. Era como se o sujeito estivesse metendo o pano em sua laringe, e não no cano da arma, e o estivesse agitando.

Os sindis falavam a língua de Salaamat, o que era reconfortante, mas eles não eram como o povo de sua vila. Ele não sabia se aqueles sujeitos queriam ser entendidos, e o que fariam caso isso acontecesse. Apesar de ter informações privilegiadas, continuava à margem da sociedade. Ainda assim, quanto mais escutava, mais urgência sentia de que eles o conhecessem. Era como se estivesse andando em seu ônibus e só tivesse aquela oportunidade de se sentar nas poltronas com estampa de pele de onça, inclinar-se sobre as janelas imundas e dar um grito há muito silenciado: "Olhem aqui! Sou eu!" Ele tomou outro gole de chá.

Mandíbula sentiu o peso da pistola na mão e sorriu de modo malicioso.

— *O Chefe vai recompensar muito a gente por isso.*

— Nadir, pega lá mais daquelas da *Amreeka* — mandou Herói.

O acoletado foi para os fundos da sala, em direção à boca de gás. Abriu um baú e voltou com três tipos diferentes de armas. Pôs-se a recitar:

— Pro valentão, a escopeta perfeita é a Remington, o fuzil varonil é o Colt e a metralhadora arrasadora é a Ingram. Já o cara comum, tem o Kalashnikov; tu precisa de uma especial.

— Mostra o Winchester. — Herói bocejou de novo. Nadir pegou o rifle e o entregou.

— Esta é a nossa nova belezura. Uma antiguidade. Olha só o entalho floral na base do cano. Irresistível, não é não?

O companheiro do sindi se aproximou. Era mais alto que Mandíbula e usava um *ajrak*.

— *O canalha sabe que a gente vai querer isto.* — Acariciou o trabalho de entalhe. — *É mais delicado que uma bainha turca. De repente, o Chefe até deixa a gente usar.* — Ele ergueu os olhos e reparou em Salaamat. — *Quem é ele?* — perguntou, apontando a boca da arma para o jovem.

Herói manteve o largo sorriso.

— Deveria ser um de vocês. Em vez disso, ficou repentinamente acanhado. Deve ser o chá. — Os acoletados deram risos abafados. — Ele entendeu tudo o que vocês disseram. Cada um dos elogios asquerosos. — Riu.

Algo latejou no interior da cabeça de Salaamat, logo acima da parte superior do nariz. Levou uma das mãos até esse local e prendeu a respiração. Ambos os homens eram escuros como ele, mas não tinham seus olhos azul-claros.

O sujeito do *ajrak* ordenou:

— *Fala.*

Salaamat tomou o restinho do chá adocicado. A bebida deixou um ligeiro sabor mentolado e fresco em sua língua. Então, disse:

— *Suas palavras são música pros meus ouvidos. Eu detesto este cara.*

Os homens se entreolharam e começaram a rir. Então os patans entraram no clima e começaram a rir também, o que fez os sindis caírem na gargalhada. Mais chá foi preparado e mais banquetas trazidas. Os compradores se sentaram.

— *Vamos apertar as mãos* — sugeriram eles para Salaamat, que apertou a boca do Winchester.

— *Eu me chamo Salaamat. Não sou ajnabi que nem este imbecil.*

— *Sou Fatah* — disse Mandíbula, apertando a outra extremidade do rifle. — *Subcomandante. Não sou vigarista que nem este cara.*

— *Muhammad Shah* — apresentou-se o outro, pondo a mão na coronha.
— *Primeiro-tenente e especialista em chá. Na próxima vez, não beba isso ou vai acordar vomitando ácido.*

Os dedos de Salaamat se enroscaram com mais força em torno da parte mais fina do cano, enquanto continuava a apertá-lo. Ele titubeou, sentindo-se cada vez mais enjoado.

Herói ofereceu-lhe a coronha de um Kalashnikov. Quando Salaamat a pegou, o patan disse, com sua voz de criança zombeteira:

— A gente ganha mais que duas mil rupias. — E dirigindo-se aos outros, indagou: — Quantas destas aqui vão querer?

Os acoletados se levantaram e começaram a embalar a mercadoria. Fatah contou as rupias. Salaamat aprendeu que o pente do AK-47 tinha capacidade para trinta balas e que cada uma delas podia ser comprada por apenas dez rupias. A arma em si custava quatro mil; já o Winchester, sessenta e cinco mil. O preço das outras, vendidas por caixas, ficava entre esses dois valores. Esses sujeitos tinham mais dinheiro que um proprietário de ônibus.

Salaamat notou que Fatah enfiou alguma coisa em seu bolso. Não sabia bem o quê. Sua visão ficou turva e ele achou que ia vomitar. No entanto, continuou agarrando o cilindro da arma. Era frio e delicado, tão liso quanto o gargalo do vaso de vidro azul que estava lá fora. Se o soltasse, estalaria, e estilhacinhos azuis perfurariam sua pele.

— Mundo pequeno! — exclamou Muhammad Shah, em urdu, de novo. — Da *Amreeka* à União Soviética, a gente acaba se encontrando aqui.

— Das montanhas ao mar, onde peixes pretos como você se reproduzem — disse Herói.

Se houve uma briga, Salaamat não saberia dizer. Ao perder os sentidos, caiu no chão, acreditando ter tombado sobre o gargalo de um vaso, em direção a um vasto bojo azul.

4

Incêndios

Quando Salaamat recobrou a consciência, sua cabeça estava um verdadeiro pandemônio. Tocou-a, e seus dedos ficaram pegajosos. Estreitando os olhos, viu que se encontrava no meio de uma rua em chamas. Pneus queimavam. Uma multidão atirava pedras. Ele rastejou até a calçada atrás de si, procurando uma porta na qual se meter. Porém, só havia vidros quebrados, barracas queimando, pessoas se arrastando e o som de tiros. Os comerciantes já haviam fechado as portas de aço. As lojas que ainda não o tinham feito estavam sendo depredadas. Salaamat tentou se levantar. Cambaleando pela rua, lembrou-se vagamente de um mundo diferente, de vidro.

O cheiro de borracha queimada misturava-se com o de plásticos, comidas e cabelos chamuscados, e o estômago do jovem revirou. Um carro depredado fora abandonado no meio da avenida, com buracos onde antes portas haviam sido escancaradas, aos gritos. Foi então que Salaamat se lembrou da barafunda. E do chá. Pôs a mão no bolso: as notas não estavam mais ali. Em seu lugar havia um pedaço de papel.

Salaamat 275

Quando o abriu, brincos de prata incrustados com lápis-lazúli caíram em suas mãos; eram os que ele queria. No papel, alguém escrevera um número de telefone. Recordou-se das duas faces escuras que falavam sua língua. E dos três branquelos sentados em banquetas. E ainda do sujeito que ele nunca tinha visto, preparando chá, nos fundos. Quem teria roubado seu primeiro salário?

Três anos penando, sem casa e família, agüentando a gozação dos funcionários de Boa-pinta. E agora, isso. Será que Deus não havia colocado humilhação suficiente em seu caminho? Virou-se e, em seguida, parou: se quisesse voltar para a loja de Herói, teria que ir ao encontro da multidão.

Quando um homem passou correndo ao seu lado, Salaamat agarrou-o pelo braço e perguntou:

— O que está acontecendo? — A face do sujeito estava chamuscada e sebosa; a sua devia estar assim também.

— Você tem que ir naquela direção — disse o homem, apontando para o caminho oposto à construção na qual se encontrava a loja de Herói e já indo embora.

Salaamat o seguiu, devagar. *Vou voltar*, jurou ele.

Quando ouviu mais um tiro, viu-se querendo saber que tipo de arma o teria disparado. Nunca imaginara que existiam tantos modelos. Algumas eram mais leves, e o acabamento variava bastante, tal qual na fabricação-de-carroceria-de-ônibus. Porém, quando em vez de um único disparo, Salaamat ouviu uma rajada de tiros, lembrou-se das metralhadoras. Ele começou a correr.

5

Cinzas

Enquanto a última labareda consumia o coletivo, um clarão de tom verde sinistro iluminava o rosto de um velho.

— Era um ônibus muito bonito — sussurrou um jovem ao seu lado.
— Novo. Não tinha nem duas semanas. Tinha uma formiga enorme ali — contou ele, apontando para o pára-lama.

Salaamat se deu conta antes mesmo de chegar perto. Talvez devido à chapa roxa que uma criança chutou até o final da rua — a única parte que tinha sobrevivido. Ou talvez tivesse simplesmente ouvido a morte na fumaça que crepitou em sua direção. Desta vez o cheiro era diferente, nada parecido com o da borracha queimada pela qual Salaamat passara a fim de chegar ao ponto de ônibus. Talvez fosse cheiro de premonição. Toda a sua vida culminava neste momento; fora um idiota por não ter percebido antes. Era seu destino estar ali, naquele entroncamento.

Não restava mais nenhuma tartaruga agora. A pintura, o metal e os desenhos estavam todos queimados e retorcidos. Só uma prancha de madeira ainda chamuscava. Labaredas de tom laranja subiam ao seu redor

Salaamat 277

sem muito ímpeto. Tinham perfurado o ferro, estilhaçado as luzes de discoteca, despojado as poltronas de plástico, engolido as janelas imundas, enegrecido o volante prateado.

Salaamat caminhou em torno do seu ônibus. *Seu.* Ali estavam os meses sem dormir direito, os olhos lacrimejantes, as mãos cortadas pelo aço, o peixe brilhante, a Rani, a cronologia. O primeiro salário se fora também. Deu um chute na roda dianteira. A fumaça impregnou cada poro de seu corpo. Salaamat fechou os olhos, dominado pela mais absoluta exaustão. Não havia nada ao seu redor que evocasse a ordem que ele labutara para construir desde o dia em que deixara sua vila. Não, antes mesmo disso: desde os pescadores das traineiras e seu ataque. A covardia do pai. A humilhação silenciosa da mãe. Sua morte. Ou talvez até mais cedo ainda. Se pudesse ler as linhas de suas mãos, quem sabe dissessem que tudo dera errado no dia em que nascera. Esse fora o verdadeiro erro.

Não havia coisas belas em que se concentrar naquela vida. Salaamat tinha de começar outra. E agora sabia qual caminho o levaria até ela. O pedaço de papel que estava em seu bolso roçou em seu peito. Jogou-o nas cinzas depois de decorar o número.

6

Irmão e Irmã

ABRIL DE 1987

Salaamat foi à fazenda com freqüência após o percalço com Herói. Algumas vezes ia sentado nas poltronas vermelhas rasgadas dos ônibus, outras, de pé. Já nem reparava nos coletivos, nem trocava idéias com os passageiros, tampouco prestava atenção nas greves diárias ou no vertiginoso aumento do número de vítimas.

— Não vou te ver por algum tempo — disse ele a Sumbul, em uma manhã de abril. Ela estava sentada sob uma amoreira, amamentando o segundo filho, uma menina.

A última vez que seguraram Salaamat como um bebê fora no dia em que a avó o encontrara sendo levado pela correnteza marinha. *Dadi* o ninara depois que os tios tiraram água de seus pulmões. E também cantara, tal qual a irmã fazia agora.

Sumbul abotoou a blusa, mas ele entreviu um mamilo duas vezes maior que a tampa de um refrigerante. A irmã só tinha quinze anos; ela, que era desprovida de curvas como a linha costeira, e ágil como um peixe. Uma mecha de cabelo se soltara de sua trança. Salaamat colocou-a de volta, com delicadeza, atrás de sua orelha, roçando os dedos no lóbulo, no qual havia uma argola fina.

— Lembra como tu gritou quando a *dadi* colocou esses brincos?

— Pensei que ela tinha furado o meu coração e que eu ia sangrar até morrer! Se eu soubesse naquela época o que Deus ainda tinha planejado para mim, teria gritado mil vezes mais alto. — Riu.

Salaamat pôs a mão no bolso.

— Pra ti. — Ele colocou os brincos azuis junto ao rosto da neném. Guardara o presente para dá-lo nesta última visita, antes de se unir a Fatah e os homens dele. Tinha conseguido seu dinheiro de volta também, e muito mais.

Sumbul ficou boquiaberta e ergueu os brincos a fim de examiná-los.

— Onde comprou?

O irmão tirou, com cuidado, as velhas argolas da orelha dela.

— Gostou?

— Claro que sim! — Riu. — São lindos. E devem ter custado uma fortuna.

— Balança a cabeça — pediu ele. Ela a meneou. — Foram feitos pra ti! — Ele sorriu, admirando o contraste entre o pescoço moreno e aveludado e as pedras escuras e polidas. — Precisa de um espelho.

Ela se inclinou e lhe deu um beijo na bochecha.

— Posso ver os meus brincos lindos nos teus belos olhos; não preciso de um espelho.

Sentaram-se em silêncio durante algum tempo. Ao redor de Salaamat havia árvores novas, plantadas depois que sua família fora para a fazenda. Tinha sido ela que plantara as mudas, regara e podara as plantas, vigiara o local e ajudara a criar as lagartas no barracão, o qual ficava na frente do local em que os dois irmãos se encontravam. Assim que terminasse de alimentar a bebê, Sumbul alimentaria os bichos-da-seda. Salaamat, porém, jamais entrara no barracão. As criaturas brancas e coleantes lhe traziam à mente os camarões que a mãe passara a vida descascando.

— Está feliz aqui? — indagou ele à irmã.

Ela lhe deu um tapinha suave.

—Tu sempre me pergunta isso, e eu sempre dou a mesma resposta: estou. Eles são boa gente.

— Mas tu trabalha com *larvas* — disse ele, em tom ríspido.

— Não tem nada de errado nisso. É um trabalho honesto. E *aba* é bem tratado na casa. A filha deles gosta muito dele.

Tentando parecer casual, Salaamat perguntou:

— Ela está aqui, hoje?

— Meu pobre irmão apaixonado. — Sumbul lhe deu um beliscão na maçã do rosto. A neném estava acomodada entre suas pernas cruzadas. Limpando o queixo da filha com a dobra do *shalwar*, ela prosseguiu: — Em vez de querer saber de garotas ricas, deveria perguntar como está teu pai, de idade avançada.

— Ah, não começa, vai!

— Tu tem que perdoar o teu pai, Salaamat *bhai*. Deixa disso! Ele estava fraco. Todos nós temos as nossas fraquezas. Se *ama* conseguiu perdoar o marido, tu também deveria.

— Que tipo de homem fica rolando na cama enquanto a mulher trabalha feito escrava numa fábrica fedorenta?

— O mesmo tipo que casou comigo. Só que eu estou numa fazenda, e ela não fede. — Ela olhou de soslaio para a cintura do irmão. Ali estava uma pistola. — Vai me contar qual é a marca dessa? — perguntou, com sarcasmo. — Pelo visto é diferente da alemã que tu estava carregando na última vez. Aquela era... hum... metade pistola, metade Kalashnikov. Tu tinha conseguido um preço especial. Tudo graças ao benevolente General.

—Tu acha que eu estaria mais seguro sem ela? — retorquiu ele.

— Estaria mais seguro se ficasse longe dessa gente que usa armas.

— Pra fazer o quê? Passar a vida dando comida pra verme?

Os lábios de Sumbul estremeceram. Ela pegou a criança e, quando sua cabeça se inclinou para o lado, uma lágrima escorregou até a orelha e o brinco de lápis-lázuli. O irmão suspirou, limpando-a.

Ela se apoiou no ombro dele, sussurrando:

— Eu te amo. Não quero perder mais parentes. — E, em seguida, passou a falar, tal qual fazia, com freqüência, do último ano da família na vila e de como sentira falta dele, seu irmão favorito.

Por mais que isso fosse doloroso, Salaamat sentiu-se satisfeito. Fitou as pedras com orgulho e deixou a irmã divagar, intuindo que um longo tempo passaria até que escutasse alguém falando de amor de novo.

Sumbul arrumou a *dupatta* na grama e deitou a neném ali. Em seguida, pôs Salaamat nos braços e enrolou os cachos dele com os dedos.

— Eu sempre quis ter um cabelo igual ao teu.

— O teu é muito mais bonito.

— Então me dá pelo menos teus olhos azuis misteriosos, iguais aos da nossa *dadi*.

— Mas eu adoro olhar para os teus. Arredondados, cor-de-canela.

— Tu está ouvindo tudo o que eu digo.

— Estou. Tudo.

— Então já não é mais surdo.

— Às vezes, fico. Mas, por algum motivo, nunca contigo.

A irmã riu.

— Olha, eu acho que essa história está mal contada!

Ele prometeu:

— Quando eu voltar, vou comprar muito mais jóias. Vou ter tanto dinheiro que tu nem vai mais precisar trabalhar aqui.

— E se eu quiser ficar, vai me dar o dinheiro assim mesmo? — provocou Sumbul.

Ele deu um largo sorriso.

— Sempre vou te dar metade. E a gente pode mandar esse seu marido idiota comer capim pela raiz.

— Psiu! As crianças ouvem quando dormem.

— Ótimo. É bom mesmo ela saber que não tem só sujeitos como o pai dela. Existem homens como o *mamu* dela. — Então, afastou com suavidade a irmã. — Tenho que me despedir do Chachoo agora. Não se preocupa comigo. — Deu um beijo na testa dela e, em seguida, na da bebê. — Eu vou voltar.

Sumbul prometeu sempre adorá-lo e defendê-lo, a qualquer custo.

7

Testemunha

Salaamat passou pelos irmãos que vigiavam o portão da fazenda. Abraçou-os rapidamente, trocando um mínimo de palavras. Eles não haviam sentido sua falta quando deixara a vila; não lhes devia muito em contrapartida.

Ele caminhou meio quilômetro até Makli Hill, onde o irmão de seu pai tomava conta dos túmulos. O homem decidira não trabalhar nem na casa nem na fazenda do sr. Mansoor, e Salaamat o respeitava por isso. Sempre que ia visitar Sumbul, visitava Chachoo também.

Não restava muito dos túmulos, além de paredes arruinadas e azulejos partidos. No entanto, um, em especial, ainda oferecia um vislumbre de como era havia seiscentos anos; era diante desse que o tio geralmente marchava, tal como fazia naquele dia.

Salaamat deu um beijo na barba grisalha de Chachoo. Era tão alto quanto ele e mais corpulento que o seu pai. Fora um bom pescador. Agora perambulava sozinho por ali o dia todo, fitando os leitos de morte de reis e rainhas.

O portão de ferro que dava para o pátio do túmulo estava destrancado. Isso era raro.

— Visitantes? — indagou Salaamat.

Chachoo fez uma pausa.

— É, acho que se pode dizer que são visitantes.

— Vamos entrar também.

O velho fez outra pausa.

— Acho que seria melhor não perturbar aquela gente.

— E por que não? — perguntou, já entrando. Relutante, o velho o seguiu. — Eu gosto de vir pra cá — disse Salaamat, por sobre os ombros, subindo a escada estreita e decrépita que levava a um pórtico que, por sua vez, contornava uma segunda câmara. — Isto daqui é muito melhor que a adorada fazenda de Sumbul.

Salaamat se moveu com cuidado, parando para tocar nos azulejos de mosaico azul gelados do terraço frágil. Pensou nas mãos que haviam criado desenhos tão delicados e queimado e esmaltado o barro e, por um instante, perguntou-se se sentiria falta do trabalho na fábrica. Afinal de contas, fizera um bom trabalho.

Dirigiu-se ao tio.

— O que tu fez hoje, Chachoo?

O velho deu de ombros.

— O de sempre. Caminhei pra manter o vigor. E observei esses reflexos dançarem na pedra. — O sol conseguira se esquivar das nuvens e minúsculos diamantes tremeluziam no arenito. Chachoo apontou para eles. No entanto, quando Salaamat chegou à outra escada, que levava à cripta, o tio pôs a mão em seu ombro, com firmeza. — Melhor deixar claro. Me deram dinheiro, hoje, pra manter outras pessoas longe daqui.

Salaamat estava prestes a lhe perguntar o motivo, quando se deu conta de que podia ouvir um burburinho inconstante. Vozes. Apesar dos repetidos alertas, ele empurrou o tio para o lado e começou a descer a escada, chegando, após algum tempo, na câmara sombria na qual estava a cripta.

No alto, havia uma cúpula ricamente esculpida, sustentada por quatro pilastras. Centenas de morcegos pendiam no teto, observando tudo atentamente de seus abrigos cinzelados com folhas de parreira. Sua invasão dava um toque ainda mais tridimensional ao alto-relevo. Na metade da altura da cúpula, abarcando toda a sua extensão, fora pendurada uma rede, a fim de manter os acrobatinhas e seus risos nervosos a distância. A malha era ideal para capturar insetos: os morcegos pareciam aranhas em uma teia que nem mesmo tinham de tecer. Todas as vezes que Salaamat entrava ali, a colônia aparentava ter dobrado de tamanho. Agora, ao se aproximar da primeira pilastra, uma criatura desceu como um trapezista na direção do jovem, apenas para subir novamente para perto da rede.

Mas, hoje, ele e o tio não eram os únicos a evitar os vôos rasantes dos morcegos. Havia outra pessoa atrás da pilastra seguinte. Chachoo franziu o cenho, mas Salaamat continuou a avançar.

Ele notou a presença de mais duas figuras no túmulo obscuro. Uma delas era a sra. Mansoor? Era, sim, quase igual àquela vez no jardim, quando estava sentada à mesa arrumada para o chá; só que, agora, estava de pé. Nunca tinham se encontrado durante as visitas que Salaamat fazia à fazenda, porém ele reconheceu o corpo sem curvas e pueril, bem como os cabelos curtos e masculinizados. Ela não mudara nada. Salaamat se inclinou para a frente, mas a sra. Mansoor bloqueava sua visão da outra figura. Ele prestou atenção. Ouviu a voz dela e a de um homem. Por que marido e esposa pagariam Chachoo para manter seu encontro reservado?

O velho, por fim, alcançou o sobrinho.

— Quem é ele? — sussurrou Salaamat.

Chachoo meneou a cabeça.

Houve um movimento atrás da pilastra naquele momento. O homem tentou tocá-la, mas a mulher se afastou. Dessa forma, foi possível vê-lo. Não era o sr. Mansoor. Seus tons de vozes ficaram mais altos.

— Você não devia ter pedido para me ver — dizia ela.

— Eu tenho direito de manter contato.

Instantes depois, dois morcegos precipitaram-se na direção deles, e todos os quatro se abaixaram.

— Ah, que lugar para nos encontrarmos! — gritou a sra. Mansoor.

Lá fora, antes que Salaamat o deixasse, Chachoo advertiu:

— Hoje tu é uma testemunha, mas também é cego, surdo e mudo.

ANU

I

O Médico Olha para Dentro

JULHO DE 1992

Anu se despediu de uma amiga que fora lhe dar as condolências e se dedicou à oração vespertina. Depois, entrou na sala de televisão na qual Daanish lia o jornal. Ele estava no mesmo local em que o médico costumava ficar, fazendo a mesma coisa. No entanto, antes de se acomodar, o marido tinha o hábito de pôr migalhas de pão em um pires, para os pássaros. Em seguida, acomodava-se naquela poltrona, que lhe proporcionava a melhor vista das aves se alimentando, e dava tapas nas coxas quando os pardais brigavam uns com os outros. Daanish vinha correndo da cozinha, onde Anu lhe servia o café-da-manhã e, quando quaisquer outros tipos de pássaros — periquitos, tecelões e rouxinóis — apareciam ali, pai e filho ficavam conversando por um longo tempo.

Daanish continuou a ler, sem notar a presença de Anu.

Ela mantivera sua parte do acordo. Daanish concordara em ver Nissrine com a condição de que Anu não o pressionasse a se comprometer. Isso ocorrera havia duas semanas. Embora ansiasse pelo noivado dos dois, ela se conformara com um ocasional "Aquela Nissrine é tão esbelta e educada. O tipo perfeito para rapazes da sua idade." A maior parte de suas conversas com o filho, fosse sobre o jantar ou sobre a chuva, começava dessa forma. Não o estava pressionando, apenas sugerindo.

Pôs-se ao lado de Daanish, o gramado lá fora visivelmente livre de pássaros e migalhas de pão. O céu estava nublado e morrinhento. A sala, mesmo com o ventilador de teto, uma sauna. Talvez julho trouxesse chuva. Mas, então, as goteiras do telhado entrariam em ação e mais argamassa se desintegraria nos tapetes gastos. Havia sido uma batalha permanente entre Anu e o médico: ela queria gastar com a casa, ele, com as viagens; ela desejava economizar, ele, surpreender. Os tapetes velhos estavam visíveis novamente, já que os lençóis brancos colocados para a leitura do Corão tinham sido retirados. Anu preferia os lençóis.

Fazia agora cinqüenta e um dias que o médico falecera.

Ela estava aguardando que a sua presença diminuísse, esperando para parar de contar os dias. Porém, sabia que, na manhã seguinte, assim que acordasse, pensaria: cinqüenta e dois. Ao se sentar no lado direito da cama, alisaria os lençóis com cuidado, temendo que a mão esbarrasse no lado dele e tocasse, não o vazio, mas o médico. Então, apoiava a cabeça nos joelhos e tentava não ouvir as últimas palavras que ele lhe dirigira, pronunciadas do ambiente no qual suas mãos não se ousavam aventurar. No entanto, ela as ouvia, mais alto no dia seguinte que no dia anterior: *Há um presente que você nunca encontrou. Só que eu tampouco o achei.* Anu tomava a firme decisão de não deixar que isso a assombrasse. Porém, diariamente, era o que acontecia.

Anu sentou-se, soltando um longo suspiro.

— Aquela Nissrine é tão esbelta e educada...

Detrás do jornal, Daanish a interrompeu:

— O tipo perfeito para rapazes da minha idade.

Ela fez um beicinho.

— Você está gostando de me manter em suspense.

— Reconheço que estou impressionado com o seu autocontrole. Seria interessante ver quanto tempo dura.

A mãe estalou a língua.

— Você está falando igualzinho ao seu pai. Ele sempre esquadrinhava tudo. Um rapaz não devia esquadrinhar a mãe.

— Então o que devia fazer com ela?

— Devia — respondeu, de modo enfático — prestar atenção em cada um dos desejos dela.

— Quando foi que não prestei atenção? — Ele sorriu, abaixando o jornal.

— Sou uma mãe muito sortuda. Meu filho sempre me ouviu. — Então, acrescentou: — E sempre vai me ouvir.

Daanish riu.

— A menos que a felicidade dele esteja em jogo.

— Eu só penso na sua felicidade.

— Mas... — Começou a dizer e, em seguida, hesitou. — Sei que pensa, Anu.

A mãe ficou satisfeita.

— Bom, a Nissrine *é* esbelta e educada.

— Será que você está começando a desistir?

— Bom, podia pelo menos me dizer o que é que achou dela.

— Pensei que isso já tinha ficado claro: ela é esbelta e educada.

— Você *gostou* dela?

— Dela? Ah, sim.

A face de Anu se iluminou.

— Eu *tinha certeza* que ia gostar dela. Sabe de uma coisa? Não vou pressionar você, filho. — Ela se levantou e foi até a poltrona dele, de novo. — Continue pensando assim. — Acariciou-o.

— Está bem. — Ele voltou a se concentrar no jornal.

Passeata de Protesto, dizia a publicação. Anu tentou examinar de perto, mas as letras começaram a dançar. Estava distraída. Fragmentos da conversa que tivera com a mãe de Nissrine um dia depois do chá lhe vieram à mente.

— Quem era aquela moça *terrível?* — perguntara Anu. — Me surpreende uma jovem tão *sensata* quanto a sua filha ser amiga daquela... *daquela mulherzinha!* E já é a segunda vez que ela estraga tudo para Nissrine.

— Você está *coberta* de razão — respondeu Tasleem. — Ela é uma péssima influência para a minha filha, e não é de hoje. Eu sempre *disse* isso. E quando Nissrine me contou que tinha convidado Dia, mal pude *acreditar*. Sabe, depois daquele incidente horrível, na frente de todo mundo. Aquela *be-shar'm* sempre levou a minha filha a causar má impressão. Não tem um pingo de... de *educação*, nem a *menor* noção de como se comportar.

— Qual é o nome dela?

— Dia Mansoor. Já viu que nome mais ridículo? O que mais se poderia esperar, considerando a mãe que tem?

Filha *dela.*

Anu observou mais uma vez o lugar em que o médico colocaria o pires. Ele estava ali, com os braços e a face ligeiramente azulados, trajando a camisola branca e suja do hospital com a qual morrera. Quando vivo, ele se sentara na poltrona e olhara para fora. Agora, olhava para dentro, como se ela e Daanish fossem os pardais alimentados por ele. Passados cinqüenta e um dias, ele ainda estava no comando. Ela entrou em pânico, ansiando ainda mais que Daanish lhe desse uma resposta.

A mãe pigarreou.

— O que você está lendo? Alguma coisa interessante?

— Só preocupante.

— Por que não lê para mim?

Fitou-a de um jeito hesitante e, em seguida, fez um breve resumo do artigo.

— O escritório de um jornal publicado em inglês foi atacado. Cinco homens fardados alegaram que a redação vinha fazendo declarações "antipaquistanesas". Então, levaram a prensa do jornal. Com esse, são duzentos e trinta e três ataques a redações em seis anos. Os jornalistas estão protestando.

A mãe tentou ler, mas o texto mais uma vez bailou diante de seus olhos. Em vez disso, viu Daanish na sala de estar de Tasleem, girando os polegares com indiferença. O filho mal olhara para Nissrine.

Anu começou a acariciar os cabelos grossos do filho.

— Isso é, quer dizer, deve ser muito interessante para você, já que está estudando jornalismo — disse ela.

— É. — Fez um beiço, pensativo. — É mesmo.

Na sala de Nissrine, ele se dirigira à moça com o nariz adunco. O nariz de Riffat; fora isso, não havia muitas semelhanças. Os cabelos desalinhados da jovem, por exemplo, não eram iguais aos da mãe. Aquela mulher não fazia outra coisa, além de aparar e arrumar os cabelos todos os dias.

O filho sorrira para Dia. Anu conhecia aquele sorriso.

Agora, Daanish estava dizendo:

— *Aba* nunca quis que eu fosse jornalista. Falava que eu ia passar a vida lutando, não só pelo direito de falar, como também de viver. O pobre *dada* apodreceu sozinho na prisão por todos aqueles anos.

Os joelhos do filho estavam a centímetros de distância da moça, que se aproximava despudoradamente dele. Estava tudo no sangue, não estava? E o sangue de Nissrine era puro como o ar montanhês que os ancestrais dela e os seus respiraram séculos atrás. Por isso a pele da pretendente era tão clara, seu andar tão comedido, o olhar tão submisso. Mas *aquela mulherzinha* — jogando a cabeça para trás, tão descarada, murmurando "É mesmo? O quê? Que incrível!"

O filho nem mesmo reparara quando Nissrine servira o chá. Não a observara despejar o leite, nem pôr açúcar. A infusão permaneceu na mesa, fria, intocada. E, enquanto isso, a moça escura, assanhada, piscava para ele, fazendo a cabeça do rapaz rodopiar e rodopiar.

— E, apesar de tudo — prosseguia Daanish —, *dada* foi meu herói, assim como todos esses homens e mulheres. — Apontou para o jornal.

— Eles vivem em nome de uma causa. E existe motivo melhor para viver? Eu me orgulho deles. Não houve nenhuma passeata de protesto quando os jornalistas americanos resolveram tomar uma atitude e reconhecer que foram silenciados durante a Guerra do Golfo. Admitiram que, se tivessem falado, teriam perdido o emprego. Revelar isso foi um ato de coragem, mas os repórteres daqui se arriscam muito mais.

O que ele vira nela?

— Eu me pergunto às vezes, sabe, Anu, se sou tão durão quanto eles. Teria sido mais fácil se eu fosse igual aos outros jovens paquistaneses que estudam nos Estados Unidos e escolheram carreiras como engenharia e administração. Eu voltaria pra casa gorducho e animado, que nem o Khurram.

Talvez ele gostasse de moças um pouco mais masculinizadas. Como aquela baixinha e morena da fotografia. Ela estava com um boné que dizia Bela Gula e usava um avental. Parecia não estar usando nada mais. Entretanto, não havia quase nada que ver.

— Quando eu leio que os Estados Unidos estão insistindo para a gente assinar o Tratado de Não-Proliferação Nuclear, então tenho certeza que devo escrever. Não importa que nem um só membro do Conselho de Segurança da ONU tenha assinado esse tratado. Não importa que todos os cinco membros permanentes tenham dado início à corrida armamentista. Não importa que as armas em nossas ruas tenham vindo desses países ou que a exportação de armamentos dos Estados Unidos se intensifique cada vez mais. Como a Guerra Fria acabou, e nós já não somos úteis contra os soviéticos, viramos inimigos.

Não, mas ele gostava das robustas também. A loura, por exemplo, parecia estar amamentando.

— Ontem, o jornal publicou uma declaração fornecida pelo serviço secreto americano. Sabe o que dizia? Como o risco de ataques com mísseis contra os Estados Unidos aumentara, eles tinham que aumentar os gastos com a defesa. Dá pra acreditar nisso? Enquanto países pobres são punidos por se defenderem, a potência militar mais forte do mundo inventa mais desculpas para continuar aumentando seu arsenal bélico.

Além de parecer com o pai, o filho falava e se comportava exatamente como ele.

Daanish dobrou o jornal, irritado.

— O problema é que, ainda por cima, a gente pede ajuda. Mendigos, é o que nós somos. E ou a gente se une aos opressores ou continua a ser indigente. São essas as nossas duas escolhas.

Anu acariciou a bochecha do filho. Ele fez pouco caso.

— Você não escutou nada do que eu disse, não é, Anu? Não está interessada.

— Ah, não fique assim — ela o puxou para si.

Daanish, entretanto, levantou-se e foi até seu quarto, acrescentando, por sobre os ombros:

— *Aba* teria me escutado.

Ela enrubesceu diante do médico, que continuava a olhar para dentro.

2

A Pista

Anu estava ao lado dele, abanando sua fronte.

O médico agarrou seu pulso e disse:

— Precisamos conversar.

Ela ficou apavorada com o que ele diria a seguir. Por que haveria de escutar? Já ouvira bastante.

— Você nunca pecou, nunca fez algo repreensível, repugnante, desprezível? — Agitou o pulso da mulher.

Anu implorou que a soltasse.

— Não. Eu quero que me escute. — Começou a acariciar os cabelos dela com a outra mão, beijando com carinho suas pontas. — Sempre tentei ficar ao seu lado, apesar de não ter conseguido, em algumas ocasiões.

— É tarde demais para isso — disse, soluçando. Como ousava perdir-lhe que o perdoasse agora, quando ela já perdera a vontade de que o fizesse? Por que tinha de absolvê-lo de qualquer culpa? Ele tivera uma vida fácil. E agora queria que ela lhe desse uma morte fácil. — Não — enfatizou, puxando a mão. — Não quero nem ouvir.

— Mas vai. — Ele riu. — E vai descobrir que há um presente que você nunca encontrou. Só que eu tampouco o achei.

Anu subiu a escada e foi até o quarto de Daanish, enquanto o médico tossia e chamava por ela. Começou a retirar os objetos do rapaz e nunca mais viu o médico abrir os olhos vivazes de novo.

Cinqüenta e dois dias depois, Anu acordou pensando: cinqüenta e dois. Tinha de encontrar o tal presente.

Perguntou-se que pistas ele deixara e onde as teria escondido. Era, de fato, irônico: durante a vida dele ela nunca entrara no jogo. Porém, agora, estava intrigada. Será que o médico deixara algum indício na casa? Talvez. Quase todos os presentes que lhe dera relacionavam-se, de alguma forma, com comidas e bebidas. Anu começou na cozinha, esvaziando armários, remexendo em gavetas e espiando debaixo do fogão. Certa vez ele lhe deixara um leque de osso de camelo na pá do ventilador de teto e o objeto fora lançado em direção à janela quando ela ligara o aparelho. Não havia nada ali, agora.

Quando Anu terminou de procurar na cozinha, revolveu a terra de suas plantas. Elas eram um de seus redutos favoritos. Nada. Tampouco na sala de televisão, nem mesmo perto da poltrona dele. Ela não conseguiu encontrar nada.

Daanish passou pela mãe a caminho da porta. Estava indo para algum lugar com Khurram de novo. Deu-lhe um beijo de despedida. Ela o observou sair — braços fortes e longos. Podia ter sido o médico, vinte e três anos atrás, antes que ele começasse a ficar calvo e criar barriga, antes que ela se tornasse a sombra na gruta.

Anu foi até o gramado, observando Daanish afastar-se na rua, em direção à casa de Khurram. Então, ergueu a face suada, em busca de uma brisa qualquer. Não tinha vontade de entrar, queria ficar ali até que a compulsão de entrar no jogo do médico passasse. Contemplou seu pequeno jardim, no qual os arbustos de dentelárias eram uma fonte de estrelas azuis, e cada flor de antúrio, uma palma avermelhada com um dedo médio branco se erguendo. O médico costumava dizer que era a coisa mais obscena que ele já tinha visto. Tinha uma mente tão limitada... e ainda tinha. Anu desejava esquecê-lo e desfrutar das flores, simplesmente porque estavam ali para serem apreciadas. Queria desfrutar daquele dia moroso. Almejava tocar no que lhe pertencera antes de se casar com ele.

As folhagens farfalharam. Uma gata de rua dera à luz a quatro filhotinhos, que se aconchegavam sob uma bananeira. Um gatinho, preto, com uma mancha branca no rabo, saltou sobre os outros e golpeou o ar. Sua mãe rosnou com suavidade.

Antes de os ovários de Anu serem retirados, que presente havia dado o médico?

Ela não conseguia evitar; continuava a agir como se fosse o pardal dele. Suspirando, Anu entrou para preparar o almoço.

Assim que entrou na cozinha, caiu em si. É evidente, o primeiro presente do médico fora o filho deles; o último, teria a ver com ele. Anu encontrara a pista. Era Daanish.

Mas, qual seria o próximo passo?

Enquanto limpava uma galinha na pia da cozinha, continuou a sentir a presença do médico. Aprenderia a aceitar isso também. Haveria de se adaptar, terminar a renda *guipure* e preparar o chá. Jogaria a infusão fora e faria outra, caso ele desejasse. Era como deitar imóvel sob o médico quando ele acordava no meio da noite, sem dúvida alguma sonhando com *aquela fulaninha* e, sem querer saber se Anu dormia ou não, penetrava-a rudemente na escuridão. Ele nunca morreria, mas até mesmo isso se tornaria rotina.

Assim que pôs a galinha para cozinhar em fogo baixo, olhou para o relógio: passava do meio-dia. Daanish chegava cada vez mais tarde toda vez que saía.

3

O Médico Olha para Fora

O filho estava saindo de novo.

— Aonde você tanto vai, hein? — indagou Anu.

— Estou indo me divertir — respondeu Daanish, exasperado. — Por que não sai com as suas amigas?

— Mas — sua voz estremeceu —, de repente eu podia ir com você. Khurram é um rapaz tão agradável. Tenho certeza de que ele não se importaria.

O filho, de camiseta e calção esfarrapado, lançou-lhe um olhar duro sobre o boné.

— Eu estou fazendo o melhor que posso pra ficar com você, mas também preciso ter o meu próprio espaço.

Da forma como falou, parecia estar lhe fazendo um favor, como se sua companhia fosse uma penitência. Agia como o médico.

— Não vou atrapalhar — insistiu ela. Mas o filho, teimoso, foi embora.

Anu passou o dia inquieta, indo de uma janela à outra, aparando cada vez mais os arbustos de hibiscos do jardim. Diversas vezes foi ao quarto de Daanish, acreditando que a porta se destrancaria milagrosamente. Caíra na besteira de não tirar a chave da porta antes da chegada dele. Se o filho era a pista, talvez o presente estivesse em seu quarto. Deveria chamar um chaveiro?

Todas as vezes que Daanish voltava desses passeios, as roupas vinham cheias de areia. Filetes de sal permaneciam nos pêlos densos de suas pernas e os seus cílios assemelhavam-se a um pincel empoeirado. Em certa ocasião, Anu teve certeza de que o lábio superior do filho estava cortado, bem na curva sob sua narina direita. Ele tentou ocultar a manchinha de sangue, virando ligeiramente o rosto, comprimindo os lábios, ficando de boné o dia todo. Mas a sombra da viseira não a havia enganado. O corte fino sobressaía. Não restava dúvida, na mente de Anu, de que o filho fora à enseada com Khurram. Na certa, caíra nas rochas, embora o fato de só aquele centímetro no lábio superior ter sido atingido permanecesse um mistério. E por que tanto sigilo? Quando ele era criança, adorava quando ela o acompanhava.

Anu começou a podar a buganvília. Diferentemente das esposas arrogantes dos amigos do médico, ela nunca contara com empregadas domésticas para lhe ajudarem a cuidar da casa. O jardineiro vinha uma vez por semana para cortar a grama — quase sempre ela se encarregava de regar as plantas e podá-las. Anu não precisava de ajuda para cozinhar. Eles não tinham motorista, nem *chawkidaar*. Suspirando, Anu pensou "e para que contratar alguém para vigiar uma propriedade em óbvia deterioração?" As rachaduras da parte externa deveriam ter sido emassadas, e a casa, pintada, muitos anos atrás. Talvez esse fosse seu próximo projeto. Mas ela teria de esperar: o dinheiro que usara para redecorar o quarto de Daanish viera da venda do colar de pérolas e de outros presentes, e já não tinha nenhum outro para vender.

Ao cortar os ramos espinhosos da buganvília, contemplou o céu opaco. Estava da mesma cor das pérolas. Anu enxugou a testa. Embora a umidade estivesse beirando os noventa, não caía nem um chuvisco. Quase não havia brisa naquele dia. O modesto jardim de Anu fora tomado por um mormaço abafado. Ela caminhava descalça no gramado áspero, repleto de pontas de raízes queimadas. O médico lhe dava uma mesada mensal que só lhe permitia comprar um tanque de água por semana. Não era o suficiente para o gramado. Aquelas esposas com as quais ele flertava compravam sementes de grama norte-americana, e seus gramados eram macios como travesseiros. E o *daquela fulaninha*, daquela abominável Mansoor com a filha da mesma laia, o dela tinha recebido todos os prêmios de horticultura desde que Anu descobrira que havia tais concursos. Ela podia até imaginá-lo: verde como a caixa de jade que o médico escondera, certa vez, para Daanish. O menino a encontrara no mesmo dia, claro. Como os dois se comunicavam de forma tão impecável entre si?

Anu deixara algo para Daanish encontrar também. Mas ele não mencionara nada a respeito da foto na caixa laqueada. Por vinte e três anos aquela face a perseguira: cachos esvoaçantes moldando uma fronte larga e macia, um nariz meio rosado e lábios abertos, formando um sorriso radiante. Ombros pressionando os dele. O cachecol dele batendo no rosto dela. Ambos rindo como se mal pudessem acreditar na própria felicidade.

Ela queria que Daanish soubesse como a imagem a insultara. Porém, ele não dissera nada.

As nuvens passavam com lentidão, abrindo-se de vez em quando, descortinando uma janela cinza-escura, na qual Anu espiava. Algumas vezes, a imagem do outro lado apresentava um tom azul, outras, um azeviche impenetrável. Então, a janela se desintegrava e se descortinava em outras bandas.

Será que Deus perdoaria sua fúria? Ela só queria se assegurar de uma coisa: o filho. O médico lhe usurpara todos os prazeres, menos esse. Jamais haveria de tocar nesse, embora, até mesmo morto, tentasse. Por isso ele deixara o presente para Daanish. Se ela o achasse e destruísse, Daanish seria só seu, por fim.

Anu suspirou: desbastara excessivamente o arbusto.

Passava da uma da tarde. Fazia três horas que o filho saíra. Se ele a tivesse convidado, ela estaria sentada com ele no penedo da margem e, juntos, contemplariam o mar turvo, sob as nuvens turvas, e talvez a primeira monção da estação caísse naquele momento. As gotas grossas e arredondadas golpeariam as xícaras de chá dos dois, e eles sorveriam a infusão com água de chuva, observando os pingos ricochetearem da mesma forma no vasto oceano. Ela usaria seu xale azul-claro, e os dois poderiam se abrigar debaixo dele.

Continuando a podar, Anu chegou ao arbusto de dentelária, com aquela imagem tão vívida que ela chegava a sentir o cheiro de chuva. Ocorreu-lhe que, como sabia aonde o filho ia todos os dias, poderia segui-lo. Poderia pedir que o irmão a levasse, ou talvez um dos vizinhos. Se o rapaz sempre adorara as surpresas do médico, por que não haveria de gostar das suas?

Sua cabeça fervilhava como um prato quente. Ficara no jardim por tempo demais; sua tez clara queimaria. Após colocar os galhos podados e montes de folhas secas em um saco de lixo, abriu o portão da frente. Estava prestes a pôr o saco na cesta ao lado da caixa de correio, mas parou: era segunda-feira, e o lixo só seria recolhido na sexta-feira. Decidiu caminhar até o terreno baldio no final da rua, onde todo mundo deixava o lixo.

Sacos de plástico esvoaçavam nos galhos de uma árvore que crescia na parte central dos entulhos. Sob ele, havia um buraco cheio de comida estragada, invólucros de plástico e cinzas de inúmeros fogos acendidos para queimar lixo. Afugentando as moscas, ela jogou o saco ali, perturbando as agressivas formigas-açucareiras que se espalhavam nos despojos. Fora nesse local que Anu jogara as fotos de Daanish no dia em que ele chegara. Fora ali também que, antes da chegada do filho, Anu jogara vários pertences de menor significado, como as conchas.

Não fora fácil, mas estava feliz por tê-lo feito. O médico enviara o filho para a *Amreeka*, mas Daanish não precisava daquelas fotos. O médico escolhera as cores do quarto de Daanish, mas então morrera. Se ela não o tivesse repintado, e houvesse deixado as conchas, o rapaz não estaria sentindo mais saudades do pai? Apesar de elas terem sido presenteadas pelo médico, seu filho não as quereria. Quando jogou fora os objetos do marido, só queria amenizar o sofrimento de Daanish.

Anu começou a caminhar de volta para casa. Ao passar pela residência de Khurram, à sua direita, olhou de soslaio para a combinação incomum de colunas de mármore verde, ladrilhos rosa e ornamentos de bronze. Ouviu vozes se aproximando. O portão abriu e um carro deu ré, indo até a rua. Ela se moveu para o lado, espiando. Era o médico, dirigindo-se a uma reunião de terno cinza-escuro e gravata listrada. Ele lançou-lhe um olhar reprovador: *Vá lá cuidar dos seus estúpidos afazeres domésticos.*

Pestanejando, Anu se deu conta de que era, na verdade, Khurram, falando ao celular. Ao vê-la, o grandalhão fitou-a com a mesma surpresa que ela. Anu leu seus pensamentos: supostamente, deveria estar com o filho dela, então, ele abaixou a cabeça para que ela não o reconhecesse; contudo, sentindo-se ridículo por já ter sido visto, endireitou-se, hesitou e, quando o carro foi saindo, optou por lhe acenar.

I

Caos e Êxtase

À medida que o tempo ia ficando cada vez mais úmido, o humor de Dia mudava de forma intensa. O único lugar no qual queria estar era a enseada, com Daanish, apesar da presença agourenta e silenciosa de Salaamat. Então, por que ela não ficava sempre ali?

Passava o tempo aguardando o telefone tocar (como pôde ter amaldiçoado a melhor invenção do homem?) e, quando isso acontecia, corria para atender ao som atormentador que se tornara uma doce melodia. Se fosse ele, Dia só faltava dar piruetas. Se não fosse, algumas vezes ligava para ele, outras se convencia de que era a vez dele. Então desviava o olhar do telefone e contemplava o céu acinzentado e, em seguida, o calendário pendurado na porta da cozinha. Junho passara para julho, e agora já era a terceira semana desse mês; Dia mal se dera conta disso. Nem mesmo de Inam Gul, que a seguia boquiaberto. A única coisa que importava era seu próximo encontro com Daanish.

No instante seguinte, ela se repreendia por desperdiçar seus dias naquele abominável estado de expectativa. Quanta imaturidade! Era uma atitude *típica*!

Dali a pouco, a jovem voltava a se preocupar. Daanish costumava ligar duas vezes por dia. Isso significava, então, que ele não pensava nela nesse ínterim?

E, então, o coração de Dia palpitava quando repetia cada palavra que Daanish dissera, começando com a insistência apaixonada transmitida através dos buraquinhos do receptor telefônico: "Eu preciso te ver. Não amanhã. Hoje, agora." A lembrança a excitava tanto que ela ficava imóvel, sem perceber se estava sentada ou em pé, se comia ou lia, se falava ou pretendia fazer alguma coisa. Era mais essencial imaginar se ele estava sentado ou em pé, supor o que comia e lia, bem como o que dizia ou pretendia fazer. Ela pensava nos músculos da coxa dele, logo acima do joelho — teriam se contraído quando ele se inclinou para falar ao telefone? E o longo pescoço arranhado, a parte sem pêlo dos antebraços — quando ela poderia acariciá-la com o nariz? Até então, as horas não passariam.

O longo trajeto até a fazenda era exatamente do que precisava, um pretexto ideal a fim de parar de sonhar. Dia encheu as planícies sedentas do lado de fora do carro com seus desejos, mal notando os seguranças que a ladeavam. Podiam lhe lançar olhares provocativos ou se aproximarem demais, que ela estava com Daanish, refestelando-se na areia entre grandiosos penedos, deliciando-se com sua fragrância revigorante; ouvindo as ondas baterem na fortaleza rochosa dos dois, respingando espuma, de vez em quando, no ninho do casal; tirando o sal dos olhos do amado, enquanto ele prometia: "Quando eu voltar, nas férias de inverno, o mar vai estar perfeito pra te ensinar a nadar." Ele se recusou a aceitar o temor que ela tinha de água, e ela se recusava a aceitar que em menos de um mês as aulas dele recomeçariam e ele partiria. Enquanto o veículo percorria velozmente a estrada margeada pelo leito seco do rio, Dia flutuava com Daanish, com o corpo entrelaçado no dele, como sempre aconteceria.

Na fazenda, outro ciclo começara. Os semens das mariposas reprodutoras foram analisados, de forma meticulosa, em busca de doenças, e os ovos perfeitos mantidos em incubadoras por dez dias. Dos que foram armazenados primeiro, já haviam saído pequeninas lagartas, as quais só queriam saber de comer.

A ganância delas assemelhava-se a de Dia.

Naquele dia, ela pôs-se diante das bandejas nas quais estavam as larvas de um centímetro, recém-nascidas. Seus pensamentos foram de Daanish ao resultado da prova, que havia recebido naquela manhã. É evidente que ela não fora bem no exame, teria de repetir a matéria. Todas as que tinham colado, passaram.

Aborrecida, agitou as folhas da bandeja. As larvas contorceram-se e, em seguida, voltaram a triturar. As que foram postas na blusa de Nini eram vários dias mais velhas que essas. Sentia falta da amiga. Nunca mais gostaria de outra mulher com tanta facilidade. A confiança entre ambas, intacta por nove anos, fora perdida para sempre. Simplesmente tinha se estilhaçado, e a Dia só restara examinar as feridas. Na certa, Nini fizera o mesmo.

Dia considerara essa a sua segunda grande perda, após o pai. Só que, desta vez, ao contrário do que dizia Daanish, ela era responsável.

Ou não?

Desde que as férias de verão começaram, as duas não se encontraram. Após o chá, passaram-se dias antes de Nini finalmente ligar. Sua agressividade exagerada só serviu para facilitar a aproximação entre Dia e Daanish. Porém, uma semana depois, a amiga fora vê-la.

Estava com a aparência péssima — bolsas sob os lindos olhos vivazes, tez pálida, jeito de andar instável. Como será que Dia lhe parecera? Apaixonada?

Sentaram-se de lados opostos na cama de Dia, cada uma determinada a deixar a outra começar. Após dez minutos de tenso silêncio, Nini foi embora sem dizer uma palavra. Dia sussurrou: *Corra. Vá atrás dela e implore pra ser perdoada, sua boba!* Porém, não se moveu. O raciocínio de Daanish ecoou em sua cabeça: não houvera nada entre ele e Nini. Não eram amigos, nem estavam noivos, tampouco eram casados. Não havia nada, exceto o interesse por parte das mães deles. Nini se tornara uma estranha para ela antes mesmo de conhecer Daanish. Dia deixou-a sair pelo corredor.

Sara, a sobrinha de Inam Gul, dizia algo. Dia pestanejou.

— Hein?

— Eu falei que você parece estar meio cansada — repetiu Sara.

— Acho que estou um pouco, sim. Essas aqui saíram do ovo hoje? — Apontou para a bandeja que estava sendo reabastecida com folhas frescas.

— Saíram. Esta é a terceira vez que boto comida hoje. Ainda faltam outras seis.

Dia se sentiu culpada por caminhar ao longo da mesa, perdida em seus pensamentos, enquanto as mulheres à sua volta trabalhavam. Quantas tinham tempo para devanear? A expressão de Sara indicava que ela desistira disso havia muito tempo.

Sem cumprimentar as demais funcionárias, Dia deixou, perturbada, o laboratório e foi até a cabana contígua. No caminho, deparou-se com Sumbul, que esfregava a fralda de seu quarto filho na torneira, do lado de fora. O neném estava com diarréia, e Sumbul tinha de lavar suas roupas praticamente de hora em hora. A jovem mãe estava agachada, com os cabelos nos olhos e o semblante preocupado. A barriga já anunciava a presença do quinto filho.

Dia acocorou-se, ficando nauseada com o odor e a visão do excremento aquoso do menino.

— Com certeza até amanhã isso vai acabar — consolou-a Dia. — O remédio vai fazer efeito.

— Tomara! — Sumbul forçou um sorriso. Torceu a fralda e se levantou, pendurando-a em um galho para que secasse.

Elas entraram na cabana juntas. O bebê dormia em um sofá caindo aos pedaços, com uma almofada do outro lado do encosto impedindo-o de cair. Sumbul ajeitou-a e se acomodou ao lado dele. O telefone ficava no outro quarto. Dia não queria falar com Daanish na frente de Sumbul.

Salaamat, sem dúvida, vinha relatando seus encontros, pois a irmã estava cada vez mais curiosa. Já começara até a insinuar que, se Riffat aconselhasse Dia a se afastar de Daanish, ela deveria fazer isso. Como se fosse da conta de Sumbul!

Fingindo se ocupar, Dia destampou a panela do fogão — o almoço das funcionárias.

— Hum! Que cheiro bom! — murmurou tolamente.

No sofá, Sumbul prendeu os cabelos e pôs-se a cantarolar. Em seguida, perguntou:

— Você vai se encontrar com ele hoje?

Dia comentou, em um impulso:

— Salaamat, na enseada, você, aqui, Inam Gul e a minha família lá em casa. Até mesmo os seguranças. Não se tem nenhuma privacidade neste país. Tudo é dissimulado. A gente não está fazendo nada de errado. Na verdade, o que poderia ser mais certo? Ainda assim, eu sou a transgressora. Eu me tornei uma *gunnah gaar*.

Sumbul fitou-a, magoada.

— A gente só está preocupado com você, Dia *baji*.

Será que ela não se dava conta da ironia? Sumbul, que tinha exatamente a mesma idade que ela, estava atolada com quatro crianças, um marido mau-caráter e uma quinta gravidez. Ainda assim, era com Dia, com a que estava apaixonada, que todos se preocupavam.

A jovem foi até o outro quarto e fechou a porta. Sumbul que escutasse pelo buraco de fechadura, se quisesse. Dia discou o número de Daanish.

— Alô. É a Dia.

— Khurram! Que surpresa!

— Essa, não! Você também? Quem está aí, a sua mãe?

— A-hã.

— Então me liga, está bom? Eu estou na fazenda.

— Ótima idéia. Eu vou até aí agora.

Deixando-se cair na cama, Dia respirou fundo. *Aquilo foi gratificante.*

Enquanto aguardava a ligação dele, sentiu sua fragrância máscula e revigorante. Ela havia penetrado fundo em seus poros. Um frêmito percorreu sua face e seu pescoço.

Pensou nos outros homens de sua vida — os irmãos, ambos praticamente estranhos; o Inam Gul, sempre ao seu lado; o pai, até os quatorze anos. E, então, havia o amor romântico — paixonites por rapazes desengonçados que conhecera em reuniões fúteis. Beijos em banheiros de estranhos. Nada mais. Nenhuma nudez, nenhum sexo. Daanish deixara claro que queria os dois. Ela deveria confiar nele? Lembrou-se do aviso que dera a Nini: *Ele vai namorar estrangeiras, mas se casará com uma paquistanesa para agradar à mãe.*

Onde Dia se encaixava?

Ela pôs-se de lado, na cama. O orgulho a impedia de perguntar quantas outras ele tivera. Ou ainda tinha. Não obstante, esse pensamento a irritava. Em um momento envergonhava-se com a futilidade desse ponto de vista, no outro, chegava à conclusão de que não era leviano. Afinal de contas, se um homem tinha mais experiência que uma mulher, ela não se sentiria sempre infantil? Isso não fazia parte da emoção?

O telefone tocou.

— Alô.

— Sinto muito. — Daanish pareceu estar mais calmo. — Anu está insuportável.

— O que foi?

— Ela percebeu que os incisivos de Khurram não são como os seus.

Dia quase perdeu o fôlego.

— Mas chegou a perguntar o que tinha acontecido?

— Não. *Ama* o viu na rua quando eu e ele deveríamos estar chamegando, na enseada. — Pelo telefone, ela escutou-o imitar o som de beijos e salivar.

Dia escutou o riso de outra pessoa, no fundo.

— É ele? — perguntou, rindo.

— É. Ele disse que não se diverte assim desde que foi fazer compras na *Amreeka*.

Ela deu outra risada.

— E agora, que vamos fazer?

— Agora, é melhor usar o meu calhambeque. Simplesmente vou sair sozinho e, se Anu me perguntar, como sei que ela vai fazer, pra onde eu estou indo, vou pensar em alguma coisa.

— Salaamat não vai mais? — perguntou ela, sentindo uma onda de alívio.

— Não. Só eu e você e *muito* espaço pra gente fazer o que der na telha. — Fez uma pausa. Foi o silêncio mais significativo do mundo. E o mais excitante. — Posso te pegar amanhã?

Decidiram se encontrar em uma lanchonete. Em seguida, ele lhe mandou um beijo e desligaram.

Quando Dia saiu do quarto, Sumbul lhe lançou um olhar desaprovador. A jovem mãe sentou-se no chão, onde era mais fácil trocar o bebê choroso. A fralda suja — um pedaço de uma velha *kameez* de Dia — formava uma trouxa ao lado da criança, e a cabana começou a feder. Sumbul deu mais remédio ao menino.

— Mais uma gota. *Shabash*, como você é corajoso!

Dia bem que podia ajudá-la a cuidar do filho; só que não queria. E Sumbul não voltou a lhe falar naquele dia. A mãe, a melhor amiga e, agora, a melhor funcionária; por causa de Daanish, ela estava perdendo as três.

2

Chuva

No carro, a tensão de Dia triplicou. Ela odiava enganar Riffat, temia os agitadores e sentia pânico só de pensar em se entregar a um rapaz que não tinha certeza de conhecer.

No dia anterior, mais uma greve fora declarada. As ruas estavam vazias, e as lojas, fechadas. Teriam perdido a cabeça por saírem sozinhos? Ambos sabiam que, se os parassem, estariam em sérios apuros. Dia sentiu certa saudade de Salaamat. Ao contrário de seu amado, ele tinha a aparência de quem podia protegê-la.

Com uma das mãos, Daanish a segurava, enquanto com a outra, dirigia.

— Você está muito calada.

Dia apertou a mão dele.

— A cidade está tão ameaçadora... Parece até que foi bombardeada e evacuada.

— Eu também acho.

Um ônibus passou por eles, com seus sinais luminosos com mensagens de amor, expelindo toneladas de monóxido de carbono. Atrás havia olhos maquiados que provocavam: *Dekh Magar Pyar Se*. Olhe, Mas Com Amor. Pululando em torno dos olhos estavam periquitos cor-de-rosa, com flores em forma de coração em seus bicos, e braços de passageiros tentando desesperadamente ficar no coletivo.

— Tudo é tão complicado aqui. — Dia fechou a janela para evitar a fumaça. — Como era nos Estados Unidos, ter a liberdade de ver quem quisesse, quando bem entendesse? — Ficou surpresa com sua própria ousadia.

Daanish ficou calado, pelo que pareceu ser uma eternidade. Por fim, disse:

— Com certeza, facilitava as coisas.

Tom casual demais. *Que coisas?* Ela resolveu não insistir no assunto.

Ouviram um leve rimbombar: um relâmpago mais adiante, a oeste.

— Acho que vai chover — comentou ele.

Não trocaram muitas palavras até a enseada, embora Daanish não tenha soltado a mão dela, nem mesmo quando a estrada se estreitara, requerendo ambas as mãos no volante; tampouco quando um caminhão ultrapassou-os em alta velocidade e quase acabara com tudo ali mesmo.

Na enseada, Dia mordeu os lábios, lembrando-se dos relatos de choupanas sendo invadidas, e mulheres, estupradas. Nesse esconderijo, nem ao menos havia uma cabana na qual pudessem se esconder. Na mente da jovem, abundavam as reportagens sobre mulheres assassinadas pelos tios e irmãos por terem feito menos do que ela já fizera. Dia olhava ao redor com apreensão; ela, o fruto de um país em que o recato era uma questão de sobrevivência, em que a reputação de uma mulher era a moeda que indicava seu valor.

Será que se a encontrassem ali, seria o seu fim? O que seu irmão, Hassan, faria? Afinal de contas, ela mal o conhecia. E conhecia a mãe? Em sua última discussão, Riffat defendera as convenções sociais. Dissera à filha que ela também teria de pensar nessas coisas um dia: *Você não faz idéia de como a sociedade fica hostil quando é desafiada.* Jurara lealdade a Dia, mas, no fim das contas, acabou impondo-lhe sua vontade. A queixa de Nini

— a imagem dos meus pais é minha dor de cabeça — angustiava Dia agora. E se Riffat fosse igual?

Mas Daanish começou a massagear o nó de tensão que vinha se formando em seu interior desde o primeiro encontro secreto. A dor de mentir para as pessoas de quem gostava, as dúvidas sobre o amado, o terror de se tornar objeto de escárnio de Khurram e Salaamat e os amigos deles, parte disso foi esvaecendo pouco a pouco. Foi como se metade de sua pele tivesse passado por um processo de muda. A metade mais antiga continuava apreensiva, tensa com a possibilidade de os dois estarem sendo observados. A jovem não se julgava capaz de trocar por completo essa outra camada.

Ou, quem sabe, fosse? Os dedos de Daanish a exploravam com habilidade. Dia já tinha vinte anos, pronta para ser mais do que o repositório da honra de sua família. Tinha vinte anos e sentia-se pronta para ser amada.

A maré estava cheia e forte, chegando um pouco acima da cintura dela à medida que se dirigiam ao abrigo arenoso entre os penedos. As medusas os escoltavam. O casal se esquivava delas enquanto se movia apressado, avistando, de vez em quando, outras formas de vida sendo empurradas para a areia: um filhote de arraia-lixa, com a cauda remexendo nas ondas, e várias conchas.

A enseada era tão sublime quanto assustadora, constatou Dia, apoiando-se em Daanish quando ele se apoiou na rocha. O céu era uma massa cinzenta e carregada, que retumbava, com muita suavidade, como se a cabeça dela estivesse apoiada em sua barriga faminta.

— É surpreendente que outras pessoas não tenham descoberto este lugar até hoje — comentou Dia.

— Sempre temi que isso ocorresse — admitiu ele, abraçando-a por trás. — As pessoas atraem pessoas. Assim que um grupo passar por aqui, vou perder o paraíso da minha infância.

Dia o beijou de leve no pescoço.

— Maçã verde — sussurrou. — É disso que você é feito. — Ela apoiou os braços nos de Daanish. Os dele tinham um tom ocre, os dela, um pouco mais claros, da cor de cobre. Os dele eram peludos. Ela sorriu, recordando como isso a levara a descontar pontos na primeira vez que o avaliara. Roçando o lábio inferior na parte de cima do braço lanuginoso dela, Daanish lhe disse que ela tinha lá sua parcela de pêlos.

Ele estava de short, o que tornou seu contato ainda mais íntimo. Ela acariciou as pernas longas e ágeis: com muitos pêlos, bons de serem arrancados, até mesmo na parte interna. Ela sentiu o sabor de seu pescoço, na parte onde estava o colar. As conchas estavam úmidas e cheias de sal. O nariz de Dia repousou sobre uma pequena, que ele chamou de Marisco de Vênus. Tinha um tom branco opaco, com desenhos em V, espinhosos e pretos, espalhados na parte da frente. A parte de trás era lisa, tal como um osso deve ser.

— Sabe por que se chama assim? Marisco de Vênus? Afinal, existem outras conchas mais bonitas. — Se fosse qualquer outra pessoa, ela não teria perguntado. Mas Daanish se intrigava com as origens das coisas tanto quanto ela. Fora isso que os unira. Sua relação se iniciara com um nascimento; era assim que Dia gostava de pensar.

— Não sei. Por quê?

— Dizem que essa deusa nasceu em uma vieira. Então, eu me pergunto se o marisco, que é da mesma família, recebeu esse nome por equívoco.

— Acho essa explicação fraca...

Ele lambeu a curva da orelha dela.

— Você sabe que Vênus, ou Afrodite, usava um cinto cuja fragrância era tão boa que até mesmo os deuses sem acesso ao mar acharam uma maneira de chegar a ela. Disso, eu sei. É por isso que a gente chama perfumes inebriantes de afrodisíacos.

— Hum — Daanish mordeu a outra orelha, com força —, no caso desta deusa específica, a magia parece estar bem aqui, neste órgão peculiar no lado esquerdo da cabeça dela. — Ele apertou a jovem ainda mais, com a respiração entrecortada.

Dia começou a desfrutar dessa sensação, que partiu das maçãs de seu rosto e chegou aos seus seios. Ela queria, mais que qualquer outra coisa, que ele a tocasse ali. No entanto, soltou-se.

— Ah, vai, Daanish. Faz o que estou pedindo, vai! Me fala mais sobre as suas conchas.

O rapaz fitou-a. Em seguida, fez um gesto com a cabeça, voltando-a em direção ao oceano, como quem diz: *Olhe onde a gente está! Veja como estamos sozinhos, o que é raríssimo. Conversar, a gente pode fazer o tempo todo, mas, isso aqui, não.*

Dia inclinou a cabeça, envergonhada.

Com o polegar, Daanish acariciou o rosto da jovem e indagou:

— Estou te deixando nervosa?

E só o que ela pôde fazer foi assentir.

Ele puxou-a para perto de novo e pôs-se a divagar. Falou do elo entre os moluscos e a mitologia. Vênus não era a única divindade a ser homenageada com conchas em seu nome. Havia o Netuno-da-Nova Inglaterra, o Tritão-do-Pacífico...

Dia adorava a voz de Daanish. A mistura de sotaques, as gírias norte-americanas intercaladas com o inglês mais formal. *Reles* e *suceder* em um momento, *porra!* e *grana* no outro.

— Os hindus também valorizam uma concha específica. Conta-se que os Vedas foram roubados por um demônio, que os escondeu em uma concha sinistra, a *Turbinella pyrum*. O deus Vishnu mergulhou fundo no oceano e os recuperou. Hoje em dia, essas conchas de espiras voltadas para a esquerda valem uma nota. Dizem que milhares de dólares. Aliás, eu tinha uma dessas, só que não era sinistra. Não faço idéia de onde foi parar — prosseguiu ele.

Lembrando-se do aviso de Sumbul, ela sentiu ainda mais amor por Daanish e interrompeu-o:

— Tira a camiseta.

Mais uma vez, o olhar curioso. Entretanto, ele tirou a camiseta.

— Alguma outra coisa?

— Não. — Dia se apoiou no peito nu dele. — Continue. — Ela mordiscou a pele sob o colar e acariciou os ombros redondos e firmes, pensando Estes são os primeiros que beijo. E, a cada carícia, repetia: primeiro lóbulo de orelha, primeira reentrância, primeira inclinação no estômago.

Ele começou a tirar a *kameez* dela, mas ela mordeu, com força, a ligeira gordurinha na cintura dele, e afastou suas mãos.

— Não me toque até eu permitir.

Dia lambeu o contorno sedoso de seu mamilo sem volume, a língua, uma agulha escaneando um diminuto disco. A pequena cratera no meio do vinil cresceu e a melodia foi o estremecimento que percorreu sua espinha. Ela era uma partícula microscópica envolvida nesse turbilhão e não importava se ele acabasse levando-a junto. Dia passou a se concentrar nas coxas dele, nas quais o odor era mais forte, e tocou-o sobre o short. Excitou-se ao ver que seu membro endurecera antes mesmo de seu primeiro beijo.

Daanish estava falando das conchas de que gostava, tais como conídeos e volutas, em meio a resfôlegos e arquejos.

— O conídeo, conhecido aqui como glória-do-mar, era tão raro...

Ela tocou no botão de metal gelado do short dele e abriu-o.

Os dois se encontravam dia sim, dia não, seguindo sempre o mesmo ritual — um percurso tenso e silencioso, seguido de paixão ardente na enseada. Até mesmo quando estava deitada sobre ele, Dia olhava de esguelha para os rochedos pontiagudos, que se erguiam do outro lado da praia, esperando uma sombra, uma arma, uma bandeira pirata adejando no horizonte. Quanto mais amava, mais paranóica ficava. Segurava Daanish tal como costumava se segurar quando os irmãos a forçavam a se banhar no escuro.

Na fazenda, Sumbul a bombardeava de perguntas. Dia se deu conta de que já nem gostava mais dos bichos-da-seda. Descuidou dos gráficos. Não conseguia lê-los. Inam Gul estava em seu caminho, assim como sua família. Sozinha, à noite, sentia a mão de Daanish em sua barriga, descendo pouco a pouco. O amante ficou impressionado com sua maciez e disse que o aroma de sua umidade em seus dedos perduraria. Era o que ajudava o jovem a suportar as horas que passavam afastados. Dia lhe pediu que descrevesse o aroma. Ele levou a mão ao próprio nariz, depois ao dela.

— Eu diria que lembra o cheiro de cogumelos cozinhando, só que isso não passa muito bem a idéia do quanto ele é gostoso. Eu adoro cogumelos, sabia?

Ela dormia em uma névoa de ardor e maçãs verdes. E, em seus sonhos, admitia: não o conheço.

O pensamento a atormentou mais uma vez durante o dia, quando estavam deitados juntos na areia. Daanish estava aninhado, com o nariz em sua axila, e ela observa o pênis macio dele oscilar, testando o ar discretamente, investigando. A jovem se afastou com suavidade.

Acariciando a parte posterior do pescoço dele, comentou:

— Daanish, você nunca fala da sua vida nos Estados Unidos.

Ele olhou-a e franziu o cenho.

— Gosto do fato de você não me pedir pra falar.

— Por quê?

— Dá muito pano pra manga. Ainda mais — cheirou os cabelos dela —, quando estou tão tranqüilo com você.

— Vamos dar uma volta? — Ela se levantou e se vestiu.

O rapaz suspirou, mas colocou o short.

Nenhum dos dois tinha coragem de caminhar na orla desnudo. Embora nunca o dissessem abertamente, o isolamento da enseada deixava-os ainda mais apreensivos quando saíam de seu único ancoradouro — os penedos. Ambos olhavam ao redor com ansiedade, como se ainda estivessem nus.

As nuvens cinzentas pareciam ainda mais baixas que nas semanas anteriores. Era possível ver relâmpagos a oeste, e os trovões pareciam ressoar mais perto. Eles saltaram sobre as caravelas, parando para examinar as criaturas arrastadas até a praia. Havia um peixe de alto-mar com cerca de trinta centímetros, sem olhos, e também, para tristeza de Dia, um golfinho. Ela parou, de novo, comovida com a beleza de seu focinho luzente, as curvas de seus olhinhos fechados e o sorriso, doce e complacente, até mesmo na morte.

— A água mata — sussurrou a jovem.

— Não. É cheia de vida. — Daanish lhe deu um beijo na testa.

Ela lhe contou que não tinha passado na prova.

— Sinto muito — limitara-se a dizer ele.

Observou-o pegar búzios e ir mais para o fundo lavá-los. A mente dele estava em outro lugar. Podia fazer isso — acionar um botão e afastar os pensamentos dali. Era por isso que, após um mês, Dia fora obrigada a admitir: *Ah, Sumbul, por que você me persegue? Eu não o conheço.* E, no mês seguinte, ele fora totalmente para aquele outro lugar.

— Daanish, eu queria que você compartilhasse mais a sua outra vida comigo.

O semblante dele se fechou.

— Você sabe de tudo sobre a única que eu tenho.

— Só sei o que você escolhe me dizer, e o restante está bem.

Ele caminhava um pouco adiante dela, a um passo. Sua espinha dorsal era uma escada escura e sinuosa. Dia ergueu a mão para tocar cada curva musculosa, no entanto, mudou de idéia. Ele passou a andar ainda mais rápido, ficando agora a dois passos dela.

Por fim, a jovem disse:

— Hoje as coisas não estão indo muito bem, não.

Quando ele se virou, lançou-lhe um olhar duro, quase reprovador.

— Você parece estar tão furioso! — exclamou ela.

— Está bem. O que você quer saber? Como posso satisfazer a noção deturpada e mágica que você tem sobre a minha outra vida? Que tal se eu disser que lá se aprende a ser totalmente desprezado? Parece divertido?

— Eu não sei o que está tentando dizer, Daanish. O que foi que eu falei?

— Bom, então pensa antes de abrir a boca. — Estava gritando. — Porra, não seja patética como a minha mãe.

Dando a volta, Dia caminhou com rapidez rumo aos penedos. Então, com o rosto banhado de lágrimas, começou a correr. Ainda correndo, pegou as sandálias e a bolsa, como se parar representasse seu fim. Quando Daanish a alcançou, ela começou a correr em direção aos rochedos do lado mais afastado, sobre o qual estava a estrada. Ele puxou o seu braço e ela gritou:

— Me leva de volta. Agora!

— Espera um pouco.

— Agora!

— Sinto muito! — disse ele, apertando-a mais. — Sinto muito.

— Eu quero voltar pra casa.

— Me deixa explicar uma coisa. Por favor.

Eles estavam na entrada da gruta. A maré batia nas pernas da jovem. Ela vestira a *kameez* do lado errado, mas não ia tirá-la na frente dele novamente.

Daanish soltou-a.

— Dia, vamos voltar pra outra ponta. Por favor. Me dá cinco minutinhos. Se, depois disso, ainda quiser ir, eu te levo.

Ela não queria ficar ali naquela parte, com o mar batendo na gruta e as paredes ribombando como um monstro furioso a despertar. O leve terror que ela sentia quando o mar a envolvia acentuara-se agora, com a gruta demoníaca de um lado e o amante perverso de outro. Ela sabia de qual devia se afastar.

Daanish acocorou-se na areia entre os penedos e deu umas batidinhas no espaço ao seu lado. Dia agachou-se.

— Como posso dizer isto? Estar com você me ajuda a pôr os pés no chão. É, é tão simples assim. Posso? — Aproximou-se, envolvendo os ombros dela. Dia continuou imóvel. O jovem contou que, desde que

saíra do país, havia três anos, uma pequena fenda se abrira dentro dele.
— Bem aqui. — Ele colocou o dedo no umbigo. — Como um zíper
abrindo. Eu só me dei conta quando voltei pra cá. E agora, percebi que o
zíper desceu tanto, que estou meio dividido, sabe. Acho que isso aconteceu
com o meu pai também. Hoje em dia, quando olho no espelho, eu o vejo.

Foi a primeira vez que Daanish o mencionara fora do contexto de
discussões entre o médico e a esposa. Dia jamais conseguira falar do seu
pai. Ela apoiou a cabeça no ombro dele.

— Você tem sorte de nunca ter saído de casa — prosseguiu ele. —
E acho que nem quer. Quando eu falo dos Estados Unidos, eu levo você
pra lá. Só que eu quero que você fique aqui. Sendo curto e grosso —
deu-lhe um beijo na testa de novo —, você tapa essa fenda.

Ela ponderou sobre isso, mas não gostou do que lhe veio à mente.
Seria essa outra maneira de dizer que só seria boa para ele enquanto se
mantivesse ignorante?

— Você falou que trapacearam na sua prova — continuou ele. —
Tem trapaça naquele país também, sabia? Todos acham que *lá* é diferente.
Mas o engodo é mais disfarçado. A parte externa é mais bonita, só que a
interna é igual. — Como ela não disse nada, perguntou: — Você me perdoa
por ter perdido a cabeça?

E falou mais, tal como na primeira vez que ficaram a sós. Isso fez
com que ela o amasse de novo: ele aprendera não só a tocar em Dia, mas
também a tirar proveito da forma como sua voz a reconfortava.
Descreveu uma cidade com construções feitas com pedras cinzentas, em
campos de gramados ondulantes. O *campus* da universidade dele não
tinha portões; nas janelas, não havia grades. Dia deixou a cabeça deslizar
até a dobra do braço dele, imaginando torres pequenas e botaréus, idea-
lizando aromas mais aguçados em um clima com quatro estações e quase
nenhuma aridez. Daanish não estava fazendo sua outra vida soar nem um
pouco como essa.

Dia pensou nas salas de sua faculdade: escuras e abafadas, com bancos
de madeira disputadíssimos pelas jovens, que lutavam para encontrar um

espaço para se sentar. O mau cheiro sempre fazia sua cabeça rodopiar, mas isso não era nada comparado com os livros e instrutores, os quais testavam a capacidade dos estudantes de regurgitar passagens, palavra por palavra. Sem discussões, sem perguntas. Quando a mestra se cansava, pedia que uma de suas "capachas" lesse, e em mais de uma ocasião Dia vira uma professora encostar a cabeça e dormir.

Não, ela não acreditava em Daanish. Ele, que tivera a oportunidade de ver mais do mundo que a maioria, agia de forma cruel ao lhe tirar a esperança de que aquele universo pudesse englobar mais que uma sala no sótão, com as mulheres espremidas e uma professora roncando sobre a escrivaninha, sem qualquer questionamento.

O coração dele batia sob as maçãs do rosto de Dia. Ela perguntou:

— A gente poderia fazer isto aqui, Daanish?

— Hein?

— A gente poderia se abraçar, simplesmente por estar a fim, sem ter que se esconder? Porque, se lá é assim, como pode afirmar que é a mesma coisa?

Ele delineou seu queixo com o polegar e apertou-a mais.

A jovem esticou o braço para acariciar o alto da cabeça dele, mas a primeira gota de chuva da estação tocou-o primeiro. Era barulhenta e volumosa, e Daanish meneou a cabeça e riu. A chuva apertou, tamborilando sem cessar, enquanto a areia ricocheteava e caía neles. Quando Dia beijou a nuca dele, sentiu o gosto de chuva e grãos e o mordeu com força; em seguida, observou as marcas deixadas por seus dentes na areia úmida.

3

Mescla de Costumes

Normalmente, o período das monções era o favorito de Dia.

Antes que as tempestades diurnas se tornassem semanais, antes que as sarjetas alagassem, a energia elétrica fosse cortada, as linhas telefônicas ficassem mudas, os carros atolassem e a dor afligisse milhares de vítimas de enchentes, fazia dias de lindos crepúsculos, embalados por respingos nos telhados, aromas ricos, matizes brilhantes e brisas constantes e fortes. O melhor era quando o aguaceiro virava garoa serena, tirando as criaturinhas furtivas que Dia amava de suas tocas. O letárgico caracol aparecia, deixando o corpo bem visível sob a concha, subindo em paredes e escadas como um cavaleiro errante. Minhocas serpenteavam, arrastando folhas caídas para suas covas. As formigas pululavam, acasalando-se em meio à atmosfera úmida. Os pernilongos, com suas pernas compridas, bebericavam o orvalho da grama.

Dia pisava com cuidado em seu gramado verde e refulgente, absorvendo tudo: uma gota residual em uma folha, levando-a a tremer como se estivesse com soluço; as moscas-das-flores lavando-se na garoa; rouxinóis orientais mergulhando em busca de mosquitos agitados. A jovem sentia tudo de forma tão pungente, que era como se o céu lânguido houvesse penetrado em seus ossos, ensinando-a a ver a vida de perto, mais perto do que ninguém. Quando uma luz tênue, cor-de-linho, atravessava as nuvens — as nuvens que estavam *dentro* de Dia — ela podia ouvir minhocas morrendo e pulgões exalando seiva. Sempre que o sol se punha e o ambiente se tornava mais fulvo, os rouxinóis orientais gorjeavam com mais vivacidade, como se a chuva tivesse limpado suas cordas vocais. Ao cair da noite, a jovem deitava nos lençóis deliciosamente refrescantes e úmidos, com cheiro de orvalho, e pensava, tal qual fazia muitas vezes na fazenda: Deus está aqui; Deus está nos detalhes.

Mas, naquele ano, o período anterior às tempestades semanais nunca chegou. O primeiro temporal durou três dias, e Dia sentiu o peso de uma realidade desprovida de significado pressioná-la. Na volta do último encontro com Daanish na enseada, o carro do rapaz enguiçara diversas vezes, e ela tivera de chamar um táxi. Suja de lama, passara por Inam Gul ao subir para o quarto. Não queria entrar em uma discussão *sumbulesca*, então contou que fora ao Kings & Queens. O cozinheiro estava quieto e hesitante — não era o Inam Gul que ela conhecia.

Desde então, Daanish ligara para avisar que o carro ainda não fora consertado. Nenhum dos mecânicos estava atendendo ao telefone, e ele não podia ir até as oficinas porque todas as estradas à sua volta estavam com refugos putrefatos que iam até a altura dos joelhos. Os dois teriam de passar algum tempo sem se ver. E ele estava indo embora em menos de três semanas.

A vizinhança dela encontrava-se envolta em uma escuridão apenas celebrada por minhocas: fazia vinte horas que estavam sem luz, e, na geladeira, os alimentos começavam a estragar. Mosquitos invadiram o local, juntamente com o zumbido de geradores.

No quarto dia, a jovem se agachou na soleira da porta, lançando um olhar desamparado à sua volta. A chuva torrencial caía como um escudo. Tinha um objetivo a atingir, e continuaria a buscá-lo tão obstinadamente quanto lhe aprouvesse.

As criaturas que prosperavam em fúria zombavam de Dia, pois tinham liberdade de cortejar umas às outras; só ela e Daanish não podiam fazer isso. Um luzente sapo cor de esmeralda saltitou diante dos pés molhados da jovem, coaxando com deleite. Seu papo ficou três vezes maior que sua cabeça, e a criatura pestanejou com luxúria. Lesmas envolviam os corpos ondulosos umas das outras com abandono. Ela pensou: Daanish adoraria ver isso. Quem sabe não era o que ele estava fazendo, naquele momento, em sua casa? Então por que os dois não estavam juntos?

Dia começou a ver seu mundo a partir dos olhos dele, como se a chuva a houvesse levado para o mar e todos os habitantes da Terra tivessem voltado ao seu estado prévio, aquoso. Insetos como o pernilongo, repentinamente, assemelhavam-se mais a uma siba, com os tentáculos encrespando conforme se locomoviam no solo úmido. Uma aranha, que transitava ali perto, carregava um casulo de ovos, levando Dia a se lembrar do argonauta mencionado por Daanish. A hera encharcada transformou-se em alga marinha. Como a jovem sentia saudades de ouvir o amado falar de tais assuntos com sua voz melodiosa! No entanto, a chuva caía de forma torrencial, construindo um muro no interior do muro de seu jardim.

No outro lugar de Daanish, que, segundo ele, era igual àquele em que se encontravam, o tempo também interferia no amor? Dia estava começando a pensar desse modo. Em sua cabeça, frases vinham cada vez mais ressaltadas com *neste* país ou em *outros* países. Nunca fizera isso antes. Aquele sempre fora o único lugar que ela conhecera e amara, o único no qual queria se manter imersa. Era Nini que sonhava com aquele *outro*, não ela.

Contudo, Dia estava se enredando em aspectos daquele mundo distante, que Daanish compartilhava relutantemente com ela. Para chegar à sala de aula, ele tinha de atravessar uma ponte de madeira inclinada, a qual ficava sobre um riacho. Este ficava ladeado de sincelos no inverno e repleto de carpas no verão. Ela nunca vira neve. Chuva, sim, mas não uma orla de gelo rangente. De acordo com Daanish, quando o tempo estava bom, os estudantes percorriam o campus descalços, e debatiam projetos com os professores sob a sombra de imensos carvalhos. Tudo soava incrivelmente íntimo e fabuloso para Dia. E, embora ele afirmasse o contrário, ela lia nos olhos do amado que o ambiente era mágico para ele também. Então, começou a entender o que Daanish queria dizer quando alegava estar dividido.

A idéia de vê-lo partir a deixou mais angustiada do que nunca. As coisas haviam chegado a este ponto: em menos de um mês ela permitira que ele retirasse quase toda a sua antiga pele. Quando os dois não estavam juntos, ela desejava ter todos aqueles momentos de volta. E não havia ninguém — nenhuma Nini — com quem afogar as lágrimas.

Dois dias atrás, ela por fim telefonara para Daanish a fim de lhe dizer isso. Ficou surpresa com a resposta dele:

— Partir vai ser mais fácil pra mim porque sempre vamos ficar juntos, não é? Eu vou voltar no inverno, e você vai estar aqui, esperando; nada vai mudar. Agora a minha vida tem um rumo, Dia.

Ali, na soleira da porta, sob a proteção do teto de algas rastejantes, Dia estremeceu. O vento ficou mais forte. Como a chuva caía inclinada, as roupas da jovem ficaram ensopadas. Por sinal, suas roupas vinham ficando bastante encharcadas nos últimos tempos. Um relâmpago irrompeu no céu; a chuva batendo no gramado soava como uma cáfila, correndo em sua direção.

Você tapa a fenda, dissera ele.

Dia se abraçou com mais força, com frio e infeliz. O oposto estava acontecendo com ela.

4

Escuridão

Passados alguns dias, a chuva ainda não havia cessado. A energia elétrica ia e vinha. Riffat ficou em casa, cansada das noites em que enfrentava devastadoras insônias e dos dias em que aturava motoristas cuja agressividade piorava com o mau tempo. Sem luz no escritório, o irmão de Dia, o engenheiro de computação, também ficara em casa. Na residência, predominava o ar sufocante, e até Inam Gul estava mais imaturo que o normal. A companhia de todos estava enlouquecendo Dia.

Velas foram acesas em todos os ambientes, lançando sombras nas paredes e pisos.

— Estou sentindo uma presença misteriosa! — exclamou o cozinheiro, de olhos arregalados.

Dia estalou a língua, irritada.

— É a KESC, a companhia de eletricidade de Karachi. E ela não tem nada de misterioso.

Ele agitou as mãos esqueléticas e cheias de veias.

— Não. Vem do além.

Dia meneou a cabeça.

— É a KESC.

Do quarto de Riffat ouviu-se um grunhido, de Hassan. Dia podia ouvir rajadas desesperadas de vento, enquanto ele se abanava com um leque de papel. Este luzia com um tom esbranquiçado, à luz da vela do criado-mudo de Riffat.

— O que mais odeio desta falta de luz é que me faz sentir inútil — comentou Hassan, desnecessariamente.

Riffat disse:

— É acalentador. Ainda que de uma forma asfixiante.

Dia escutava os comentários, na falta de outra opção. À sua volta, sombras acariciavam pinturas de nus, e os livros de arte de Riffat ora apareciam ora desapareciam, como se estivessem sendo empurrados por mãos invisíveis. Os tapetes e estofados cheiravam a mofo. Inam Gul continuava a olhar ao redor como uma criança em uma casa assombrada. As noites sem dormir estavam afetando todos.

No telhado, a chuva continuava a bater com força. Antes, soava como uma doce melodia para a jovem. Agora, só o toque do telefone lhe dava prazer, e ela não recebera nenhuma ligação naquele dia. Na certa, Anu estava sobrepujando Daanish. Contrariada, Dia lembrou-se de como prevenira Nini: a mulher acabara de enviuvar e só tinha Daanish, que era filho único.

Riffat também enviuvara. Também sofrera, e Dia não queria, de forma alguma, causar-lhe mais sofrimento. À medida que o bate-papo agradável e tranqüilo da mãe ressoava nos quartos escuros, o estômago de Dia ia embrulhando. Tanto ela quanto Daanish haviam traído suas mães.

Dia se perguntou se Daanish se sentia mais incomodado com isso que ela, já que o pai dele estava morto. E se ele daria tudo, até mesmo os momentos passados com ela, para tê-lo de volta. Só uma vez. Ela o faria?

Riffat comentou:

— Estou com fome.

Dia 331

— Bom — disse Hassan —, a gente pode encher a pança com a comida deliciosa da geladeira. Da geladeira que *funciona*.

Dia suspirou ruidosamente, alto o bastante para deixar claro que ele era um completo idiota.

— Isto me faz lembrar das noites em que dormimos na fazenda — prosseguiu Riffat. — A gente podia fazer um piquenique. Sanduíches e limonada...

— Limonada quentinha... — interrompeu Hassan.

— ... faz tanto tempo que a gente não organiza um piquenique!

— Comer onde a gente comeu a vida inteira — declarou Dia —, não é exatamente um piquenique. Com ou sem luz.

Inam Gul perambulou por ali mais uma vez, ainda amedrontado. As solas de seus chinelos de borracha chiavam, e ele girou, assustando a si próprio. O cozinheiro tentou se acomodar em silêncio ao lado de Dia, no tapete úmido, mas, em seguida, se levantou de um salto de novo, pronto para a batalha.

Dia estalou a língua mais uma vez.

— Qual é o seu problema, Inam Gul?

— Por que *você* está tão irritada, querida? — Riffat indagou do quarto. — Anda bastante mal-humorada ultimamente. É por causa da Nini?

Dia pestanejou, contendo as lágrimas. Levantou-se, pegou uma vela da estante e, sem responder, foi até a sala de jantar. Olhou fixamente para o telefone, o mesmo que transmitira sua primeira conversa com Nini sobre Daanish. Foi rápido ao banheiro e se trancou.

Colocando a vela perto da saboneteira na pia, Dia tirou o *shalwar*. Não estava com vontade de fazer nada — naqueles dias quase tudo saía no suor. Porém, ficou sentada no vaso sanitário, feliz por poder contar com alguns momentos tranquilos, a sós. Respingos de umidade salpicavam os azulejos amarelos da parede, e um diminuto esporo de cogumelo encontrava-se em seu estágio inicial. Prendeu sua atenção por vários minutos, até ela se obrigar a sair.

Na cozinha, Inam Gul espremia dois limões, enquanto Riffat abria uma lata de queijo. Ela o cortou e fez sanduíches. Hassan já começara a comer um. Entre grandes bocados, o irmão de Dia reclamou da secura do alimento. Em seguida, sua conversa passou à política, da qual ele e a mãe sempre discordavam.

Havia rumores de que o presidente destituiria o primeiro-ministro de novo.

— O Exército deveria fazer isso — sugeriu Hassan. — Simplesmente tem que tomar o comando.

Inam Gul deu a ele a limonada.

Riffat perguntou, de costas para o cozinheiro:

— Será que algum dia vamos ter um governo civil por mais de dois anos? Generais e presidentes têm que deixar os líderes eleitos administrarem o país.

— Não dá nem para chamar essa gente de líder — repreendeu ele. — E sabe-se lá se foram mesmo eleitos.

— Isso também vale para os generais.

— Podem apaziguar a situação, por fim. Menos greves e tumultos. Só Deus sabe o quanto Karachi precisa de um descanso disso aí.

— Paz imposta não é paz. As pessoas só vão ficar prestes a explodir.

— Só prestes, mesmo — concordou Hassan —, mas, pelo menos, não vão explodir.

— Se os líderes eleitos pudessem completar os mandatos, a raiva evaporaria — insistiu Riffat.

— Com o tempo, talvez, mas depois de quanto derramamento de sangue?

— Já se esqueceu, meu caro — lembrou Riffat, irritada —, de que a matança teve início sob o comando do general?

Tais referências eram o mais perto que Riffat chegara de discutir o homicídio do marido. Hassan entendia esse lado, bem como Dia, que estava de pé, na entrada escura da casa.

— Isso aconteceu durante o terceiro governo militar. De quantos mais precisamos para entender os nossos erros?

Hassan, apesar de ser loquaz, era, por temperamento, maldoso. Deu de ombros, e tentou fugir da pergunta provocando a mãe.

— Você só quer que a nossa pobre e martirizada "Filha do Oriente", Benazir Bhutto, volte de novo, não é, *ama*? Você é sindi até não poder mais.

Riffat respondeu, exasperada:

— O que eu quero é deixar a política a cargo dos políticos. Sabe-se lá de quem você herdou essa mentalidade favorável a golpes de Estado! — Ela se sentou, acrescentando: — Tem biscoito.

Dia entrou na cozinha.

— Aí está você — disse Riffat, olhando-a.

— A gente está se divertindo. — Hassan devorava de forma ruidosa outro sanduíche, falando com a boca cheia de queijo. — Conheço alguém que disse que você entregou a prova em branco.

— Ah, é? — Dia puxou uma cadeira. — E ela por acaso falou que colou durante o exame?

— Foi um homem. E, não, a irmã dele não disse que tinha colado. Nem todas as irmãs fazem isso.

A jovem fitou-o.

— O que está querendo dizer?

— Tem razão, *ama*. Ela anda muito nervosa ultimamente.

— Eu não falei "nervosa" — interveio Riffat, com suavidade. — Só acho que alguma coisa a está incomodando.

— Vocês têm que se referir a mim na terceira pessoa, quando estou bem aqui?

— Está vendo só? — Hassan assentiu.

Inam Gul tossiu na escuridão. Comia sozinho, em um canto, escutando a conversa.

— Bom, na última vez que tentei conversar — disse Riffat —, você se afastou. Então, eu não queria afugentá-la de novo. — Observava a filha com atenção, enquanto saboreava pedacinhos de queijo.

Dia tentou comer.

Riffat prosseguiu:

— O que aconteceu na prova? Eu vi você estudar. Estava difícil?

A jovem abriu um dos sanduíches. Havia manteiga demais, e Hassan estava fedendo.

— Eu simplesmente não queria estar lá — respondeu Dia. — Elas faziam com que eu me sentisse mal.

— Ah, coitadinha! — comentou o irmão.

— Não precisava ter se preocupado com elas. — O tom de voz de Riffat era neutro. Embora não a estivesse acusando, tampouco se mostrava solidária.

— Eu não quero falar sobre isso. — Dia se levantou.

Quando saiu da cozinha, ouviu as palavras de Riffat.

— Mas vai ter que conversar sobre isso em algum momento, Dia, pois quero saber por que uma moça brilhante como você...

Dia voltou para a sala na qual estava o telefone, o qual mais parecia um ímã. Hesitou e, em seguida, deu a volta e foi até a porta da frente. Ali, deparou-se com o quadro do pai, o quadro que ela odiava. Aquele que não captava o que lhe era familiar a respeito dele: a leve papada vibrando com as risadas quando ela lia para ele; o *banyaan* de algodão esfarrapado e óleo de coco; o jeito de andar pesado e desajeitado, em contraste com o caminhar de raposa de Riffat; o costume de subir em árvores. Seu pai gorducho e ágil fora transformado em uma natureza-morta de terno, com uma moldura dourada refreando-o, forçando aqueles olhos a fitarem horrorizados o futuro iminente.

Levantando uma vela à altura do rosto dele, Dia perscrutou-o, como fizera tantas vezes antes, em busca de algo familiar. Porém, a única coisa em comum entre a pessoa e o quadro era que ela não via sequer um traço seu nele. De onde vieram seus olhos grandes, castanho-claros? A acentuada curva entre nariz e o lábio superior? A tez morena?

Ela apagou a vela e pressionou a mão com força no quadro. No escuro, conseguia acreditar que o pai era tal como antes, quando ela lia o *Livro de Fábulas Universais* para ele quase todas as noites. Os dois levavam almofadas para o alto da amoreira, um lampião (tinha de ser elétrico, pois *diyas* eram muito inflamáveis) e, nos meses parados e sem chuva, leques de papel. Enquanto a filha lia, o pai admirava as ilustrações. O hálito dele tinha um vago aroma de açúcar mascavo, e os braços, de pão de leite. Dia não sabia disso na época, mas as páginas matreiras do livro estavam absorvendo os cheiros dele, mesclando-os com sua própria emanação lígnea e antiga, de modo que restaram à jovem menos as histórias e mais a exalação dele. Se, por um lado, ela tinha de se esforçar para evocar lembranças sólidas do pai, por outro, sentia a sua presença em toda parte.

Será que para ter mais do que isso, para tê-lo de volta uma vez que fosse, ela desistiria de Daanish? Tomaria essa atitude para voltar ao dia anterior à morte do pai, antes que Riffat reunisse as crianças, murmurando *Eu não devia ter contado para ele*? Agiria assim para fazer com que outro braço de rio desaguasse no oceano, diferente daquele que a arrastara para junto de Daanish? Para estar, em vez de ali, sentada com a família na cozinha, vendo a mãe e o pai, que eram estranhos, não amantes, embora a jovem amasse os dois? Para retroceder à época em que sua mãe ainda não havia contado ao pai o que quer que fosse que não deveria ter dito? Para voltar ainda mais, chegando ao momento em que ela era apenas uma pequenina amora, resvalando aos berros para o mundo? Para ir até antes, muito antes, quando as linhas das palmas de sua mão nem tivessem sido traçadas? Para ir até antes que ela houvesse escolhido quem queria ser?

I

Notícias

AGOSTO DE 1992

Anu foi a única a ficar satisfeita com a intensidade das chuvas. Não importava que ficasse sem energia elétrica de sete a oito horas seguidas, que se enfurnasse em uma cozinha sufocante, sem ao menos um ventilador de coluna para refrescar o ambiente, nem que a casa da qual ela tanto reclamava se desgastasse mais e mais a cada tempestade. Tempo inclemente significava que o filho permaneceria em casa. Seu Datsun, o calhambeque de doze anos que mal funcionava, pifara de vez agora. Quando Daanish ligou-o e o motor não deu sinal de vida, Anu sorriu.

Se o rapaz a odiava por sufocá-lo, no instante seguinte se sentia tão culpado, que a amava ainda mais. Se a amava ainda mais, passava menos tempo trancado no quarto e mais tempo encerrado em seu amor. Porém, isso o levava a odiá-la mais. Lembrava-se dela com freqüência como no dia em que ele chegara do aeroporto: parada diante da porta da frente, de braços bem abertos, posicionada com firmeza entre ele e suas tias, seus objetos pessoais e seu passado. Anu englobava consolo e isolamento em um abraço emotivo. O fato era que ele queria ambos.

Quando não estava com Dia, a letargia o dominava. Acordava em um estupor, contemplando Karachi com uma apática sonolência. O ar, que consistia em um redemoinho de névoa seca e sujeira repleta de ópio, agarrava-o pelo colarinho e gritava: Pare! Descanse! Não faça nada! E quando ele tentava lutar, acabava mergulhando mais fundo na inércia.

Sentava-se no quarto com um lápis e um bloco na mão e tentava organizar sua desordem da forma como, certa vez, classificara as conchas:

I. Ausência de *aba*
2. Presença de Anu
3. Calor/umidade
4. Barulho. Eterno barulho. Obra, vizinhos, crianças nas ruas, geradores, alto-falantes. Nem um só instante de quietude natural, tal como no jardim de relevo baixo. Ou na enseada.
5. Dia

Jogou o pedaço de papel fora. Tratava-se de meras trivialidades. Esse era o cerne da questão. Seus problemas não eram monstros tangíveis, mas bactérias microscópicas e invisíveis. Os monstros eram as greves na cidade, os jornalistas assassinados, o aumento vertiginoso de mendigos. Recentemente, um assistente social fugira do país porque sua vida estava sendo ameaçada. Nunca haviam ameaçado a vida de Daanish. Favelas proliferavam. Daanish tinha uma casa; nela, quanto mais a vida o pressionava, mais ele só pensava em manchetes. E, em uma cidade de onze milhões de habitantes, ocorria demasiada pressão.

Havia baratas curvando-se para trás no ralo do chuveiro. Grilos cantando no já não-mais-prístino tapete branco. Dia lhe contara um fato interessante sobre os grilos: nem todos podiam cantar, e os que o faziam, usavam as asas. Esfregavam-nas em uma dança, e era esse movimento que originava a cantiga. Os grilos sem ritmo misturavam-se com os dançarinos e, quando estes atraíam as parceiras, aqueles se aproximavam discretamente das fêmeas e diziam: "E aí, queridas? Sou o cantor desta banda!"

Alguns cantores nunca conseguiam uma fêmea, ao contrário de certos trambiqueiros. E alguns grilos amplificavam seu canto ao dançar em uma toca. O buraco se transformava em trombeta, tal como alto-falantes em pequenas mesquitas subterrâneas. Daanish se entretinha durante horas, imaginando *maulvi sahibs* esfregando as asas em um túnel escuro. Quando não pensava nisso, concentrava-se na macroconjuntura: governos em derrocada, intolerância étnica, assistência econômica do exterior, sanções no Iraque, oitenta por cento da riqueza do mundo nas mãos de quinze por cento de sua população.

O que Daanish poderia fazer a respeito disso?

Deveria se tornar um jornalista nos Estados Unidos, um país que ensinava os estudantes de jornalismo a *não* exporem a macroconjuntura, para então voltar ao seu país e descobrir que ele também precisava de uma verdade mais inócua e menos avassaladora?

Essa era a *sua* verdade obscena?

Formigas caminhavam em sua escova de dentes, o que significava que a propaganda fora enganosa. O produto continha açúcar, sim. O papel higiênico entupira o vaso sanitário. Como o carro-pipa não aparecera, não havia água para dar descarga, de qualquer forma. E quando a chuva caiu e ficaram sem luz, não havia ventilador para arejar o odor do banheiro, que chegava até o corredor, esgueirava-se por baixo da porta e do tapete no qual os grilos dançantes cantavam. Será que esses insetos sentiam o cheiro dos dejetos humanos?

Se Daanish tinha uma verdade obscena, esperava que Dia o salvasse dela.

Certa vez, quando a chuva parou um pouco, o carteiro percorreu, com sua bicicleta, a rua alagada, jogando um pacote de cartas em uma poça próximo ao extinto Datsun. Nele havia uma carta de Liam. Estava no topo de uma pilha de contas e não ficou muito encharcada.

Querido Daanish,

Faz dois meses que você partiu, mas não recebi notícias. Não te pedi para não agir como um estranho? E aí, cara, que anda fazendo?

Estou passando a semana com a Íris. Os pais dela são muito legais. Estão construindo esta cabana na floresta, em N. Vermont, bem perto da fronteira com o Canadá. A obra está quase pronta. Aqui tem pinheiros e olmos, e a temperatura gira em torno de quinze graus. As outras cabanas ficam a quilômetros daqui, mas sempre aparecem visitantes: ursos! É como se a gente estivesse vivendo como aquele personagem Grizzly Adams, cara! (E Grizzly Íris, claro!) A gente está se empanturrando de torta de mirtilo, e a Íris até tentou fazer sorvete com essa fruta. Demais! Xarope de bordo flui como água por estas bandas. A mãe da Íris faz umas panquecas iradas. Eu devo ter engordado uns quatro ou cinco quilos. Espera aí, talvez até não, porque estou andando, nadando e cortando lenha pra caramba.

O pai dela construiu boa parte da cabana sozinho. Ele é caladão, forte como um touro, mas acho que está finalmente indo com a minha cara. Ontem, quando eu estava ajudando a botar os azulejos no banheiro, o velho me contou uma piada, e acho que a gente se entrosou pra valer. Daí nós cinco (a mãe e a irmã da Íris) fomos nadar no lago que fica aqui perto. Como o pai dela falou, a água estava de gelar os ossos!

Continuo caidaço pela Íris. Ela tocou de novo numa igreja, e todo mundo ficou impressionado. Às vezes, vamos sozinhos pra cidade. Vemos um filme, ouvimos música, almoçamos no restaurante onde ela vai trabalhar no mês que vem, antes das aulas começarem. Vou ter que ir até a minha casa, em Washington, na semana que vem. Mas acho que ela vai me visitar num fim de semana.

Poxa, soube do tumulto em Karachi. O que está acontecendo aí, cara? Pelo que vi na TV, parece até que está rolando uma guerra civil! Manda notícias, tá legal?

Se cuida,

Liam.

Obs.: A piada do velho da Íris: Um cara de oitenta anos começa a sair com uma garota de vinte. O médico fala pra ele tomar cuidado, já que poderia não ser bom pro coração. O sujeito dá de ombros e diz: "Bom, se ela morrer, paciência."

2

Ascendência

DE MAIO A OUTUBRO DE 1991

Nas semanas após o sucesso da Operação Tempestade no Deserto e a transmissão pela televisão do maior desfile da história, Daanish parou de escrever no diário. Um terror mudo o dominou, deixando-o incapaz de articular qualquer outra coisa. Ele, por fim, sentiu o que supostamente deveria ter sentido desde o início dos ataques aéreos: nada. No fim das contas, não sabia nem se havia acontecido alguma coisa, de fato.

Só uma vez algo chamou sua atenção. Ele agarrou a página, na qual estavam palavras de Vonnegut sobre um conflito anterior: *A guerra foi um espetáculo tão grande, que autômatos de quase todas as partes exerceram um papel.*

Daanish recitava essas palavras enquanto enxaguava panelas no Bela Gula. Lá estava o autômato Wang, que jogava os restos de molhos de salada, carnes e pães nos sacos de lixo, os quais eram fechados e carregados nas costas pelo autômato Ron, tal qual o personagem de pantomima Dick Whittington, que parte para tentar a sorte na cidade grande. A autômata Nancy simplesmente pedira demissão. Ia estudar em um instituto e ter um emprego de verdade. "Não como este aqui", dissera ela, "nas malditas cores unidas da Benetton." Na estação de ônibus, Daanish lhe deu um beijo de autômato e, no dia seguinte, um autômato de Trinidad substituiu-a. Daanish nem perdeu tempo se apresentando, tampouco o fizeram os demais funcionários.

Isso teve continuidade durante o outono. Ele mal escrevia para os pais. Às vezes o telefone tocava no corredor, e o jovem ouvia um estudante atender e perguntar: "Quem? *Dei-nish*?" O rapaz sabia que era o pai, mas não atendia quando vinham bater em sua porta. Disso sempre se lembraria: não atendera a todas as ligações do pai. No ano seguinte, ele morreria.

Acima de tudo, Daanish evitava Liam. Os dois mal se falaram desde sua discussão diante da lojinha da Hallmark, apesar de ele ter ido ao recital de Íris. As notas musicais lhe deram nos nervos e, pela forma como Liam contraiu o maxilar, Daanish sabia que ele tampouco estava conseguindo se concentrar. Depois, ambos parabenizaram Íris de modo efusivo e, em seguida, Daanish pegara um táxi para voltar ao dormitório. Custara tudo o que tinha, porém não quisera esperar que Liam lhe oferecesse uma carona.

Cada vez mais, Daanish ia ao seu jardim de relevo baixo a fim de observar a mudança de estação. E refletir sobre o amigo. Olhando para o alto de um velho carvalho, recordou-se de ter subido nele no último outono, enquanto Liam o fotografava embaixo. Quase caíra quando Liam gritara:

— Por que as mulheres têm vaginas?

— Sei lá.

— Para os homens falarem com elas.

Daanish resfolegara.

— Não no meu país.

Liam deu uma gargalhada.

— Você está morando no lugar errado, cara! Saca só essa: por que as mulheres demoram tanto para gozar?

— Que importa?

— Ah, essa você já conhecia.

E, no inverno, os dois iam até ali com freqüência, para desfrutar do silêncio arrepiante, rompendo-o de vez em quando com um bate-papo. Entretanto, nunca discutiam a guerra.

Daanish também ia sozinho ao jardim, e, aos poucos, foi se reanimando. Os pica-paus-cinzentos preparavam-se para o inverno, tal como as abelhas, que circundavam o rapaz cada vez menos. As pétalas encrespavam e secavam, e a cor vinha cedo para as folhas. Um leve entusiasmo se fez sentir no âmago do jovem. Após tantos meses, viu-se compelido a entender o que ficara em segundo plano.

Matriculou-se em uma aula de jornalismo, com uma professora diferente. Contudo, tal como Wayne, ela direcionava a discussão para a satisfação do consumidor. Se o público não estivesse recebendo as matérias que queria, estava sendo explorado. A professora chamava a matéria correta de "notícia branda" e mostrava vídeos de âncoras famosos que suavizavam ainda mais as brandas. Ao contrário de Wayne, ela não pedia diários.

Daanish nunca participava dos debates, porém continuava a fazer pesquisas na biblioteca.

Em uma revista médica, certa vez, encontrou uma carta escrita por um opositor consciencioso, um fuzileiro naval que falara em comícios durante a guerra, antes de começar a fazer denúncias.

Daanish leu-a.

Gandhi e Martin Luther King Jr. são heróis, mas para mim o grande herói mesmo é Mohammad Ali. Nenhum político ou ativista entende a vergonha de ser chamado para servir seu país e recusar. O sujeito em greve de fome se sente purificado, talvez até veja Deus, mas o que refuta um juramento sente-se um covarde, um frouxo. Tem a impressão de que nenhum Deus irá amá-lo. Coloca sua cabeça a prêmio e se pergunta se é de fato um homem ou um verme desprezível. Mohammad Ali sabe. E, agora, vejam só: as pessoas de todos os recantos da Terra são loucas por ele.

Fui o quinto filho de um operário branco de Indiana, um servente de pedreiro que dedicava cada segundo de sua vida à mistura de água e areia. Quais eram as proporções adequadas? Era com isso que meu velho pai se preocupava. Argamassa e cascalho.

Costumava dizer que o cascalho era o material de construção mais antigo do mundo, mais que madeira e tijolo. Estava levando adiante uma tradição herdada de pessoas cuja aparência deve ter sido muito diferente da sua. Os druidas. Os faraós. Meu pai era pobre, mas não bobo; respeitava os que o antecederam. E queria que eu construísse também, só que de outra forma. Nenhum de seus filhos se tornou servente de pedreiro.

Eu me alistei na Marinha aos dezessete anos e, além de ser enviado à universidade, ganhei seguro de saúde. Tinha dezenove anos quando o treinamento para a Guerra do Golfo teve início. A maior parte dos rostos ao meu redor não era branca. Eram pessoas que haviam sido seduzidas, tal como eu, pela promessa de segurança. Porém, muitas começaram a se perguntar por que lutavam por um país que não dava a mínima para elas. É certo que agora tinham o direito de votar e possuir terras — um avanço em relação a muitos norte-americanos que lutaram na Segunda Guerra Mundial —, mas vinham de bairros assolados por crimes e doenças e sabiam que acabariam se deparando com uma conjuntura semelhante. Tinham consciência de que passariam de vítimas do desespero a agentes. Perguntavam-se por que os rapazes mais ricos não desejavam lutar por seu país. Eles é que deveriam ter se alistado, que deveriam agradecer.

O número de soldados que se recusaram a ir para a Arábia Saudita começou a aumentar. Isso não foi divulgado na mídia. Só nos mostravam dando beijos de despedida nas namoradas. É um bom negócio, e é isso que define os Estados Unidos corporativos. A melhor marca. Temos as mais famosas do mundo: Coca-cola, McDonald's, Nike, Kodak. E agora, outra: Tempestade no Deserto. Querem que vocês a comprem, hoje mesmo.

Daanish tirou uma cópia e guardou a revista. Em seguida, tentou imaginar o fuzileiro naval, filho de um servente. O que o levara a tomar aquela posição? Fora um momento, uma face, um pesadelo, uma prece? Uma combinação de fatores mais abstratos? O rapaz se perguntara isso inúmeras vezes a respeito de seu próprio avô.

Continuou investigando, encontrando análises mais detalhadas da guerra e de suas conseqüências não só em outras revistas médicas, como também na imprensa asiática e européia. Estavam todas na biblioteca — era só questão de achá-las. Talvez o jogo do médico tivesse sido uma boa prática para Daanish.

Daanish 347

O jovem descobriu que, no início daquele ano, um Tribunal Internacional de Crimes de Guerra fora realizado, surpreendentemente, em Nova York. O tribunal, presidido por juízes de diversas nações, chegara à conclusão de que os Estados Unidos haviam transgredido dezenove leis internacionais. A mídia norte-americana não noticiara isso, porém muitos jornais estrangeiros o fizeram.

O coração de Daanish disparou: na cidade de Nova York! Não era incrível que um país fosse o anfitrião de um conselho que o condenara? Comprovava que uma espécie de liberdade de que talvez nenhuma outra nação desfrutasse existia ali. Ainda assim, a mídia não fazia uso dela.

Alguns dias depois, Daanish se encontrou com Liam. Era uma tarde de céu brilhante, em outubro, com nuvens brancas e agradáveis e uma leve brisa, ora quente, ora gelada. Liam estava apoiado na parede de um prédio, abotoando uma camisa de flanela, os livros no gramado.

— Oi.

— Oi — disse Liam, com o topete caindo no olho.

— Que anda fazendo?

Liam deu de ombros.

— Nada demais.

Os dois saíram caminhando e, a certa altura, Daanish perguntou ao amigo se ele ouvira falar no tribunal.

— Não. Pode me informar.

Daanish parou de andar.

— Por que você está sempre na defensiva?

Liam continuou andando, mas, então, virou-se.

— Faz algum tempo que quero te perguntar uma coisa. Se não gosta daqui, cara, por que não se manda?

Daanish riu.

— Não acredito que estou ouvindo isso de você. Quer dizer que só posso morar aqui se ficar de bico calado?

— Esta universidade está te ajudando.

— Então sou um mendigo? E mendigos não têm direito de escolher? Já passou pela sua cabeça que, quando questiono, ponho muito mais em prática os ideais do seu país que você?

Agora foi a vez de Liam rir.

— Você não sabe nada sobre este país. Deixa eu te dizer qual é a informação mais importante para você. Todos os americanos já foram vítimas de preconceito. É por isso que nossos antepassados tiveram que deixar seus países e vir pra cá.

Daanish respirou fundo.

— Pode até ser verdade. Mas seja lá o que os seus pais ou avós tiveram que enfrentar, o fato é que você nunca teve que lidar com isso. Agora você já não é o oprimido, então não me venha com essa toda vez que o seu país fizer merda com outros. As pessoas que vieram para cá para não serem descartadas é que estão descartando agora. Apesar disso você ainda se vê como vítima.

— Não disse que era vítima. Só falei que os americanos sabem o que é isso.

— E eu estou dizendo que não sabem. *Você* não sabe. Mesmo que seus antepassados tenham enfrentado isso. Ainda assim, querem o tipo de notícias que diz que enfrentam, querem ouvir que sofreram injustiças e não que são injustos com outros. Um bombardeio aéreo mata centenas de pessoas no Panamá ou Iraque, e isso nem é mencionado nos noticiários. Mas se um americano for hostilizado em algum lugar fora dos Estados Unidos, vira manchete em todas as emissoras.

Liam jogou os cabelos para trás.

— Tenho aula agora.

— É por isso que vocês não dão a mínima quando quebram leis internacionais, nem querem saber dos efeitos das sanções. Eles te odeiam, lembra? Então, não tem problema matá-los.

Ele foi embora.

* * *

Sete meses depois, quando o pai de Daanish morreu, Liam insistira em deixá-lo na estação rodoviária. Daanish ficou curioso para saber como ele descobrira, mas não lhe perguntou. Gostou de saber que, durante os meses de antagonismo, no fundo, o amigo ainda quisera ter notícias dele.

Ao subir no ônibus, Daanish sentiu que Liam o fitava.

— Sinto muito, cara — dissera o amigo.

Milhares de mortes não faziam com que sentisse remorso e, no entanto, o falecimento do pai de Daanish, sim. Apesar disso, Daanish estava feliz por contar com sua amizade de novo, embora não tenha chegado a lhe dizer isso.

3

Quartos

AGOSTO DE 1992

Nenhum dos velhos amigos de Daanish estava em Karachi. Permaneceram nos Estados Unidos durante o verão, estagiando, ou fingindo fazê-lo. Metiam-se em qualquer coisa para não ter que voltar. Literalmente, qualquer coisa. Dois amigos seus, que ficaram em Nova York, estavam trabalhando no metrô, um como jornaleiro, numa banca, e, o outro, como bilheteiro. Era um trabalho arriscado, em certas ocasiões, pior até que o de um motorista de táxi. Todos que o faziam ou eram imigrantes ou aspirantes a tal. Em ambos os casos, estrangeiros. Isso era melhor que voltar? Melhor que saber que pelo menos aqui a casa era sua e haveria uma refeição quando chegasse? Será que o futuro aqui era ainda mais incerto que no metrô de Nova York?

Lá fora, a construção vizinha estava encharcada e abandonada. Os operários tinham parado de ir desde que começara a chover. Daanish vira Salaamat circundar os alicerces durante o aguaceiro, talvez com saudade do chá que tomava com o velho operário à tardinha. Embora o motorista não tivesse voltado, Daanish ainda o procurava, sentindo que ele estava lá ou talvez até desejando que estivesse. Daí se deduz como havia pouco o que fazer.

Cada vez que via Anu, ela o lembrava que suas economias durariam oito, talvez nove anos. Então, a mãe o beijava e abençoava, dizendo que o filho era seu arrimo.

Grande arrimo: ele não passava de um zero à esquerda. O médico tinha razão, Daanish escolhera a profissão errada. *Vai passar a vida lutando contra os americanos, só para descobrir que também terá de lutar contra seu próprio povo. Pense bem!* O pai tinha os dados estatísticos dos repórteres assassinados, bem como dos que haviam sido presos. E também das editoras destruídas. Quando Daanish conversou sobre isso com Anu, sabia que ela não o estava escutando. Estava cheia de minhocas na cabeça, tramando o casamento do filho. O rapaz continuava a ignorar solenemente o comportamento absurdo dela, como se a trama girasse em torno de outra pessoa. De alguém que era como ele antigamente, um personagem que a mãe desconhecia e o pai jamais conheceria.

Daanish sentou-se, com a caixa laqueada, no tapete branco e sujo. Os grilos saltaram para longe quando ele esticou as pernas. Mais uma vez, quando o jovem espiou dentro dela, o pai retribuiu o olhar. O médico devia estar com a sua idade. Não apresentava sinal de calvície, nem de qualquer outra coisa que não fosse felicidade. Daanish apertou os olhos, perguntando-se que construção era aquela no plano de fundo. A fotografia provavelmente fora tirada nos tempos de estudante do pai, em Londres. Ele ainda não se formara em medicina, nem ficara noivo. Alguma coisa, talvez o cachecol esvoaçante ou o nariz rubro do pai, levou o jovem a sentir o aroma revigorante da brisa outonal, em Massachusetts. A construção em arenito castanho-avermelhado e os jardins impecáveis e verdejantes ao lado direito da foto poderiam muito bem estar no centro de Southampton e Springfield, não na Inglaterra, mas na Nova Inglaterra. Poderiam ter sido ele e Nancy ou Becky.

Enquanto examinava a fotografia, Daanish se lembrou das de seus pais no dia do casamento deles. Onde estavam aquelas fotos em preto-e-

branco que ficavam na mesinha próxima à poltrona do médico? Havia a
do noivo em uma tenda cheia de pétalas de rosa. Ao seu lado, o pai envelhecido, na época em que ainda se dedicava ao primeiro jornal em língua
inglesa do Paquistão. Via-se também a mãe resignada do médico, apertada
contra a nora de dezesseis anos, para quem oferecia uma xícara de leite.
Quatro pessoas em um sofá, circundadas por uma cortina de rosas. Um
noivo de Londres, formado em medicina. Dr. Shafqat, a grande estrela
em ascensão. Os fotógrafos clicavam e clicavam.

Em outra foto, o médico sorvia da xícara que a mãe lhe entregara,
exatamente no local em que estava a marca do batom de Anu. A foto não
mostrava a marca, porém esse fora seu primeiro beijo: em uma xícara de
porcelana. Não valia a pena apreciar esse momento tão especial? Pelo
visto, Anu não pensava assim. Apesar de a mãe ter virado as costas para
esse dia, buscava revivê-lo com o filho, de modo que ela também pudesse
passar a xícara de porcelana.

Meneando a cabeça, Daanish guardou a caixa.

Agora estava apenas chuviscando. Quando voltou à janela, um
homem andava pelas dependências da casa inacabada. Ele se movia como
um náutilo de concha alveolar, deixando para trás os espaços menores,
em busca de outros, maiores, à medida que avançava. Um sujeito com as
mãos cruzadas nas costas e um pano enrolado na cabeça. O vento golpeava
sua *kameez* à medida que ele passava de uma divisão de concreto à outra.

Talvez fosse o operário que queria obter o visto. Não, aquele era baixinho demais. Devia ser Salaamat. Daanish ficou feliz quando, nas últimas
vezes em que esteve com Dia, não precisaram usar o motorista: o rapaz já
vira demasiado. Não era apenas irritante, como humilhante. Como ousava
Salaamat olhar para Dia — ele, que na certa nunca tivera uma mulher
pela qual não pagara! Sua presença colocava Daanish no mesmo patamar.
Se o olhar do motorista maculava Dia, deixava Daanish, então, totalmente
imundo.

Fazia alguns dias que o filho do médico e a filha da empresária não
se encontravam. Embora Daanish a quisesse, Dia podia esperar. Ela não

ia à parte alguma. Era agradável ter isso em mente. A jovem devia estar andando de um lado para outro em sua mansão, com as mãos para trás, pensando nele. Parecia estar sempre atenta ao toque do telefone, pois quando ele ligava, na maior parte das vezes era ela que atendia, com a respiração deliciosamente ofegante, como se tivesse corrido até ele. Daanish estava começando a gostar do fato de não ficar o tempo todo com ela. Como era difícil conseguir vê-la; quando finalmente surgia uma oportunidade, desfrutava dela muito mais. E, quando isso não ocorria, aguardava com ansiedade. Tal como ela. Não havia outras distrações. Nem matinês, tampouco apresentações musicais em clubes. Dia esperava por ele. Contava os minutos. Corria até o telefone. Não se deparava com rapazes a caminho da lavanderia automática. Estava sempre em recintos fechados. E, mesmo neles, seu espaço era bastante vigiado. Não era só Daanish que tinha de ingressar no mundo dela com cautela, outras pessoas também. Isso o levava a se sentir totalmente seguro.

A sombra reclusa não se revelou, e Daanish se virou para a gaveta na qual costumavam ficar suas conchas. Não havia mais nada ali, exceto o fio de seda. Ele o pegou. Ainda estava com um pouco de areia, da época em que ele o levara até a enseada para mostrá-lo a Dia. Talvez ele ligasse para ela mais tarde, hoje. Talvez, não.

4

Sede

Dois dias depois, quando a chuva por fim cessou, tênues raios de sol começaram, pouco a pouco, a absorver a água de esgoto que inundara sua rua. Daanish decidiu fazer alguma coisa por Anu. Iria ao Departamento de Água e Esgoto da Associação de Moradores e contrataria um carro-pipa. Isso o tiraria de casa, agradaria Anu e daria uma notícia interessante. Poderia finalmente contar a Liam o que fazia ali.

Porém, deu-se conta de que não tinha a menor noção de como fazer isso. Na verdade, nem tinha noção de como administrar a casa. Quem pagava as contas, e onde? Quanto custava um carro-pipa?

Quando perguntou a Anu, ela lhe disse que era um amor por tentar ajudá-la e lhe deu cem rupias e um formulário que o departamento requereria. Depois, pediu-lhe para tomar cuidado.

— Parece que todo mundo está sendo seqüestrado hoje em dia. A situação está ainda pior do que antes da sua partida. Você não faz nem idéia!

Daanish se irritava ainda mais quando ela declarava que ele "não fazia nem idéia" porque o médico o "mandara para longe." Jogou-lhe um beijo.

Como o carro ainda estava pifado, ele começou a andar até a rua principal para pegar um táxi. Havia diminutas ilhas de asfalto seco em meio a poças enlameadas tão espessas quanto o grude nos banheiros de aviões. O ar estava totalmente saturado, envolvendo-o em um funil denso. O sol aqueceu esse funil úmido e Daanish começou a suar, enquanto saltava de um canto seco ao outro. Passou pela casa de Khurram, observando as horrorosas cúpulas de vidro e a varanda com acabamentos em bronze. Nos dias de chuva, as luzes que circundavam a sacada eram as únicas vistas na rua escura e putrefata. Daanish perguntou-se de novo o que o pai de Khurram fazia. O amigo se recusara a contar. Nenhum dos três carros encontrava-se ali. Salaamat tampouco estava por perto.

Daanish tapou o nariz enquanto passava pelo enorme terreno baldio no qual a vizinhança jogava o lixo. Sacos de polietileno pendiam nos ramos de árvores e cabos de telefone entupiam as bocas de lodo e entulhavam as entradas das garagens. Ele entrou em uma rua secundária, querendo, na verdade, voltar para o quarto. Sua ineficácia o sobrepujou. Como podia pensar de forma clara, quando seu corpo travava uma luta pelo essencial: água, energia elétrica e ruas limpas? O que poderia começar a fazer ali? E, não obstante, de alguma maneira, milhões sobreviviam. Era questão de sobrevivência ou de imunidade? Haveria alguma diferença?

Daanish chegou a um cruzamento. A fumaça do escapamento de automóveis entrou em seu funil. As buzinas o exauriram ainda mais. Os motoristas piscavam os faróis até mesmo durante o dia. Não existia calçada, nem faixa de pedestre, e os sinais de trânsito tampouco precisariam estar ali. Um mendigo portador de deficiência estava sentado em uma tábua com rodas no meio da rua. Enquanto Daanish se desviava de dois Toyotas, o mendigo foi atrás dele, acelerando como um competidor em uma corrida de trenó, impulsionando-se adiante com as mãos. Ao alcançar o rapaz, esticou a mão e agarrou a manga de sua camiseta. Daanish correu mais rápido, levando consigo, de forma involuntária, o sujeito.

Um táxi parou. Daanish entrou, ofegante.

— Vamos até o Departamento de Água e Esgoto.

Mesmo dias depois das greves que antecederam as chuvas, muitas lojas continuavam fechadas, e quase nenhuma barraca de frutas fora armada. O taxista disse:

— Primeiro fiquei sem trabalhar por causa das greves, depois, por causa da chuva. *Allah malik hay.*

Ainda se recompondo, Daanish ficou quieto.

— Como as pessoas podem chegar aqui? — prosseguiu o motorista. — Quando todos os ônibus estão queimando e há toque de recolher nas ruas, como se pode levar uma vida normal?

Pelo retrovisor, Daanish viu que ele era um sujeito magrelo, com os olhos pesadamente ressaltados com *kohl.* O espelho estava decorado com uma prece que o Profeta lera durante uma viagem, uma fotografia da Caaba, contas e um pinho aromático. No painel foram espalhados adesivos azuis e amarelos no formato de flores e corações e o volante fora forrado com um tecido de tapeçaria. O carro cheirava a alfazema e suor.

O olhar do taxista examinou Daanish também, através do espelho.

— Você não parece ser um cara por dentro dos toques de recolher.

— Não — admitiu Daanish. — Só sei que tem água demais nas ruas, e nenhuma nas torneiras. Estou indo contratar um carro-pipa.

— Ah! — O sujeito riu. — Não está vendo que não tem nenhum por aí? Todo mundo está querendo carros-pipa!

E se ele soubesse que Daanish viera recentemente da *Amreeka?* Riria tanto que iriam parar no acostamento.

— Você deveria ter trazido suas irmãs junto — continuou o taxista. — Sabe, eles sempre deixam as mulheres passarem na frente. — Como Daanish se manteve calado, acrescentou: —Vejo que está levando documentos. Fez bem. É sempre melhor sair com eles.

— Que bom que aprova — sussurrou Daanish.

O carro parou diante de uma construção, e Daanish pagou a corrida. O taxista foi embora, lamentando:

— O que é normal hoje em dia?

Quando Daanish abriu o portão e entrou, viu que não se tratava de uma edificação, mas de uma grande área enlameada, com uma escrivaninha de cada lado. As duas mesas estavam circundadas por uma multidão. Daanish escolheu a que ficava mais longe do portão; parecia um pouco menos alagada. Posicionou-se atrás, tentando entrar na fila, sentindo-se um idiota por isso. Assim que as pessoas tentaram formar uma fila, alguém atrás foi empurrando o corpo adiante, o que levou quem estava na frente a dar uma cotovelada nessa pessoa, movimentando-se a fim de mantê-la em seu devido lugar. Enquanto as duas gingavam, recém-chegados simplesmente furavam a fila. Por fim, Daanish decidiu fazer o mesmo.

Porém, não conseguiu ir muito longe. Na ponta dos pés, tentou dar uma olhada no funcionário escondido atrás da multidão; no entanto, só escutou consumidores zangados gritarem com o sujeito e, em seguida, uns com os outros. O vozerio ficou mais alto, e um estouro generalizado parecia iminente. E tudo por água. Era aquele comportamento voraz que Daanish vira nos tios. Aquela endogamia de decepção, como se todos estivessem encalhados em uma ilha, circundados por um oceano há muito esquecido.

Voltando ao final da fila, Daanish se deparou com um indivíduo tão macilento que as calças de poliéster cinza ondulavam em torno dos quadris e das pernas, tal qual uma saia em um espantalho. A Daanish e um punhado de recém-chegados, ele indagou:

— Como nossa nação vai prosperar se nem ao menos conseguimos fazer fila?

Um dos recém-chegados era uma mulher atarracada, com uma *dupatta* na cabeça. Ela foi direto para a frente. Os homens deixaram-na passar com relutância, resmungando que as mulheres que se queixavam dos tempos difíceis tinham mais é que viver em dificuldade.

— Como em Ocidente! — exclamou o Espantalho. — Ninguém respeita mulheres lá. Essas são tradições sólidas deste país. Reverência à mulher. — Virou-se para Daanish. — Eu estava estudando, mas agora universidade vai passar semanas fechada. Em toda parte, estudantes estão entrando na política. Quase todo aluno de engenharia tem arma.

Daanish se perguntou por que as pessoas se lamentavam com ele. Anu, o taxista e agora o Espantalho. E havia também o operário que insistia que Daanish conseguisse um visto para ele. O que achavam que ele era, filho de um curandeiro? É claro! Fazia milagres com um estalar de dedos!

Como Khurram, este Espantalho ansiava praticar o inglês com ele.

— Pais checam objetos de filhos quando meninos não olham. Sabe quantas armas sem licença foram compradas em ano passado, e quase sempre por adolescentes? — Sua cabeça bamboleava em um pescoço fino como um talo.

Daanish chegou à conclusão de que estava na hora de nadar no mar que rebentava na escrivaninha do funcionário. Mergulhou adiante, com as mãos para a frente, a cabeça abaixada, esbarrando os quadris nos outros; porém, ficou preso na terceira fileira que circundava a escrivaninha. O piso estava molhado ali. Os que saíam, mostravam o preço que tinham pagado: as roupas estavam encrostadas de lama. Entretanto, traziam nas mãos um memorando de papel branco, o que os fazia ostentar um imenso sorriso nas faces encrespadas.

Daanish estava prestes a perguntar ao jovem ao seu lado o que aquele memorando queria dizer, quando a onda se abriu de novo, permitindo que outra mulher passasse. Um rapaz comentou, exasperado:

— O Islã não diz isso!

O sujeito que estivera diante de Daanish, mas que, devido à licença que dera à mulher, fora rebaixado à terceira fileira, disse:

— É mesmo, o Corão não diz que eu tenho que ceder a minha vez pra uma mulher.

— Como é que sabe disso, meu bem? — replicou a que arrebatara o espaço. — Você é analfabeto!

Daanish e alguns outros se aproveitaram da distração e se meteram ainda mais no bolo. Ele perguntou a um sujeito:

— O que diz o memorando?

O homem usava óculos azuis. Disse:

— É o CNO.

— Que quer dizer CNO?

Ele não respondeu. Aqui ocorria o contrário: Daanish querendo falar, mas se deparando com um muro. Ou melhor, óculos azuis. Daanish virou-se para a esquerda e repetiu a pergunta.

Um velho barrigudo respondeu:

— Certificado de Não-Objeção.

Daanish riu.

— Essa foi boa! Falando sério, o que é?

O barrigudo também ficou confuso. Meteu a mão na *kameez* para coçar a pança.

— CNO: Certificado de Não-Objeção. Se não tiverem nenhuma objeção contra você, vão dar o CNO, e daí você faz o depósito e consegue o carro-pipa.

— Mas como eles decidem se não têm objeção contra mim?

O barrigudo deu uns tapinhas na pasta de Daanish.

— Checam seus documentos.

Pela primeira vez naquele dia, Daanish abriu a pasta que Anu lhe dera. Havia extratos de contas bancárias, declarações de imposto de renda, recibos de IPTU e uma série de papéis firmados e carimbados.

— Mas a gente precisa mostrar isso toda vez?

O barrigudo lançou-lhe um olhar que dizia: *Seu tapado!*

Um mau pressentimento a respeito disso tomou conta de Daanish. A maior parte dos que se retiravam não estava com o memorando todo-poderoso. Ele saíra de casa antes das onze. Já era uma e vinte. A repartição, de acordo com o barrigudo, fechava às duas.

À uma e quarenta e cinco, Daanish chegou à primeira fileira. Metendo-se em uma poça, por fim conseguiu ver a escrivaninha, apinhada de papéis. O funcionário atrás dela olhava para o relógio praticamente a cada minuto, enquanto um pai de quatro filhos, desesperado, implorava-lhe para procurar de novo o arquivo correspondente ao que ele levara.

— Talvez esteja debaixo daquela pilha.

O homem apontou para o local em que havia um amontoado, tão desorganizado quanto as filas. Páginas se espalharam quando o monte caiu, e o funcionário atrás da escrivaninha olhou para o Omega falsificado. Cinco para as duas. O pai sacudiu os papéis sob o nariz do funcionário.

— Tenho certeza de que você tem o arquivo disto aqui em alguma parte — alegou histericamente. — Basta procurar.

O relógio indicou duas da tarde. O funcionário pôs as palmas da mão na escrivaninha. Daanish foi lançado na direção do pai desesperado quando a onda se abriu de novo e mais uma mulher apareceu. Era muito jovem e bastante bonita e, por um momento, houve uma evidente hesitação. Porém, o almoço o chamava. O funcionário se levantou. A multidão irrompeu, furiosa.

— Vim aqui todos os dias, esta semana!

— A gente não tem tido nem água pra beber!

— A minha mãe está doente!

— Quanto? Quanto você quer para ficar?

O funcionário andou depressa até o portão, encontrando-se com o colega da outra escrivaninha no caminho.

O pai desesperado meneou a cabeça.

— Quem tem mais bom senso: ladrões como eles ou gente honesta como nós?

5

As Autoridades

Daanish voltou no dia seguinte. Não conseguiu, nem se espremendo, chegar à segunda fileira. Então ficou atrás com o Espantalho, que já perdera a conta de quanto tempo fazia que aguardava a vez. Parecia que o sujeito precisava muito mais de um lugar para expressar sua opinião que de água. Transformara o Departamento de Água e Esgoto em seu foro.

— Três milhões — dissera ele. — Em ano passado, três milhões de armas sem licença foram compradas em este país. Guerra Afegã terminou três anos atrás, mas armas continuam entrando. Americanos treinaram e armaram a gente para lutar contra comunistas, mas agora sozinhos lutamos. — Meneou a cabeça. Todo o seu corpo parecia oscilar. — Simplesmente deram o fora, aqueles americanos. Não se importaram com o que deixaram pra trás. — Em seguida, fitou Daanish. — Você está indo para *Amreeka*, eu acho?

Daanish engoliu em seco. Porém, era tarde demais: suas duas personalidades entraram em conflito. A norte-americana argumentava que ele tinha o direito de agir em benefício próprio, então, que parasse de reclamar.

A menor retorquiu que a outra era poderosa, rica e tinha o hábito de abandonar velhos amigos, para os quais exportava armas e equipamentos de tortura, que a enriqueciam ainda mais.

Ele forçou caminho e entrou na quarta fileira, em seguida, na terceira, na qual o pai desesperado de quatro filhos estava, à beira da loucura. Às duas, mais uma vez Daanish voltou para casa.

Fazia cinco dias que ele e Anu não se banhavam, nem mesmo se lavavam. Um de seus tios trouxera, em duas ocasiões, água potável de sua casa. Estava 36°C, e a umidade era de noventa por cento. Quando Daanish limpava o suor que pingava em seu rosto e pescoço, espalhava uma gosma acinzentada pelo corpo, como se fosse sabão. Então, sentou-se para limpar a sujeira das unhas cada vez mais compridas. Deveria cortá-las? Era cansativo demais. De qualquer forma, voltariam a crescer. Começou a roê-las, engolindo o limo acumulado nelas. Cuspia algumas partículas no tapete cada vez mais manchado. Como ele sempre mantinha a porta trancada, o quarto nunca era limpo. Preferia viver na sujeira a ter seus objetos revirados.

No dia seguinte, lutou contra a multidão e posicionou-se com determinação à escrivaninha antes da hora do almoço. Entregou os documentos. O funcionário franzia o cenho cada vez que examinava um deles. Usava uma camisa estilo safári, e seus cabelos — Daanish ficou surpreso ao constatar isto — estavam tão oleosos quanto os seus. Pairava no ambiente um cheirume de mostarda e colônia barata. O pai desesperado estava atrás de Daanish, com mais documentos, tal como lhe haviam requisitado. Daanish desejou fazer um ato de boa vontade e ceder o lugar ao pai desesperado. Mas não o fez. Ele finalmente conseguira uma audiência. E a merecia. Se aos outros era negado o que mereciam, Daanish não tinha nada a ver com isso.

O funcionário checou a barafunda sobre sua escrivaninha, meneando a cabeça. Não conseguiu achar o arquivo do dr. Shafqat.

— Não temos registro dele.

Os joelhos de Daanish começaram a tremer.

Daanish 363

— Mas eu tenho. Você acabou de examinar o meu arquivo. Todos são documentos oficiais, carimbados. Todas as nossas contas estão pagas.

Ficou surpreso ao notar que sua voz estava falhando.

O Espantalho gritou lá de trás:

— Dá chance para o rapaz de *Amreeka*.

Os homens ao redor de Daanish se mexeram. Examinaram sua camiseta amarrotada, as calças jeans sujas de lama, que se acumulara no decorrer dos dias em que ele fora até ali. Não havia sinal do fulgurante *amreeka-nismo*. Aparentava ser tão maltrapilho quanto eles, se não mais.

— Se é da *Amreeka*, por que veio até aqui? — perguntou Omega.

Os outros assentiram, sem notar que o funcionário capcioso estava fazendo o tempo voar.

— Eu não sou da *Amreeka* — respondeu Daanish. — E vim porque estou sem água, como todo o mundo aqui. Estamos esperando há dias que você emita o Certificado de Não-Objeção. Eu me oponho a esta espera interminável!

Omega deu um sorriso irônico. Os dentes e gengivas estavam manchados de *paan*, e o ponteiro maior de seu relógio aproximou-se mais da hora. Quando ele riu, alguns dos sujeitos que estavam sendo tapeados riram também.

Daanish ficou rubro.

— Continuo esperando.

— Calma, calma — pediu Omega. — Tudo a seu tempo. — Recostou-se. — Uma vez ganhei uns cigarros muito bons de um rapaz da *Amreeka*, como você.

— Eu não fumo.

— Espera aí, qual era mesmo a marca?

— Está desperdiçando o tempo dessas pessoas de bem.

Isso, afinal, tirou as pessoas de seu torpor.

— Eu quero ser atendido antes que você vá almoçar! — exigiu um.

Outros começaram a protestar.

Omega suspirou, sentando-se ereto de novo.

— Sabe, você não parece ser mesmo da *Amreeka*. Próximo.

— Mas ainda não acabou de me atender! — gritou Daanish.

— Volte amanhã, e daí vou ver onde está o seu arquivo.

— Amanhã é sexta-feira! — Daanish teve vontade de chorar.

O pânico se espalhou. Ele foi empurrado e pressionado quando os homens se deram conta de que em dez minutos a repartição ficaria fechada pelas próximas sessenta e sete horas. Achou-se ao lado do Espantalho outra vez. O estudante lhe deu um tapinha nas costas como se os dois se houvessem tornado almas gêmeas.

— Não é assim em *Amreeka*, hein? Lá rapaz acha fila organizada em repartições e água na torneira?

Anu estava sentada na sala de TV, quando um táxi deixou Daanish em casa. Ele parecia ter perdido o olfato. Ela também não tomara banho, porém o rapaz não notara nenhuma diferença em seu cheiro ou aparência. A mãe puxou os cabelos oleosos de sua testa suada para trás e o beijou. O filho nunca lhe provocava repulsa.

— Não sei como você agüentou fazer isso a vida inteira — comentou ele. — Enfrentar esse vaivém interminável por algo tão básico quanto isto.

— Eles me deixam passar — explicou ela. — Mas já me enviaram para casa várias vezes quando não encontram nosso arquivo. Coitadinho de você. Eu vou no domingo. — Enxugou o suor do filho com sua *dupatta*, levando parte da sujeira de sua pele com ela.

Tinha faltado luz de novo. Daanish olhou para o ventilador de teto, ansiando pelo estrépito miraculoso.

No colo de Anu estava uma tigela de lentilhas, de molho em menos quantidade de água do que ela gostaria. Ele se sentou em silêncio ao seu lado, enquanto a mãe as lavava, lembrando-se de um dia semelhante a este, ocorrido havia doze, talvez treze anos. O médico e ele estavam assistindo a um programa de televisão sobre um garimpeiro. Daanish tentou se lembrar do ano; fora no final dos anos 1970. O médico era bem-apessoado e elegante. Uma alma impetuosa, cheia de histórias para contar. Então, não era um dia como aquele. Havia pouquíssimas casas na rua — a de Khurram com certeza ainda não fora construída. Os soviéticos ainda não tinham invadido o Afeganistão, ou haviam acabado de fazê-lo. O Paquistão era um aliado útil dos Estados Unidos. A ajuda ingressara no país tão rápido quanto as armas, atualmente.

O garimpeiro segurava uma bateia com pedaços de cascalho escuro. Passava a vida esperando pela velha pepita, levando Daanish a se lembrar do avô: enrugado e meio ranzinza, porém dono de uma determinação inabalável, disposto a suportar tolices em troca do raro fragmento de verdade. Escrevendo e lutando, sem nunca mencionar sua dor. Teimoso feito uma mula. Será que nem sequer uma gota desse homem batalhador corria nas veias de Daanish?

Será que o médico, sentado ao lado do filho, teria também pensado no pai ao ver o garimpeiro excêntrico? Teria desejado ser mais como ele, enquanto viajava de um lugar a outro, trazendo presentes para Daanish e uma esposa que preferia que ele investisse na casa?

Anu, na certa, não se recordava daquele dia. Ficara na cozinha. Quase nunca assistia à televisão com eles. É, definitivamente, não era um dia como aquele.

Daanish se levantou para ligar a TV, esquecendo-se de que estavam sem luz. Anu foi para a cozinha. O jovem escutou-a colocar as lentilhas no fogo. Ela voltou com duas laranjas e um saleiro. Descascou a primeira laranja, pôs uma pitada de sal em cada gomo e ofereceu-os a Daanish.

— Estava na geladeira. Continua gelada.

Ele sorriu. Depois de sua provação no Departamento de Água e Esgoto, a fruta cítrica gelada e fresca pareceu-lhe um néctar indescritível. Sentou-se com as mãos ao lado do corpo, sem fazer nada além de abrir a boca e perfurar a pele da laranja com suavidade, com os dentes.

Vendo como isso o havia revigorado, Anu descascou a outra.

— Tem que tomar cuidado para não se desidratar. O sal também faz bem para você. — Então lhe informou que o irmão dela viria buscá-los à tardinha, para que fossem tomar banho na casa dele. — Uma ducha depois de todos esses dias fará maravilhas pelo seu apetite.

Ouviu-se um trepidar e, depois, um estalo. O ventilador começou a girar e a TV ligou: Paquistão e Austrália. Daanish se afundou no sofá, apreciando a rajada de ar em sua face, a laranja adocicada e o ritmo lento do críquete.

Depois de perder duas metas seguidas, a Austrália, por fim, fez seis pontos. Os fãs australianos comemoraram. Entre a multidão agitada havia duas mulheres, com camisetas curtíssimas. A imagem foi retirada de súbito, e transmitiram uma propaganda de cigarro.

Daanish riu.

— O fumo é melhor que a pele exposta. — Anu fez um bico. O filho prosseguiu: — Aposto que o Conselho de Censura deu uma boa olhada antes.

Ela lhe deu um tapinha na perna.

— O seu pai teria dito exatamente isso.

— Os caras estavam ocupados demais despindo as mulheres com os olhos para notar que o slogan era totalmente impróprio; dizia: *Só para experimentar!*

—Você era tão ingênuo antes!

Foi uma pena, na verdade, pois uma delas tinha os seios iguais aos de Becky. Anu com certeza os vira nas fotografias que roubara. Daanish poderia envergonhá-la ao indagar quais eram os maiores. Ambos se ocupariam com seu próprio joguinho de censura: Anu escondendo Becky, e ele, sua ligação com ela. A mãe escondendo que escondera Becky, e ele, que sabia de tudo.

Seria só uma questão de tempo a mãe começar a falar de Nissrine. Primeiro diria que ela vinha de berço refinado, com todo aquele sangue Ghaznavid correndo em suas veias. (Quantos primos distantes desse clã real ele tinha? Daanish não se lembrava de nenhum.) Em seguida, a jovem seria exatamente o seu tipo: esbelta e educada. Por fim, Daanish diria que gostava dela, sem especificar a qual *delas* se referia.

O jogo voltou a ser transmitido, mas como o cinegrafista ainda estava concentrado nas mulheres, veio mais uma vez a propaganda de tabaco.

— Será que o Departamento de Água e Esgoto e o Conselho de Censura são dirigidos pelas mesmas pessoas? Nos dois lugares elas são pagas para dificultar a vida dos outros.

Anu fitou-o. Ah, lá estava o olhar preliminar! Os olhos suplicantes, a cabeça inclinada, as palavras aglomerando-se na ponta de sua língua. Case-se com Nissrine... Case-se com Nissrine... A jovem de tez viçosa e clara, tal como deveriam ser as peles de seus netos.

Contudo, antes que ela pudesse dizer isso, Wasim e Waqar já estavam atuando, desconcertando o rebatedor com seus lançamentos cheios de efeito.

— É capaz que a gente ganhe o torneio, não acha? Um bom complemento para a nossa vitória no Campeonato Mundial.

Ela mordeu a língua. Ainda não.

Porém, bem depois do jogo, quando voltaram para casa após um banho revigorante na casa do tio de Daanish, trazendo cinco panelas cheias d'água que deveriam durar, na melhor das hipóteses, até domingo, Anu de fato trouxe o assunto à tona. E, mais uma vez, ele deixou subentendido que não se opunha.

6

Sem Limites

Daanish ligou para Dia, por fim, após uma semana.

— Quando posso te ver?

— Onde é que você andava? — Ela estava ofegante, porém sua voz mudara.

Ele sentiu um nó na garganta.

— Estava tentando conseguir um carro-pipa aqui pra casa. É uma longa história. Quando...

— Eu liguei tantas vezes — insistiu ela.

Daanish fez uma pausa.

— Sinto muito. Quando estou em casa, Anu fica por perto quase o tempo todo.

— Bem, você podia ao menos ter tentado.

Sua irritação aumentou. Por fim:

— Vamos pensar numa forma da gente se encontrar. Meu carro ainda está quebrado...

— Eu ligo depois. Não estou gostando da sua atitude neste momento. — Bateu o telefone.

O que ele faria agora?

O irmão de Anu a levara para o Departamento de Água e Esgoto. Tinha a casa à sua disposição, porém Dia acabou se exaltando.

Ele foi até o gramado e a rua, serpenteando pela obra ao lado. Será que o empreiteiro tinha sido despedido? O trabalho ainda não havia recomeçado.

Daanish pensou nas opções que poderia oferecer a Dia, quando ela por fim telefonasse. Ele podia buscar um mecânico. Mas a idéia, em si, era extenuante. O mecânico levaria dias para cumprir a promessa e ir até lá e, de qualquer forma, o carro quebraria de novo. Ele não conseguia se animar a ponto de ir atrás de um carro-tanque ou de um mecânico, apesar de Anu estar encarregada da primeira tarefa agora.

O carro de Dia, tal como o de Khurram, só vinha com o motorista, então, estava fora de questão.

Não podiam pegar um ônibus porque a enseada ficava além do circuito.

Poderiam pegar um táxi, embora ele também não fosse até o seu costumeiro ponto de encontro. Os dois teriam de andar muito, no calor, tal como Dia tivera de fazer quando o carro dele quebrara. O que acabou fazendo com que mais homens como Salaamat olhassem com malícia para a jovem.

Então, que opção restava?

Enquanto caminhava pelas divisórias, ele se perguntou: *que tal aqui?* Poderia ser bem aconchegante, namorar em um daqueles ambientes parcialmente construídos. Simplesmente diria a Anu que iria procurar um mecânico. Era óbvio demais para provocar suspeita.

O único problema que Daanish previu seria Salaamat, já que o motorista espiava pelas fendas às vezes. No entanto, por falta de opção, ele sugeriu a obra quando Dia finalmente ligou.

Dias depois, em uma dependência afastada da rua, a jovem exclamou, amuada:

— Mas que lugar para marcar um encontro!

— Você não está feliz em me ver? Isto na certa vai ser um quarto de hóspedes ou algo assim. Nós somos os primeiros convidados!

— É um absurdo. Tem poça pra tudo quanto é lado. Mal escapamos do sol e, ainda por cima, estamos imprensados entre a casa da sua mãe e a do Khurram, onde o Salaamat conhece a gente também! Sabe, estamos criando a nossa própria vila para ficar juntos, só que eles conhecem todos os nossos regaços.

Daanish sentou-a.

— Vamos falar do seu regaço. — Ele tentou encostar a cabeça no dela.

Porém, ela continuou indiferente, observando o quarto vazio com suas paredes erguidas até a metade e sem pintura e, acima deles, o céu cinzento e fechado. O piso era lamacento e irregular. O braço que Daanish acariciou logo ficou molhado de suor.

— Isto não está bom. Não posso ficar acocorada assim com você, Daanish. Sinto falta da enseada, apesar de me assustar lá. Mas a gente faz parte de um lugar bonito. Não tem nem mesmo uma árvore por aqui.

Ele teve de admitir: não era aconchegante. Sentou-se.

— Bom, então em que lugar?

Em vez de dar uma sugestão, ela continuou a reclamar.

— Este lugar me faz sentir que estou fazendo algo errado. E não estou.

O rapaz se controlou para não ser impaciente com ela e tocou seu maxilar macio e bem-feito, que fazia uma linda curva no queixo. Contornou sua boca, o polegar enxugando as gotículas de suor acumuladas no lábio superior dela, sobre o qual uma fina camada de pêlo crescia. Os olhos grandes de Dia eram muito sinceros e, agora, estavam demasiadamente tristes. Daanish suspirou.

— Foi difícil escapulir?

Ela pôs a mão sobre a dele.

— Muito. O Inam Gul perguntou: "Aonde você sempre vai, *beti*? Por que não se abre comigo?" Eu detesto quando ele fica preocupado. Além disso, receio que me delate, sabe?

— Se eu fosse algum outro rapaz, sua mãe iria se opor?

— Não. É isso que me magoa. Riffat, na certa, é a única mãe que não se oporia. Ainda assim, por que tenho que me sentir culpada? A gente não está fazendo nada errado! — Ela disse isso com grande convicção, animando-se mais e, por fim, beijando-o.

Deitaram-se abraçados no futuro quarto de hóspedes, assoprando a pele um do outro para secar o suor. Dia sussurrou:

— Você vai para os Estados Unidos em breve.

Era verdade. Em menos de duas semanas, estaria no avião de novo.

— A gente pode se encontrar aqui muitas vezes.

Dia não disse nada por algum tempo, mas, então, separaram-se, pouco a pouco. Estava quente e abafado demais, e os dois sentiam de forma intensa o quanto estavam confinados. Seu amor precisava de espaço. Aqui era por demais limitado e sufocado; como poderia crescer?

Ela disse:

— No verão passado, caiu uma chuva preta. As pessoas disseram que foi por causa dos campos petrolíferos bombardeados no Iraque. Durante meses, uma fuligem cobriu o mundo e tombou como tinta. *Ama* falou que a chuva destruiu as nossas amoreiras, mas ela não tinha como confirmar isso. A comida dos bichos-da-seda acabou. — Sua voz estava ofegante e distante.

Daanish posicionou-se de lado.

— Dia, eu sei que isto não é perfeito, mas vamos tentar tirar o melhor proveito, está bom?

Ambos tentaram.

Na vez seguinte, Daanish levou uma garrafa térmica com água gelada, e eles a borrifaram um no outro, beijando-se com voracidade, antes de o bálsamo acabar e os dois ficarem pegajosos demais para se abraçar. Ele contou a Dia que havia bastante água na casa dele agora — Anu levara a melhor, porém se perguntava por que ele nunca chegava com o mecânico.

Às vezes Dia fazia comentários sobre Sumbul e Inam Gul, cujas perguntas eram cada vez mais invasivas. Acima de tudo, o casal apaixonado trocava histórias. Era com isso que tinham de contar. Narrativas sobre o princípio das coisas e a eternidade.

Certo dia, ela alisou o chão com a palma da mão, esticou as pernas e se apoiou em uma parede divisória. Explicou para Daanish como a fruta da amoreira adquiriu seu tom avermelhado.

— Eu contava a história para o meu pai, na hora de dormir, e ele repetia tudo no trajeto até a fazenda. Chegou a um ponto em que, cada vez, a gente tinha de bolar um final diferente. Mas é assim que começa: era uma vez dois jovens amantes, Raeesa e Faraz. Raeesa era morena e esguia, de olhos brilhantes, lindos cabelos pretos e lábios iguais aos de uma fúcsia.

Daanish riu.

— Como o pobre do Faraz podia competir com isso?

— Não competia. — Ela sorriu. — Mas apesar de ser baixinho e narigudo, tinha mais energia que uma abelha.

— Ah, entendi. A animação dele compensava o fato dele ser *bonga*?

Ela beliscou o braço dele.

— Ele era um amor, não um *bonga*. De qualquer forma, os pais deles proibiam os filhos até de olharem um para o outro. Mas Faraz tinha que passar pela casa dela quando ia trabalhar no campo, então surgiram muitas oportunidades da Raeesa observar o rapaz timidamente por trás de sua grossa cortina de cabelo.

Daanish passou os dedos pelos cachos de Dia, ajeitando-os em sua testa. Ela lhe lançou um olhar agradecido, travesso.

— Faraz tentava prolongar febrilmente as ocasiões em que espreitava a presença ágil, semelhante a uma enguia, da moça; ele saltitava, deveras nervoso com a perspectiva de ser pego. Mas arriscaria tudo a fim de olhar de novo para sua amada.

"À noite, quando Faraz voltava do campo, parava ao lado do muro da casa dela. Ali havia uma pequena fenda, conhecida apenas pelos dois amados. Enquanto a família dormia, os dois conversavam baixinho através dela. A voz da jovem era doce e sedutora. Os lábios dele se aproximavam para sorver o aroma deleitável."

Dia se interrompeu, e Daanish massageou com suavidade as costas dela.

— Por que você parou?

As sobrancelhas de Dia estavam franzidas, e ela desviou o olhar antes de responder.

— Acabei de me lembrar de uma coisa. — Fez uma pausa de novo. — Meu pai sempre descrevia essa parte como Faraz querendo se afogar no alento de Raeesa. Não é nada. Só que é cruel, como as palavras se desvirtuam, adquirindo significados indesejados. Era uma metáfora perfeitamente boa. Agora, nunca mais vou usá-la.

Daanish continuou a massagear as costas de Dia, e foi então que ela lhe falou do assassinato do pai.

— A rigor, papai não chegou a se afogar. Sabe, o legista disse que ele já estava morto quando foi jogado no rio. Ainda assim, o corpo dele não estaria daquele jeito se não tivesse ficado submerso por vários dias. — Daanish a abraçou, impressionando-se com sua ira ainda tão forte. Ela não derramou lágrimas, mas seus olhos demonstravam angústia. Comentou que ainda se perguntava quem o teria assassinado e o que ela faria se descobrisse. Acima de tudo, revelou-lhe ela, temia não poder fazer nada.

Foi só no encontro seguinte que Dia concluiu a história.

— Todas as noites, Faraz se sentia atraído pela rachadura do muro de barro, uma mariposa-macho agregando próximo à fêmea ansiosa; vamos usar essa metáfora. Os dedos ávidos do jovem arranhavam a fenda, visualizando a amada do outro lado, e, dali, igualmente atormentada, Raeesa também arranhava a barreira, com seus dedos delicados, ansiando por uma carícia de seu amado. Os dedos dela ficaram ensangüentados, e a jovem beijou as feridas mais tarde, enquanto caía no sono, imaginando que era a mão dele. Quando dormia, tinha vários sonhos com Faraz. Alguns agradáveis, outros tão terríveis que a jovem acordava lamuriosa.

"Por fim, uma noite, incapazes de continuar daquela forma, os dois marcaram um encontro. Faraz disse que conhecia um lugar perfeito. Ficava sob uma antiga amoreira às margens de um rio, a dois quilômetros dos campos de trigo. 'Vá se encontrar comigo amanhã à noite', sussurrou ele, pelo buraco. 'Será lua nova e não vão nos ver.'

"Raeesa ouviu, girando os cachos de cabelo distraidamente. Desejava poder contar com o olhar tranqüilizador do amado. Nunca antes ela tinha andado sozinha, à noite. Quanto eram dois quilômetros? O que seus pais diriam se descobrissem? Não queria traí-los. Afinal de contas, ela os amava também. De repente, ela desejou ser criança de novo. Crianças não faziam idéia da necessidade de escolha. Essa era sua inge-nuidade, e Raeesa estava prestes a acabar com a sua. Para onde iria: aos braços da paixão ou da segurança? O que mais queria: um novo começo ou a velha certeza?

"Pela primeira vez desde seu romance secreto, ela refletiu sobre Faraz. Seria o rapaz certo para ela?"

Dia olhou prolongada e firmemente para Daanish. Ele estava acari-ciando os cabelos dela com os dedos, de novo, e agora não sabia se deveria retirar a mão ou continuar. Optou por prosseguir; no entanto, a ligeira interrupção o denunciou. Então, ele levou as duas mãos ao rosto, deci-dindo torná-las úteis ao enxugar as maçãs úmidas da face. Não conseguiu retribuir o olhar dela. Não conseguia discernir o que sentia. Queria poder dizer isto a ela: já nem sei mais o que sinto. Sobre o que quer que seja. Amor. Guerra. Morte. Lar. Todos os temas eram reles cabeçalhos. Não conseguia nem tocar neles, nem entrelaçá-los. Tal tarefa era o que Dia vinha fazendo por ele. Será que ela ia dar um basta nisso?

Daanish suspirou, e seu hálito estava meio acre. Não havia nada de revigorante e saudável em seu perfume ali, naquele cantinho cheio de mosquitos da obra. Na verdade, os dois eram loucos por tolerar aquela choça. A umidade devia estar perto de cem por cento. Ambos estavam ensebados em virtude dela. Dia tampouco estava cheirosa.

A jovem enxugou o rosto com a bainha de sua *kameez*, revelando parte de sua barriga lisa e macia ao fazê-lo. Se ele tivesse agido rápido, teria abraçado sua cintura nua ou levantado ainda mais sua blusa. Mas Daanish não estava com vontade de fazer nada. Sentindo-se culpado, pensou que preferiria estar no seu quarto, onde ao menos poderia matar a sede e refrescar-se debaixo do ventilador, a estar ali.

Ela prosseguiu, sem que sua voz deixasse transparecer o que havia passado entre os dois em silêncio.

— Raeesa examinou a fenda, buscando um sinal de Faraz, mas era pequena demais para revelar qualquer coisa além da escuridão do outro lado.

"Ele perguntou outra vez: 'Você vai se encontrar comigo sob a amoreira?' 'Vou, sim!', respondeu ela, depressa. 'Vou até lá.'

"Então, na noite seguinte, quando a família já estava dormindo, Raeesa juntou algumas roupas e saiu sem ser vista da casa. Era, de fato, lua nova. Toda vez que ela olhava para o céu, surgiam mais estrelas. Elas pareciam brilhar para a jovem, que dialogava com aqueles corpos celestes enquanto atravessava um campo. Dessa forma, Raeesa resistiu à tentação de voltar.

"Por fim, ela ouviu o rio. E viu o contorno da árvore. A amoreira se curvava sobre a água com as folhas agitando-se nos galhos retorcidos, que pareciam velhos encurvados. O céu começou a ficar opaco. Mas onde estava Faraz?

"Raeesa não sabia, mas ele tinha se dirigido ao rio muito mais cedo, naquele dia. Sem conseguir conter a excitação, o jovem não trabalhara no campo. Só podia se concentrar numa coisa: na perspectiva de abraçar sua amada. Porém, ainda faltavam muitas horas! Depois de esperar tanto tempo, aqueles últimos momentos eram torturantes. Faraz se afastava do rio, pensativo e, em seguida, voltava, saracoteando. Andava em círculos.

"O que ele mais queria era declarar seu amor abertamente, em plena luz do dia, para exibi-lo com orgulho. Queria enfrentar a família dela, e a dele. O engodo envenenaria a beleza do que os dois teriam naquela noite. Eles estavam acima disso. Então, Faraz bolou outro plano. Parou na frente da casa dela e disse a si mesmo: se ela me ama, sentirá que estou aqui e sairá. Se ela não sair, saberei que seu amor não é verdadeiro.

"Só que Raeesa, contando com o encontro noturno, não arredou o pé de casa o dia todo. Sofreu ali dentro, calada, atormentada com o grande risco que iria correr. Então, Faraz foi embora. O que ela mais amava nele — o entusiasmo, a sinceridade infantil — acabaria se tornando um desastre para os dois."

Daanish fez um beiço.

— Espere um pouco. Faraz criou esse problema para si mesmo, quando poderia ter tido, por fim, o que queria?

— Exatamente. Ele se equivocou. Olha só, Daanish, eu estou chegando na parte em que a história pode assumir diversas formas, e daí você pode me dar a sua versão. Deixa eu terminar a do meu pai.

"Então, no nascer do sol, na manhã seguinte, Raeesa continuava sentada nas raízes da amoreira, sem poder acreditar. Tinha feito a escolha errada? Ou será que tinha acontecido alguma coisa com seu amado? Deveria buscar ajuda? A indecisão e o medo a deixaram paralisada.

"E Faraz, de coração partido por causa de sua própria estupidez, perambulava pela vila estupefato, convencido de que era ele que tinha sido injustiçado. Foi visto nesse estado por uma velha, que lhe deu o seguinte conselho: 'Vá até o local onde tinham marcado o encontro, para que possa saber em que pé está a situação.' Daí, a velha se afastou, e Faraz ficou pensando nas palavras dela.

"Sob a árvore, Raeesa notou, de repente, que um tigre estava espreitando por perto. Ele tinha ido tomar água no rio e, à medida que sorvia o líquido, lavava o focinho lambuzado de sangue de gazela. Quando viu a fera, Raeesa, desesperada, supôs que o sangue no bigode do animal fosse de seu amado. Então, ela se colocou na frente do tigre, que abocanhou o pescoço dela, devorando aquela segunda refeição, totalmente inesperada. O sangue de Raeesa jorrou como uma fonte na direção dos galhos semelhantes a ossos que a acariciavam, tingindo de vermelho os bagos brancos. E foi assim que eles adquiriram sua cor."

— Eu já tinha quase esquecido que a história era sobre isso. — Daanish franziu o cenho. Em seguida, acrescentou: — Não gostei.

— Bom, então pode mudar. Eu avisei que o fim era maleável.

Ele pensou nisso.

— O que aconteceu com Faraz?

— O mais triste é que ele estava indo atrás de Raeesa. E, quando chegou e viu o cadáver dela, Faraz também deixou que o tigre o devorasse. Sabe, uma vez, meu pai contou a história de um jeito diferente. Como na outra versão, Faraz não consegue conter a ansiedade, só que agora, em vez de ficar parado na frente da casa dela, achando que ela deveria sentir sua presença e ir ao seu encontro, ele espera às margens do rio. Não se depara com a velha na vila, nem vai trabalhar no campo. Fica sentado debaixo da amoreira, o dia todo; daí, quando o tigre com o bigode ensanguentado vai tomar água, é Faraz que pensa que Raeesa foi devorada, não o contrário. Ele se lança diante do felino, e é o sangue dele que torna a fruta avermelhada. Então, é Raeesa que encontra o cadáver.

— Em ambos os casos, o tigre consegue pegar os dois?

— Consegue. Noutra ocasião, meu pai disse que houve uma dupla metamorfose. Não é só a fruta que muda de cor; o casal também se transforma. Viram tigres e andam a esmo pela floresta, sem nenhum predador para atrapalhá-los.

Daanish abraçou Dia.

— Bom, deixa eu pensar noutro final.

Ela sorriu, aguardando. Mas os pensamentos dele se dispersaram. Será que choveria de novo? Estava relampejando lá longe, e devia ter faltado luz, porque era possível ouvir o ronco de um gerador. Daanish desejou que Dia estivesse da forma como mais gostava dela: a jovem afetuosa e carinhosa que o libertava do caos por não ter consciência dele. Queria que ela sempre fosse assim. Não daquele jeito, dando-lhe cutucadas disfarçadas.

Dia comentou:

— O meu pai muitas vezes olhava de esguelha para a minha mãe, que viajava sentada ao lado dele, no carro. Buscava em silêncio sua participação, mas ela nunca fazia isso. Nem os meus irmãos. Só eu e ele conversávamos. Depois que ele morreu, eu mudei a história de novo: não é um tigre que fica espreitando Raeesa enquanto Faraz sente pena de si mesmo o dia todo. É uma gangue de *dacoits* com pistolas, escopetas e metralhadoras. Eles atormentam Raeesa durante horas. Daí a jogam no rio, onde ela bóia sob as estrelas que tinham sido tão generosas durante sua travessia solitária pelo campo de trigo.

Dia abriu a garrafa térmica, comentando que a umidade logo ia fazê-la desmaiar. Mas a água acabara. Ela suspirou.

— Bom, agora é a sua vez de me dizer alguma coisa.

E os dois se fitaram. Teria sido a história contada por ela ou uma sombra de fato passara de súbito por ali? Ambos congelaram. Daanish ainda não revelara a Dia que Salaamat ia até a obra de vez em quando.

Com cautela, os dois deram uma espiada lá fora. Não havia ninguém.

I

Alunos

MAIO DE 1987

— Como tu pode lutar pela liberdade se não desgruda os olhos do rio?
— repreendeu Fatah, sentando-se no chão, ao lado de Salaamat.

O jovem sorriu.

— Toda noite, depois de fechar a birosca, a minha avó olhava pro
mar até entrar em transe. Jogava as preocupações dela fora, deixando que
as ondas levassem todas. Agora eu estou aqui, perto da água de novo, e
me sinto como ela. Lá vai o rio Indo, carregando o pior de mim com ele.
Tu pode chamar isso de libertação.

— Ora! Mas que monte de bobagem! — disse Fatah. — Melhor não
deixar o Comandante te ouvir falando essas baboseiras. Ele vai é deixar
as ondas *te* levarem!

O sol estava nascendo atrás deles. Do outro lado do rio, os penhascos
de arenito luziam um tom de pêssego, e um biguá estirava as asas. Os
outros homens saíam pouco a pouco das barracas, abotoando as camisas,
tirando os cabelos dos olhos com dedos manchados e cheios de bolhas.
Murmurando saudações, rumavam, cambaleantes, à margem do rio, para

fazer a ablução matinal. Fatah comentou que, nos próximos meses, na estação da chuva, a cor do Indo mudaria. Porém, por enquanto, ele estava límpido e azul como o copo de Herói, com um reflexo do alvorecer róseo ascendendo de suas profundezas.

Com faces brilhantes, os outros homens se uniram a Fatah e Salaamat, aguardando o Comandante. Aos vinte anos, Salaamat sentia estar, por fim, indo para a escola. Ele era o rapaz recém-chegado, o que tinha de provar que assimilara tudo muito bem. Logo iria para o sul, para a Rodovia Nacional, a fim de fazer justamente isso.

— Lá vem ele — Fatah assobiou. Os homens deram a volta, de modo que ficaram de costas para o rio e de frente para o sol. O Comandante gostava de dizer que qualquer um que afirmasse que o crime era fruto da desordem nunca cometera um repulsivo o bastante. O crime requeria disciplina. Queimaduras de sol e olhos lacrimejantes faziam parte da disciplina. Assim sendo, os homens estreitaram os olhos diante do astro rei, enquanto o Comandante se posicionava sob a sombra de um jacarandá, com expressão carrancuda, porque não havia motivo para sorrir, dado o *qaumi halat*, a situação do país.

— Quem ri, nunca teve que olhar direto pro sol — sussurrou Fatah. O sujeito perto dele resfolegou.

O Comandande começou:

— O que a nação fez por vocês? São analfabetos, desabrigados e famintos. Foram separados das suas mães cedo demais, arrancados dos seus úteros como as ovas amarelas e viscosas do *maha sher*. Vejam só como elas estão à deriva na correnteza. Como vocês. Sujas, feias, condenadas a serem carregadas pelas águas. Deus não pode dar pra vocês nem mesmo o benefício da camuflagem. Dá pra ver essas ovas idiotas dos despenhadeiros mais altos às margens do rio!

Salaamat e os demais mudaram de posição. O comandante nunca havia subido em uma duna, muito menos em um despenhadeiro. Conseguira aquele trabalho porque o Chefe era seu cunhado. Salaamat observou as imponentes rochas de arenito que os circundavam. O sol movia-se lentamente rumo à saliência do rochedo na qual, toda manhã, naquele horário, uma águia-gritadeira alimentava seus filhotes. Fatah e Salaamat haviam escalado aqueles despenhadeiros e quase viram o ninho. E também avistaram as ovas lá de cima. E o Comandante tinha razão: elas eram algo feio de se ver.

O Comandante andava de um lado para outro diante deles, com uma vareta de *keekar* em uma das mãos e uma antiga Winchester na outra. Fatah ficara aborrecido quando o Chefe dera esse presente para o cunhado. A estrutura cilíndrica de madeira reluzia, já que, enquanto os homens treinavam, o Comandante a polia. O *keekar* era sua escova de dente. Ele meteu-o na boca e, em seguida, cuspiu.

— Então, o que se pode fazer? A palavra-chave aqui é deslocamento. Eles isolaram vocês, e agora é a sua vez de isolar aquela gente. Vamos atingir o nosso objetivo através da disciplina. Da disciplina mental.

A águia apareceu e, em seguida, deve ter pousado na saliência mais distante, pois o crocitar dos filhotinhos ecoou no desfiladeiro.

O Comandante bateu a escova de dentes na coxa e vociferou:

— Vocês têm que controlar a saudade, não podem se deixar levar por esse sentimento. Precisam focalizar em vocês mesmos, e então encolher, até se tornarem uma diminuta pepita de aço. Precisam se concentrar e aprender a ter essa pepita como meta. Não simplesmente usar sua munição, mas se transformar nela. Neste acampamento, temos exatamente vinte e sete Projéteis.

Quando ele terminou, metade dos homens foi até um trecho às margens do rio, reservado para treinamento de combate. Enquanto se exercitavam, os outros, liderados pelo primeiro-tenente Muhammad Shah, rumaram para o sul, em direção à rodovia. Suas vítimas haviam sido levadas interior adentro, para o bangalô do Chefe.

O treinamento variava de intensidade, e, pelo que Salaamat percebera, essa diferença não estava relacionada a nada. Tudo era improvisado e aleatório. Podia incluir a prática de montar e desmontar Kalashnikovs com mais primor que amarrar botas, armar barracas com uma só mão (enquanto o Comandante, lustrando a Winchester, marcava o tempo com um cronômetro) ou atirar, tendo como alvo o centro de uma laje de arenito. Salaamat pensou que gostaria mais dessa última atividade, porém a ressonância no vale estava afetando seu tímpano esquerdo. Se sua audição variara antes de sua chegada ali, agora ouvia demais. Seu tímpano se tornou um apito dourado, e o menor som era aumentado vários decibéis. Ele aprendeu a dar poucos tiros, extremamente certeiros, tornando-se melhor do que a maioria, que havia treinado mais tempo. Usava uma econômica Tokarev .22 — dormia e comia com ela, sem nunca deixá-la na barraca, mesmo quando os demais pareciam estar descansando. Os ânimos se exaltavam com facilidade ali.

Então, havia também exercícios abdominais, flexões e corridas ao longo do rio, no calor escaldante, com mochilas pesadas. E, às vezes, os homens lutavam — ora corpo a corpo, ora aos chutes. E escalavam os pontos mais íngremes dos despenhadeiros, enquanto o Comandante franzia o cenho de forma acentuada, segurando o pequeno cronômetro. Essa atividade era o ponto forte de Fatah. O sujeito parecia um bode bem alimentado, de passos firmes e seguros nos caminhos estreitos. Era compacto, mas forte. Salaamat tinha autocontrole, e Fatah, agilidade; assim, aquele cedia à tentação de apostar quase todos os cigarros porque adorava ver o colega ultrapassando-o tão ansiosamente quanto as crianças que nadavam até os cabos das âncoras em sua vila. Fatah se virava e sorria para ele da mesma forma: *Olha. Consegui.*

Quando não estavam treinando, os homens dormiam, jogavam cartas, discutiam e desapareciam, em grupos de dois ou três, por trás dos rochedos. Salaamat e Fatah exploravam o vale como garotos em uma excursão. O solo era um manto de agulhas de pinheiro macias e excremento de pombo. Alguns dos penhascos pareciam ser feitos de cinzas vulcânicas esbranquiçadas, sendo instáveis demais para serem escalados. Porém, formavam depressões em meio a picos semelhantes a chaminés, de modo que, da orla, a cadeia montanhosa parecia um exército de fantasmas a vigiar os homens.

Fatah gostava de ir até os picos e espiar pelas janelas naturais. Empertigava-se como o Comandante.

— Então. A gente não pode esquecer por que está aqui!

Se Salaamat não entrasse no jogo, ele lhe dava um tapa na nuca e se empertigava ainda mais até que aquele, apiedando-se deste, gritasse:

— Por que a gente está aqui, senhor?

— Por quê, seu imbecil? Pra lutar por uma pátria sindi separada! — Em seguida, fingia escovar os dentes.

Embora fosse dois anos mais novo que Salaamat, já havia assassinado três homens.

Naquele dia, tinham subido com agilidade o caminho até o alto do despenhadeiro para ver de perto o ninho da águia. Fatah contou ao amigo o último ataque do qual participara. Dois homens estavam fazendo a curva na rodovia, de motocicleta, quando Fatah e outros três abriram fogo. Um dos sujeitos estava com duas mil rupias, o outro não tinha nada além de uma fotografia na carteira. Como seus órgãos vitais não foram atingidos, Muhammad Shah quis testar o cinto de choque, adquirido recentemente da *Amreeka*. Então, eles levaram os sujeitos para a cela que ficava interior adentro, longe da rodovia. Porém, no caminho, um deles não resistiu à hemorragia e faleceu. O outro foi colocado na cela, vivo.

Uma barreira íngreme bloqueou o percurso de Fatah e Salaamat; os dois tiveram de retroceder e procurar outro caminho para subir. Fatah explicou que, embora o Comandante fosse *chichra*, tinha razão no que dizia respeito a algumas coisas. Eles de fato nunca podiam se esquecer de onde estavam.

— Quem a gente é, e o que vai acontecer com a gente, depende totalmente da *jografia*.

Salaamat não disse nada. Fatah gostava de falar de geografia tanto quanto apreciava ganhar apostas. E Salaamat raramente o interrompia, já que, a seu ver, o amigo era incrível. Havia ido para a escola, uma escola de verdade. Tinha livros, que lia. E chegara até a freqüentar a universidade, por alguns meses. Não era de uma antiga vila, tal como Salaamat.

Crescera em Karachi e seria uma idiotice negar o seu jeito cosmopolita. Enquanto Salaamat desperdiçava seu tempo pintando ônibus, Fatah explorava rodovias. Tinha mais conhecimento. E pensava mais, também. Tinha uma filosofia clara, ao passo que Salaamat apenas se deixava levar pela corrente.

Fatah lembrou-o de que em breve ele também teria de matar. Salaamat subiu mais rápido, perdendo o vale totalmente de vista. Os dois fizeram uma pausa em um afloramento. Dali a alguns meses, quando chovesse, as geleiras do norte derreteriam e fluiriam até ali, carregando detritos acinzentados.

O que Salaamat já teria feito, então?

Não restava dúvida de que gostava de atirar, entretanto, não sabia como seria mudar de alvo. Não queria se reduzir a isso. Talvez o fizesse, talvez não, porém seria errado julgá-lo com base apenas nesse aspecto.

A verdade era que ele desejava, às vezes, que o acampamento não tivesse sido montado em um lugar tão bonito. Deveria ficar na cidade, em uma rua imunda, cheia de incêndios. No banco traseiro chamuscado de um ônibus emborcado. No buraco fedorento no qual os funcionários de Boa-pinta defecavam. Em vez disso, ficava ali, naquela área isolada do norte da província. Fatah comentara que a maior parte dos acampamentos ficava no sul, onde havia bem mais árvores na orla. Talvez isso tivesse sido melhor. Mais confinante. Escuro. Aquelas rochas amplas atraíam Salaamat. Ele se unira ao acampamento pensando que seria sua forma de, por fim, atrofiar e morrer; porém, na verdade, acontecera o oposto. Estava começando a gostar de seu mundo de novo.

A terra sob seus dedos, o aroma do rio, a forma como seus cabelos se soltavam do emaranhado de capim, o céu livre de poluição e nevoeiro, as folhas plumosas do jacarandá — tudo o revigorava. Ainda que fosse um lutador valente e atirador certeiro, Salaamat cumpria suas obrigações com um mínimo de interesse, e sua mente divagava. Em vez de se distanciar da terra, ele penetrava nela. E cada vez menos se convencia de que a solução para todos os seus problemas era um estado separado. Na verdade, esta terra que os outros queriam dividir lhe estava demonstrando como remendar seus pedaços estilhaçados.

Mas Fatah era mesmo incrível e, naquele momento, desenhava um mapa do Paquistão no afloramento empoeirado. Sabia de cor os contornos do país. Podia desenhar vários países à mão livre. Dizia que o mapa-múndi estava em suas mãos. Neste momento, ele friccionava e ajustava as linhas. Comentou:

— O Paquistão é moleza; um braço que se estende da China ao Mar Arábico, com o polegar e o dedo mindinho para fora, assim, olha. — Ele se acocorou e agarrou a bainha das calças surradas de Salaamat, puxando-o para baixo. — Sind é o polegar. Tu pode reparar que nenhum dos países que mais afetam a gente tem um formato definido. O Afeganistão é uma massa sem forma. E a Rússia, o que que é? A *Amreeka*? Grande como aquela atriz, a Anjuman, mas sem as curvas dela. Um galo aqui, um dedo ali. Está certo, a Índia tem um pouco de forma. Mas olha só a Célebes! Forma braços, pernas e até uma trança!

Fatah também acompanhava, de forma meticulosa, o que cada país exportava para o Paquistão, tal como Salaamat testemunhara na lojinha de Herói. Achava que os que afirmavam que Sind não sobreviveria sozinha estavam errados — eles só precisavam aprender a fabricar equipamentos e vendê-los a países que estivessem em condições piores.

— De repente, o povo lá da ilha Célebes.

Salaamat assentiu, mas sua mente estava longe dali. Não havia como chegar perto do ninho da águia por aquele caminho. Deviam dar a volta e recomeçar. Entretanto, o local ficava em uma sombra, e uma brisa agradável veio do rio que fluía de forma serena lá embaixo.

Fatah prosseguiu:

— Então, está vendo esse polegar aqui? A gente é o que é porque vive nele há milhares de anos. Algum tempo atrás, ele já chegou a ter orgulho; agora, está algemado. Foi torcido, apanhou e o sangue foi bloqueado. Esta pendurado, impotente. Pra ficar ereto, tem que se libertar.

Salaamat sabia que o sangue ao qual Fatah se referia era o rio Indo. O amigo falara muitas vezes das barragens de Punjab, as quais estavam bloqueando o abastecimento. Embora a vida proliferasse nessa província em virtude dos cinco rios opulentos, ela tinha de ter mais.

— Mais é exatamente o que o punjabi quer. Mais comida, mais água, mais riqueza, mais gente horrendamente gorda que nem aquele Boa-pinta que tu tanto menciona.

Na maior parte de Sind, o Indo definhara, tornando-se um filete.

Esse assunto também fora fértil na vila de Salaamat. Havia pescadores que dependiam de peixes que, por sua vez, dependiam dos manguezais, os quais, a certa altura, cresciam de forma abundante nos estuários. Com a água doce bloqueada, as árvores enfraqueceram e os peixes morreram. Muitos desses aldeões tiveram que partir e, tal como Salaamat, foram obrigados a reverenciar os que os deslocaram. Ele conversava com Fatah sobre as noites de fúria na fábrica de Boa-pinta e como era ridículo que os funcionários daquele sujeito reclamassem dos que os tinham deslocado. Fatah, então, ficava bravo: "São um bando de sacanas. Todos eles. É por isso que a gente está aqui."

A primeira coisa que os Projéteis faziam quando capturavam alguém era algemar os polegares; a última era jogar o cadáver no rio.

Salaamat respirou fundo, sentindo a rajada de ar puro que o circundava. No dia em que vira seu ônibus queimar, achara que nunca mais se depararia com coisas belas. Desejava que isso fosse verdade. Desejava que Deus não houvesse alojado nele o resquício de esperança que, obstinadamente, levava-o a se recusar a encerrar as atividades. Desejava não sentir Deus quando ouvia os filhotes da águia-gritadeira saudarem a mãe. Ele podia, de fato, transformar-se em uma pepita de aço, com mais destreza que qualquer outro ali. No entanto, seria uma pepita superficial, que poderia ser descartada com a mesma facilidade com que fosse convocada. Por baixo da camada exterior, Salaamat estava ainda mais vulnerável que antes.

Fatah começou a descer o despenhadeiro.

— A gente não está tendo muito sucesso com esses pássaros.

Salaamat seguiu-o.

Desciam rápido, rumando para um campo familiar de flores silvestres. Em meio à manta de adubo orgânico, bem escondida perto do capim frágil, havia uma lata. Os outros homens também escondiam suas provisões ali. Fatah guardava naquele local uma lata de bebida, comprada dos mohanas, que viviam rio acima. Salaamat deu um gole e passou-a para o amigo. Era feita de laranja e tinha gosto de urina de chacal; apesar disso, ele gostava dela.

Quando tinham consumido metade da lata, Fatah pôs-se outra vez a imitar o Comandante.

— "Dá pra ver essas ovas idiotas dos despenhadeiros mais altos às margens do rio!" Ei, a gente, um monte de "ovas amarelas e viscosas", está ali. *Dá* pra ver a gente daqui.

— Não dá, não. — Salaamat deu um tapinha no amigo. — Me passa essa lata aqui. — Depois de dois grandes goles, disse: — Meu Deus, tu tem razão!

Os dois riram tanto que sentiram dores na barriga, e quando eles gargalharam, o vale lhes respondeu. Isso os levou a rir ainda mais.

De súbito, Fatah perguntou:

— Qual foi a melhor transa que tu já teve?

Outra vez, caíram na risada.

Salaamat encarou o amigo.

— Sabe, tu é todo retangular!

— Vai passear! Tu saiu da tua mãe com os pés pra frente.

— Tua cabeça é retangular, tuas mãos são retangulares, até mesmo o teu sorriso é retangular. — Entrecerrou os olhos. Era verdade, Fatah tinha o formato de um tronco de árvore, com um emaranhado de cabelo duro em vez de folhagem. Deu outro gole grande na tortura laranja. — Os teus dentes também. Tudo retangular.

— Me dá isso aqui! — Fatah tomou a lata. — Está fritando os teus miolos.

— Em retângulos.

Morreram de rir de novo.

Fatah deu um tapinha no rosto de Salaamat e suspirou.

—Vai, diz aí, quem foi a tua melhor transa?

O sol estava se pondo detrás dos despenhadeiros na margem oposta. Deviam ser umas quatro da tarde. Os homens regressariam da rodovia e do bangalô do Chefe. Salaamat se lembrou da mulher para a qual Chikna o levava de vez em quando. Pele oleosa, com olhos carregados de rímel. Com *kameez* justa e nada a exibir além de dobras de gordura. Nem um pouco parecida com Rani. Mas Salaamat despira a *kameez* pensando nela, de modo que seus joelhos não ficaram machucados por penetrar a prostituta em uma tábua de madeira coberta com um pano imundo, manchado de sangue e sêmen. Ele não sentiu gosto de sujeira, tampouco sentiu o cheiro adocicado da mistura de maquiagem e suor dela. O ar não passou pelos dentes quebrados da prostituta quando ela reclamou: "Já chega!" Não, Salaamat a colocou diante de uma cascata, tal qual a da casa de Dia. De pé, com a luz do sol caindo direto na curva externa de seu seio esquerdo, ligeiramente mais cheio.

Ele sussurrou:

— A melhor foi numa cascata.

— Ah! — exclamou Fatah. — Taí uma coisa que eu nunca fiz.

— Eu só queria tirar a roupa dela até a cintura. Daí eu peguei os ombros dela, e virei a moça primeiro pra esquerda, depois pra direita. Desse jeito a cascata atingiu cada peito no ponto certo, fazendo com que eles inchassem como uma taça, em torno do mamilo. Essa é a melhor parte do corpo da mulher.

— O pescoço dela era longo e branco — disse Fatah, em tom de aprovação.

— Os olhos eram tão inocentes, tão amedrontados...

— Mas, e lá *embaixo*? — Fatah franziu o cenho.

— Eu me encarreguei disso também. — Salaamat deu um sorriso misterioso. — Depois de uma hora, mais ou menos. Ela estava usando uma saia de seda verde. A roupa estava ensopada.

Salaamat 391

— Isso. Posso até ver. O cabelo comprido dela está encharcado. Uma mecha grossa gruda num peito. A água pinga em volta do mamilo suave e gelado dela. Tu sente o perfume do xampu cheiroso dela quando lambe o peito.

— E é aí que eu abro a saia.

— Ela está molhada demais para cair sozinha. Daí tu ajuda. Vai deslizando a mão pela seda, até chegar ao traseiro dela.

— O bumbum maior, mais cheio e redondo que Deus já fez.

— Tu não consegue esperar mais. Puxa a saia pra cima, não pra baixo.

— As coxas delas estão geladas, mas, lá dentro, ela é um cobertor macio e quentinho.

No capim, os dois homens estavam deitados sem se mover, com os ombros encostados. Só naquele momento Salaamat percebeu que os dois estavam se tocando. Fatah mal respirava. Devagar, Salaamat virou a cabeça e fitou-o. Um verdadeiro retângulo. Olhos ainda fechados. Lábios escuros e grossos entreabertos e palpitantes. Mandíbula saliente, testa enrugada. As imagens ainda vibravam sob aquelas pálpebras cerradas. Os músculos se contorciam à medida que ele lutava para manter a concentração. Um *shalwar* cor de lama, em cujo bolso lateral se via a protuberância de uma pistola — uma Ruger. Depois que os homens matavam alguém, ganhavam armas de melhor qualidade — as soviéticas eram trocadas pelas norte-americanas. Isso mesmo. No meio do corpo de Fatah havia outra protuberância. Tal como seus lábios, também palpitava.

Salaamat arrancou um talo de capim amarelo. Viu algo se mover à sua esquerda — na certa, um esquilo. Sussurrou:

— E, quando a gente termina, eu deito a moça atrás da cascata, e nós dois ficamos olhando a cortina de gotas. Eu seco o corpo dela desse jeito. — Ele passa o talo no nariz de Fatah. — É assim. — Com muita suavidade, beijou os lábios dele.

Fatah não correspondeu de imediato, nem abriu os olhos. Salaamat beijou sua testa, em seguida, os círculos escuros sob seus olhos. Acariciou as maçãs do rosto escuras e curtidas do rapaz com o talo e beijou seus lábios com mais força.

Dessa vez, as mãos do outro se moveram. Agarraram os cachos de Salaamat, aproximando-o mais. Dentes bateram em sua boca. Uma língua buscou a dele com uma fome que quase o sufocou.

— Aposto que até mesmo o teu umbigo é retangular — murmurou Salaamat, ajudando Fatah a se despir. Ele se curvou como se, aos vinte, finalmente fosse agradecer.

2

Disciplina

JUNHO DE 1987

O primeiro teste de Salaamat aconteceu no mês seguinte.

Ele se sentou na parte de trás de um jipe, no qual já estavam sete homens. Fatah passou o braço por seu ombro.

Após se dirigirem ao sul por alguns quilômetros, o motorista pegou uma estrada de terra rumo leste. Um dos homens colocou uma venda nos olhos de Salaamat.

— Pode confiar nele — sussurrou Fatah.

— Esta é a regra — explicou o sujeito, de forma direta —, até o Chefe dizer o contrário.

Salaamat não ficou surpreso por Fatah não se opor mais. O amigo idolatrava o Chefe. Ainda assim, Salaamat teria apreciado se Fatah tivesse sido mais leal com ele. Dos oito homens no jipe, ele foi o único a ter os olhos vendados. Pensou: *vou me tornar de novo a testemunha cega, surda e muda.*

O jipe parou diversas vezes, e Salaamat ouviu os homens saírem do carro para tirar pedras do caminho. Às vezes, Fatah saía também. Certa vez, outro homem sentou-se ao seu lado, apoiando o cotovelo na coxa de Salaamat. Quando esse sujeito abriu a boca, Salaamat reconheceu a voz do homem corpulento que todos chamavam de Gharyaal *bhai*, porque ele se gabava de poder lutar contra um crocodilo com um braço amarrado nas costas.

Por trás do tecido, as pálpebras de Salaamat tremulavam em alerta, devido ao território que ele não podia ver. Havia um riacho fluindo — ele captou o ruído suave conforme passava por ali. Pica-paus bicavam nos estreitos elevados. Chacais escondiam-se em grutas, ofegando com suavidade à medida que as rodas do jipe passavam por seus refúgios. Os tiros disparados pelo grupo no acampamento ecoavam no desfiladeiro. O ruído ricocheteava de penhasco em penhasco, formando uma teia ao seu redor. Galhos golpeavam Salaamat, e cipós enroscavam em seus cabelos.

De acordo com o que os outros homens diziam, o Chefe possuía um colete à prova de balas feito de seda de aranha, tal como Gêngis Khan. Salaamat lembrou-se de Sumbul na fazenda, enredada em uma seda diferente. Ela contou-lhe o que Dia lhe havia dito certa vez: criaturas diminutas secretavam os materiais mais fortes do planeta. E as maiores os roubavam para fingir que eram fortes.

Então, lá estava Salaamat agora, a caminho de um encontro com a maior criatura de todas. Era assim que Fatah o definia: maior que a Rússia e a *Amreeka* juntas (mas ainda sem curvas).

As árvores escassearam e a cabeça de Salaamat começou a tostar. O suor escorria em suas costas. Não havia sinal do riacho. O jipe acelerou. Os chacais fugiram.

Quando, a seguir, o veículo parou, sua venda estava despedaçada. Sua cabeça latejava. Ele nunca vira antes tamanha claridade. Era tão intensa, que assim que chegaram à clareira ela perfurou os olhos do jovem e queimou seu cérebro. Quando o conduziram até o bangalô, seus olhos estavam apenas entrecerrados.

— Ah, ah, ah! — riram os homens. — O que tu está prestes a ver vai fazer tu abrir bem os olhos!

Fatah lhe deu um tapa nas costas.

— Tu vai me fazer sentir orgulho.

Havia duas construções: uma era do Chefe, a outra tinha outros propósitos. Se Salaamat cumprisse bem seu objetivo, poderia conhecer o Chefe.

Muhammad Shah saiu do bangalô do Chefe com as chaves da segunda construção. Destrancou uma porta, e eles entraram em um ambiente totalmente escuro. Após alguns momentos, com a ajuda da claridade que penetrava pela abertura da porta, Salaamat notou um homem amarrado em uma cadeira. Estava de olhos vendados, amordaçado e nu.

Outros homens do bangalô do Chefe os seguiram e entraram ali. Quando desamarraram o indivíduo, ele não mudou de posição, nem ao menos esticou um braço, tampouco encolheu os ombros a fim de aliviar a tensão. Quando tiraram a venda, seus olhos permaneceram fechados. Salaamat pensou: *ele não agüenta a claridade*. E quando retiraram a mordaça e ele não abriu a boca, Salaamat se perguntou se o prisioneiro estava vivo.

Salaamat não disse nada ao indivíduo, embora falasse sua língua. Voltou a falar apenas consigo mesmo. Estava com medo. O casebre cheirava a excremento. Era menor que seu cubículo no Boa-pinta. Ele não viu nenhum saco de dormir. Por quanto tempo o prisioneiro ficara ali? Seria o indivíduo do qual Fatah falara algumas semanas atrás, o que levava duas mil rupias, ou seria o da fotografia?

A porta fechou. Lanternas foram acesas. Muhammad Shah lhe passou uma. Dirigindo-se a todos eles, o Primeiro-tenente disse:

— Esse cara dominou a arte de encolher. Ele não vê, nem come, bebe, escuta, sente. Olhem só. — A coronha de sua metralhadora golpeou a parte posterior do pescoço do indivíduo. Ele se inclinou alguns centímetros, pendendo imóvel. — Estão vendo? — Muhammad Shah franziu os lábios, impressionado. — Isso é disciplina. Ele se transformou numa diminuta pepita de aço. Infelizmente, isso não é muito divertido pra gente, não é? — Deu uma risada irônica, golpeando o queixo do prisioneiro.

Salaamat mal via o que estava acontecendo. A parte de trás de seu pescoço latejava como se um sapo estivesse alojado ali. Havia um em cada lateral de seu pescoço também. E outro em cada têmpora. Toda vez que eles coaxavam, uma campainha soava nos tímpanos do jovem.

Os demais homens se aproximaram do prisioneiro, o Projétil perfeito.

— Eu posso arrebentar este cara — disse alguém, arqueando a sobrancelha e ligando a lanterna.

Croac, responderam os sapos, pulsando sob a pele de Salaamat.

Fatah puxou-o para perto.

—Tu não ligou a lanterna, idiota!

Salaamat apertou o botão sob seu polegar.

— Está vendo aquelas algemas de polegar? — Salaamat olhou. — São da Alemanha. — O círculo de ferro que circundava cada polegar penetrara na carne. Fatah jogou a luz da lanterna ali, tal qual um cirurgião em uma mesa de cirurgia. Salaamat olhou de esguelha. — A algema demora vários dias para atingir o osso. Vai cerrando aos poucos, cortando primeiro a pele, que fica rosada. Agora, olha só. — Estava esverdeada. Nem mesmo os fiscais das decorações de ônibus haviam feito isso com ele. Salaamat pressionou a lateral do pescoço. Um nódulo de tensão se moveu entre seus dedos.

"Gharyaal *bhai* acha que ainda falta uma semana para os polegares dele caírem. Eu acho que isso vai acontecer daqui a dois. Qual é a tua opinião? Se acertar, a gente conta pro Chefe."

Em seguida, Fatah se distraiu com Muhammad Shah.

Salaamat não o acompanhou. Por fim, juntara coragem para olhar o prisioneiro, fitá-lo com atenção. Correntes prendiam a parte de baixo de suas pernas, que, de tão terrivelmente cortadas, davam a impressão de que uma escova de cabelo feita de lâminas fora passada nelas. O pêlo crescia em tufos pegajosos. Os joelhos estavam inchados. Na parte de cima, nas coxas, também se viam cortes e escoriações. Coxas semelhantes às de uma galinha depenada, praticamente sem carne. E o que dizer *daquele troço*? Salaamat levou a luz de sua lanterna para a parte superior das coxas O que eles tinham feito com *aquilo*?

Não pôde olhar.

Pôde, sim.

Ali no meio, mais para cima, logo abaixo de vários tufos de pentelhos pegajosos, emaranhados em meio a substâncias amarronzadas e esbranquiçadas.

Não pôde olhar, não.

Desligou a lanterna.

Era ele que estava sendo violentado. Com raiva, virou-se para perguntar a Fatah: Quem eles achavam que ele era? Uma maldita marionete?

Mas Fatah continuava concentrado em Muhammad Shah, que lhe estava entregando algo semelhante a uma roda. Este também segurava um rolo de cabos. Um terceiro sujeito remexia em um dispositivo.

— Ele olhou! Ele olhou! — delatou um dos homens, o mesmo que metera a luz da lanterna nos olhos do prisioneiro. — Ele abriu os olhos! Juro que abriu! — Então, franziu o cenho. — Você abriu, sim, seu idiota, admita! — Começou a chutá-lo.

— Cala a boca, seu imbecil. Se continuar, a gente vai conectar errado esses cabos, e que bem isso vai fazer pro nosso amigo?

Todos riram.

O homem com o dispositivo pediu:

— Tenta agora.

Muhammad Shah apertou o botão. Todos comemoraram.

— Muito bem, podem botar.

Houve resistência naquele momento. Mãos com polegares quebrados lutaram contra homens que meteram o objeto circular em sua cabeça. A cabeça que Salaamat agora via de perto. O domo estreito com cicatrizes e falhas, finalmente abrindo os olhos. Olhos vermelhos, com uma expressão que Salaamat nunca vira em uma face humana. Como metal incandescente. Isso mesmo, se seu ônibus tivesse olhos, teria fitado o mundo daquela forma. Olharia para a esquerda, para a lanterna iluminando as imagens dos peixinhos dourados brilhantes. "Não toque neles!", gritaria. "São meus!" Olharia para a direita, para o jardim de árvores imponentes, nas quais os periquitos enfeitados ardiam em chamas. Olharia para o círculo de fogo, contemplando-o até os olhos queimarem. Porém, antes disso, olharia para ele.

Salaamat hesitou. Um gemido subiu de suas entranhas, ressoando na escuridão. Não, não era um gemido, mas sim vômito, que ficou preso em seu nariz. Um bêbado socava seu estômago, enquanto outro golpeava sua cabeça. Salaamat caiu de joelhos. A um metro dali, uma tartaruga terminara de desovar. Ele estava sendo arrastado pelo mar, vomitando albumina esbranquiçada, sangue e algo verde.

Na cela, na qual bruxuleavam as luzes de lanterna, o cinto de choque estava agora preso de forma firme no prisioneiro, que fechara os olhos outra vez. Salaamat viu o riso, porém não o ouviu. Era como se a cela estivesse submersa. Quando os homens se movimentavam, pareciam mover-se em câmera lenta. Quando falavam, Salaamat ouvia ondas. Muhammad Shah pressionou o botão de um dispositivo quadrado, de plástico preto. Uma corrente foi lançada pelas laterais do prisioneiro e sua cabeça e torso sacudiram. As mãos estremeceram. As pernas acorrentadas saltaram. Se as algemas tiniram, Salaamat não as escutou. Estava nadando para longe. Sentiu o gosto de sal e de uma carapaça. O prisioneiro se encontrava em seus braços.

Flutue, flutue, disse-lhe Salaamat.

Croac, foi a resposta.

A cela começou a feder mais, e os homens taparam os narizes. Passavam o dispositivo ao redor como um tubo de oxigênio. Logo, chegou a vez de Salaamat de acioná-la. Segurou-a, entretanto, não fez nada. O homem ainda estava convulsionando.

Por que tu se contorce, se eu ainda não te dei um choque?, perguntou ele.

Croac.

Então, está bem. Se eu te der um choque, que diferença vai fazer?

O prisioneiro continuava tendo espasmos.

Posso tentar?

Croac.

Moveu o botão de leve, fingindo acioná-lo.

Os espasmos dos prisioneiros ficaram violentos, e ele se contorceu em seu próprio excremento.

Finja. Convulsione. Finja. Convulsione.

Os homens continuavam a dar suas gargalhadas mudas. E batiam palmas. Respingavam-no da cabeça aos pés. Golpeavam suas costas. Só que os golpes nunca atingiam, de fato, seu objetivo, já que é difícil acertar alguém debaixo d'água. Finja. Convulsione.

Salaamat passou o dispositivo para o homem ao lado, que o felicitou em silêncio pela missão cumprida. Ninguém sabia que ele não fizera nada. Nem mesmo o prisioneiro.

3

Destino

— Sabe muito bem que eu corro mais rápido — bradou Fatah. — Então, pára de tentar me vencer. — Ele alcançou Salaamat, que se virou e se jogou num pequeno manto de agulhas de pinheiros. — Eu achei que o Chefe tinha te dado boas notas, só que tu está fracassando no teste de agora. — Deixou-se cair, espremendo-se ao lado do amigo.

Salaamat tragou o cigarro e passou-o a Fatah, que fumou, tal como o Chefe, com o punho fechado. Um martim-pescador pousou na fissura de uma pedra e, em seguida, mergulhou no rio, sumindo de vista. Logo veio à tona, as asas uma envergadura de tom preto-azeviche e branco luzente. O penacho que circundava sua fronte esvoaçava ao vento, como um lírio.

Foi bom Fatah ter seguido Salaamat, porém, ele desejava ficar sozinho.

— Tu nem mesmo olhou pra mim no treinamento, de manhã — reclamou Fatah. — E por que não esperou antes de vir pra cá?

Ele não disse nada.

— Ah, minha Rani. — Fatah fez cócegas nele. — Que olhos tão azuis tu tem!

Salaamat moveu-se para o lado, espremendo-se contra as rochas que os rodeava.

— Tu está muito chato hoje! — O amigo franziu o cenho. — *Acha*, então, me responde esta pergunta enigmática: quando o Comandante tem a melhor transa?

Salaamat acendeu outro cigarro e exalou a fumaça devagar, formando círculos.

— Quando ele escova o dente da esposa dele com *keekar*! — Pegou uma agulha de pinheiro do solo e rolou sobre Salaamat, tentando abrir sua boca e metendo a agulha dentro.

Salaamat empurrou-o.

— Pára!

Fatah se aborreceu.

— Tu é um panaca, sabia disso? Um panaca imprestável e covarde.

— Por que caçoa do Comandante quando tu é igualzinho? — indagou Salaamat, repentinamente.

— Eu? Eu seria muito melhor.

— Então é isso, é? Tu quer ser o cara que fica na sombra, lubrificando a Winchester?

Fatah tentou pegar a ponta de sua *kurta*, mas antes que ele a agarrasse, Salaamat saltou a pedra. Na perseguição, este se deu conta de que se tornara mais rápido. Subiu correndo imponentes penedos, sem necessidade de apoios para os pés, pisando em espinhos sem medo. Regozijou-se.

— Viu só? — gritou Fatah, lá de baixo. — Está fugindo de mim, como um covarde. Desce aqui e me enfrenta!

Salaamat ofegava. Naquela altitude, não havia árvores. O sol era implacável, e ele sentiu uma pontada de dor na orelha direita. Ao tocá-la, viu que sangrava. Porém, ele estava no topo do mundo. Nunca fora tão alto antes. Bradou para Fatah:

— Se tu estivesse no comando, o que diria pros homens toda manhã?

Nenhuma resposta. O arbusto espinhoso lhe tapava a visão. Talvez Fatah estivesse se aproximando. Salaamat continuou a subir. Então, escutou:

— Eu diria que, se não fosse pelo Chefe, eles não seriam nada. Que a gente pode ser tudo o que tem vontade de ser, e conseguir tudo o que quer, por causa dele. E estou te dizendo que o teu segundo teste está chegando, então não seja estúpido.

Salaamat fez outra pausa, mal podendo recordar-se de seu encontro com o Chefe logo após o primeiro teste. Não sentira nada que chegasse perto da admiração de Fatah na presença do sujeito desinteressante, sentado em um *takht*, encostado em almofadas de cetim. Seis homens o circundavam com leques e petiscos. Todos de metralhadora. Um garoto, de uns doze anos, estava acocorado aos seus pés, massageando as panturrilhas. Outro rapaz, posicionado detrás do *takht*, massageava os ombros. Um julgamento estava sendo conduzido. Uma disputa em uma vila. Salaamat não escutara todos os detalhes, porém, ali estavam uma mulher chorando e um idoso suplicando por proteção e justiça. O velho deu ao Chefe um presente, do qual Salaamat se lembrava bem: um lançador de mísseis decorado com uma guirlanda de flores rosa.

— Então, este é o melhor atirador do teu grupo? — indagou o Chefe, apontando para Salaamat quando foram apresentados.

— É, sim. — Fatah fez uma reverência. — Ajoelha! — sussurrou ele, irritado, para Salaamat.

O amigo ajoelhou-se.

Enquanto detalhes da tortura eram apresentados de forma gráfica, o Chefe examinava Salaamat. Ruídos vinham do outro ambiente. Pratos batendo. Mulheres conversando. O garoto aos pés do Chefe acendeu um cigarro importado e passou-o para ele, que o tragou ruidosamente, segurando-o com o punho cerrado.

Depois disso, Salaamat se lembrava de muito pouco. Apenas de que seu próprio olhar fora do velho triste e maltrapilho para o presente oferecido ao Chefe, e o que sentira na cela se transformara em ódio, sobretudo quando o Chefe encerrara o assunto, dizendo "Bom trabalho" e os dispensara rapidamente.

E quando Salaamat foi vendado de novo no jipe, sentiu-se grato pela oportunidade de cerrar os olhos. Era tudo o que ele queria fazer: fechar os olhos. Dormir durante dias.

Naquele momento, ele observava seu entorno. O rio aparentava estar imóvel; visto dali, era um manto de calmaria azulada, com borbulhantes centelhas amarelas. Respirando aquele ar puro, eles comeriam carpa no jantar. Tudo ali era bom.

Salaamat perguntou a Fatah:

— E se eu não quiser fazer o segundo teste?

A resposta foi rápida, e veio de perto.

— Quem disse que tu tem escolha?

— Eu achei que a gente podia conseguir tudo que quisesse...

— Depende de quem estiver dando.

Ainda mais alto. Viam-se pontilhados verdes na orla e pintas pretas rolando para dentro e para fora dela como grãos de pimenta. Salaamat sentiu que podia juntar todos esses itens em uma jarra e jogar tudo no Indo. Perguntou:

— E se eu não quiser que ninguém me dê nada?

— Vão te matar.

Salaamat parou.

— É uma ameaça?

— É a regra.

Fatah estava perto demais agora.

— E ninguém muda as regras?

— Tu aprendeu bem. Ninguém; só o Chefe.

Podia vê-lo agora, detrás de um arbusto denso. Seus cabelos grossos e eriçados estavam emaranhados, e ele praguejou enquanto tentava saltar a planta espinhosa. Salaamat falou mais baixo.

— Quanto tempo aquele cara ficou preso?

Fatah olhou-o, arrancando os cardos da manga.

— Eu não lembro. Quem é que reconhece aqueles sujeitos depois da primeira semana? Tinham muitas celas, sabe, todas elas ocupadas; então, relaxa.

Salaamat notou que o estado de ânimo de Fatah mudara. Deixou que o amigo o alcançasse. Então, a um metro de distância, ele se curvou, apoiando as mãos nos joelhos e respirando como se tivesse acabado de escalar a Rakaposhi. Foi sua vez de ficar calado; estava exausto.

— O que aconteceu contigo? — indagou Salaamat, em tom ríspido.

— Até o Comandante teria subido mais rápido. Eu devia ter apostado. Teria recuperado os meus cigarros. — Acendeu outro. — Quando tu vê aqueles caras, não se pergunta como seria viver na própria merda?

Fatah tombou de uma rocha. Assim que recuperou o fôlego, meneou a cabeça.

— Eu já devia ter me dado conta de como tu é estúpido; daí, não teria vindo até aqui. Viver na minha própria merda? Eu já vivi na minha própria merda. E enquanto eu der a minha terra pros outros, eu vou continuar a viver nela.

— Tu vive nela porque fala merda! — retrucou Salaamat.

Fatah jogou a cabeça para trás e riu.

— Este país é um maldito mictório, meu caro e tolo amigo. Quem não urinou nele? Tu já foi até as montanhas? Aqueles idiotas são tão arrogantes porque pensam que são descendentes de Alexandre! Têm orgulho do exército dele ter estuprado as mulheres deles, porque agora os herdeiros saíram com a pele branca e os olhos mais azuis que os seus. E os britânicos? E os afegãos? Quanto a gente tem que dividir com aqueles patãs desgraçados, por causa da guerra deles? Quantos de nós o General vai continuar mandando, para que a gente não veja com quem realmente tem que lutar? Até mesmo os árabes do Golfo metem o bedelho aqui. Levam nossas crianças, levam a nossa força de trabalho. Sabe o que o meu irmão fez quando foi pra lá? Tinham dito pro pobre coitado que ele podia trabalhar nos jatos deles, mas o que foi que ele fez? Limpou banheiros de avião! Sem falar nos americanos; por que a gente devia trabalhar pra eles? Por que os nossos líderes abanam os rabos gordos nos rostos deles, implorando: "Me faz um carinho, vai? Esfrega a sua lama em todo o meu corpo!" Ora essa! Todo mundo neste país é o cãozinho de alguém que não é daqui!

—Tu também é um cãozinho!

—Eu sou o cãozinho de alguém que representa a minha terra. Ou tu é fiel, ou é traidor. Não tem outra alternativa.

Salaamat cruzou os braços. Seu olhar se fixou no nariz largo de Fatah, sempre meio oleoso. Sempre que o amigo se exaltava, sobretudo durante a prática de tiro ao alvo, ele limpava a oleosidade com a parte posterior do polegar direito e a esfregava no peito. Foi o que fez naquele momento.

Soltando um suspiro, Salaamat disse:

—Tu pode pertencer à terra, em vez de forçar a terra a te pertencer... — Estava começando a soar estúpido até para si mesmo.

Fatah deixou escapar outra risada. Parecia um ronco. E, em seguida, soltou outra.

—Tu não passa de um verme sonhador. Os coreanos tomaram o teu mar, mas tu não aprendeu nada. Os punjabis, teu suor, mas tu não aprendeu nada. Os falantes de urdu queimaram o teu ônibus: nada. Os patans levaram teu primeiro pagamento: nada outra vez. Não é só mar e terra que eles querem. Os sujeitos querem o ar que a gente respira. E o que este país faz? Implora que eles levem. Diz: "Por favor, por favor, metam milhares de dólares nos nossos traseiros gordos e possuam todos nós!" Só me deixe manter meu carro, minha casa, meu trabalho. Mas eu prometo que não vou deixar que aqueles que vivem aqui há milhares de anos tenham nem um pedaço do país! — Fatah golpeou o ar com seu queixo retangular e prosseguiu: — Não. Tu não controla essa gente, eles te controlam.

Salaamat desviou o olhar.

— Aquele cara ontem não estava controlando ninguém. Nem ele mesmo. — Perguntou-se pela milionésima vez: alguém mais lá também fingira apertar o botão?

— Se soltarmos o prisioneiro ele vai se tornar parte do sistema que controla a gente.

— Se tu soltar o prisioneiro nunca mais vai ver o sujeito de novo.

—Tu está errado. Ele levaria o meu carro, a minha casa e o meu trabalho. Estaria no meu território e eu veria o sujeito em toda parte. Com cada um que eu mato, eu abro um pouco mais de espaço pro meu povo. Pra gente.

Entreolharam-se. Os olhos fundos de Fatah não estavam zangados agora, mas frios e determinados. Se Salaamat não estivesse ao seu lado, ia se colocar em seu caminho.

O amigo continuou:

— Ele já está perto do fim, de qualquer forma. Se a gente não acabar com ele, alguém ou algo vai. E, se não for ele, é outra pessoa. Está vendo? O Comandante está errado. A gente não tem que se concentrar no projétil. Não, a gente tem que deixar que ele voe sozinho. O destino cuida do resto. Eu não seria um combatente da liberdade se não fosse minha sina. O sujeito não estaria na nossa cela se não fosse a sina dele. Entende? Tem uma força maior do nosso lado. Tudo é muito claro e simples.

— Um dia, o projétil vai alçar vôo na tua direção.

— Eu sei. E vou aceitar com orgulho. — Lançou a cabeça para trás. — Se eu fosse comandante, *isso* era o que eu diria pros meus homens todas as manhãs.

Salaamat meneou a cabeça.

— Estou desperdiçando o meu tempo falando com você. Me deixa sozinho, agora.

— O seu tempo? O seu tempo pertence à gente! — Olhou ao redor. — Aposto como ninguém lá embaixo subiu tão alto. Veja só. Estão menores que bosta de coelho!

Os homens-grãos-de-pimenta continuavam a ruminar na orla, e agora havia dois pães de fôrma ronronando na terra. Jipes. Os outros tinham voltado do bangalô do Chefe. Falariam dele mais tarde, à noite, quando comessem ao redor do fogo. Talvez tivessem trazido suprimentos. Os cigarros e o açúcar estavam acabando.

Salaamat cerrou os olhos: os olhos metálicos incandescentes do prisioneiro de ontem ainda viviam, atrás dos seus. Diziam-lhe: Você se transformou no pescador ilegal, gordo e bêbado, com a mulher esperando na choupana, no sujeito que quase o matou anos atrás em sua vila.

E se ele conseguisse apagar o dia anterior? O que eram algumas horas comparadas a toda uma vida? Tudo se limitava, na verdade, a isso: algumas horas. Apague-as! Afaste-as!

Finja. Convulsione. Finja. Convulsione.

Os músculos de Salaamat se contraíram.

Será que a mente do prisioneiro estava funcionando em seu corpo convulso? Será que lhe restava um pensamento sequer?

E qual teria sido sua última reflexão?

Não havia como saber; porém, Salaamat podia imaginá-la. Deveria se assemelhar ao prato favorito de Boa-pinta: cérebro. Ele amaldiçoou a sua própria mente por lhe trazer esta imagem. Macarrõezinhos gosmentos em uma polpa úmida. Era isso que havia no crânio do homem serpentiforme. O botão era um círculo preto benigno, macio quando tocado. E cada vez que era apertado, aqueles macarrõezinhos gosmentos eriçavam, indo para cima, para cima, para cima, como uma anêmona marinha se abrindo. Ondulações lentas e graciosas. Matizes suaves e opacos. Para cima, para cima, para cima, só que, como não havia para onde ir, eles começavam a se mover para baixo e para os lados, e logo surgiam os nós, que, irritados com a falta de espaço, retiravam-se em disparada. Um a um, cada macarrão irrompia para o nada. Entre os nós que perduravam, ocorria uma briga ferrenha, porque cada um via, agora, o que aconteceria consigo e, mesmo quando isso não acontecia, acontecia. Então, lá iam eles. Pânico no mar. Pandemônio na cadeira. Um macarrãozinho saiu gritando "Deus, por favor, me ajude! Limpe meu excremento!"

Salaamat se virou e começou a descer do outro lado, com rapidez. Por que estava se torturando? Por que Fatah não o fazia?

O amigo o seguiu na descida do precipício.

— Me deixa — pediu Salaamat.

— Não deixo, não. — Fatah recuperou sua antiga velocidade e saltitou ao seu lado, assobiando. Em seguida, pôs-se a cantar: — *Se ao menos uma vez, nos seus lábios vermelhos, meu nome caísse...*

Salaamat a impediu de entrar. Jamais imaginara que o amor podia surgir em meio a um ódio tão brutal.

As rochas apresentavam fissuras em alguns locais, causadas por ravinas profundas, as quais se inclinavam de forma perigosa. Salaamat cruzava os sulcos cuidadosamente, buscando reentrâncias com destreza. Continuou a descer depressa, chegando, por fim, a um caminho cerrado. Então, de repente, alguns metros abaixo, avistou um pequeno canteiro com plantas em floração.

— Olha só isso! — exclamou Fatah, parando. — Deve ter uma nascente subterrânea por aqui. Vamos procurar.

Saltaram o último declive e chegaram ao nível do mar. Fatah se dirigiu ao canteiro, arrancando um buquê de flores.

— Cheira! Doce como o mel! — Deu o ramalhete a Salaamat, que o pegou com tristeza.

Fatah parou, atônito.

— Eu sei onde é que a gente está! Esta é a vila mohana mais próxima de nós. Quem diria que tinha esse outro acesso? Leva séculos pela estrada. Olha! — Apontou para uma fileira de laranjeiras. — Aposto como a gente pode se entupir de tortura laranja!

Havia uma pequena choupana de palha e, mais ao longe, a casa flutuante dos mohanas, que os dois tinham visto à deriva no rio, próximo ao seu acampamento: tinha fundo chato, proa elevada e toldo de junco. Os barcos eram grandes, e muitas vezes acomodavam duas ou três famílias. Aquele tinha aproximadamente três metros de comprimento — nem um pouco parecido com os menores, com formato de canoa, de sua vila. Fatah tinha razão sobre a nascente: um boi girava as rodas de uma bomba-d'água.

Salaamat se perguntava como eles conseguiram levar o imenso animal até ali, quando Fatah puxou, com suavidade, sua manga.

— Senta um pouquinho comigo, antes da gente continuar. Aqui, neste belo abrigo. — Ele o puxou para debaixo da sombra de uma laranjeira e apoiou a cabeça no ombro de Salaamat. Como era mais baixo, quando se deitavam com os pés encostados, seus cabelos roçavam na orelha de Salaamat. Beijou-a de modo ruidoso, fazendo com que o ouvido do mais alto zumbisse. — Se não fosse pelo Chefe, eu me mandaria pras Célebes.

Salaamat cruzou os braços. Suas Ilhas Célebes ficavam bem ali, com os pescadores mohanas.

— Tu devia perguntar "O que tem lá nas Célebes"? — Como o outro não disse nada, ele cantou: — *Eu te acalentei como a batida do meu coração, eu te arrebatei das mãos do destino.*

— Vou atravessar. — Salaamat se afastou. Em seguida, levantou-se e começou a caminhar.

Fatah seguiu-o.

— Tudo bem. Te pago uma bebida se deixar de ser tão idiota.

Crianças correram ao longo da margem, chamando duas mulheres que lavavam roupa no rio. Puxavam linhas, mas Salaamat não conseguiu visualizar o que levavam amarrado nas extremidades delas. Não eram pipas, era algo menor. Uma jovem ergueu o olhar e viu-o se aproximar. Enviou uma criança para a choupana, provavelmente para chamar os homens. Salaamat pôde ver, naquele momento, o que o garoto levava amarrado na corda: uma libélula, batendo as asas de tom violeta à medida que a criança rodopiava o fio em todas as direções.

4

A Rodovia

Salaamat foi acordado de madrugada na barraca na qual dormia com outros cinco.

— Levanta! — Um sujeito o cutucou com o cano de sua arma. — Está na hora de ir!

Salaamat deu uma espiada, abaixando o lençol sujo, agarrando o braço do homem com uma das mãos, e a pistola com a outra. Era Gharyaal *bhai*, e seu relógio marcava três e pouco da manhã.

— A gente tem uma longa viagem pela frente! — O sujeito deu um meio sorriso. Cutucou-o de novo, desta vez com mais suavidade. Salaamat seguiu-o, cambaleante.

Fatah já se lavara. Sua cabeleira de esfregão cintilava como uma bala de canhão sob as estrelas, o suor escorrendo na face radiante. Ele deu um tapinha no ombro de Salaamat.

— Está preparado pro teste número dois, *meri jaan*?

Salaamat mergulhou a cabeça no rio escuro. Sacudiu-a para que secasse, borrifando o amigo.

— Qual é a pressa? Não tem ninguém pra gente assaltar na rodovia, a esta hora.

— A gente não assalta, faz uma limpa. Tu vai ficar surpreso com a quantidade de carros que a gente encontra, em especial perto de Thatta.

Salaamat o encarou. Fatah sabia que sua família trabalhava em uma fazenda naquela região. Por que planejara a incursão dessa forma?

— Por que a gente tem que ir tanto pro sul? Vai levar horas.

O outro sorriu de forma misteriosa.

— Acontece que a gente tem tempo de sobra. De repente, quando a gente voltar, vai dar até pra dar uma rápida caminhada no desfiladeiro. Só tu e eu. — Deu uma piscadela, afastando-se.

Em um momento, Salaamat amava Fatah; no outro, o companheiro representava tudo o que ele desprezava. Tudo. Quando se juntou aos outros seis homens acordados naquela hora, sentia uma raiva crescente em seu íntimo. Ajudou a coletar gravetos para a fogueira, com a mente trabalhando rápido. Quem ele era, a mulher, naquele casamento?

Gharyaal *bhai* preparou chá. Os jipes não trouxeram mantimentos no dia anterior. Sua única alternativa era tomar água quente com apenas algumas folhas e leite em pó para tingi-la. O açúcar acabara. As torradas eram escassas. Ninguém mais apostava cigarros. O Comandante afirmou que tudo fazia parte da disciplina. Ninguém discutiu. Ele era o cunhado do Chefe.

Porém, entre si, os homens diziam que o Comandante escondera pacotes de açúcar debaixo de sua barraca, motivo pelo qual nunca permitia que a sua fosse montada e desmontada durante o treino matinal. Juravam tê-lo visto desenterrando sacos na calada da noite, devorando os cristais como um lunático.

Fatah pegou a primeira xícara servida por Gharyaal *bhai*. Os homens lhe permitiam fazer isso. Salaamat só viera a descobrir recentemente que seu amigo era, na verdade, cunhado do Primeiro-tenente Muhammad Shah. Fez uma careta: se todos ali eram parentes, de alguma forma, do Chefe, ele não se tornara, mais uma vez, intruso?

Os outros homens também estavam ficando cada vez mais mal-humorados. Perdiam peso. Só as visitas ao refúgio do Chefe ou as incursões na rodovia os animavam. Pareciam estar pensando nisso enquanto sorviam a água quente tingida com simbólicas folhas de chá. Em silêncio, rogavam por *parathas*, *chat*, *halwa puri* e leite fresco. Como nenhuma mão milagrosa os serviu, conversaram sobre Thatta.

— A gente pode conseguir *rewri* lá.

Do outro lado da fogueira, Fatah chamou-o:

— Ah, Rani, o Chefe disse que se tu passar neste teste também, a gente vai receber quanto *rewri* a gente quiser.

Alguns homens deram risinhos abafados. Embora ele não gostasse de Fatah zombando dele daquela forma em público, Salaamat sabia que muitos dos outros tinham formado pares, alguns até em sua barraca. Havia ardor para dar e vender.

Após o café-da-manhã miserável, foram para o jipe. Desta vez, não vendaram Salaamat, que se sentou, tal como no trajeto anterior até o bangalô do Chefe, ao lado de Fatah. O veículo serpenteou por bosques cerrados, ora ao longo do rio, ora perpendicular a ele. Um parco alvorecer despontava de forma vagarosa ao seu redor, provocando o esvoaçar de pássaros e o silêncio dos grilos.

Gharyaal *bhai* estendeu a mão e beliscou a bochecha de Salaamat.

— É melhor tu passar, porque estou morrendo de fome.

A conversa girou em torno de comidas. Os homens trocaram idéias sobre a melhor sobremesa preparada por suas mães. Conforme a animação ia aumentando, cada um glorificava a própria mãe em detrimento da dos outros. Ofensas abundaram. Fatah, indignado, exigiu:

— Conservem a energia! — E proibiu todos de falar de doces até que eles estivessem de fato sendo consumidos. Um silêncio emburrado recaiu no veículo de novo.

Mais para o sul, o nível do rio Indo começou a baixar. O maxilar de Fatah se contraiu.

— Eles roubaram o nosso *Sindhu*. — Os outros assentiram, encorajando-o a prosseguir. — Teve uma época em que ele era chamado de "vida do baixo vale." Que vale? Isto daqui é um deserto. Que vida? A gente está sendo enterrado vivo! — Recitou as famosas frases: — *Com casas na ribeira, os que morrem de sede padecem por culpa própria.*

Deu-se um burburinho consensual:

— ... *Padecem por culpa própria.*

Salaamat observou o amigo, sentindo que ele estava agindo daquela forma, em parte, para lhe mostrar como seria um bom comandante.

O motorista do jipe pegou um atalho, passando pela margem seca do rio, levantando poeira. Era junho, mas as monções não haviam dado sinal de sua presença. O sol estava agora ao seu lado, ressecando a terra árida, tostando tudo diante de si. Para preservar saliva, até mesmo Fatah falava menos.

Por fim, eles entraram na Rodovia Nacional. Salaamat pensou de novo em sua família. Estavam se aproximando demais da fazenda na qual sua irmã trabalhava. Observou o entorno. A julgar pela altura do sol, deviam ser umas sete horas. Eles chegavam perto do lago Keenjhar; a fazenda provavelmente estava a uma hora dali. Sumbul ainda não teria chegado. Salaamat desejou que ela tivesse. E se o jipe deles interceptasse o ônibus? Ele tentou se lembrar do coletivo que ela pegava da casa do marido na cidade, e a que horas chegava à fazenda. Deu-se conta de que nunca lhe perguntara essas questões básicas. Agora, sua mente fervilhava com muitas outras: se os homens faziam incursões tão ao sul assim, quem disse que ela estaria segura, não só hoje, como nos outros dias? E os irmãos dele, Shan e Hamid, com quem sempre se cruzava rapidamente, no portão? E o pai? Salaamat soltou um suspiro, aliviado. O velho nunca ia para a fazenda. Estava seguro.

Fora a primeira vez que pensara no velho com um sentimento que não fosse desdém. O que estava acontecendo com ele? Sentiu o estômago embrulhar. Havia um líquido boiando por ali. Ele apertou o reto e pressionou o intestino a fim de parar a dor.

Seus pensamentos se voltaram para Sumbul. Viu-a novamente com um bebê sugando seu mamilo maior que uma tampa de refrigerante. Ela lhe lançou um olhar meigo, com os brincos de lápis-lazúli, de tom azul-escuro, tão deslumbrantes quanto seu sorriso. Engoliu em seco: o que os homens faziam com as mulheres e crianças que andavam nos ônibus?

Fatah ainda reclamava da ribeira nua:

— É obsceno — declarou ele.

— Que tipos de automóveis são parados? — sondou Salaamat.

— Os carrões — Gharyaal *bhai* arregalou a boca, mostrando os dentes.

— Então, ônibus, não?

Outro sujeito respondeu:

— Depende.

— Tu tem que fazer o que mandarem — lembrou Fatah, encarando-o.

E, em seguida, pegaram o sentido oeste, passando por Thatta. Não parariam ali. Os arcos da mesquita de Shah Jehan iam retrocedendo como uma gigantesca cavidade torácica: um osso branco após outro.

Porém, havia um ônibus. Estava vindo em sua direção. E eles, na outra mão, rumavam no sentido contrário. No entanto, nenhum dos dois parou. Salaamat ficou com os olhos marejados de alívio.

Passaram pela fazenda. Lá dentro, talvez seus irmãos já tivessem assumido sua posição no portão. Ele se virou, mas não viu nada — nem sombra, nem movimento. Meses depois, quando a visse de novo, estaria com seguranças armados na frente. No entanto, não hoje. Agora, estavam chegando ao trecho em que sua família passava diariamente: entre Makli Hill e Karachi. Pôde ver a cúpula do túmulo infestado de morcegos. Não fazia muito tempo que ele testemunhara um encontro amoroso secreto, ali. Levava esse segredo consigo, ali na Rodovia Nacional, e o terror de interceptar o ônibus de Sumbul o afligiu de novo. Se alguém encostasse um dedo sequer em seu belo sorriso, ele estriparia essa pessoa.

Salaamat queria congelar o tempo. Ou talvez fosse apenas em retrospectiva que desejasse ter tido essa vontade. Mais tarde, ele precisaria saber se

Fatah tinha razão quando dizia que a pessoa é fruto do meio. Então, passou a observar os homens como já deveria ter feito. Voltou ao jipe, que andava a cento e dez quilômetros por hora. Dedicou a cada um dos homens a atenção que deveria ter dedicado aos irmãos, à irmã, ao sobrinho, às sobrinhas, aos primos, parentes, avôs e bisavôs. Jamais se esqueceria de uma só ruga que fosse de suas faces.

Dil Haseen: o *doolha* de voz grossa e impassível que fora para o acampamento logo depois de se casar. Os homens diziam que era frio demais para consumar o casamento. Não, ele mesmo dissera isso.

Ao lado de Dil Haseen encontrava-se Gharyaal *bhai*, de cara de bebê, sempre o primeiro a se oferecer para qualquer incursão. Salaamat podia visualizá-lo indo ao encontro da bocarra de um crocodilo com seus dentões. Aqueles dentes iam ficar longe, muito longe de sua família.

Ali, o lutador de *malakhras*. Continuava a se untar todas as manhãs. Compartia a barraca com Salaamat, e Gharyaal *bhai* o compartia.

Mirchi, o pequeno, sempre disposto a ajudar. Procedia de Kunri, que dava ao mundo mais *chilis* vermelhos que qualquer outro lugar da Terra.

Esses eram os quatro sentados diante dele. Ao seu lado, além de Fatah, estava Yawar. Embora fosse um sujeito tão dedicado quanto Fatah, este não gostava dele, por ser o mais educado do acampamento. O amigo insistia em afirmar que ele era, na verdade, um espião muhajir, fazendo-se passar por sindi.

E, por fim, o militante Amar. De ombros largos, musculoso como Salaamat, e tão quieto quanto ele.

Talvez dez ou doze quilômetros houvessem passado. Aproximavam-se de uma vila. Trigo e painço brotavam ao seu redor, e o fluxo lento dos canais de irrigação era idílico.

— Vamos parar aqui — sugeriu Ali. — A gente pode beber água.

— Não. — Fatah meneou a cabeça. — Estamos quase chegando. Por fim, o jipe fez uma parada.

— Estaciona ali naquela esquina — ordenou Fatah ao motorista. — Vem — disse ele a Salaamat, descendo do carro.

Os oito homens caminharam pela rodovia, cada um com duas armas de fogo. Fatah posicionou Salaamat diante de uma cerca de arame que circundava um campo de trigo com garçotas espalhadas.

— Bem aqui? — protestou Salaamat. — Em plena luz do dia?

Dil Haseen estendeu a mão como se estivesse sentindo gotas de chuva.

— Já dá pra ver bem o sol.

— Quer saber se vamos agir "em plena luz do dia", Salaamat? — indagou Fatah, irritado. — É claro, ora! Agora é dia, não é?

— Acho que ele está sentindo falta da venda nos olhos — sugeriu Yawar.

— Fica aqui — ordenou Fatah. — Pare o primeiro carro que passar.

Os demais atravessaram a rua, deixando Salaamat sozinho para enfrentar o veículo vindouro.

Não tinha relógio, mas já devia ter passado das oito. Sua garganta estava tão seca que poderia ter sugado até um broto de capim. Lá longe, viu fazendeiros perambulando, e pensou ter ouvido um berro de cabra. Estaria começando a ter alucinações? Mais de quatro horas sem beber nada e apenas uma xícara de chá ralo forrando o estômago. Os outros sete homens posicionaram-se exatamente do outro lado da rodovia, a cerca de seis metros de Salaamat. Estavam fatigados e desanimados. Não queriam nada além de uma ducha fria, uma refeição quente e uma cama macia. Isso era o que fariam em suas casas. Em vez disso, encontravam-se ali, lutando por elas naquele dia quentíssimo de junho.

Salaamat começou a ter visão dupla. Havia quatorze homens do outro lado, duas ruas e quatro gotas de suor escorrendo por seu nariz. Quando uma delas caiu em sua boca, seu gosto era mais salgado que o mar inóspito. Salaamat estava pronto para pular a cerca e sugar qualquer coisa, até excremento de cabra, se necessário.

Ouviu um assobio. Alguém acenava do lado oposto da rodovia. Era Fatah, e estava alvoroçado. Salaamat sabia por que, mas não tinha vontade de conferir nada. O amigo assobiou outra vez, como se tivesse uma cabra berrando dentro de si, o canalha. Tratava-se de um veículo escuro. Não era um ônibus. Talvez isso não fosse tão ruim assim, afinal. Não conseguiu ver o motorista, porém este avistou o grupo. O carro parou a aproximadamente trinta metros e fez uma manobra para recuar.

— Atira! — gritou Fatah.

Os pneus guincharam e o veículo rodopiou; Salaamat limitou-se a fitar o carro. Os homens apontaram as armas, e o motorista entrou em pânico. Deu ré e caiu numa vala.

— Atira! — Naquele momento os outros gritavam também.

O motor roncou alto, e os pneus cantaram. O veículo voltara à rodovia e, dali a alguns segundos, escaparia. Salaamat correu na direção dele, mas, embora erguesse a arma, nada mais fez.

— *Chootar!* — Fatah correu adiante. — Atira!

Disparos eclodiram na rodovia. A princípio, Salaamat pensou que os projéteis, de alguma forma, tinham se transformado em diminutos pontos de luz, e a estrada encolhera e se tornara um dos vasos mágicos de Herói. O brilho era delicado e astral. Destoava por completo do ressoar dos disparos. Então, Salaamat percebeu que ele vinha do interior do carro, ou melhor, da área ao seu redor. Vinha do pára-brisa e das janelas, e se espalhava na rodovia como um chuvisco. Em questão de segundos, a estrada reluzia tal qual uma jazida de diamantes. Quando os homens correram adiante transformaram as gemas em pó.

Fatah chegou depressa à janela estilhaçada do motorista, arrastando Salaamat consigo. Deu um chute na canela do amigo e puxou os cachos de seu cabelo. Salaamat caiu, em meio ao pó, rindo:

— Não é o ônibus dela!

— Levanta, filho-da-puta! — Fatah chutou-o de novo. — Tu acha que está provando o quê? — Puxando-o para cima, deu o terceiro chute. — Quando eu disser *atira*, é pra atirar! — Desta vez, empurrou-o com tanta força que ele foi lançado para a frente, a cabeça e o torso indo de encontro à janela quebrada, as mãos erguendo-se para conter o baque contra os ombros do motorista.

Quando viu o homem, o tempo de fato se congelou.

— Ah, meu Deus!

— Vai dar um tiro nele agora? — Salaamat escutou Fatah perguntar. A voz era vazia e sem vida. Reverberou em meio à névoa causada pela poeira.

O sr. Mansoor olhava, atônito, do carro. Estilhaços de vidro estavam espalhados em suas bochechas gordas, como se ele se tivesse lambuzado em uma refeição. Uma ferida em seu braço flácido sangrava como uma torneira. Ele ofegava, tentando conter a hemorragia com a outra mão. O sangue pingava entre os dedos rechonchudos. Transformou-se em uma bola de críquete, e o braço ferido virou sua filha Dia. Ela corria na direção dele no alto de uma colina, de vestido amarelo. Mal fizera treze anos. Vinha com o rosto rubro, saltitante de alegria. "Eliminado!", ela gritara, e o irmão, na parte de baixo da colina, diante de sua casa, jogara o taco e passara mal-humorado pelo portão de quatro metros de altura. Porém, o pai dela, o árbitro, ficara esperando para abraçá-la. Ele julgara que a bola fora válida, o que havia eliminado o filho da jogada.

As mãos de Salaamat tremiam conforme ele tentava manter a arma apontada para a têmpora do sr. Mansoor. Então, ele disse a Fatah, por sobre o ombro:

— Olha só que carrão. Vamos ficar com ele e deixar o cara ir.

Um cano de arma cutucou suas costas.

— Atira. Na próxima vez, eu não vou nem falar, vou atirar. Em você.

Salaamat atirou, mas apontou mais para baixo, à direita. Mais uma bola vermelha explodiu, desta vez sobre o joelho esquerdo. O sr. Mansoor gritou. Sua mão livre soltou o braço ferido e apertou a nova ferida.

— Péssimo tiro — disse Gharyaal *bhai*. — Não é do seu feitio. — Meteu a mão na janela e agarrou o braço ferido. Em seguida, quebrou o polegar direito. — Agora tu vai cuidar do esquerdo. Hoje. Agora. Pro diabo com as algemas.

Salaamat ✵ *419*

Entre gritos ensurdecedores, o sr. Mansoor implorou a Salaamat:

— Diga para eles pararem. Me ajude!

Será que o reconhecera, naquele momento?

Salaamat não queria que os homens soubessem que o conhecia. Fatah era por demais imprevisível. Se soubesse que o homem era o patrão de sua família, poderia fazer qualquer coisa. Passariam pela fazenda de novo no caminho de volta. Talvez ele resolvesse parar ali.

— Cala a boca! — Salaamat agitou a arma na face em forma de diamante. Agarrou os dedos da mão esquerda com uma das mãos e, com a outra, segurou o cotovelo. Era como na primeira vez em que ele mergulhara no mar: teve de fazê-lo rápido, sem pensar. Pegou o polegar e puxou-o para a frente, em um movimento rápido, tal como um homem acelerando uma lambreta. Ouviu o osso estalar. O sr. Mansoor encostou a cabeça no volante e começou a chorar.

Yawar acomodou-se no banco traseiro com Gharyaal *bhai*.

—Vamos levar esse sujeito pro Chefe.

Gharyaal *bhai* assentiu.

— Mas antes vamos parar em Thatta, pra pegar *rewri*.

Salaamat entrou no carro também. Os outros foram no jipe.

Yawar deu um tapa na parte posterior da cabeça do sr. Mansoor e ordenou:

— Dirige!

A mão com o polegar oscilante ligou o carro e tentou dirigir. Todos os oito dedos foram usados para mudar a marcha. A ferida no joelho sangrava abundantemente. O sr. Mansoor engolia os soluços. Pelo retrovisor, Salaamat viu os olhos ainda banhados em lágrimas. Eles se encontraram com os seus.

Por que homens moribundos e ônibus em chamas sempre olhavam para ele?

Os lábios estremeceram, porém o sr. Mansoor não disse mais nada. Talvez, à medida que suas feridas sangravam e sua mente encolhia, ele já nem soubesse mais quem era Salaamat. Talvez nem o tivesse reconhecido, na hora em que pediu ajuda. Ou talvez tivesse optado por não revelar que os dois se conheciam. Na certa, pensava a mesma coisa: estavam chegando perto da fazenda, e sua esposa e seus filhos chegariam em breve. Talvez até para procurá-lo.

Salaamat pensou na estudante muhajir que atravessara a rua na hora e no dia errados. Se ao menos tivessem colocado uma placa: Transgressores serão punidos. Salaamat perguntou aos olhinhos marejados de lágrimas que o observavam no retrovisor: *Por que logo aqui, quando você podia estar em tantos outros lugares?*

No entanto, o sr. Mansoor nunca mais falou. Nem quando os homens pararam para comer *rewri* e meteram uns pedaços em seus lábios trêmulos, nem quando foi levado para a cela da qual retiraram um cadáver.

5

Restos

AGOSTO DE 1992

Eles se sentaram sob a mesma árvore na qual Salaamat dera a Sumbul os brincos. As folhas estavam secando. A irmã contou-lhe que a fazenda de Riffat Mansoor enfrentava uma crise de abastecimento de água.

— O nível nos poços subiu, mas é preciso chover muito mais — explicou ela. — Pobre *Bibi*. Diz que quando chove a vida pára. Mas, quando isso não acontece, o espírito murcha e morre, pouco a pouco, encolhendo de cansaço.

Após uma pausa, a irmã contou ainda que, depois de tantos anos de dedicação à fazenda, era a primeira vez que Riffat se perguntava se aquilo tudo não havia sido um erro. Levara tanto de sua vida. Talvez devesse ter se contentado com a importação de fios e corantes.

— Eu falei pra ela: "Não, *Bibi*. A senhora fez seu sonho se tornar realidade, como pode afirmar que não valeu a pena?" Parecia tão frágil, de repente, e até meio velha. Ela disse que, nos últimos tempos, passou a sentir uma falta terrível do marido, de novo. Teria sido muito bom envelhecer com ele.

Salaamat brincava com uma mecha de cabelo de Sumbul. Não lhe contara o que acontecera na rodovia. Não contara a ninguém. Porém, revelara o que havia escutado no túmulo do governador, logo após dar os brincos à irmã, anos atrás. Sabia que era sobre isso que ela queria falar.

Sumbul vendera os brincos logo após o nascimento de seu terceiro filho. Agora, o quarto, de ossatura frágil, incapaz de reter qualquer alimento, estava em seu colo. Ainda assim, Sumbul se recusava a aceitar esse fato. Até mesmo com um quinto no útero, o quarto filho evocava tanto amor por parte da mãe quanto o primeiro. Ela lhe ofereceu o peito, que caía como uma meia parcialmente cheia: volumosa embaixo e plana no alto. Os mamilos continuavam duas vezes maiores que uma tampa de refrigerante, mas desgastados agora. A irmã tinha apenas vinte anos: a idade dele naquele incidente da rodovia.

O bebê recusou o leite. Sumbul abotoou a camisa. Salaamat deu um beijo na testa febril do menino. Perguntou:

— Por que se importa tanto com os problemas da *bibi*?

Ela ninou o bebê, tentando desesperadamente fazê-lo reagir. Suas coxas, tão finas quanto os pulsos da mãe, aproximaram-se do peito pequenino e afundado. A criança estava retrocedendo, voltando à sua época de diminuto feto no útero dela, voltando à sua época de zigoto que nadava livre. Os olhos de Sumbul se encheram de lágrimas, porém ela pestanejou de forma impaciente antes de responder ao irmão:

— *Bibi* tem sido como uma mãe pra mim. Ela também já sofreu grandes perdas.

Salaamat rolou para o lado, deitando de costas na terra, fitando a copa da árvore sedenta.

— Que emocionante! *Aba* tem sido como um pai pra filha de *bibi*, Dia, e *bibi* tem sido como uma mãe pra ti.

Sumbul desviou o olhar, sussurrando:

— Seja bonzinho comigo hoje.

Ele se arrependeu de imediato. Segurando a mão da irmã, ele lhe pediu perdão.

Entretanto, quando ela virou o rosto, a fim de fitá-lo de novo, ele viu o brilho em seus olhos.

— O que tu sabe sobre ser como um pai, se não aceita o teu? Você nem mesmo foi pra nossa vila desde que a *ama* morreu. *Dadi* não quer outra coisa além de te ver mais uma vez antes que ela morra também.

— Ela me mandou embora!

— Teve que fazer isso! A gente está em uma situação muito melhor agora. O que a gente estaria fazendo lá? Servindo chá pros desempregados pro resto da vida? Não tem mais pesca pros homens. Você teria se sentido tão inútil quanto *Aba* se sentiu antes da gente partir.

Salaamat ergueu as mãos, traçando uma divisão entre os dois.

— Eu nunca teria me tornado como ele.

— Ora! Vocês homens são todos iguais. Lamentam o passado enquanto a gente pensa no futuro. — Contemplou o bebê de novo.

O irmão contraiu os lábios, contendo a raiva. Tinha plena consciência de que ela sabia que, como ele deixara para trás tudo que já tivera, não lhe restava ninguém mais, além de Sumbul. Ela era mãe, pai e lar. Ele morria de medo de enfurecê-la. E se ela deixasse de amá-lo? O lado negativo disso era o de ser manipulado por ela em virtude de seu temor.

— Você pergunta por que eu me importo com *bibi* — prosseguiu ela. — Sabe que no dia em que o marido dela foi encontrado, ela saiu da cama e veio pra fazenda? Isso mesmo. Não ficou lambendo a ferida. Não ficou se lamentando. E, por causa disso, o mundo não fez outra coisa a não ser falar mal dela.

— Ela não amava aquele homem — disse Salaamat, de forma impensada.

— Como ousa dizer isso! Só por causa do que ouviu há muito tempo? É preciso coragem pra seguir em frente depois da morte de um marido. Mais ainda quando o cadáver é encontrado num rio, com feridas horripilantes. Não importa se ela o amava ou não.

Naquele momento, foi a vez de Salaamat desviar o olhar.

Certa ocasião, os irmãos juraram sempre amar um ao outro, a qualquer custo. Se Salaamat confessasse, forçaria Sumbul a quebrar o juramento. Mesmo se ele explicasse como quase beijara o asfalto quando vira que não era ela na rodovia, ela deixaria de amá-lo.

Sumbul estava dizendo:

— Os homens têm extorquido mais e mais dinheiro em troca de proteção desde o assassinato. São piores que os fiscais da fábrica, os que viviam cobrando de vocês as taxas de decoração.

— Como pode ter tanta certeza, minha ingênua irmã? — retrucou Salaamat, perguntando-se por que não conseguia deixá-la tagarelar. — Eles nunca esmagaram os seus braços e pernas.

Ela lançou-lhe outro olhar, mas deixou o comentário passar.

— Então, me dói saber que *bibi* tem ainda mais problemas. E, desta vez, causados por uma pessoa totalmente insuspeita. Alguém que eu considero muito querida. E que tu aprecia também — ela o olhou, sorrindo de modo malicioso. E, em seguida, foi a vez dela não se conter. — Exatamente o que tu viu Dia *baji* e o rapaz da *Amreeka* fazerem?

Ah! Agora recuperara o poder de manipulá-la! Ele se deitou de novo, fingindo ter caído no sono.

— Puxa, tu é muito danado! — exclamou ela. — Mas eu vou acabar descobrindo; sei que está louco pra me contar!

Ele roncou.

Ela estalou a língua.

— Eu tentei perguntar pra Dia, só que ela não me disse. Tentei escutar na porta quando ela liga pro rapaz, mas os dois se falam em inglês a maior parte do tempo. A relação já foi muito longe? — Ela riu e, então, cobriu a boca, horrorizada. — Puxa, mas seria tão... tão... — Tentou afastar o pensamento.

Salaamat a observava com os olhos entreabertos. A irmã era muito mais divertida que qualquer programa de televisão.

— *Aba* também está tentando descobrir — prosseguiu Sumbul. — Mas, pela primeira vez, ele não conseguiu arrancar nada dela.

— Como acontece com todo pai — murmurou Salaamat.

Ela lhe deu um tapa, com força.

— Ah, isto é terrível, não é uma bobagem qualquer. É sério. *Sério.* Já seria bastante ruim por si só, mas, sabendo do que a gente sabe, se é que é verdade... — Mais uma vez ela meneou a cabeça, como se estivesse espirrando. — Seria quase igual... a eu e você! — A mão tapou o rosto de novo, e a face era a imagem da vergonha.

— Não exatamente. — Salaamat deu de ombros, fingindo indiferença. — De qualquer forma, pelo que eu sei, eles nunca tiveram certeza.

— Bom, se *não* for verdade, então eu acho que não seria tão errado assim ficarem juntos... Agora, imagine se *for!*

O irmão roncou outra vez.

— Ah, o que é que tu sabe, de qualquer maneira! — exclamou ela, irritada. — Precisa de uma mulher que te ensine.

Ele não se conteve e riu da tolice.

— E é melhor tu se casar logo ou nenhuma mulher vai querer te ensinar. — Sumbul ergueu a sobrancelha de forma provocativa.

— Você não acha que eu tenho pelo menos outros vinte anos de boa aparência?

— Não. Cinco, no máximo.

— Bom, então é melhor eu me divertir antes de ficar feio. Daí, eu me caso.

Porém, mais uma vez ele se deu conta de que a aborrecera. Ela era muito sensível, essa sua irmã que se casara com um sujeito de quarenta anos aos quatorze. Beijando sua mão, ele pediu:

— Já chega dessa conversa.

No entanto, a irmã não queria deixá-la de lado.

— Um de nós precisa falar com *bibi*. Eu, tu ou *aba*.

Os dedos de Salaamat estavam pegajosos.

— Como assim, eu? Mal falei com ela antes.

— Mas foi tu que viu Dia naquela vez, e que tem sempre visto a moça com o rapaz. Pode contar pra ela tudo que sabe.

— Ficou maluca? — Ele estava gritando agora. — E por que ela ia acreditar em mim? Ela só daria ouvidos pra ti. — *Contar "tudo que sei", imagine!*

— Calma! — A irmã se mostrou surpresa. — Escuta aqui. Se eu contar pra ela o que tu me disse, ela ainda vai querer ouvir de ti. Isso também vai acontecer se *Aba* falar com ela. Tu é a testemunha.

Salaamat se levantou.

— Essa sempre foi a minha maldição. Mas não será mais. Eu não vou me meter. Já chega!

Sumbul agarrou a mão dele.

— Pelo menos, senta.

— Só se tu não falar mais disso.

— Está bom!

O irmão sentou-se. Ela colocou o filho nos braços dele.

— Segura o bebê pra mim enquanto eu preparo um *sherbat* pra ti. A menos que queira entrar.

Ele meneou a cabeça. Recusava-se a se abrigar sob o teto do sr. Mansoor. Já era ruim ir até a fazenda, porém, ao menos a árvore, no grande esquema das coisas, não pertencia a ninguém.

O bebê abriu os olhinhos, sentindo um aroma diferente. Se o tio lhe provocou repulsa, estava cansado demais para protestar. As pálpebras caíram sobre os olhinhos semelhantes a pequenas manchas de tinta, e, em seguida, tornaram a pestanejar.

Sumbul voltou com um copo de suco de manga. Salaamat hesitou ao tomar a bebida *dele*, no copo *dele*. Mas fazia muito calor, e Sumbul preparara a bebida especialmente para o irmão.

6

A Lei de Fatah

Do lado de fora da fazenda, Salaamat ficou parado por um tempo na rodovia, antes de caminhar até Makli Hill, onde se encontrava o tio.

Depois que o cadáver do sr. Mansoor foi encontrado, Sumbul contara a Salaamat que Dia se perguntava com freqüência se a seda fora a grande culpada. A jovem precisava desesperadamente encontrar um motivo. Negócios? Rivalidades? A empresa de tingimento que perdera o contrato? Os intermediários que já não forneciam os casulos? Outros donos de fábricas que eram insignificantes perto de Riffat Mansoor? Embora fofocassem a respeito dela, as ricaças pagavam qualquer coisa para se vangloriar, nas festas, de usar a seda de Riffat. Será que havia sido a concorrência e, nesse caso, não deveriam ter assassinado a esposa, em vez do marido?

Salaamat ouvia, em silêncio, o relatório de Sumbul. Se havia um motivo, ele não sabia. Talvez tivesse a ver com a lei de Fatah. Se havia qualquer outro motivo, talvez alguma outra pessoa soubesse qual era. Talvez a própria Riffat Mansoor pudesse dar certas explicações.

Salaamat observou com atenção a rodovia. O asfalto brilhava no calor, transformando-se em vapor. Em algum lugar além dos túmulos da bruma, encontrava-se a vila com os campos de trigo e painço. De algum lugar nos campos, chegava o ruído dos canais de irrigação que, cinco anos atrás, foram música para seus ouvidos. Talvez aqueles campos houvessem esgotado seu abastecimento de água também. E, mais além da neblina, estaria o campo de trigo cercado diante do qual ele se posicionara. Garçotas tinham se espalhado pelo pasto. Elas podiam entrar e sair voando de qualquer cerca, mas não ele. Ele observara sete homens armados no outro lado da estrada se transformarem em quatorze. E, então, Fatah assobiara, e Salaamat vira o carro escuro tentando recuar. Como se tivesse alguma chance.

Eles haviam parado por mais de uma hora a fim de comer *rewri*, enquanto o sr. Mansoor sangrava.

— Se esses idiotas não se apressarem, o Chefe nunca vai ver o sujeito — comentou Yawar.

Por fim, os homens voltaram para os carros com vários doces e, mais uma vez, prosseguiram a viagem. A respiração do sr. Mansoor estava cada vez mais irregular, e ele começou a balbuciar de forma incoerente para si mesmo. O carro não se mantinha na faixa, andando de forma instável.

— Isto aqui vai manter o cara consciente — disse Ali, metendo o doce na boca do sr. Mansoor. Quando ele o rejeitava, Gharyaal *bhai* espremia o braço ferido e Ali enfiava a faca no outro. O sr. Mansoor já havia vomitado duas vezes sobre si quando o carro parou do lado de fora do bangalô do Chefe.

No entanto, antes disso, Salaamat decorara a rota. Os homens não o tinham vendado. Olhara fixamente para fora, absorvendo cada curva, gravando cada detalhe em sua mente: esquerda no rochedo em forma de pêra, direita no rochedo plano. Como podia diferenciar todas? Aquela tinha um galho caído a meio caminho na estrada; e assim por diante. Em duas ocasiões ele saltara do carro para urinar e marcara o local com pedras. Sua visão era semelhante à de um telescópio. Deixou de reparar no que ocorria dentro do veículo. Iria para o outro lado da cerca, mesmo que isso o matasse.

Foi o que disse a Fatah quando o sr. Mansoor foi jogado na cela de tortura. Agarrou a gola da blusa do amigo e contornou a construção, levando-o para trás. Se os viram, ninguém interferiu. Afinal de contas, Fatah era o cunhado do Primeiro-tenente Muhammad Shah.

— Seu covarde! — sussurrou Fatah, furioso. — Vai deixar outros te venderem. Vai se tornar a puta deles.

— Eu já sou uma puta — retrucou Salaamat, tentando se controlar. — A tua.

E, então, pela primeira vez desde que deixara sua vila, começou a chorar. Seus ombros estremeceram em um espasmo involuntário, enquanto um gemido brotava de sua garganta. Nunca perdera o controle por completo daquela maneira. Ele, o melhor atirador, o Projétil mais consistente. E o pior era Fatah vê-lo perder as estribeiras. A represa que ele aprendera a conter começou a desabar, e a água que rodopiava em suas entranhas irrompeu. Salaamat tirou o *shalwar* e defecou uma torrente de *rewri* a um metro de Fatah.

O amigo não fez nada. Não bateu nele, nem lhe deu um chute no traseiro sujo e exposto. Levou a mão ao nariz e desviou o rosto.

Do lado de fora da cela da qual o sr. Mansoor não fugiria, os resquícios do amor que Salaamat outrora tivera por Fatah vieram à tona de novo. Ele sentiu uma onda de gratidão: não fora desprezado; Fatah ainda o amava.

Quando Salaamat parou de chorar e se vestiu, o amigo meteu um pedaço de papel no bolso de sua túnica, tal como fizera em seu primeiro encontro.

— Se tu fugir os homens vão te perseguir, ainda mais agora, que tu conhece o caminho do bangalô do Chefe. Só te resta uma saída. Vai até a vila Mohana que a gente achou. Pede pro Hameed *bhai* te levar rio abaixo. A casa flutuante vai ser um bom esconderijo. Quando chegar em Karachi, procura este cara. — Apontou para o pedaço de papel.

— Mas, quem é ele? E como pode me proteger? — Salaamat deu uma fungada, lançando um olhar ausente para o papel.

— A empresa dele é que fornece os nossos equipamentos. Ele sempre precisa de motoristas e já usou dissidentes antes. Todo mundo sabe disso. Tu está correndo das mãos de um chefe e indo parar nas de outro.

Fatah foi até a cela, e esta foi a última vez que Salaamat o viu.

7

Um Visitante

O trabalho de Salaamat com a família de Khurram era simples. Ele ia de caminhonete até o local combinado, onde um agente aduaneiro o aguardava. Este lhe entregava o Conhecimento de Embarque falsificado e as mercadorias consignadas, que eram então transferidas para a caminhonete. A seguir, Salaamat pagava entre vinte mil e cinqüenta mil rupias ao sujeito, dependendo do tamanho do carregamento, do número de agentes envolvidos e de suas demandas. Em algumas ocasiões, Salaamat se encontrava com ele no litoral, na fronteira com o Baluchistão. Em outras, ao largo da Rodovia Nacional, próximo ao local em que ocorrera o seqüestro. Nunca fazia perguntas, embora às vezes se perguntasse como as mercadorias entravam — por uma das baías obscuras do cavernoso litoral balúchi ou pela permeável fronteira afegã, que deixava passar heroína e armas de fogo? Provavelmente nenhuma das duas opções. Havia mais maneiras de cruzar fronteiras de forma ilegal que legal.

Ao dirigir, Salaamat se consolava pensando que, se transportava uma carga de equipamentos de tortura, era melhor que ser a pessoa torturada

E decidiu nunca mais pertencer a ninguém. Não fazia nenhum sentido: os homens de Fatah obtinham armas dos patans e aqueles equipamentos de um punjabi, que, por sua vez, importava produtos dos norte-americanos e dos *angrezi*. E o sr. Mansoor era sindi. E a conversa de Fatah de proteger sua própria gente?

Nunca mais. Salaamat trabalharia só para si mesmo e, de vez em quando, para Sumbul. Nada mais importava. Algo que se havia revigorado no desfiladeiro tinha finalmente esvaído para sempre. Deus passara, e tudo encolhera em Seu rastro. A vida era trivial, agora.

Foi o que Salaamat concluiu quando chegou aos trancos e barrancos na vila mohana, após ter passado a noite fugindo do covil do Chefe.

As estrelas ainda brilhavam quando ele chegou ao acampamento. Os homens que tinham ficado ali estavam dormindo. Salaamat passou na ponta dos pés por eles e deu início à árdua escalada rumo ao topo do mundo. Um pouco antes do amanhecer do dia seguinte, já estava encolhido sob uma laranjeira próxima à choupana de palha. Os mohanas cuidaram dele com paciência, sem pedir nada em troca. Algumas pessoas simplesmente eram assim; outras, não. Não fazia nenhum sentido.

O barqueiro mais velho, Hameed *bhai*, sentava-se ao lado de Salaamat todas as manhãs, ecoando os pensamentos do recém-chegado enquanto este tomava um caldo revigorante. Falava de como sua gente havia construído sua vida em torno do rio por milhares de anos e agora se via obrigada a encontrar outros meios de subsistência. Era sempre a mesma história. Sempre a mesma luta. E tratava-se de algo tão simples. Todas as noites, Salaamat dormia ao som do lamento melódico de Hameed *bhai*. Nas manhãs seguintes, acordava ouvindo as mulheres lavando roupa, as crianças brincando de rodopiar libélulas e alguns dos garotos mais velhos ensinando biguás a mergulhar em busca de peixe. Salaamat observava como se estivesse a léguas dali. Nada disso o emocionava mais.

Durante a longa viagem rio abaixo, lembrou-se de sua avó dizendo-lhe que a última jornada — a que levava a alma ao paraíso — era feita em um barco silencioso. O que ele mais queria era que aquela fosse sua última jornada.

Engolia a tortura laranja enquanto Hameed *bhai* remava como se estivesse no auge da juventude, apontando lugares para ele.

— O rio supria aquele lago. Mas os mohanas que vivem dele choram agora. O lago ficou salgado, estagnado e poluído. Os peixes de água doce morreram: já não tem *kurero, morakho, thelhi*. E o que as pessoas vão beber? A gente depende da água. Sem ela, vamos secar como a terra.

As angústias do barqueiro iam e vinham no estupor provocado pela bebida, iam e vinham no ruído do rio, iam e vinham nas faces dos homens que estiveram com ele na rodovia. Salaamat visualizou como teriam agido na cela, inventou seu diálogo e até apertou o botão com eles. No momento seguinte, quando o remo mergulhou no rio, tirou o cadáver coberto de algas do sr. Mansoor.

O fantasma do marido de Riffat permaneceu ali até eles chegarem à margem na qual Hameed *bhai*, por fim, deixaria Salaamat.

O pai de Khurram era espalhafatoso e corpulento, como o filho. Pelas manhãs, sempre que Salaamat o cumprimentava, vinha com um enérgico *"Waalai-kum-asalaam."* A paz esteja convosco também. Paz. O idoso nunca caçoava dele, tampouco o chutava. Pagava-lhe quatro mil rupias — duas vezes mais o que Salaamat ganhara depois de labutar durante três anos para Boa-pinta. Tinha duas filhas, ambas casadas, que iam sempre à casa, com as crianças. Sua esposa enferma ficava no canto dela. Ele tinha três carros — um Mercedes, um Land Cruiser e um Honda Civic. O primeiro, para ser usado durante a noite, o segundo, por Khurram, e o terceiro, durante o dia. Um segundo motorista levava o idoso ao trabalho. Um terceiro era contratado por Khurram nas ocasiões em que Salaamat levava o carregamento ao depósito.

O quarto de Salaamat ficava na parte de trás da casa tríplex. Era duas vezes maior que o cubículo no qual dormia na fábrica; ali mantinha o gravador e a televisão de doze polegadas que lhe haviam dado. Quando não tinha de se encarregar de uma consignação, ficava com o dia livre. Escutava música pop, assistia à televisão, ia até a videolocadora mais próxima, visitava a irmã ou os operários da rua e, quando as irmãs de Khurram o convidavam, jogava críquete e brincava de *pugan pugaai* com os filhos delas. Às vezes, encarregava-se de fazer pequenos serviços para Khurram. Sempre, por exemplo, que o sorvete da casa acabava, ele ia comprar mais. E, em algumas ocasiões, ficava a cargo de algumas incumbências para os amigos de Khurram, tal como levar o rapaz da *Amreeka* para a enseada.

Uma coisa que desfrutava fazer era tomar chá com o velho operário da construção que ficava na mesma rua. Era quase como estar de volta na birosca de sua avó. A obra inacabada, sem portas nem telhado, tinha um efeito estranhamente reconfortante e, quando Salaamat ficava ali, sentia estar perto de uma choupana à beira-mar. Não sabia bem por que, mas, desde o início das chuvas, os operários tinham ido embora; por esse motivo, ele ficava mais em seu quarto.

Naquela tarde, ele se deitou em um *charpoy* e ligou o gravador. Era a trilha sonora de um filme cujos trechos ele vira na videolocadora. Uma moça sensual, trajando uma *choli ghagra*, saracoteava no topo de uma montanha, cheia de graça, perseguida pelo amante. Seus seios eram por si dois picos, destacando-se na túnica como cones desviando o tráfego. Seus adornos retiniam, e a jovem gingava. Após fazer um beicinho, ela caiu de costas, contorcendo-se no gramado, e seu amante se jogou sobre ela. Ele cantou: "*Eu e você, quanta travessura, quanta magia!*" E ela entoou: "*Quero que se abra para mim...*" O amante beijou-a, e lá se foram picos rolando sobre picos.

Sumbul diria que Salaamat se parecia com o pai nesse aspecto também. "*Aba* passa o dia todo grudado na televisão, imaginando que é Dilip Kumar. Quem tu acha que é?"

Ele nunca contara à irmã que, se alguém o estimulara a ouvir canções românticas, esse alguém fora Fatah. Não sentia tanta falta dele agora. Lembrava-se, sem saudades, de um Fatah afetuoso no gramado, roçando o nariz em seu pescoço e assobiando: "*O teu corpinho branco é pura energia, 440 volts!*"

— Mas eu sou escuro que nem alcatrão — dizia Salaamat.

— Seu bobo! Fecha os olhos. A gente pode fingir, não pode?

Salaamat já não queria isso. Não pertencia a ninguém.

Ali no *charpoy*, ele estava aumentando o volume do gravador quando o velho *chawkidaar* de Khurram chegou a seu quarto, arrastando os pés.

— Tem uma mulher te chamando no portão — disse o vigia.

— Que tipo de mulher? — Salaamat se sentou.

— Como é que eu vou saber? — O velho voltou ao trabalho.

No portão estava uma mulher baixa e desleixada, com chinelo de borracha. A única coisa que tinha de interessante era sua tez bastante clara. Ele a reconheceu de imediato: a mãe do rapaz da *Amreeka*. Ela às vezes passava por ali para jogar lixo no terreno baldio. Certa vez, ao vasculhar uma pilha que aquela mulher deixara, Salaamat encontrara as fotografias mais tentadoras possíveis, tais como a da loura com um tomara-que-caia justo, com seios semelhantes a cones. Ah, sim, ela caminharia cheia de graça em sua frente e cantaria "*Quero que se abra para mim...*" Havia outra mulher de pernas de fora, sentada no colo do rapaz da *Amreeka*. Salaamat guardara todas. Quando o atendente da videolocadora o expulsara depois de ele ver apenas um número musical, Salaamat lhe mostrara uma das fotos. O rapaz lhe permitira ficar até o final do filme. Na vez seguinte, o motorista mostrou outras. Até agora o atendente e seus amigos já haviam visto as fotografias inúmeras vezes, porém o suborno ainda funcionava.

Assim que o viu, a mãe do rapaz pigarreou. Em seguida, aparentando estar atônita com a própria audácia, ficou calada por diversos segundos. Por fim, indagou:

— O meu filho está aqui?

— Não.

Agora foi a vez de ela ficar atônita com a audácia dele. Bem, ele não usaria um tratamento cortês para se dirigir à mulher só porque era o que ela esperava. O único homem que ele chamava de *sahib* era o pai de Khurram, e a única mulher digna de um *begum sahib*, na opinião de Salaamat, era a mãe de Khurram.

A mulher pigarreou de novo.

— Parece que ele tem vindo muito aqui, e que você o leva para algum lugar. É verdade?

— É.

— Para onde?

Salaamat recostou-se no portão alto. Tornava a acontecer: ele estava sendo sugado para outro mundo. Será que eles não viam o quão simples era tudo? Ele mordeu a parte interna de suas bochechas.

De súbito, a mãe do rapaz deu-lhe cinqüenta rupias.

— Por favor, diga para mim.

Ele pegou o dinheiro.

— Para uma praia, longe daqui.

Ela assentiu, como se esperasse por isso. Então, perguntou:

— Com quem?

Mais uma vez ele mordeu a parte interna das bochechas. Ela lhe deu outra nota de cinqüenta.

— Com a filha do Mansoor, Dia.

A mulher suspirou, porém Salaamat notou que ela tampouco ficou surpresa ao receber essa informação.

— E eles voltaram lá?

Ele meneou a cabeça.

— Sabe onde é que eles estão?

É claro que ele sabia. Viu diversas vezes a jovem sendo deixada no final da rua, e então se dirigindo até a obra. Ela andava do lado de cá da calçada para não ser vista caminhando pela casa do rapaz da *Amreeka*. Era um plano tolo, feito por uma moça tola, para ficar junto de um jovem tolo. Salaamat franziu o cenho. Ela refez a pergunta, desta vez oferecendo-lhe o dobro do dinheiro.

Ele deu de ombros.

Salaamat 437

— Sei, sim.

— A gente pode pegar um táxi — disse ela.

Talvez poupar Dia de uma desonra ainda maior teria sido o último desejo do sr. Mansoor. Quem poderia dizer? Sumbul já vinha pedindo que ele falasse com a mãe da moça. Agora, lá estava a mãe do rapaz.

Salaamat deu de ombros outra vez.

— A gente não precisa de táxi.

RIFFAT

I

Um Dia Típico

Riffat Mansoor caminhava depressa, como sempre. Inclinando-se sobre as bandejas de lagartas, trocou algumas palavras com as funcionárias, examinou o estoque de amoreiras, fez algumas anotações na prancheta e suspirou com tanta força que os cabelos ondulados de sua fronte tremularam como penas. Estava exausta. Um grupo de homens vinha quase mensalmente, às vezes mais, com uma longa lista de razões explicando por que ela deveria pagá-los. Caso contrário, ameaçavam incendiar sua fazenda ou simplesmente cortar o abastecimento de água. Riffat estava farta de ligar para o advogado, que aumentara o valor dos honorários. Fora obrigada a contratar engenheiros para descobrir se a atual crise de abastecimento de água tinha mais a ver com a máfia que com a estiagem. Eles disseram "pode ser" e enviaram uma equipe de especialistas que reclamou do calor e sumiu do mapa. Então, ela contratou outra pessoa, que mandou uma nova equipe de especialistas. Eles cavaram em torno de sua propriedade, menearam as cabeças, pediram chá. Se ela perdia a paciência, era tachada de idiota por criar bichos-da-seda em Sind. E essa era apenas uma pequena parte de seu dia.

Outra preocupação era que, nos últimos anos, os distúrbios na província dificultavam o acesso de suas funcionárias à fazenda. O transporte era esporádico e perigoso. Além disso, com exceção dos jardineiros e vigias, seu quadro de pessoal era apenas feminino, o que significava que a família vinha em primeiro lugar. Havia ocasiões em que os maridos e parentes tinham um acesso de raiva e as crianças adoeciam. Tudo isso significava que as lagartas não eram alimentadas e que, como tinham duzentas mil para alimentar, ela e a filha acabavam tendo de passar o dia todo picando folhas. Certa vez, ela pedira a um segurança armado para ajudar, e teve de rir quando o sujeito lhe disse que sujaria o Kalashnikov dele. "Pode colocá-lo num canto", argumentara ela, segura de que nenhuma mulher lhe pedira para picar nada antes. Ele obedeceu de má vontade, torcendo o nariz para a folhagem como se ela fosse uma fralda usada.

E, então, havia a fábrica. Depois da morte de Mansoor, ela se recusara a deixar que a família dele assumisse a produção de seda, mas isso significava que ela suportaria o estresse de dirigi-la. Suas tecelãs vinham de Orangi Town, uma região que ficava bem no meio dos incêndios criminosos e das greves, e muitas tinham sofrido tragédias em suas próprias famílias. Diziam: "*Bibi*, se um rico como o seu marido foi vítima de um crime, que esperança gente como nós pode ter?"

Para combater a falta de energia elétrica, Riffat finalmente instalara um gerador de grande potência, porém sempre que o motor acelerava, soltando uma fumaça preta no ar, ela recuava. Não fazia nenhum sentido esse uso de combustível para sustentar uma indústria que ela se empenhara em purificar, usando tintas naturais. No entanto, era igualmente penoso não utilizar o gerador quando as tecelãs iam trabalhar e faltava luz; tratava-se de uma escolha entre o desperdício de recursos humanos e o dispêndio de recursos naturais, embora Riffat estivesse labutando para mostrar que os dois eram idênticos. Porém, não havia como evitá-lo, sobretudo quando ela admitia que o combustível era empregado de outra forma também: para levá-la diariamente à casa no bairro planejado pelo K.D.A., à fazenda próxima a Thatta e à fábrica perto do moribundo rio Lyari. Era a escolha entre trabalhar e ficar em casa. Ambas as atividades produziam seus próprios refugos.

E, em algum lugar nessa equação incluíam-se seus filhos — átomos órfãos de pai orbitando mundos cada vez mais escondidos dela. O que podia fazer a respeito da arrogância de Hassan? E do filho mais velho, que desistira de sua terra natal? Do neto que ela mal conhecia? E Dia — onde andava se metendo naqueles dias? Riffat nunca a vira tão distraída, nem mesmo quando Mansoor faleceu. Será que a vontade de Nissrine de se casar desencadeara alguma apreensão sobre seu futuro? Bem, se fosse esse o caso, não era para menos. Dia estava indo muito mal na universidade, e a mãe tinha consciência disso, pois sabia que a filha não estava aprendendo o que lhe importava: entomologia, zoologia, mitologia. Riffat ouvira dizer que ofereciam graduações em quase todas as áreas agora, na nova potência colonial para a qual muitos pais estavam enviando seus filhos. Muito mais do que a Inglaterra oferecera quando a geração de Riffat fora estudar no exterior.

Riffat bateu os dedos de leve na prancheta, insatisfeita com o rumo de seus pensamentos. Não gostava de pensar na época em que vivera em Londres. Não por causa das aulas — essas haviam aprimorado seu conhecimento. Ela meneou a cabeça. Sua atenção se dirigiu a Dia. A jovem não queria sair de casa, mas será que isso estaria por acontecer? Não seria melhor enviá-la para o exterior que vê-la se sentir inútil ali? Seria ou não?

Que tipo de acolhida sua filha teria em um país no qual as pessoas aplaudiam o governo por empreender uma guerra não menos brutal que a do Vietnã? Riffat fizera parte dos comícios nos anos sessenta, em Londres — então seus pensamentos a estavam levando de volta àquela época, no fim das contas. Ela testemunhara a indignação. Entretanto, muitos dos que protestaram naquele tempo permaneceram calados durante a Guerra do Golfo. Se a "paz" e o "movimento popular" foram causas muito difundidas quando ela estudava em Londres, o assassinato de centenas de milhares de civis muçulmanos inocentes não tinha nada a ver com ambos.

Riffat endireitou as costas. O pescoço e os ombros pesavam com a tensão que aumentava em seu interior. Ela pressionou o dedo com força no músculo logo abaixo de sua escápula. Conhecera alguém, certa vez, que gostava de citar as partes de seu corpo à medida que as beijava. Não! Não podia ficar obcecada com isso.

Suspirando, Riffat lembrou-se de que um parente tinha ligado na noite anterior, e ela prometera telefonar de volta, mas não o fizera. Era um milagre alguém ainda tentar se comunicar com ela, que enfurecera muitas pessoas, inúmeras vezes, com as ligações nunca retornadas, os casamentos aos quais não comparecia e as mortes só lamentadas de forma apressada. A verdade era que noivas e cadáveres faziam chorar — não lágrimas de crocodilo, mas verdadeiras.

Quando Dia lhe contou que o pai morrera, Riffat repreendeu a pobre menina, e entrou no banheiro, onde chorou como se estivesse em 1968 de novo. Chorou mais, ela sabia, do que a esposa dele choraria. Nunca deveria ter terminado dessa forma. Dois jovens que se enamoram em outro país deveriam ter voltado à sua própria nação para cimentar essa paixão. O amor não conhece fronteiras. Nenhum perímetro artificial e geográfico. Era assim que ela contaria tudo, se tivesse de fazê-lo. Haveria de transformá-lo em uma história. Fingiria que acontecera com outra pessoa. Deixaria Dia anotá-la, metê-la em seu "Livro de Fábulas Universais", juntamente com as suas outras narrativas sobre o princípio das coisas. Permitiria que a filha a lesse na amoreira, acrescentando suas próprias reviravoltas, para que a narrativa se transformasse em algo diferente do que de fato era: a história do começo de Dia.

Riffat estava exausta quando Sumbul a viu perto das bandejas de bichos-da-seda. A funcionária segurou sua mão e levou-a até a cabana, onde preparou-lhe chá verde e ofereceu-lhe analgésicos para aliviar a úlcera. Ela agradeceu à jovem, dizendo-lhe que o negócio já teria falido, não fosse por sua família. Por Sumbul, pelos primos, pelo pai — quanta assistência não tinham dado, sobretudo nos anos após a morte de Mansoor?

Sumbul sorriu, aguardando Riffat tomar o chá reconfortante. Em seguida, disse que precisava revelar algo com urgência.

2

Despertar

ABRIL E MAIO DE 1968

Riffat estava tomando café de uma garrafa térmica sob o beiral de um antigo bistrô, esperando seu ônibus, quando reparou nele pela primeira vez: um homem alto e elegante, de cachecol marrom, com um sorriso devastador. O cachecol combinava de forma encantadora com seus olhos grandes, cor-de-âmbar. Não era preciso ser estudante de moda para reparar nisso, tal como as olhadelas disfarçadas das demais mulheres confirmavam.

Quando ele se pôs de lado a fim de deixar Riffat entrar primeiro no ônibus, seu sorriso se dirigia a ela. Durante todo o dia, a jovem fez esboços com impaciência, mordendo o topo do lápis, enquanto sombreava com traços toscos e apressados uma propaganda de biscoito para cachorros. O professor a repreendera: "Nenhum terrier que se dê ao respeito comeria isso!"

Nos dias seguintes, o homem elegante repetiu os mesmos gestos: a reverência, o sorriso radiante, o braço que se estendia para conduzi-la sem nem uma vez esbarrar em sua jaqueta. Por fim, ela tocou seus próprios cabelos ondulados, para em seguida lançar-lhe um olhar ousado, do tipo vamos-ver-no-que-vai-dar; depois, ambos riram quando o ônibus partiu.

O homem convidou-a para almoçar com ele em seu diminuto quarto de albergue. O almoço foi servido em uma escrivaninha instável, cheia de livros de medicina, que ele carregou e pôs com cuidado no piso já atravancado. Uma velha toalha foi usada para cobrir a mesa. Ele não tinha a menor vergonha de seus recursos modestos, e isso comoveu Riffat.

A *daal* tinia com os pedaços de tamarindo trazidos de casa.

— À moda de Hyderabad — afirmou ele. — Do jeito que a minha mãe preparava.

Havia arroz, uma pequena salada e um pedaço de chocolate ao leite de Cadbury, como sobremesa. No decorrer da refeição, destacou-se seu jeito alegre e afável; a hospitalidade ilimitada ao colocar quase toda a comida no prato dela, pois se ela comesse bem ele saberia que preparara tudo direito. Os homens da casa de Riffat jamais tinham oferecido suas porções para as mulheres, muito menos preparado o almoço. Ela não sabia que homens paquistaneses faziam isso.

No quarto bolorento, iluminado por uma luz de vela bruxuleante, ele a observou comer e disse:

— A gente não teria se encontrado se não estivesse esperando ônibus no mesmo ponto.

Em seguida, ele tocou o pulso dela, debaixo do punho de sua manga direita. Depois, tocou o queixo, deslizando o polegar pelo maxilar de Riffat. Afirmou que ela tinha uma adorável estrutura óssea, a qual era ressaltada pelos cabelos ondulados. Girando um cacho em seu dedo indicador, ele o puxou, de modo que o cacho caiu na saliência suave de sua maçã do rosto direita, logo acima do declive profundo de sua bochecha.

— Este é o osso zigomático — comentou ele. — Se eu tiver que me lembrar disso, vou pensar apenas em você.

Riffat contorcia os dedos no colo. Achava-se magra demais para ser adorável e sempre tivera que brigar com a mãe para manter os cabelos curtos. "Os cabelos longos poderiam compensar o corpo que você não tem", argumentava a mãe.

Agora, lá estava ela, alimentada por um homem muito bonito, e, além do mais, afetuoso.

Quando, por fim, Riffat criou coragem de fitá-lo, queria lançar o mesmo olhar ousado que lançara antes. Nenhuma lágrima de gratidão, nenhum violino. Não se tornaria a mulher que sua mãe queria que fosse. Ela o encarou e disse:

— Eu vou embora agora. Mas o próximo almoço vai ser lá em casa.

— Vou te deixar lá.

Riffat era a mais rica dos dois. Seu pai tinha terras em Sind e um conjugado em Londres, no West End. Ela e o rapaz andaram de mãos dadas, e ninguém olhou. Não era uma atitude vergonhosa, embora sua família, que não perdia a oportunidade de ver Shammi Kapoor beijando com sofreguidão o osso zigomático de Saira Bano, afirmasse o contrário.

Eles caminharam até o conjugado dela, passando pela rua Goodge, cujo nome trazia à lembrança Woolf e Orwell. O rapaz falou da ironia de sua educação. Ele, o filho de um jornalista briguento, cuja caneta havia lutado contra os colonialistas, estava aprendendo com eles a tratar dos feridos. O pai dissera que esse tipo de benefício era justo. Porém, o rapaz não tinha tanta certeza assim. Era equilíbrio ou um passo atrás? Ou será que encontraria uma forma de levar aquilo adiante?

— Eu entendo o conflito — disse Riffat, discorrendo longamente sobre estudar tecidos em uma terra que havia despojado as plantas que ela esperava um dia reintroduzir, tal como o índigo e o catechu. — Só que é aqui, nestas bibliotecas, que estou tomando conhecimento do que nós perdemos.

Como podiam chegar à paz, partindo de um paradoxo?

Ela se faria essa pergunta com freqüência nos anos seguintes, sobretudo quando treinava tecelãs descendentes dos homens cujos polegares foram cortados pelos britânicos porque eram competentes demais na arte de transformar filamento em tecido.

E se fez essa pergunta, em especial, quando se casou com Mansoor.

Nas semanas seguintes, Riffat e Shafqat encontraram-se entre estantes de ficção na livraria Foyle's, beliscaram quentinhas de comida grega na Russell Square, juraram nunca se separar desde Bloomsbury ao Soho. Perigosamente enlevados, os dois começaram a tecer um mundo ao seu redor, de pernas entrelaçadas e suspiros cada vez mais íntimos. Iam se tornar um só, ou não seriam nada. Essa era a promessa. Tinha a ver com a gravidade. Era a única forma natural de amadurecer.

Em meio aos estudos, às aulas, aos passeios pela cidade e aos momentos em que se enroscavam no conjugado dela, os dois se envolveram no movimento estudantil que fervilhava nas ruas. O despertar de Riffat em Londres não foi apenas relacionado a si mesma, mas a seu lugar em um mundo que ansiava decidir seu futuro por conta própria. No Irã, o primeiro-ministro eleito democraticamente fora deposto, e o xá fixou-se como uma rolha; na Guatemala, a CIA engendrou golpe similar e depois tentou, de novo, em Cuba. E Israel, com o apoio dos Estados Unidos, ocupou a Cisjordânia e Gaza. *Deixem o povo escolher!* Cartazes de Che Guevara eram agitados em torno de Riffat, enquanto ela segurava a mão de Shafqat e ouvia oradores de todas as partes do mundo. Um jornalista paquistanês que entrara sorrateiramente em Hanói e que viria a relatar mais tarde as atrocidades cometidas pelos Estados Unidos em um Tribunal de Crimes de Guerra, discursou para eles: "Enquanto não formos donos dos nossos próprios recursos, nunca seremos livres. E, enquanto o Ocidente continuar a roubar as florestas e os minerais do Sul e do Oriente, seguiremos lutando!" Ele falou ainda da usurpação fraudulenta da riqueza do Congo e das tentativas de penetrar ainda mais no Oriente Médio. "Viram como a CIA provocou a queda de Kassem no Iraque? É porque ele nacionalizou o petróleo. Eles sempre tentarão depor qualquer governante que queira manter os recursos do Iraque no Iraque."

Riffat e Shafqat saíam desses comícios determinados a voltar para casa e juntos construir um mundo melhor. Examinavam os jornais em busca de notícias de seu próprio país, encolerizando-se com a censura da imprensa, contentando-se ao ver que, em Karachi, o pai de Shafqat participava dos protestos contra a lei marcial. Abraçando Riffat, em meio a uma passeata até a Embaixada Americana na Grosvenor Square, Shafqat disse: "Aquele general monta em cima da gente por causa do mesmo poder que monta em cima do Vietnã. Mas as coisas estão mudando. Sinto que passos importantes foram dados." E, então, ele falava sobre como a noção de destino o enfurecia. A história era uma questão de livre arbítrio e escolha consciente. Não de vã sucumbência às escolhas feitas por outros.

3

O Trabalho Dela, a Luta Dele

JUNHO DE 1968

Durante muitos anos, Riffat guardou o dente de tubarão fossilizado que Shafqat escondera no conjugado dela certa noite.

— É algo superfeminino — brincou ele.

— Então, tem a ver com a minha menstruação?

— Pode-se dizer que sim.

Riffat buscou entre os absorventes higiênicos. Nada ali, nem em sua bolsa de maquiagem. Ela voltou ao quarto com passadas pesadas e jogou no chão a roupa íntima de uma gaveta, exasperada.

— Você estava mais perto no banheiro — disse ele, dando um largo sorriso.

Por fim, Riffat viu o objeto pontiagudo colocado em sua escova de dentes — cinco ásperos centímetros destacando-se como um sifão em um fundo de algas brancas.

— O que é isso? E o que tem a ver com o meu fluxo menstrual?

— As pessoas de uma certa época acreditavam que os dentes de tubarão tinham poderes mágicos. Se um homem desse um para uma mulher, conquistaria o coração dela. E ela sentiria desejo e ficaria fértil.

— Ah, então ela transaria e teria filhos, tudo graças a um dente de trezentos milhões de anos?

—Vamos ver. — Shafqat a abraçou, desprendendo sua blusa e mergulhando o maxilar áspero no espaço entre os seios pequenos dela.

Mais feliz do que nunca, Riffat também se sentia culpada: morava no conjugado do pai, comia o pão que ele lhe dava e estudava com as libras que lhe fornecia. No entanto, sua família não podia tomar conhecimento da melhor parte de tudo: Shafqat.

Sua mãe não queria que ela fosse para Londres. Moças não iam morar no exterior sozinhas. Nesse caso, quem iria pedi-las em casamento? Porém, o pai confiara em Riffat, a mais nova de cinco filhas. E, em troca, ela levara Shafqat para o conjugado. Podia até ver a satisfação da mãe: "Viu só? Bem que eu avisei."

Mesmo em seus momentos mais íntimos ela não conseguia evitar a sensação de estar fazendo algo errado. No fim das contas, existiam fronteiras até mesmo ali, naquela cidade tão liberal. Riffat jurou, então, nunca fazer a filha, se tivesse uma, sentir-se daquela forma. Nunca permitiria que ela andasse furtivamente pelos cantos temendo incorrer na fúria da mãe. Nunca lhe diria quem deveria e quem não deveria amar. Muito pelo contrário, ela lhe diria para escolher sozinha, mantendo a cabeça erguida quando chegasse o momento.

Naquela noite, ela brincou com o dente na mão, tocando o fóssil tosco com o polegar. Fazia bastante frio naquele mês de junho, porém os dias eram longos, e eles dormiam até tarde. Esparramados no tapete da sala com quitinete, sua conversa se voltou, como acontecia com freqüência, para o pai de Shafqat. O namorado releu para ela trechos da carta do pai sobre os protestos contra o general Ayub Khan.

A cabeça de Riffat estava apoiada no sofá, com um de seus pés, de meia cinza, apoiado no pé descalço dele. Com o outro, ela acariciava os cabelos grossos de Shafqat. No piso, os esboços dela e diagramas dele espalhavam-se por toda parte. Inesperadamente, Riffat disse:

— Coitada da sua mãe.

— Coitada? — inquiriu ele, fitando-a.

— Bom, ela quase nunca vê o marido.

— A minha mãe é corajosa — retrucou ele. — As mulheres não sabem a força que têm até serem postas à prova.

— Falar é fácil. — Riffat olhou-o.

— E é mesmo — ressaltou, retribuindo o olhar. — Ela é a minha mãe.

— Mas deve haver coisas que ela não compartilha com você, para que não se preocupe. Isso não significa que ela deva continuar sendo posta à prova.

— Nem estou dizendo que deveria ser. Só estou falando que ela se orgulha de ter um marido que luta por mais liberdade de expressão. Ele fala em nome de todos nós, incluindo ela.

— E se ela quisesse falar por si mesma?

— Como assim?

— Sabe, será que ele agüentaria ser posto à prova?

Shafqat a fitara com o semblante fechado.

Riffat se sentou, cruzando as pernas.

— Será que ele ficaria em casa com as crianças, dando de comer a elas, cuidando de todas, atendendo às ligações da esposa, marcando reuniões para ela, digerindo o medo todas as vezes que ela fosse presa e os filhos ficassem sem a mãe?

Ele dobrou a carta.

— Você está levantando essa hipótese sobre os meus pais.

— Bom, e por que não? Acho que faz sentido.

O amante se levantou.

— Está ficando tarde. Já vou andando.

— Eu não tenho *permissão* de perguntar isso? E quanto à liberdade de expressão?

— O que está acontecendo com você hoje? Num momento a gente está se aconchegando no tapete, no outro, você está querendo me enforcar.

— Querendo enforcá-lo!

Shafqat pegou a jaqueta. Em seguida, sorriu como se nada tivesse acontecido.

—Vejo você amanhã no ponto de ônibus?

Riffat respirou fundo duas vezes, enquanto ele se retirava. Seu tom de voz foi frio, porém calmo.

— Responda a pergunta, Shafqat, ou este dia vai acabar muito mal. Ela foi feita porque eu queria saber o que você faria se estivesse no lugar do seu pai e sua mãe fizesse uma opção parecida.

Ele deu uma risada, sem nem mesmo se virar para olhar Riffat.

—Ninguém me faz de refém. Ou eu falo por livre e espontânea vontade, ou não falo.

Ela teve vontade de gritar, no entanto, as palavras não saíram de sua boca. Ficaram presas em seus dentes, coladas com saliva, e, nesse ínterim, ele continuou a andar; girou a maçaneta e deslizou a corrente da porta. Em seguida, foi embora.

Riffat fitou a parte do tapete em que ele pisara, a maçaneta e a madeira clara da porta. Abraçou sua própria cintura e começou a balançar porque, na verdade, já estava oscilando, uma vez que se tinha lançado em céu aberto e podia desabar. Embaixo, a mãe a aguardava: *Viu só? Bem que eu avisei!* Embaixo, cartazes esvoaçavam: *Deixem o povo escolher!* Um orador agitava a mão fechada, enchendo-a de coragem: "Enquanto não formos donos dos nossos próprios recursos, nunca seremos livres." Todos os oradores eram homens. Riffat nem se dera conta disso antes. Só percebera naquele momento, enquanto oscilava na abóbada celeste. Havia outros rostos aguardando embaixo. As quatro irmãs, que não tinham ido estudar no exterior, o pai, que gostaria de ter dado ouvidos à esposa, e uma nação que lhe apontava um dedo grosso e vociferava: "Depois de tudo que você recebeu! Que moça mais mal-agradecida, mimada e egoísta!"

Ela desabou, aos prantos, no tapete cheio de livros de sua quitinete.

Shafqat a estava esperando no ponto de ônibus, com um buquê de rosas amarelas e o cachecol marrom que lhe caía tão bem. O sorriso devastador também voltara. Riffat ficou apavorada com a felicidade que sentiu ao vê-lo. Quando os dois se abraçaram, ela deu um beijo em seu pescoço longo e forte, sorvendo o que perdera na véspera.

Quando, mais tarde, Shafqat a despiu na quitinete dela, algo novo surgira entre os dois: a conversa da qual ele se afastara. Ela se perguntou se ele também tinha a mesma sensação; não foi o que pareceu. O que o tornava tão seguro de si? Segurança vinha com experiência. Ela não quisera se rebaixar a fim de indagar se era a primeira mulher da vida dele. Shafqat a fazia se sentir bem, e não apenas fisicamente. Levantava sua auto-estima: ela não era nem reta, nem magra demais. Muito pelo contrário, ele amava seu corpo atleta e ágil. Mulheres peitudas não caminhavam como ela, caminhavam? Nem coxas roliças e bundas suadas podiam ser flexíveis na cama. (Isso significava que ele *tinha* feito amor com alguém de coxas roliças e bunda suada?) Riffat era elegante como uma garça, aprumada e magnífica, e Shafqat preferia isso a qualquer outra coisa. Ela era a rainha dele. Não, até mais do que isso: era uma imperatriz. Uma imperatriz de calça boca-de-sino, curvas elegantes, personalidade animada e sorridente. Uma mulher majestosamente informal, com riscos de tinta no nariz e blusas de seda estilo tomara-que-caia. Ele expirava sua convicção na estrutura óssea dela, enquanto deslizava a língua por sua clavícula, mordiscando-lhe conforme se dirigia à cova do esterno, levando-a a gemer e a apenas entreouvi-lo quando ele chegava à parte do tomara-que-caia de seda. A verdade era que ele fazia com que Riffat se sentisse bem a ponto de se esquecer de que os outros gostariam que ela se sentisse mal, por se sentir bem. Isso ocorria apesar de o tema no qual Shafqat a proibira de tocar ter se tornado ainda mais importante.

Ele começou a ter uma atitude cada vez mais volúvel com relação ao trabalho dela. Às vezes, as amostras de desenho de Riffat o empolgavam. Serigrafia ou batique, bordado ou pintura, ele examinava seu portfólio de forma meticulosa, fazendo comentários sobre materiais, cores e padrões, encorajando-a a montar a própria loja quando os dois voltassem para casa e se casassem. Ele escutava durante horas enquanto ela discorria sobre tinturas e adstringentes, sobre os tecidos tingidos com garança que haviam sido encontrados no sítio arqueológico de Moenjodaro, tão próximo a Karachi. Riffat queria trazer à baila tudo isso. E ele a incentivava. O coração dela disparava quando se perguntava como, e se ele ia mesmo querer que ela o fizesse. Mas bastava a jovem se sentir segura das intenções do amante, para o estado de ânimo dele mudar. Parava de escutar, levantava-se, sugeria um passeio, ou a repreendia por estar sendo ambiciosa demais.

— Ambiciosa demais para quem?

Porém, ele lhe segurava a mão e dava um sorrisinho amarelo, deixando-a cada vez mais ansiosa por uma resposta.

Esta veio, por fim, algumas semanas depois, quando os dois estavam sentados a uma mesinha na calçada, diante de uma loja de *kebab*. Ainda fazia frio, mas o céu estava claro. Já não eram necessários casacos e meias. Bistrôs com mesinhas do lado de fora fervilhavam de gente. Riffat enrolou um *kebab* do tamanho de uma cigarrilha com um *naan* quente, salpicado de gergelim, e o mordeu. Ela limpou a gordura que ia caindo no queixo e deu um suspiro:

— Quando a gente voltar para Karachi, quero que você me leve para todos aqueles bistrôs às margens das estradas; lugares que, segundo a minha mãe, não são apropriados para as mulheres.

O canto superior dos lábios dele tremeu. Por um instante, um lampejo escuro passou por seus expressivos olhos cor-de-âmbar. Shafqat tomou um gole de *lassi* e ficou quieto; no entanto, seu semblante estava fechado. Ela se perguntou se era essa a expressão dele no dia em que saíra de sua quitinete sem sequer mostrar o rosto.

Riffat deu outra mordida no petisco.

— Isto é típico da culinária do nosso país, sabia? É uma vergonha metade da nossa população não poder desfrutar dele.

Shafqat empurrou o prato.

— Você parece tão imatura quando fala desse jeito!

— Imatura?

— Irracional, então. Não se faz isso, Riffat. Não se pode transportar uma coisa que existe aqui para outro lugar.

Ela pestanejou, genuinamente confusa.

— Uma coisa? Como o quê, por exemplo?

— Como outra cultura. Sabe muito bem que não é bom para as mulheres comerem nesses bistrôs. Os homens as comem com os olhos. E, se ela for com um homem, eles vão querer saber por que ele não a protege do desejo deles. Pegará muito mal para ele.

Ela colocou a comida no prato. Aos poucos, tudo começava a fazer sentido.

— Mas democracia, sistema de saúde e educação podem chegar à nossa cultura?

— Claro.

— No entanto, quando as mulheres aparecem em público com a freqüência e a descontração dos homens, isso é uma importação? Uma influência externa perniciosa?

Shafqat deu de ombros.

— Algumas coisas vão levar mais tempo.

— Por que algumas pessoas querem que seja assim? Não seriam as mesmas que falam com tanta eloqüência dos recentes passos importantes?

Ele ergueu uma sobrancelha e olhou ao redor. O casal da mesa seguinte estava rindo e não notara nada. Outros aguardavam de pé, esperando uma mesa.

— Talvez seja melhor a gente acabar de comer logo, para que eles possam se sentar.

Riffat segurou a mão dele.

— Não. Desta vez, você vai me responder. Você quer eficiência, saneamento e liberdade de imprensa, porém não a modernidade que beneficiaria as mulheres. Quer uma jovem para pôr sempre à prova, igual a sua mãe?

Shafqat puxou a mão com rudeza.

— Não venha me falar dos meus pais de novo.

— Você está falando comigo? Já se deu conta do quanto está parecendo com o nosso general?

Ele foi embora, porém ela foi até o albergue dele à noite, e os dois discutiram mais. Riffat o perseguiu durante dias, odiando aquilo em que se havia transformado; ela, cujo ponto forte era a graça e a elegância, que era magnificente como uma imperatriz. Debulhando-se em lágrimas, implorando ao amante que lhe desse o que deveria ser dela, vendo-se forçada a se rebaixar a ponto de suplicar por isso. Por fim, Shafqat disse, de forma brusca, que não ficaria em casa com as crianças, nem atenderia aos telefonemas dela, tampouco marcaria reuniões. Jamais. Esse era o trabalho dela. E o dele era a luta pela liberdade.

4

Despedida

JULHO DE 1968 A JULHO DE 1972

A mãe de Riffat disse a ela que encontrara o par perfeito para a filha: o sr. Mansoor era dono de uma fábrica têxtil e estaria aberto a sugestões de uma estilista como ela. Além disso, permitiria que ela criasse sua própria linha de seda se assim o desejasse.

Riffat não quis conhecê-lo, nem ver suas fotografias. Queria ser igual a um dente de tubarão fossilizado. Se fosse apresentada ao futuro noivo ou visse seu rosto, poderia cair na tentação de voltar a viver. Ela era apenas um fóssil frágil que se partia sempre que via outras noivas.

Entretanto, manteve um sonho. Como presente de casamento, ganhou do pai diversos hectares de terra fora de Karachi. Riffat faria alguma coisa com aquela terra, algo para ela, algo que permitisse disseminar toda a agitação e a felicidade da época em que vivera em Londres. Haveria de reavivar o que ficara latente durante milhares de anos. Iria vê-la se tornar macia e durável, de modo que quando ela, uma diminuta partícula no tempo, desaparecesse, ainda estaria ali. Em algum lugar entre as sementes de amoreira e os fios de seda tingidos de índigo, Riffat

Mansoor aprendeu a encontrar seu lugar no universo de novo. Saiu do casulo de noiva-fossilizada e foi em frente.

Contudo, antes, teve filhos. E, antes disso, olhou para o noivo.

Ele era tudo o que Shafqat não era: tez clara, porte relaxado, pescoço cheio de dobras, baixinho. Quanto tempo uma mulher leva para se acostumar com um homem que lhe provoca repulsa? Foi o que Riffat se perguntou quando ficou deitada sob Mansoor, mal respirando, enquanto ele a penetrava na noite de seu casamento. Ela se desprendia como um pequeno pião, leve como uma pluma no colchão perfurado pelas molas. Quanto tempo?

Ela sabia muito bem que qualquer outro homem a teria deixado no dia seguinte, quando os lençóis não estivessem manchados. Porém, Mansoor não dissera nada. Raramente o fazia. Não possuía o conhecimento eclético de Shafqat. Não captava o humor lacônico dela e tampouco lhe oferecia o dele. Não fazia brincadeiras interessantes, odiava passear, comia demais e não tinha o menor dom para conversar. Quando abria a boca, era para se queixar de alguma coisa a respeito de comida, dinheiro e tecido. Sempre que o assunto se relacionava a este último item, Riffat participava com entusiasmo, e, no decorrer de seus dezenove anos de casamento, Mansoor nunca deixou de se espantar com a segurança demonstrada por ela. Ele foi um dos poucos a nunca desencorajá-la no que dizia respeito ao projeto da amoreira. Foi, desde o dia em que se casaram até sua morte, ao mesmo tempo reverente e cauteloso. Quando tocava em Riffat, Mansoor continuava a ser, tal como na primeira noite, tão desajeitado, que ela desenvolveu uma segunda pele, que se desprendia e caía depois que ele dormia. Nas camadas mais profundas e delicadas, estava a fazenda e, sob todas elas, Shafqat.

Ele descia, na ponta dos pés, a escada de seu sono, passando furtivamente pelos buracos de fechadura, ziguezagueando por fendas, surrupiando nos ambientes dela. Riffat os selava, porém Shafqat esgueirava-se em outro, e começava a tomar vulto com seu largo sorriso. Ela sentia que suas partes íntimas haviam sido totalmente violadas; assim, não lhe restava outra alternativa além de se encerrar dentro de si mesma. A solidão que a subjugava naquela época era a pior agonia que já enfrentara.

Shafqat a procurou depois que os dois haviam passado quatro anos separados. Riffat tinha dois filhos; ele, um. Ela lhe deu as boas-vindas tal como fizera em Londres após sua primeira briga, quando ele lhe levara as rosas amarelas. E, então, mandou-o embora para sempre.

5

O Que Sumbul Diz

AGOSTO DE 1992

Riffat observou o bebê de Sumbul. O menino se recusava bravamente a morrer. Choramingava e resfolegava; Sumbul disse à chefe que desejava que o fim viesse rápido agora. Riffat queria lhe dizer para tirar alguns dias de folga, no entanto, ela sabia por que Sumbul ia à fazenda. Ficar em casa significava lidar com a sogra, que a colocava para trabalhar do alvorecer à meia-noite; com o marido agressivo, que, às vezes, batia nela; com as três outras crianças; com as inúmeras vizinhas, que iam fofocar e filar a comida comprada por Sumbul; com o esgoto aberto do lado de fora da cozinha. Não havia um só lugar em que ela pudesse se sentar calmamente por dois minutos e sorver sua própria xícara de chá. Se ela o fizesse, as outras mulheres vociferavam: "A gente nunca pôde se dar a esse luxo na sua idade."

Não obstante, Sumbul ainda encontrava forças para cuidar de Riffat, embora a chefe, a seus olhos, vivesse como uma imperatriz. O contraste doía mais porque ressaltava os limites de cada uma. O que seria necessário para Sumbul chegar até Riffat? O que teria sido necessário para Riffat chegar até Shafqat, ou para ele ultrapassar suas próprias limitações? Ele, que viajara e refletira mais do que qualquer outro que ela conhecera, nunca conseguira sobrepujá-las.

Os dois tinham consciência disso. E ela pôde confirmar tudo quando se encontraram pela última vez no túmulo. Shafqat decaíra, tanto física quanto mentalmente, muito diferente do jovem que saía de uma passeata para um encontro estudantil. Parecia esperar, tal como as demais pessoas, que um meteoro estraçalhasse os muros. À semelhança de tantos liberais no âmbito político, no privado ele era ortodoxo. Parecia que uma fina membrana bloqueava as convicções de Shafqat cada vez que ele entrava em casa, deixando-o impossibilitado de fazer qualquer outra coisa que não fosse se render, já que a mudança estava apenas nas mãos de Deus. Esse era o princípio que ele desdenhara, porém que havia seguido em sua vida. Então, Shafqat procurou Riffat, esperando por milagres. Um deles seria Dia.

— Eu sei que ela é minha filha — começou ele.

Estavam atrás de uma pilastra, sob uma cúpula cheia de morcegos. Riffat sentiu um calafrio.

— Você não tem como saber.

— Ela tem uma coisa minha. Disso eu sei. Os meus olhos. A minha curiosidade...

— Ah, e a mãe dela não pode ter passado isso para ela?

— Um simples teste. Como médico, posso assegurar que seja estritamente confidencial.

— Seu tolo! — Riffat estremeceu. — Você está totalmente perdido, buscando alguma coisa para preencher seu vazio. Não me deixou entrar, nem deixa a sua esposa entrar e, obviamente, seu filho não basta. Além disso, sua mulher ficou estéril. Então, agora quer perturbar a paz que construí a partir do nada.

— Eu tenho o direito de saber se ela é minha filha — retrucou ele.

— Pode me insultar o quanto quiser. — Ele deu um passo à frente levando-a a retroceder. — Tenho o direito de manter contato com ela.

Riffat cerrou os olhos ao ouvir a ameaça. Então, ele vinha observando Dia. Seguindo-a quando ia para a escola? Ela nem queria saber. Tampouco desejava continuar ouvindo os ruídos da cúpula. Os morcegos chilreavam como se estivessem zombando deles, adejando sobre os dois como adivinhos. Riffat contemplou a rede que fora pendurada, abarcando toda a extensão da abóbada. Lembrou-se do dia em que descobrira que Shafqat ia se casar e de como, furiosa, ela permitira que a mãe escolhesse seu noivo. Sempre se arrependeria disso e, para compensar, prevenia Dia com freqüência sobre o fatalismo pernicioso no qual o país encontrava-se cada vez mais aprisionado. Era um ciclo fatal. Dia tinha de entender que, com uma atitude simples, porém firme, podia rompê-lo.

Shafqat estava a cerca de dez centímetros de Riffat, mais patético que desafiante. Ela lhe contou que dormira com o marido na mesma noite.

— Na sua iniciação amorosa? Porque já suspeitava?

Riffat lhe perguntou o que planejava fazer se o resultado do exame fosse positivo. Tomar uma criança do pai que ela conhecera a vida toda?

— Acha mesmo que, aos quatorze anos, ela vai se jogar nos seus braços? Você ainda não viu Mansoor com ela. Eles se adoram.

Shafqat repetiu:

— Eu tenho o direito de saber se é minha filha. Vou lutar por ela, se for o caso.

— Mas, obviamente, os sentimentos dela não vão ter nada a ver com a sua decisão.

— Não se você fizer uma lavagem cerebral nela.

— Não se não pode ver além das suas necessidades egoístas.

Os dois discutiram até ele afirmar que seqüestraria Dia e faria o exame de sangue com ou sem a permissão de Riffat, e que, se tivesse razão, lutaria contra Mansoor no tribunal.

Ela voltou para casa e se debateu durante semanas.

Já era um período conturbado, com os telefonemas anônimos de madrugada, supostamente feitos pela tinturaria rejeitada, ou algum outro segmento de um negócio cada vez mais auto-suficiente. Em meio a esses telefonemas, entravam os de Shafqat. Riffat andava nervosa, e Mansoor, impaciente e confuso; os garotos brigavam e Dia chorava nos ombros do cozinheiro, Inam Gul.

Por fim, Riffat decidiu contar tudo ao marido.

Mansoor pesava quase cem quilos na época, e foi como se ela tivesse enfiado um palito na massa. Sibilando com suavidade, ele começou a desinflar.

Seus diminutos olhos pretos pareciam estar visualizando as últimas duas décadas de sua vida, retendo-se, sobretudo, em tudo que ela não lhe havia dito, desde sua primeira noite juntos até aquela, sua última. Ou foi o que Riffat pensou. Por que nunca tinham aprendido mais a respeito um do outro? Estavam casados havia dezenove anos, ao passo que ela e Shafqat só moraram juntos por quatro meses. Ainda assim, ao ver Mansoor praguejar e chorar, ela não conseguiu consolá-lo. Não sabia o que havia ali para reanimar.

Horas depois, Mansoor saiu de casa e subiu na amoreira plantada quando Dia nasceu. Enquanto os vizinhos se aglomeravam ao pé da árvore, ele gritava como um macaco enlouquecido, e alguém chegou até a chamar a imprensa. Riffat reuniu as crianças e sussurrou:

— Eu não devia ter contado para ele.

Dia, assustada, pedira para ir ficar com ele.

— Não. — Riffat segurou-a com mais força, apavorada com o que Mansoor poderia dizer. Os dois haviam passado horas no alto daquela amoreira, com almofadas e leques de sândalo, momentos em que o pai deixava de ser uma massa gordurosa e sedentária e se transformava em um duende ágil e contador de histórias por causa de Dia. O que ele diria à filha agora?

Riffat mandou as crianças irem dormir e, na manhã seguinte, já não encontrou Mansoor em casa, tampouco na amoreira. O carro não estava na garagem. Um *chawkidaar* da vizinhança contou que o vira sair de manhãzinha.

— Faz idéia de onde ele foi? — indagou Riffat.

Ninguém sabia.

Quando, após alguns dias, Mansoor apareceu morto na vila próxima à foz do rio Indo, Shafqat deixou-a em paz. Disse-lhe que continuaria a se afligir com esse presente que nunca encontrara, mas que não lhe queria causar mais dor por reivindicá-lo. E manteve a palavra.

Porém, Sumbul fora lhe contar que ele não pudera manter outra pessoa afastada.

Riffat sentou-se de forma abrupta.

— Meu Deus, como sabe sobre Shafqat?

Sumbul abaixou a cabeça e admitiu que Salaamat os vira no túmulo, anos atrás.

A chefe, furiosa, indagou:

— Será que não podemos ter um só momento de sossego neste país? Alguém faz outra coisa além de meter o bedelho onde não é chamado?

Sem olhar para Riffat, Sumbul abanava o filho com a ponta da *dupatta*.

Riffat cerrou os olhos. Sua cólera sempre atingia o alvo errado: o marido, a filha e, agora, sua mais doce funcionária. Tocando a mão de Sumbul, murmurou um pedido de desculpas.

Sumbul pigarreou.

— Foi um verdadeiro dilema para mim, pois eu não sabia se devia contar isso. Mas acabei concluindo que devia. A história não pára aí; Salaamat viu não só a senhora com ele, como também Dia com alguém mais. Com alguém que a senhora não queria que ela andasse. O filho do médico.

Enquanto Sumbul lhe dava os detalhes, Riffat permanecia sentada, pasma. Então, pediu à funcionária, em um sussurro:

— Não consigo pensar. Por favor, me deixe sozinha.

Quando a outra saiu e fechou a porta, Riffat foi rastejando até o quarto em que ela e Mansoor dormiam quando a família passava os fins de semana na fazenda. A empresária acolhia a solidão como um perfume raramente permitido, espalhando-a na pele com generosidade, até suas têmporas irem se acalmando. Olhou para o ventilador de teto, para o pequeno anel de metal no centro e viu Dia encolhendo-se de medo no canto de uma construção aberta e suja, com Daanish. Por um lado, temendo ser censurada, tal como ocorrera com a própria Riffat; por outro, desfrutando do toque e das promessas dele. Será que o rapaz tinha o sorriso devastador do pai e as mesmas histórias encantadoras? Teria o corpo robusto e o aroma másculo? Será que tinha dado à sua filha o que lhe correspondia, sem fazer perguntas, ou reservara só para si esse direito?

Riffat estava estirada na cama, com as mãos nos quadris. Ficou assim por muito, muito tempo.

I

A Quarta Vida

Dia estava sentada no gramado, recostada na amoreira na qual seu pai se abrigara na véspera de sua morte. No colo estava o livro com os contos e ilustrações adorados por ela. O céu nublado tombava à sua volta, tocando o portão diante do qual o vigia armado andava de um lado para o outro.

A estiagem perdurava desde o aguaceiro do mês anterior. A atmosfera sufocante e letárgica era uma densa compressa contendo a chuva torrencial. Gotículas de suor espalhavam-se sobre a leve penugem de seu lábio superior e os cabelos ao redor de suas têmporas encrespavam como os de sua mãe.

Alguns dias antes, Dia começara a escrever sua própria versão sobre a imperatriz Hsi-Ling-Shih, criadora da sericicultura. *A certa altura, o tecido ficou tão valioso quanto petróleo, e os homens faziam qualquer coisa para obtê-lo.*

Porém, agora, Dia decidiu cortar aquela frase. Não queria parar o relógio nos tecelões torturados de Bengala, Varanasi e Grécia, nem fazer uma pausa no Mar Cáspio há dois mil anos, para assistir aos soldados romanos fugindo dos nativos de Pártia. Estes haviam agitado bandeiras de seda, e os romanos correram por considerar que algo tão delicado só podia ser obra de feitiçaria. Talvez em outra oportunidade Dia reconstituísse essa história.

Naquele momento, ela prosseguiu, segurando com firmeza o ponteiro do relógio antes que ele girasse rápido demais para o presente. Eram quatro da tarde de um dia tempestuoso de primavera. A jovem escreveu:

A imperatriz desceu do ônibus com um portfólio debaixo do braço e foi se encontrar com o imperador no pátio de um bistrô de tijolo. Envolveu o pescoço dele com um cachecol de seda marrom. Ela mesma o tinha feito, escolhendo a cor porque combinava com seus olhos. O imperador disse que o debrum de tom vermelho-claro era meio efeminado.

— Está desprezando o meu presente? Depois de todos aqueles que me fez procurar desenfreadamente?

— Mas você desfrutou de cada busca, não? — Ele a beijou, acrescentando depressa que adorara o cachecol e que o usaria até mesmo em pleno verão, em Karachi.

Os dois se sentaram em um canto do bistrô. A imperatriz tirou as sandálias sob a mesa e colocou os pés nas botas dele. O imperador lhe disse que ela sempre pertenceria a ele e que isso seria a única coisa que não mudaria. De resto, ele sentia a chegada de novos ares. Em todo o mundo, as pessoas corriam riscos a fim de dizer o que pensavam, e falavam com muita convicção e benevolência. O pai dele era parte integrante desse movimento, não era?

A imperatriz assentira. Ela enrubesceu quando ele delineou a estrutura de seus ossos com os dedos. Os dois conversaram até o crepúsculo sobre a futura fazenda dela, as crianças que teriam e a casa que construiriam.

Em seguida, dançaram um pouco, serpenteando bem ali, no piso do bistrô. Houve um corte, a revelação de um esconderijo, uma rotação na Terra, e Riffat se transformou em Dia amando Daanish na enseada.

"Quando eu voltar", informou o rapaz, abraçando-a, "vou te ensinar a nadar." Enquanto ele descrevia as magníficas criaturas marinhas, o vento misturava o perfume fresco dele com a fragrância fecunda da virilha dela. "Como cogumelos cozinhando na maresia", dissera ele.

A areia semelhante a pedra-pomes arranhou as costas dela e levou-a a sentir um espasmo nas entranhas. Outra criatura começou a se insinuar e, assim que saiu da concha, Nini surgiu diante dos dois.

Dia 473

— Quero uma mudança — disse ela, carregando uma bandeja de chá. O filho do imperador pegou sua xícara e comeu uma torta de galinha. O halwa fora feito por ela. Como estava perfeito, ele pôs um anel no dedo da jovem.

— Ela vem de uma boa linhagem — informou a mãe dele.

— Tome mais chá — sugeriu Nini.

— Nini tem sorte — comentaram as irmãs, dando risadinhas e sonhando com o momento em que isso aconteceria com elas.

Dia parou. Rasgou a página e respirou pesadamente. Isso não estava dando certo.

Fazia alguns dias que ela não comia. Bastante desidratada, sentia-se debilitada, e estava com dor de cabeça. Suas roupas estavam molhadas de suor. Vinha usando as mesmas havia dias, enquanto se sentava ali todas as manhãs, tentando sintetizar o que sentia. Inam Gul a chamava, porém ela o ignorava. A mãe também a chamava, no entanto Dia não queria saber dela. Ao menos, não ainda. A jovem olhou para cima. O vôo de Daanish partira naquela manhã. Talvez naquele exato momento, ele estivesse atravessando o Atlântico. Era lá que ela se encontrava, só que precisava achar o caminho de volta. Bastava de desvios.

Lembrou-se do último encontro entre os dois.

Estavam sentados na construção, na parte que Daanish chamava de quarto de hóspedes, quando a sombra reapareceu.

— Desta vez, vá ver quem é — sussurrou Dia. — Vou ficar aqui. — Daanish levantou-se e, em seguida, os dois viram duas figuras aproximarem-se, uma bem maior que a outra. Ele deu alguns passos corajosos, deixando a jovem escondida atrás de uma parede. Ela deu uma espiada e ficou boquiaberta: era Anu, seguida de Salaamat.

— O que você está fazendo aqui? — A voz de Daanish estava surpreendentemente dócil.

— Eu é que deveria lhe fazer essa pergunta — disse Anu. — Mas já sei a resposta. Cadê ela?

Dia saiu, olhando com expressão de raiva para Salaamat. Ele contara. Ela se obrigou a fitar Anu, que a esquadrinhava.

— O presente — sussurrou Anu. — Será esse? Mas o nariz não é dele, nem a boca. Você é baixinha, ele não era.

— Anu — interrompeu Daanish. — Esta é Dia. Dia, esta é a minha mãe.

Dia se dirigiu a ele, exasperada.

— A gente já se conheceu. Lembra? — Para Anu ela balbuciou uma saudação fútil.

Anu não retribuiu. Dizia:

— Cabelos lisos demais, mas a compleição é quase dele.

Daanish lançou um olhar desamparado para Dia.

"Isso é muito mais difícil para ela do que devia ser." Por que ele não diz isso à mãe, pensou a jovem. E, quando o fizer, aproveite para perguntar também do que ela está falando. Dia esfregou a testa, pouco à vontade, enquanto a inspeção horripilante de Anu prosseguia. Por fim, ergueu o olhar.

Quase arrancando os olhos de Dia, ela constatou:

— São dele.

— Eu te ligo mais tarde — declarou Daanish, rápido. — Vamos embora. — E puxou Anu.

Dia ficou só, com Salaamat.

— O que está esperando? — perguntou ela, ofegante. — Você arruinou tudo. Não tem nem um pingo da bondade do seu pai!

Ao passar furiosa por ele, desejou ter a capacidade de dar um chute na canela dele ou golpear-lhe o rosto. Qualquer coisa que o levasse a se arrepender e que destruísse aquela postura insensível. Porém, não pôde fazê-lo.

Foi no decorrer de tantos dias de espera pelo telefonema de Daanish que Riffat lhe contou sobre Shafqat. Dia não abriu a boca, exceto para dizer que ela só teria o único pai que conhecera. Já no que tangia à sua mãe, ela tinha duas.

Dia se retirara, tal qual o pai havia feito.

Riffat a seguira, suplicando:

— Faço o que você quiser, Dia. Por favor, diga. Qualquer coisa.

"Qualquer coisa?"

E, então, Daanish ligou.

Os dois ficaram calados por algum tempo, cada um escutando a respiração suave do outro através do receptor. Dia se perguntou se, tal como ela, ele estava recordando cada característica dela, considerando quais haviam compartilhado e quais não haviam compartilhado. Anu parara nos olhos. Porém, o formato dos de Dia era diferente dos de Daanish, os dela eram mais arredondados, os dele, alongados. Ou será que a jovem já o estava redesenhando?

Por fim, Dia sussurrou:

— Agora eu sei por que reuni histórias sobre origens a vida inteira. Nunca vou conhecer a minha. — Fez uma pausa. Até sua própria voz soava estranha. — O que a gente pode fazer? — Pensou tê-lo ouvido engolir em seco. Após vários segundos, indagou: — Você está aí?

Daanish soltou um suspiro.

— Não sei o que fazer. Talvez Khurram tenha razão. Devo fazer o que todos querem. Se eu me casar com Nissrine vou fazer muitas pessoas felizes.

Dia estava na sala de jantar, no mesmo lugar em que discutira a respeito de Daanish com Nini. Fazia só alguns meses que isso ocorrera? Ela se sentira revoltada naquela época; somente agora se dava conta do que era, de fato, repugnância: uma pressão na boca do estômago, subindo em forma de grito, como o ruído de uma chaleira.

— Do que diabos você está falando?

A resposta de Daanish fora concisa; sua voz, dura. Ótimo, ela não deveria ser a única a estar encolerizada.

— Escuta antes de tirar conclusões precipitadas.

— Então fala.

— Isso tudo tem sido difícil para Anu. Tente entender que não é a única pessoa afetada. Se eu posso compensar todo o sofrimento de *ama*, por que não fazer isso? — Sua voz foi se esvaindo. — Talvez só um simples noivado agora. Sei lá. Ainda não decidi. O casamento podia vir bem depois, se eu ainda tiver vontade.

Dia envolveu a barriga com um dos braços, tentando afastar a imagem de Nini casando-se com o rapaz do outro lado da linha. O jovem de voz melodiosa e reconfortante. É, até mesmo naquele momento, ela podia ouvir a melodia. E sentir o abdômen macio e musculoso, com leves dobrinhas nas laterais. Sempre pensara que não se importaria se aquelas gordurinhas crescessem, se isso por acaso fosse uma tendência. Também podia sentir o cheiro de Daanish e se apoiar nele, mesmo quando ele a afastava, mesmo quando a história o afastava. Dia insistiu:

— Mas você disse que ela não significava nada! Pelo menos nisso você tem que pensar!

— Dia, o que você quer? Não finja que as coisas não mudaram...

Lá vinha aquela história de novo: *O que você quer?* Ela o interrompeu.

— Meter a Nini na discussão não é o que eu quero. Vou dizer o que eu quero. Respostas. Me diz uma coisa, isso teria acontecido, de qualquer forma? Mesmo se os pais da gente nunca tivessem se conhecido? E, outra coisa: você precisa de outro zíper agora? Ou vai deixar o seu aberto o tempo todo?

— Vá à merda! — retrucou ele. — Você só está brava porque pela primeira vez na sua vidinha linda e protegida foi colocada contra a parede! — Arquejava, proferindo frases incompletas: — Daí o ataque!

Dia poderia bater o telefone na cara dele. Simplesmente bater o telefone.

— Bom, eu já fui colocado contra a parede muito mais vezes do que você imagina! — exclamou Daanish.

— Eu *não* quero que tenha pena de si mesmo.

— *Aba* morreu. Eu não o conhecia. Ele traiu a minha mãe...

— Quase a mesma coisa que aconteceu aqui — interrompeu Dia.

Dia 477

— Quer parar de me interromper? — reclamou Daanish. — Eu tenho que sustentar a minha mãe. — Respirou fundo. — E a melhor forma de fazer isso é trabalhar num país que bombardeia outros, mas me deixa entrar. Seria muito fácil para ele deixar os *outros* entrarem e *me* bombardear. Tenho que me situar nesse quebra-cabeça.

Dia roeu as cutículas até sentir o gosto de sangue.

— Já terminou?

— Vá em frente.

— Você faz idéia de como me fez sentir totalmente humilhada? De como me senti exposta quando a sua mãe entrou na obra? Ainda me sinto suja. E você não disse uma só palavra para ela em minha defesa. Eu é que estava sendo condenada, não você. Isso você nunca vai ter que entender. — Ela se encolheu no tapete.

Daanish fez uma pausa.

— É melhor eu ir — sussurrou ele, por fim. — A gente só está dificultando as coisas um para o outro.

Se desligassem agora, nenhum dos dois voltaria a telefonar. Riffat dissera que aquela seria sua última conversa, e Anu nem queria que ela ocorresse. O tempo estava passando.

A voz dele já se suavizara quando acrescentou:

— Pode ser estranho dizer isso, mas não posso evitar pensar na sua mãe. Admito que eu a culpei. Mas vou tentar vê-la de outra forma. Eu tenho uma foto dos dois, sabe? Eles foram felizes juntos.

Dia deixou as lágrimas escorrerem naquele momento.

— Você tinha razão. Melhor eu ir.

— Está bem. Boa sorte, Dia!

Ela exclamou, aborrecida:

— Sorte!

— Bom, eu sei que isto é difícil. Então, não aja como uma estranha.

— O *quê?* — perguntou ela, engasgada.

Daanish já desligara.

Lá fora, no jardim, Dia enxugou o suor do rosto com a ponta da *kameez*. Fitou a página em seu colo. Hoje, por fim, iria escrever. Então, entraria em casa e se olharia no espelho, como vinha fazendo naquela semana. A face estava mudando; havia cada vez menos Daanish nela.

Acomodou-se melhor no gramado felpudo e fechou os olhos. A mãe tinha a fazenda, Daanish tinha a *Amreeka*. Nini, na certa, tinha Daanish. Todos tinham um plano, menos ela. Talvez houvesse alguma coisa que precisasse ser feita antes de ela pensar em uma meta. Porém, Dia não fazia idéia do que seria, nem sabia a quem poderia perguntar.

Pegou a caneta de novo. Talvez ela soubesse.

Nini e Daanish voltaram ao passado. Pela quarta vez, imperador e a imperatriz trocaram de pele.

Ele era enorme, pesava noventa quilos, com ombros curvados e pescoço grosso. Ela era esbelta e elegante, embora já tivesse tido dois filhos. Os meninos estavam dormindo na cabana, próximo ao barracão no qual os bichos-da-seda iriam ser criados. O casal observou as crianças dormirem. Saíram de casa, na ponta dos pés; a noite era clara. Os dois estavam nus e de mãos dadas.

Chovera na véspera, um tamborilar constante e suave que polira as estrelas e revolvera a terra, de modo que as criaturas devaneando nas profundezas estiraram-se e sentiram um sabor do orvalho. Os canais de irrigação gorgolejavam uma melodia notável. Mansoor disse à amada que havia um grande lençol freático naquela terra que ela ganhara, na qual a jovem mãe planejava desenvolver uma sericicultura. Ele disse que se orgulhava dela, que era o homem mais sortudo do mundo: dois meninos dormindo na cabana, uma linda esposa ao seu lado, um segundo negócio a caminho.

Uma lasca de lua aparecia diante dos dois, lançando uma luz tremeluzente e suave nas maçãs do rosto dela e fazendo seus cachos castanhos brilharem como cobre. Vagalumes orbitavam ao redor do umbigo da jovem. Mansoor tocou-a naquele ponto.

— Se tivermos outro filho — disse ele — espero que seja uma menina. — Em seguida, deu um beijo no pequeno orifício gelado, e ela riu. Os vagalumes se espalharam, esvoaçando como lacinhos amarelos, deixando o casal em um rastro de pó dourado.

Os dois passearam em meio às recém-semeadas mudas de amoreiras. A terra estava úmida, seus passos eram amortecidos, como os dos gatos. Um bacurau chamava a fêmea.

Morcegos roçavam nas orelhas do casal. Riffat disse que aquela hora era ao mesmo tempo bela e assustadora, sem nenhuma alma viva por perto e um cemitério nas redondezas.

— Reis e rainhas estão enterrados ali — disse ele. — Descansam lado a lado, tal como quero que aconteça conosco. — Quando a jovem mãe deu de ombros, Mansoor acrescentou: — Enquanto isso, você deveria me abraçar.

Riffat cingiu com os braços a barriga protuberante, e os dois chegaram a uma clareira.

— É aqui que quero plantar as tinturas perdidas deste solo. Suas cores desbotam menos que as sintéticas e sua fragrância é agradável. Além disso, com elas vou sentir estar na extremidade de um cordão que remonta a milhares de anos. O cordão está aqui — afirmou ela, apontando para o umbigo. Ele beijou-o várias vezes, e a jovem mãe sorriu. Na clareira, marido e mulher fizeram amor de forma tão corriqueira quanto a pele que se renova.

Depois, Mansoor se sentou atrás de Riffat, que se recostou no peito dele. Da rodovia, veio o som de um carro. Eles escutaram o motor se afastar com a chegada do novo dia. Mansoor, retorcendo os cachos da têmpora dela, perguntou:

— E se você tivesse a oportunidade de refazer tudo isto: desde o nosso casamento, passando pelos nossos filhos e vindo até este momento e o que mais esteja por vir, iria se casar comigo de novo?

Riffat fitou-o, tocando seu queixo. A pele dele estava áspera, e deixou a dela formigando.

— Eu me casaria — respondeu ela, sorrindo. — É claro que me casaria.

EPÍLOGO

Nascimento

— Não chegue perto das choupanas diante da orla — avisa-lhe o tio.

O menino descansa em uma duna, longe das choupanas. Quer agradar seu *mamu*. Quer seus cachos semelhantes a *seekh-kebabs*, seus cigarros, seu trabalho, que o coloca no banco do motorista de uma caminhonete longa e bonita. Então, não vai nem chegar perto daquelas choupanas.

Sua mãe está na birosca da avó dela. A velha falecera naquele dia. Tinha mais de cem anos. As mulheres a banham para que sua alma ascenda ao paraíso em um barco tranqüilo. Então, os homens podem enterrá-la próximo ao túmulo do grande mártir. Antigamente, quando um pescador se afogava no mar, tornava-se herói e ganhava seu próprio túmulo. Porém, nos dias de hoje, havia mais mártires que terra e, de qualquer forma, os homens já não se afogavam pescando, mas nadando até as traineiras e espiando pelas portinholas.

O tio aponta para a embarcação.

— Está vendo o cabo da âncora?

O menino assente.

— Quando eu tinha a tua idade, a gente apostava pra ver quem conseguia ir até lá, tocar nele. Até mesmo no verão, quando o mar ficava superviolento e te agarrava com tentáculos longos e pegajosos.

O garoto dá um grito.

— Daí, assim que a gente chegava lá, fazia a maior agitação e acenava pros que estavam esperando na praia. Tu quer tentar?

Ele hesita. Nasceu na cidade e não sabe nadar. O melhor que pode fazer é tragar o narguilé, tal como a avó fazia, antes de morrer.

— Vamos! — estimula o tio. — É inverno agora. O mar está calmo, não está com fome. Ele vai te cuspir mesmo que tu queira ir até as profundezas.

— Por que tu não vai? — pede, sem pensar, o menino.

O tio ri.

— É uma brincadeira de criança. — Seus cachos esvoaçam ao vento, e fumaça sai de suas narinas. A caminhonete dele está à espera, na estrada. Era a primeira vez que ele voltava à vila, desde que a deixara, anos atrás. O tio contara ao rapaz que fora apenas por temer Sumbul. "Tua mãe é muitíssimo mais cruel que qualquer oceano", afirmara ele, piscando o olho.

Naquele momento, o menino indaga:

— Aonde você vai com a caminhonete?

— Ah — ele escorrega na duna, os pés escuros e grossos afundando na areia gelada —, eu pego caixas cheias de coisas pesadas e deixo tudo numa loja. É o meu trabalho.

— Posso ir contigo?

O tio ri, mais uma vez.

— Vamos fazer o seguinte, se tu nadar até o cabo da âncora, eu te levo na próxima vez.

O menino abaixa a cabeça, envergonhado. Não pode fazê-lo. Nem mesmo em troca da honra de andar de caminhonete ao lado do incrível irmão de sua mãe. Ele fita a extensão de areia branca à sua volta.

Epílogo 483

— Está bom, eu vou. — O tio se senta. — Tu fica aqui, que nem um farol. Quando eu chegar lá, pisca as luzes. Assim. — Ele agita os braços. — Entendeu?

O garoto assente; no entanto, ainda está envergonhado demais para erguer os olhos. Assume a posição, observando o homem mais velho saracotear até a beira d'água, tirar a *kameez* e mergulhar agilmente em uma onda.

Enquanto espera, algo o distrai. Diminutos montículos de areia irrompem, primeiro ao lado de um pé, em seguida, do outro. Um barquinho se move sem pressa, todo equipado, com remos e até mesmo um leme.

— O que é isto? — ele indaga à brisa.

Ninguém responde.

Algo lhe diz que são as tartarugas, das quais ouvira falar. Tartaruguinhas.

— Volta aqui! — O garoto chama o *mamu*. — Olha só isso! — Acena para o grupo afastado de tios e tias, que circundam a birosca. Porém, ninguém o escuta; estão todos ocupados. Ele está sozinho, e, no entanto, na praia se dá um alvoroço de pires vagarosos, do tamanho da palma da mão do menino, surgindo debaixo dele, todos indo para o mar.

Seu instinto lhe transmite uma sensação de perigo: gaivotas planam no alto, vira-latas caminham na terra, mais acima. O menino acompanha a movimentação das tartaruguinhas, agitando ambos os braços, esquadrinhando o mar em busca do tio. Entretanto, só o cabo da âncora atravessa as águas cristalinas.

Então, ele ouve a mãe chamar.

— O almoço está pronto. E traz o teu *mamu* também.

O menino franze o cenho. Está ocupado, mas a mãe na certa diria que ele é jovem demais para estar ocupado. Ajoelhando-se, pega uma tartaruguinha e a vira de ponta-cabeça. As nadadeiras agitam-se, suplicantes, e o garoto dá risadas.

A mãe o chama mais uma vez.

—Vem logo!

Ele franze a testa de novo. Quando o tio emergisse, esperaria vê-lo ali, piscando como um farol. Ele não podia arredar o pé. Mas por que o *mamu* ainda não tinha aparecido?

Na mão do menino, a tartaruguinha continua a agitar as nadadeiras. Alguns dos irmãozinhos dela chegaram à rebentação.

— Bom — diz o garoto ao pequeno réptil em seu poder —, está na hora de você ir também. — Ele o coloca na areia. Quando a mãe o chama pela terceira vez, já zangada, o menino fita com ansiedade o mar e, em seguida, começa a se dirigir depressa à birosca da bisavó.

A meio caminho, olha para trás. Ainda nenhum sinal de *mamu*. Algumas tartaruguinhas submergem nas ondas que quebram na praia. Outras permanecem, indecisas, no local onde o menino as vira na última vez. Então, ele observa uma — talvez a que ele segurara — rumando às choupanas. Você deveria estar indo para o outro lado, pensa ele, decidindo ir até ela.

Ao alcançar o réptil, o menino o segura de novo, virando-o. As nadadeiras da criaturinha se debatem mais uma vez no ar. A criança se agacha e solta a tartaruga, com suavidade. Ao encostar na areia, ela segue, de imediato, adiante, desta vez rumo ao mar, como se seu percurso nunca houvesse mudado.

AGRADECIMENTOS

Sou grata aos extraordinários escritores e jornalistas independentes, cujos esforços constituíram o alicerce de minha pesquisa sobre a Guerra do Golfo. Embora, devido ao espaço, não possa citar todos, gostaria de destacar uma obra: *The Fire This Time*, escrita pelo ex-procurador-geral dos Estados Unidos, Ramsey Clark, publicada pela Thunder's Mouth Press, edição de 1992. Essa análise muito bem documentada, que o autor apresenta de forma simples, com solidariedade e indignação, é altamente recomendada aos que desejam ter uma visão da guerra diferente da apresentada pelo governo norte-americano, com o auxílio dos meios de comunicação dominantes.

Agradeço também a Dave, por ser meu crítico mais metódico, por me proporcionar o tempo e o espaço para terminar este livro e, sobretudo, por nosso amor; a V. K. Karthika, por abrir o envelope e descobrir meu primeiro romance; a Laura Susijn e Philip Gwyn Jones, por me levarem muito além do que eu imaginava ir; e aos meus pais, por seu contínuo amor e apoio, suas orações e sua generosidade de espírito.

GLOSSÁRIO DE TERMOS EM URDU

Aba	Pai
Acha	Quando usado no início da frase, quer dizer "pois bem" ou "então". Quando for uma resposta a uma pergunta, significa "sim"
Ajnabi	Estrangeiro
Ajrak	Estampa típica dos tecidos de Sind
Akhrot	Nogueira
Allah malik hay	Deus decide
Ama	Mamãe
Ami jaan	Querida mãe
Amreeka	Estados Unidos
Angrezi	Ingleses
Arre paagal!	Expressão de aborrecimento. Neste contexto, pode ser traduzida como: "Quanta estupidez!"
Asalaam-o-alaikum	A paz esteja convosco
Baji	Irmã
Banyaan	Roupa íntima e folgada, de flanela, usada no Paquistão
Begum	Esposa
Begum sahib	Senhora
Begum, chai?	Mais chá, esposa?
Be-shar'm	Sem-vergonha
Bete	Criança
Beti	Filha

Glossário de termos em urdu

Bhai	Irmão
Bhai jaan	Querido irmão
Bibi	Dona
Bijly	Energia elétrica
Bonga	Idiotizado
Boti	Pedaço de carne
Chacha	Irmão do pai
Chachi	Esposa do irmão do pai
Chai	Chá puro ou bebida preparada com chá, leite e açúcar, na qual se acrescentam, às vezes, especiarias
Chamak pati	Adornos brilhantes usados em ônibus
Chapaatis	Pão sem fermento, assado na chapa. Também conhecido como *Chapati*
Charpoy	Cama com armação de madeira e base feita de cordas trançadas, que exercem a função de estrado. Dorme-se sobre elas, sem colchão
Chat	Prato saboroso, feito com grão-de-bico, cebola e coentro
Chawkidaar	Vigia
Chichra	Sebo; seboso; intragável
Ching-um	Chiclete
Choli ghagra	Conjunto de túnica curta com saia comprida
Chootar	Boceta
Daal	Lentilha
Daanishwar	Daanishwar (intelectual, estudioso) é o nome do qual deriva Daanish (sábio).
Dacoits	Bandidos; criminosos
Dada	Avô
Dadi	Avó
Diyas ou dias	Lamparinas a óleo
Doolha	Recém-casado, noivo
Dupatta	Véu longo usado pelas mulheres no subcontinente indiano
Ehmak	Idiota

Uzma Aslam Khan Transgressões

Ghee	Manteiga clarificada (tal como manteiga de garrafa)
Goras	Pessoas brancas
Gunnah gaar	Pecadora
Halwa	Sobremesa semelhante a um pudim, preparada com farinha de semolina, açúcar e manteiga clarificada, acrescida de frutas secas e castanhas
Halwa puri	Puri é o pão frito com o qual se come a *halwa*
Han, han	Sim, sim
Hudood	Uma das três categorias de ofensas relacionada na *Sharia*, a Lei islâmica
Inshallah	Se Deus quiser
Jaan	Querido
Jamun	Jamelão
Joras	Indumentárias
K.D.A.	Órgão similar a um Departamento de Planejamento Urbano, situado em Karachi
Kameez	Túnica, geralmente longa, usada com calças folgadas
Karhai	Panela semelhante à *wok*
Keekar	Acácia
Khala	Irmã da mãe
Khas	Perfume
Khichri	Prato à base de arroz
Kohl	Sombra usada para escurecer as pálpebras
Kooch to yaad ho ga!	Você deve se lembrar de alguma coisa!
Korma	Molho encorpado
Kurta	Consultar *kameez*
Lakh	Cem mil
Lakhy bagh	Jardim dos Quarenta Mil Hectares
Lassi	Bebida preparada com iogurte, sal e especiarias

Glossário de termos em urdu

Maghrib	Oração do entardecer
Maha sher	Enorme carpa de água doce
Mahshallah	Pela graça de Alá
Malakhras	Luta corporal típica de Sind
Mamu	Irmão da mãe
Maulvi	Pregador religioso
Maulvi sahibs	Honoráveis pregadores religiosos
Mela	Festival
Meri jaan	Meu querido
MQM	Partido político do Paquistão cujo nome era, até 1997, Movimento Mujahir Qaumi, e, a partir de então, Movimento Muttahida Quami
Muhajir	Termo árabe, que significa refugiado ou migrante. Neste contexto, relaciona-se aos muçulmanos oriundos da Índia, que se estabeleceram na Província de Sind quando o Paquistão foi criado, em 1947
Naan	Tipo de pão levedado, assado em forno de carvão
Paan	Digestivo que inclui noz-de-areca e diversos ingredientes enrolados na folha do betel, a qual será mascada lentamente
Paisa	Dinheiro, tostão, trocado
Pakoras	Carnes e verduras empanadas com farinha de grão-de-bico e fritas
Paranda	Acessório para o cabelo
Parathas	Pães fritos, que costumam ser recheados com verduras ou queijo
Phoopa	O marido da irmã do pai
Pugan pugaai	Brincadeira de esconde-esconde
Qaumi halat	A situação do país
Quaid-i-Azam	Líder supremo. Esse título foi concedido a Muhammad Ali Jinnah, fundador do Paquistão.
Qul	Cerimônia religiosa tradicional (que envolve a leitura do Corão) realizada três dias após o falecimento da pessoa

Quran Khwani	Leitura do Corão
Resham	Seda
Rewri	Doce preparado com gergelim e açúcar
Rus malai	Bolinhos de queijo tipo cottage servidos em uma calda de leite adocicada, preparada com cardamomo
Saalan	Prato de *curry* picante; apimentado
Sahib	Senhor
Salaam, baji	Olá, irmã
Samosa	Pastel recheado com batata e carne ou legumes condimentados
Seekh-kebabs	*Kebabs* cilíndricos e finos
Shaadis	Casamentos
Shabash	Muito bem!
Shalwar	Calça folgada, justa no tornozelo, usada no subcontinente indiano
Sherbat	Bebida preparada com xarope concentrado de frutas
Sindhu	Denominação do rio Indo, em sânscrito
Siparahs	O Corão é dividido em 30 *siparahs*, constituídos de 114 suratas. Em árabe, essas trinta partes são conhecidas como *juz* (plural: *ajza*)
Soussi lungis	Peça de roupa similar a uma canga
Supari	Areca
Takht	Cadeira sem braços e encosto
Tikkas	Carne assada
Toba	Expressão de descontentamento
Waalai-kum-asalaam	A paz esteja convosco
Yaar	Amigo